# Oscar classici

Giovanni Verga

# I MALAVOGLIA

Introduzione
di Carla Riccardi

ARNOLDO MONDADORI
EDITORE

© 1939 Arnoldo Mondadori Editore S.p.A., Milano
8 edizioni Romanzi e Racconti
15 edizioni B.M.M.
19 edizioni Oscar Mondadori
I edizione Oscar classici ottobre 1983
XII ristampa Oscar classici marzo 1996

# Introduzione
di Carla Riccardi

## Da « Nedda » ai « Malavoglia »: storia del romanzo

La breve introduzione a *Nedda* è il documento narrativo della condizione psicologica del Verga nell'anno cruciale della sua carriera di scrittore. Nel pieno della stesura di *Eros*, il « lavoro di assai maggior mole » che insieme a *Tigre reale* doveva costituire l'accoppiata vincente con cui ottenere la consacrazione come romanziere, lo scrittore entra in crisi, al punto da confidare ai familiari il proposito, subito caduto, di un definitivo rientro in Sicilia. Alla fine del gennaio 1874 il momento negativo è superato: accolta la sollecitazione del suo editore, Treves, a scrivere racconti, in un fine settimana, in un momento di allentamento della tensione, di riposo dalle fatiche mondane del carnevale milanese compone *Nedda*, abbandonandosi al ricordo personale, registrando ciò che del mondo isolano, vagheggiato poche settimane prima nostalgicamente e poi rifiutato, gli affiora alla mente:

Quando mi fui iniziato ai misteri delle molle e del soffietto, mi innamorai con trasporto della voluttuosa pigrizia del caminetto. Io lascio il mio corpo su quella poltroncina, accanto al fuoco, come vi lascerei un abito, abbandonando alla fiamma la cura di far circolare più caldo il mio sangue e di far battere più rapido il mio cuore; e incaricando le faville fuggenti, che folleggiano come farfalle innamorate, di farmi tenere gli occhi aperti, e di far errare capricciosamente del pari i miei pensieri. Cotesto spettacolo del proprio pensiero che svolazza vagabondo senza di voi, che vi lascia per correre lontano, e per gettarvi a vostra insaputa come dei soffi, di dolce e d'amaro in cuore, ha attrattive indefinibili. Col sigaro semispento, cogli occhi socchiusi, le molle fuggendovi dalle dita allentate, vedete l'altra parte di voi andar lontano, percorrere vertiginose distanze: vi par di sentirvi passar per i nervi correnti di atmosfere sconosciute; provate, sorridendo, l'effetto di mille sensazioni che farebbero incanutire i vostri capelli, e solcherebbero di rughe la vostra fronte, senza muovere un dito, o fare un passo.

« A vostra insaputa » ecco le parole chiave per capíre la genesi di *Nedda*, materializzatasi da uno di quei « soffi » del pensiero « vagabondo », da un'immagine emersa inconsciamente dalla memoria. E che si tratti di personaggi e scene osservati direttamente in un passato non lontano è rivelato dallo stesso Verga in una lettera ai familiari:

Salutatemi tutti gli amici e particolarmente lo zio Giovanni di Battiati [un piccolo paese, si noti, alle falde dell'Etna come la fattoria del Pino] e ditegli che l'ho messo nella novella – Bozzetti siciliani – che stamperò nella Nuova Rivista Italiana.[1]

A parte l'originalità del soggetto (antecedenti significativi si rintracciano solo nella narrativa campagnola settentrionale), è evidente la mancanza di impegno sul piano stilistico. Il racconto è decisamente tradizionale, rispetta una struttura canonica: premessa – sfondo paesistico – presentazione generale dei personaggi – messa a fuoco della protagonista e della sua vicenda personale (si veda la minuta descrizione fisica di Nedda, quasi manzoniana, come manzoniana è la sequenza del ritorno a casa) – fasi evolutive della storia d'amore con Janu.

Si riconosce solo qualche indizio delle soluzioni future: nei tentativi, ancora impacciati, di mimesi dei dialoghi di personaggi « plebei » (battute a botta e risposta, senza didascalie introduttive, uso del proverbio e della parola generatrice di discorso, in minima percentuale, però), nell'incerto affiorare del discorso indiretto libero, evidenziato con la punteggiatura o con il corsivo, nel lessico fondamentalmente normale (con parecchi toscanismi, residuo dello sforzo di formarsi uno strumento linguistico regolare) in cui si inseriscono nomi e parole siciliani (addirittura i versi di una canzone popolare), subito segnalati come diversi dal corsivo.

Il recupero in senso nostalgico di un mondo memoriale avviene, dunque, quasi a livello inconscio e per contrasto con la vita milanese, mondana e frenetica.

---

[1] Le lettere ai familiari, qui citate, sono in gran parte inedite e sono state trascritte dal microfilm XV del Fondo Verga (alcune sono riportate nelle *Note ai testi* di G. Verga, *Tutte le novelle*, a cura di C. Riccardi, Milano, Mondadori, 1979). Alcuni brani sono pubblicati, ma con qualche errore di trascrizione, da V. Perroni nell'articolo *Sulla genesi de « I Malavoglia »*, in « Le Ragioni critiche », « Speciale » su G. Verga, ottobre-dicembre 1972. Il Perroni cita anche la lettera del Sonnino e la risposta di Verga di cui si parla a p. XI dell'*Introduzione*.

La pochissima considerazione per *Nedda* («una novelluccia da niente, e della quale non faccio nessun conto»), non modificata dal vivo successo, è certo stupefacente in quanto il racconto segna la data di nascita di un'eccezionale esperienza narrativa. La novella è considerata un espediente per colmare i vuoti finanziari, assai gravi per lo scrittore che al secondo anno di soggiorno milanese non poteva vantare né successi né, soprattutto, brillanti guadagni. Accetta, dunque, di scriverne altre per Treves, senza tuttavia impegnarsi a fondo, totalmente preso dalla stesura di *Eros*.

La proposta dell'editore era partita già dalla fine di febbraio; il 26 il Verga scrive ai familiari: «Se avrò tempo da perdere ne scriverò anche una pel Museo di Famiglia per cui Treves mi ha pregato». Ma è riluttante e seccato quasi dal rumore per «una cosettina da nulla» e timoroso che l'interesse per *Nedda* possa offuscare *Eros*:

Capisco che [...] adesso sono in un punto decisivo della mia vita, e si tratta di combattere la più grande battaglia per trionfare decisivamente, e che perciò devo presentarmi armato di tutte le mie armi, voi mi comprendete. Per questa ragione non ho voluto mettermi a scrivere il lavoretto pel *Museo di famiglia* che mi avrebbe fruttato un 300 lire, perché in questo [momento] sono tutto invaso e penetrato del soggetto che ho per le mani, né vorrei distoglierne l'attenzione e farne sbollire l'entusiasmo per mettermi ad un altro lavoro. Voglio finire prima questo, e finirlo tutto di un getto. (22 marzo)

Incoscienza incredibile della novità e della fecondità della tematica e dello stile appena sfiorati, poiché «il lavoretto pel *Museo di famiglia*» sarà proprio il primo abbozzo dei *Malavoglia*. Continua a pensarci, però, progettando un'eventuale raccolta («se risolverò di riunire un volume di queste novelle aggiungendovi quelle che forse scriverò pel *Museo*, potrò farlo e ricavarne ancora un 300 franchi», 21 giugno), mentre si destreggia nelle trattative editoriali. Nell'agosto rompe col Treves che pretendeva, dopo la pubblicazione di *Tigre reale* e di *Eros*, di averlo in esclusiva per cinque anni, torna in Sicilia e solo verso la fine di settembre, forse in seguito a una mossa dell'editore, rilancia la promessa di una novella:

Son lieto che un affare mancato, come voi dite, non abbia alterato le nostre amichevoli relazioni; [...] e poiché, non solo non mi credevo svincolato dalla promessa di una novella, ma mi sarebbe rincresciuto che non avessi potuto mantenere cotesta promessa, mi metterò al lavo-

ro per scriverla prima di ogni altra cosa che ho in mente (Villa Tebiti, 22 settembre '74).

Prepara, invece, un bozzetto, *X*, per la « Strenna italiana 1874 », e solo alla fine di dicembre può inviare qualcosa:

Eccovi la novella; anzi una e mezza. Vi ho mandato anche il principio della seconda perché possiate farvi un'idea del genere diverso, e vedere liberamente se fa per voi. Il seguito della seconda ve lo porterò io stesso, quando l'avrò finita, venendo fra breve a Milano. (18 dicembre).[1]

La « novella » è senz'altro *Le storie del castello di Trezza*, uscita nell'« Illustrazione italiana » dal 17 gennaio al 7 febbraio 1875, mentre « il principio della seconda » potrebbe identificarsi con la prima parte di *Padron 'Ntoni* alla luce anche di una lettera molto più tarda:

Vi manderò presto *Un Sogno* [*La coda del diavolo*] per l'Ill.e Un.e e in seguito *Padron 'Ntoni*, il bozzetto marinaresco di cui conoscete il principio, per il Museo d. Fam.e. Avrei potuto finirlo e mandarvelo anche prima, ma vi confesso che rileggendolo mi è parso dilavato, e ho cominciato a rifarlo di sana pianta, e vorrei riuscire più semplice, breve ed efficace. [...] Vi manderò anche, appena avrò finito di limarla, *Una Principessa* [*Primavera*] (Catania, 21 settembre 1875).[2]

Ora poiché *X* era uscita nella « Strenna italiana 1874 », *Le storie del castello di Trezza* erano state inviate il 18 dicembre dello stesso anno, mentre *La coda del diavolo*, *Primavera* e *Certi argomenti* erano ancora da progettare, è chiaro che « il principio della seconda » appartiene a *Padron 'Ntoni*, pure destinato (altra significativa coincidenza) al « Museo delle Famiglie ».

Acquista, quindi, assai più che il valore di una battuta l'affermazione che il Capuana farà sei anni dopo nella recensione a *Vita dei campi*:

Quando il Verga scrisse la *Nedda* forse non credeva d'aver trovato un nuovo filone nella miniera quasi intatta del romanzo italiano.[3]

---

[1] Le due lettere al Treves sopra citate si leggono anche in V. Perroni, *Sulla genesi de « I Malavoglia »*, v. nota 1, p. VI.
[2] *Storia dei Malavoglia - Carteggio con l'editore e con L. Capuana*, a cura di L. e V. Perroni, in « Nuova Antologia », 16 marzo-1º aprile 1940.
[3] La recensione uscì nel « Corriere della Sera », 20-21 settembre 1880; fu poi pubblicata in *Studi sulla letteratura contemporanea*, 2ª serie, Catania, 1882 ed è ora leggibile in L. Capuana, *Verga e D'Annunzio*, a cura di M. Pomilio, Bologna, Cappelli, 1972.

Nonostante l'insoddisfazione il lavoro sul bozzetto continua, essendo irreversibilmente iniziato quel processo di recupero di un mondo memoriale rivelato anche dalla pur composita e immatura raccolta di *Primavera* (1876): se lo spunto quasi autobiografico del racconto d'apertura, *Primavera* appunto, segna l'inizio del filone cittadino e milanese di *Per le vie*,[1] l'usanza della *'ntuppatedda*, una maschera femminile, sullo sfondo della festa di S. Agata a Catania (*La coda del diavolo*) e la descrizione del mare di Acitrezza (*Le storie*), ovvero costumi e paesaggi isolani, sono elementi rivelatori del processo in atto. E, mentre il primo è uno spunto essenzialmente folclorico e strumentale, la seconda è un presentimento dei *Malavoglia*:

Il mare era levigato e lucente; i pescatori sparsi per la riva, o aggruppati dinanzi agli usci delle loro casipole, chiacchieravano della pesca del tonno e della salatura delle acciughe; lontan lontano, perduto fra la bruna distesa, si udiva ad intervalli un canto monotono e orientale, le onde morivano come un sospiro ai piedi dell'alta muraglia; la spuma biancheggiava un istante, e l'acre odore marino saliva a buffi, come ad ondate anch'esso. La baronessa stette a contemplare sbadatamente tutto ciò, e sorprese sé stessa, sé posta così in alto nella camera dorata di quella dimora signorile, ad ascoltare con singolare interesse i discorsi di quella gente posta così in basso al piede delle sue torri. Poi guardò il vano nero di quei poveri usci, il fiammeggiare del focolare, il fumo che svolgevasi lento lento dal tetto; [...] guardò di nuovo la spiaggia, il mare, l'orizzonte segnato da una sfumatura di luce, l'ombra degli scogli che andava e veniva coll'onda.

Certo finché il punto d'osservazione di quel mondo rimane quello della contemplazione del tutto esterna, dall'alto, è evidente che, « nonostante il singolare interesse », la stesura del bozzetto proceda lenta e stentata.

Intanto il Verga ricomincia a pensare al teatro abbandonato dopo la sfortunata esperienza con *I nuovi tartufi*, un'infelice commedia inviata anonima al Concorso Drammatico Governativo del 1865. Legge le commedie dell'Augier (« M'odorano tutte di

---

[1] Come non vedere nel Paolo che mastica « pensieri musicali e sogni di giovinezza e di gloria » il Verga del 1873, appena arrivato a Milano in cerca di editori, di fama e di un ambiente culturale d'avanguardia? Si ricordi anche il personaggio dello sconosciuto in *Il bastione di Monforte* coi « suoi sogni di giovinezza e i suoi bauli sconquassati, pieni solo di scartafacci, nel vagabondare dietro un sogno ».

roba accademica e stantia » scrive al Capuana [1]) e il teatro di Dumas, mentre si dedica alla stesura di un nuovo testo teatrale:

Io lavoracchio. Scrivo una novellina [*Certi argomenti*] pel D'Ormeville, che non mi dà pace, e ho la testa piena del *Dopo*. Dio non voglia che finisca però nell'*e poi?* (a Capuana, Catania, 9 settembre 1876).

Solo nell'autunno avanzato ripensa al progetto di *Padron 'Ntomi*, ribadendo al Treves:

*Padron 'Ntoni* della quale vi avevo anche mandato la prima parte, [...] non mi piace più e intendo rifarla. Potete annunziarlo pel prossimo numero dell'Ill.ᵉ (29 ottobre)

La promessa, ancora una volta, non è mantenuta: il 1877 è un anno di grave crisi. Nel febbraio pensa di partire per Milano entro maggio o giugno, ma la malattia e poi la morte, nell'aprile, della sorella prediletta, Rosa, gli impediscono il distacco dalla Sicilia, considerato condizione essenziale per lavorare.[2] Passa l'estate tra Vizzini e Tebidi vicino alla famiglia e totalmente inattivo: « Io faccio un bel nulla, e mi dispero » confessa all'amico Capuana in una delle rarissime lettere (14 settembre, da Tebidi). E a Emanuele Navarro della Miraglia che gli chiede collaborazione per una nuova rivista (sarà poi nel 1879 « La Fronda ») risponde:

Io son morto e seppellito da così lungo tempo, che per farmi vivo, e soprattutto per persuadere me stesso – e gli altri – mi ci vuol proprio un colpo di testa. Ci riescirò? *Qui sta l'hic*, come dite voi; e intanto mi abbisogna aver le mani libere, per aiutarmi del mio meglio. Ho altri e molteplici impegni stravecchi col *Fanfulla*, il *Treves*, ed altri i quali non so che cosa penseranno della mia puntualità. (Catania, 7 novembre).[3]

Ma alla fine di novembre può finalmente partire per Milano. Entra così in un periodo di fervore creativo: il rifacimento di *Padron 'Ntoni* procede felicemente, tanto che a un invito, nel

---

[1] Le lettere al Capuana, citate da qui in avanti, si leggono in G. Verga, *Lettere a Luigi Capuana*, a cura di G. Raya, Firenze, Le Monnier, 1975.
[2] Al Capuana scrive, significativamente, il 30 giugno '77: « Ho provato anch'io come un altro genere di vita, altri orizzonti, slarghino il fare, la mente, la mano, e m'è parso di vedere in te un riflesso di quel che ho provato ».
[3] *Un carteggio inedito Capuana-Verga-Navarro*, a cura di S. Zappulla, in « Osservatore politico letterario », dicembre 1979.

febbraio '78, di Sidney Sonnino a pubblicare «un lavoretto» nella «Rassegna settimanale di Politica, Scienze, Lettere ed Arti»[1] risponde proponendo a partire dal primo numero di aprile un racconto che «occuperebbe all'incirca, secondo i miei calcoli, 60 colonne del giornale». Il racconto è senz'altro il bozzetto marinaresco, poiché sul verso di una carta, un frammento superstite di una primitiva stesura, il Verga traccia un programma di pubblicazione nella rivista fiorentina, prevedendo un manoscritto di 300 pagine, corrispondente a un volume di «pag. 243 o 250», a loro volta equivalenti a «63 colonne della Rassegna».

È chiaro che ormai, nonostante la definizione «racconto» della lettera al Sonnino, la struttura a bozzetto è caduta per lasciare il posto al romanzo.[2] Siamo di fronte all'atto di nascita dei *Malavoglia*. E due mesi dopo lo scrittore può annunciare all'amico Salvatore Paola Verdura:

Ho in mente un lavoro, che mi sembra bello e grande, una specie di fantasmagoria della lotta per la vita, che si estende dal cenciaiuolo al ministro e all'artista, e assume tutte le forme, dalla ambizione all'avidità del guadagno, e si presta a mille rappresentazioni del grottesco umano; lotta provvidenziale che guida l'umanità, per mezzo e attraverso tutti gli appetiti alti e bassi, alla conquista della verità. Insomma cogliere il lato drammatico, o ridicolo, o comico di tutte le fisionomie sociali, ognuna colla sua caratteristica, negli sforzi che fanno per andare avanti in mezzo a quest'onda immensa che è spinta dai bisogni più volgari o dall'avidità della scienza ad andare avanti, incessantemente, pena la caduta e la vita, pei deboli e i maldestri. [...]
Per adescarti dirò che i racconti saranno cinque, tutti sotto il titolo complessivo della *Marea* e saranno: 1º *Padron 'Ntoni*; 2º *Mastro don Gesualdo*; 3º *La Duchessa delle Gargantàs*; 4º *L'On. Scipioni*; 5º *L'uomo di lusso*.
Ciascun romanzo avrà una fisionomia speciale, resa con mezzi adatti. Il realismo, io, l'intendo così, come la schietta ed evidente manifestazione dell'osservazione coscienziosa; la sincerità dell'arte, in una parola, potrà prendere un lato della fisionomia della vita italiana moderna, a partire dalle classi infime, dove la lotta è limitata al pane quotidiano, come nel *Padron 'Ntoni*, e a finire nelle varie aspirazioni,

---

[1] La «Rassegna settimanale», fondata e diretta dal Sonnino e dal Franchetti dal '78 all''82, aveva un programma audacemente riformista per l'attenzione rivolta alla questione sociale in generale, al meridione e al dimenticato, ma urgentissimo problema agrario in particolare. Verga vi collaborerà con alcune delle *Novelle rusticane* e di *Per le vie*.
[2] La «Rassegna» rifiuterà un «lavoretto» così esteso, ribadendo l'invito per un bozzetto.

nelle ideali avidità de *L'uomo di lusso* (un segreto), passando per le avidità basse alle vanità del *Mastro don Gesualdo*, rappresentante della vita di provincia, all'ambizione di un deputato.[1]

È significativo che l'idea del ciclo nasca subito dopo la ripresa da parte di Zola dell'« Histoire naturelle et sociale d'une famille sous le Second Empire » con un romanzo come *L'assomoir* che sceglie come protagonisti i proletari parigini e si propone come « un romanzo sul mondo operaio ». Interessante, per le coincidenze con le posizioni teoriche verghiane, anche se per lo più polemica e aggressiva contro i detrattori e i critici del romanzo (già uscito in rivisa), è la breve *préface*, in particolare dove tocca, sia pur schematicamente, il problema dello stile e della lingua, dialettali e nuovi in rapporto alla nuova tematica:

La forme seule a effaré. On s'est fâché contre les mots. Mon crime est d'avoir eu la curiosité littéraire de ramasser et de couler dans un moule très travaillé la langue du peuple. Ah! la forme, là est le grand crime! Des dictionnaires de cette langue existent pourtant, des lettrés l'étudient et jouissent de sa verdeur, de l'imprévu et de la force de ses images. [...] Je ne me défends pas, d'ailleurs. Mon œuvre me défendra. C'est une œuvre de vérité, le premier roman sur le peuple, qui ne mente pas et qui ait l'odeur du peuple.

Sono gli aspetti sottolineati come negativi dai primi critici dei *Malavoglia*, ma sono soprattutto i problemi (la « *forma* che è così intima, necessaria cosa fusa col pensiero stesso ») da risolvere quando lo scrittore decide per il romanzo e delinea la *Marea*, difficoltà risolta solo in parte col primo libro poiché, come scriverà a Treves ancora nel luglio dell' '80, lo

stile, il colore, il disegno, tutte le proporzioni devono modificarsi gradatamente in questa scala ascendente, e avere ad ogni fermata un carattere proprio. Questa è l'idea che mi investe e mi tormenta e che vorrei riuscire ad incarnare.[2]

---

[1] G. Verga, *I grandi romanzi*, pp. 751-3.
[2] Ma non si deve dimenticare l'influsso esercitato, anche a distanza di tempo, dalla prefazione a *Germinie Lacerteux* (1869) dei de Goncourt, da rapportare pure alla premessa ad *Eva* (la cui stesura inizia, tra l'altro, nel '69) e alla lettera a Salvatore Farina che introduce *L'amante di Gramigna*: « Le public aime les romans faux: ce roman est un roman vrai. [...] Le public aime encore les lectures anodines et consolantes, les aventures qui finissent bien, les imaginations qui ne dérangent ni sa digestion ni sa sérénité: ce livre, avec sa triste et violente distraction, est fait pour contrarier ses habitudes et nuire à son hygiène. [...] Vivant au dix-neuvième siècle, dans un

Intanto progetta i primi racconti di *Vita dei campi*, la raccolta la cui elaborazione è indissolubilmente legata, in un rapporto di tipo genetico, ai *Malavoglia*. Negli stessi mesi, tra il dicembre '77 e il febbraio '78, inizia a scrivere *Fantasticheria* (sul verso della carta contenente la minuta della lettera al Sonnino, datata 4 febbraio '78, si legge una stesura parziale della novella), testo teorico di *Vita dei campi*, ma anche del romanzo.

Nell'agosto '78 pubblica nel «Fanfulla» (2 e 4 agosto) *Rosso Malpelo*, il primo grande testo di *Vita dei campi*, forse ispirato, certo influenzato dall'inchiesta condotta proprio da Sidney Son-

temps de suffrage universel, de démocratie, de libéralisme, nous nous sommes demandé si ce qu'on appelle "les basses classes" n'avait pas droit au Roman; si ce monde sous un monde, le peuple, devait rester sous le coup de l'interdit littéraire et des dédains d'auteurs qui ont fait jusqu'ici le silence sur l'âme et le cœur qu'il peut avoir. [...] Aujourd'hui que le Roman s'élargit et grandit, qu'il commence à être la grande forme sérieuse, passionnée, vivante, de l'étude littéraire et de l'enquête sociale, qu'il devient, par l'analyse et par la recherche psycologique, l'Histoire morale contemporaine, aujourd'hui que le Roman s'est imposé les études et les devoirs de la science, il peut en revendiquer le libertés et les franchises. Et [...] il cherche l'Art et la Vérité».

Nel 1879 Edmond de Goncourt pubblica *Les frères Zemganno* nella cui prefazione discute sulla difficoltà di rappresentare le classi alte se non addirittura di conoscerle: «Nous avons commencé, nous, par la canaille, parce que la femme et l'homme du peuple, plus rapprochés de la nature et de la sauvagerie, sont des créatures simples et peu compliquées, tandis que le Parisien et la Parisienne de la société, ces civilisés excessifs, dont l'originalité tranchée est faite toute de nuances, toute de demi-teintes, toute de ces riens insaisissables [...] demandent des années pour qu'on les perce, pour qu'on les sache, pour qu'on les *attrape*, – et le romancier de plus grand génie, croyez-le bien, ne les devinera jamais, ces gens de salon, avec les racontars d'amis qui vont pour lui à la decouverte dans le monde. Puis autour de ce Parisien, de cette Parisienne, tout est long, difficile, diplomatiquement laborieux à saisir. L'intérieur d'un ouvrier, d'une ouvrière, un observateur l'emporte en une visite; un salon parisien, il faut user la soie de ses fauteuils pour en surprende l'âme, et confesser à fond son palissandre ou son bois doré».

Sono problemi che Verga fa suoi sin dalla progettazione del ciclo e sono anche le difficoltà in cui si arenerà la *Duchessa di Leyra*. E scrivendo al suo traduttore in francese Édouard Rod a proposito di questa si richiamerà proprio alla prefazione di *Les frères Zemganno*: «E qui cade in acconcio quel che disse Goncourt che le scene e le persone del popolo sono più facili a ritrarsi, perché più caratteristici e semplici – quanto complicati e tutti esprimentesi per sottintesi sono le classi più elevate, massime se si deve tener conto di quella specie di maschera e di sordina che l'educazione impone alla manifestazione degli stessi sentimenti, e alla vernice quasi uniforme che gli usi, la moda, il linguaggio quasi uniforme nella stessa società tendono a rendere pressoché internazionale in una data società. E massime nel mio metodo – che Dio m'assista per questa *Duchessa*! (Catania, 14 luglio 1899, v. G. Verga, *Lettere al suo traduttore*, a cura di F. Chiappelli, Firenze, Le Monnier, 1954).

nino insieme con Leopoldo Franchetti su *La Sicilia nel 1876* [1]: nell'appendice del secondo volume è trattato, sotto l'aspetto umanitario, *Il lavoro dei fanciulli nelle zolfare siciliane*. Non si dimentichi, inoltre, che *Cavalleria rusticana*, sia pure più tarda (scritta alla fine del '79, è pubblicata nel marzo '80), è costruita su un episodio di *Padron 'Ntoni* (gli amori di 'Ntoni con la gnà Peppa o Pudda e con la gnà Grazia), anzi materialmente ricavata da questo. [2]

Ma ciò che qui interessa è la prospettiva del racconto, il rapporto tra narratore e materia narrativa. Si ritorna in parte al clima creativo, sebbene più consapevole, di *Nedda* e il legame è, quindi, autobiografico. Dichiarato e programmatico è in *Fantasticheria* il contrasto tra ciò che rappresenta la protagonista femminile e il mondo rivisitato dallo scrittore, recuperato proprio per confronto con il « turbine » della vita brillante e in sintonia con il progresso, con le « veglie ardenti del vostro eterno carnevale ». Di qui nasce un nuovo modo di porsi di fronte all'universo malavogliesco, un progressivo adeguamento della prospettiva, non più ricordo, sogno confuso o contemplazione estemporanea, dall'alto (v. *Nedda* e *Le Storie*), ma l'« altro lato del cannocchiale », ovvero ribaltamento completo dell'osservazione che deve « chiudere tutto l'orizzonte fra due zolle, e guardare col microscopio le piccole cause che fanno battere i piccoli cuori ». Il titolo *Fantasticheria* e il continuo appello al ricordo (altissima la frequenza di parole come « ricordo », « rammentare ») riportano in parte al clima della premessa a *Nedda* e alle motivazioni poetiche, creative di quel racconto, valide soggettivamente e ineliminabili (ma respinte, come vedremo, dallo scrittore in nome di

---

[1] Pubblicata nel 1877, in due volumi, a Firenze presso il Le Monnier. Ma anche le altre novelle parrebbero lo svolgimento narrativo dell'inchiesta i cui temi fondamentali sono la condizione del contadino siciliano, la pastorizia, il latifondo, la proprietà ecclesiastica, i rapporti sociali e la violenza che in essi prevale e, quindi, la mafia, il brigantaggio, il rapporto tra il siciliano e il potere politico, amministrativo, religioso, poliziesco in una sequenza che fa pensare anche alle *Rusticane*. Il Verga, vicino agli ambienti culturali impegnati, alla Scapigliatura democratica e a Felice Cameroni, lettore di Zola e di Vallés, conobbe senz'altro i due importanti volumi, che tuttavia non figurano nella sua biblioteca.

[2] Le stesse carte di *Padron 'Ntoni* sono utilizzate per la stesura di *Cavalleria rusticana*, naturalmente con interventi dell'autore e sequenze scritte *ex novo*. Per un approfondimento in proposito si vedano C. Riccardi, *Il problema filologico di « Vita dei campi »*, in « Studi di Filologia italiana », XXXV, 1977 e G. V., *Tutte le novelle*, cit., dove sono riportati i frammenti di *Padron 'Ntoni* da cui nasce la novella (pp. 957-62).

un rigido canone di obiettività) fino alla stesura della prefazione al romanzo, in particolare rese esplicite, organizzate in un manifesto di poetica nella seconda prefazione, scritta a libro finito e stampato, tre giorni dopo la prima il 22 gennaio 1881, non pubblicata, ma conservata nel manoscritto rilegato e donato al Capuana:

Quando vi siete trovati di notte nelle vie deserte di una grande città, davanti al fanale spento e col sigaro in bocca, non vi ha colpito l'impressione straordinaria che produce in voi quella calma? Allora forse avrete cercato dietro le finestre chiuse le vaghe forme indistinte di persone ancora deste, o il capo sull'origliere che cerca il sonno con occhi spalancati, o il pallido volto chino sulle pagine di un libro, o il passo ebbro dell'uomo che ha giocato l'ultimo suo denaro, o il respiro pesante dell'operaio che riprenderà col giorno il suo lavoro, un'espressione qualsiasi della vita che sentite in voi, e che vi tace intorno. Di fantasticheria in fantasticheria tutta questa gente che si travaglia ancora col pensiero, che si agita e vive, vi sfila davanti, per le vie buie, come in un giorno di festa, in una processione fantasmagorica in cui passano tutti gli appetiti, tutte le febbri, tutte le avidità, tutte le aspirazioni grandi e piccine; le cure che devono trambasciare quei sonni, le ansie più belle, le preoccupazioni che si agitano nell'incubo. Davanti alle scintille del vostro sigaro allora passano in rivista dei visi pallidi o accesi, che cercano qualche cosa, sempre. E quella folla nera, che popola le vie buie cammina, cammina tutta verso un punto solo, pigiandosi, accalcandosi, sorpassandosi brutalmente. Avete creduto di cedere ad una divagazione della fantasia e non fate che subire il sentimento dell'attività umana incessante e fatale che esiste attorno di voi ed in voi stesso. Avete cercato tutto cotesto movimento, e cotesta vita che tace attorno a voi, perché li sentite dentro di voi, perché sapete che vi accompagnerà a casa, e nei sogni, perché l'indovinate dietro quelle finestre chiuse, accanto a voi, da per tutto [...].

Certamente in mezzo a quella calca, i viandanti frettolosi anch'essi, non hanno tempo di guardarsi attorno, per esaminare gli sforzi plebei, le smorfie oscene, le lividure e la sete rossa degli altri, le ingiustizie, gli spasimi di quelli che cadono, e sono calpestati dalla folla, i meno fortunati, e qualche volta i più generosi. L'osanna dei trionfatori copre le grida di dolore dei sorpassati. Ma visto davvicino il grottesco di quei visi anelanti non deve essere evidentemente artistico per un osservatore? non deve dare, a seconda dell'aspetto che loro imprime l'ambiente che attraversano nei luoghi e nelle età, la fisionomia storica? e questo osservatore meno frettoloso degli altri, chinandosi sui caduti per esaminarne le convulsioni, sostando un momento dinanzi alle verità che la folla si lascia indietro nella fretta di correre avanti, o agli affetti che gemono invano o alle febbri che si scambiano per passioni, o alla giustizia su cui si mettono i piedi, non ha il diritto di esclamare: – Che peccato! [1]

[1] L. Perroni, *Preparazione de « I Malavoglia »*, in *Studi critici su Giovanni Verga*, Roma, Bibliotheca, 1934, pp. 107-25. Di prefazione il Verga comincia

Ricordo autobiografico, dichiarato nel primo abbozzo del racconto, è la storia di Jele:

Jele fu uno dei miei primi amici ed anche uno dei migliori, poiché quando il puledro zaino il quale non ne voleva sapere di me, mi buttò con un salto a montone a rompermi la testa sui sassi del vallone, Jele si slanciò in mio aiuto da quel precipizio da farmi rizzare i capelli così [...] e sprezzante del pericolo com'era. Io mi son buscato dei famosi castighi. Io andavo tutti i santi giorni che Dio mandava a Tebidi a trovare il mio amico Jele in mezzo all'armento dei cavalli che aveva in custodia, ho diviso con lui il mio pezzettino di cioccolatta, il suo pane nero, la frutta rubata al vicino. Dapprincipio egli non osava darmi del tu, ma la prima volta che ci accapigliammo per bene, la nostra intimità fu stabilita solidamente.[1]

L'idilliaca amicizia tra il pastore e il « signorino » Giovanni Verga con l'intermezzo dell'amore infantile per Giovanna (la futura Mara), oltre che tragicizzata attraverso la rottura dell'idillio e il contatto con la realtà – la morte del puledro e la perdita di Mara –, viene subito sottoposta al filtro dell'oggettività, allontanata, separata dal narratore in totale aderenza ai canoni veristici, così come sono espressi nella lettera prefatoria a Salvatore Farina in *L'amante di Gramigna*:

Intanto io credo che il trionfo del romanzo, la più completa e la più umana delle opere d'arte, si raggiungerà allorché l'affinità e la coesione di ogni sua parte sarà così completa che il processo della creazione rimarrà un mistero, come lo svolgersi delle passioni umane; e che l'armonia delle sue forme sarà così perfetta, la sincerità della sua realtà così evidente, il suo modo e la sua ragione di essere così necessarie, che la mano dell'artista rimarrà assolutamente invisibile, e il romanzo avrà l'impronta dell'avvenimento reale, e l'opera d'arte sembrerà *essersi fatta da sé*, aver maturato ed esser sorta spontanea come un fatto naturale, senza serbare alcun punto di contatto col suo autore; che essa non serbi nelle sue forme viventi alcuna impronta della mente in cui germogliò, alcuna ombra dell'occhio che la intravvide, alcuna traccia delle labbra che ne mormorarono le prime parole come

a parlare nell'agosto '80. Il 9, infatti, scrive al Treves: « Eccovi la prima metà del manoscritto del romanzo sino alla pagina 202, in questa settimana riceverete l'altra. Pel titolo resta adottato *I Malavoglia*, invece di *Padron 'Ntoni*. Colla seconda parte vi mando pure due righe di prefazione ». (v. *Storia dei Malavoglia*). È lecito supporre che si tratti di una delle tante stesure che Verga preparò della prefazione, forse in origine brevissima, data la costante abitudine di riscrivere più volte i suoi testi teorici, e non solo quelli. Interessante sarebbe sapere quali posizioni rispecchiasse, se della prima o della seconda.
[1] È l'inizio del primo abbozzo, intitolato *Jele il pastore*. Ne abbiamo dato il testo completo nell'*Appendice* a *Tutte le novelle*, pp. 947-56.

il *fiat* creatore; ch'essa stia per ragion propria, pel solo fatto che è come dev'essere, ed è necessario che sia, palpitante di vita ed immutabile al pari di una statua di bronzo, di cui l'autore abbia avuto il coraggio divino di eclissarsi e sparire nella sua opera immortale.

Ecco, dunque, il motivo dell'esclusione della seconda prefazione ai *Malavoglia*: solo più tardi la componente memoriale sarà recuperata e dichiarata momento essenziale e insopprimibile della creazione narrativa, oltre che oggetto della narrazione; *Di là del mare* e *Il bastione di Monforte*, testi programmatici delle *Rusticane* e di *Per le vie*, teorizzeranno per la prima volta il valore della scrittura come unico strumento per ricordare. Così il lato grottesco, stravolto della vita, la percezione della realtà come maschera, intravveduta nella prefazione esclusa, sono il primo manifestarsi dell'ideologia di *Don Candeloro e C.ⁱ*, ultima raccolta e documento della crisi del verismo verghiano.[1]

Negli anni '78-'79, attraverso *Vita dei campi*, il Verga mette a fuoco, quindi, le sue posizioni teoriche (e la difficoltà di chiarire i nodi cruciali della sua poetica è rivelata dall'alto numero di stesure della lettera al Farina), mentre sperimenta i moduli narrativi del naturalismo, in particolare il discorso indiretto libero. Tutte le novelle della raccolta sono il passaggio obbligato verso i testi dove prendono corpo la « forma inerente al soggetto », il « colore locale » dei *Malavoglia*, dove è realizzata per la prima volta la sintassi anormale, deviante, fortemente dialettale ed è ricostruito il lessico sgrammaticato delle « classi infime ».

I protagonisti di *Vita dei campi* sono la mediazione necessaria per i personaggi del romanzo: Rosso e Jeli testimoniano lo sforzo del Verga di abbandonare il punto di vista del narratore onnisciente e di adottare l'angolo visuale del personaggio, di inquadrare le varie sequenze del racconto attraverso gli occhi di quello, assumendone di conseguenza la sintassi e il lessico irregolari (si hanno così i primi monologhi interiori ancora oscillanti tra discorso indiretto libero e indiretto tradizionale). Anticipazioni di caratteri sono tutti gli altri, compresi gli anonimi e onnipresenti vicini, commentatori di tutte le vicende, che assumeranno una precisa identità solo in *Guerra di Santi*, primo racconto corale e primo tentativo di filtrare i discorsi di un intero paese attraverso l'indiretto libero (si vedano la descrizione dello stendardo, il racconto delle rivalità tra i devoti e dell'inizio della

[1] V. *Tutte le novelle, Introduzione*, pp. XXV-IX e *Note ai testi*, pp. 1054-9.

síccità). Singolare, infine, il caso di Turiddu, che nato da 'Ntoni (si ricordi che *Cavalleria rusticana* è la rielaborazione di un episodio di un primo abbozzo dei *Malavoglia*) diventa, nella prospettiva del romanzo, la prefigurazione, il personaggio preparatorio di 'Ntoni stesso.

Dall'ottica del narratore a quella del personaggio; questa è la fondamentale conquista di *Vita dei campi*, dalla quale derivano poi gli strumenti essenziali (soprattutto la dialettalità sintattica, prima e più che linguistica) perché l'originario e incolore « bozzetto marinaresco » si trasformi nei *Malavoglia*.

Nonostante l'alta qualità del lavoro preparatorio, la rielaborazione non procede speditamente: nel maggio '78 il Verga è convinto di poter presto concludere, facendo progetti in vista della revisione (« Pel *Padron 'Ntoni* penso d'andare a stare una settimana o due ad Aci Trezza » scrive al Capuana), ma già nel novembre confessa all'amico:

Padron 'Ntoni dorme il sonno del giusto da 3 mesi, dopo un tratto di lavoro fatto a passo di corsa a Battiati e riescitomi piuttosto bene. [...] Ora conto di rimettermi a lavorare di lena, giacché sono infatuato del mio disegno, e quel po' che ne ho cavato fuori mi fa molto bene sperare del resto. (Catania, 7 novembre 1878)

La malattia e poi la morte della madre nel dicembre dello stesso anno lo trattengono, inattivo e depresso, in Sicilia.

Mi sento istupidito. Vorrei muovermi, vorrei fare non so che cosa, e non sarei capace di una risoluzione decisiva.[1]

Nella primavera del '79 supera il periodo nero (« Io ho la febbre di fare, non perché me ne senta la forza, ma perché credo di esser solo con te e qualcun altro a capire come si faccia a fare lo stufato », a Capuana, 16 marzo), riprende a lavorare e a raccogliere materiali (cerca, ad esempio, la raccolta di proverbi siciliani del Rapisarda), nel luglio è a Firenze e nell'autunno a Milano dove rimane fino all'estate dell' '81, realizzando finalmente le condizioni ideali teorizzate pochi mesi prima:

Anch'io faccio assegnamento su *Padron 'Ntoni*, e avrei voluto, se la disgrazia non mi avesse perseguitato sì accanitamente e spietatamente darvi quell'impronta di fresco e sereno raccoglimento che avrebbe dovuto fare un immenso contrasto con le passioni turbinose e incessanti

---

[1] La lettera, datata 14 gennaio 1879, è diretta a Tullo Massarani, v. R. Barbiera, *Verso l'ideale*, Milano, Libreria Editrice Nazionale, 1905.

delle grandi città, con quei bisogni fittizii, e quell'altra prospettiva delle idee o direi anche dei sentimenti. Perciò avrei desiderato andarmi a rintanare in campagna, sulla riva del mare, fra quei pescatori e coglierli vivi come Dio li ha fatti. Ma forse non sarà male dall'altro canto che io li consideri da una certa distanza in mezzo all'attività di una città come Milano o Firenze. Non ti pare che per noi l'aspetto di certe cose non ha risalto che visto sotto un dato angolo visuale? e che mai riusciremo ad essere tanto schiettamente ed efficacemente veri che allorquando facciamo un lavoro di ricostruzione intellettuale e sostituiamo la nostra mente ai nostri occhi? (a Capuana, 14 marzo '79)

Alla fine del '79 dovrebbe risalire l'abbandono dell'unica primitiva redazione del romanzo conservataci, poiché da un episodio centrale di questa ricava, correggendo le stesse carte del manoscritto o utilizzandole sul verso, *Cavalleria rusticana*, per la cui pubblicazione nel « Fanfulla della Domenica » tratta dal dicembre con Ferdinando Martini.

E già il 25 aprile dell'anno successivo sottopone al giudizio di Treves i primi capitoli, non senza aver operato un drastico taglio di « tutta la prima parte sino a p. 42 », rinunciando « ad una maggiore evidenza di paesaggio, di personaggi e di ambiente », a una presentazione tradizionale, dunque, molto *naturaliste* a favore dell'« efficacia » e dell'« interesse »[1].

Ma se ai primi di luglio dichiara al Capuana di « aver lavorato sul serio » e « condotto a fine di romanzo », solo in agosto spedisce all'editore « la prima metà del manoscritto [...] sino alla pagina 202 ».

Gli stessi mesi sono occupati dal lavoro di revisione delle novelle di *Vita dei campi* (per alcune, come *L'amante di Gramigna* di rifacimento), i testi chiave per la formazione del romanzo; dunque il 1880 è un anno di lavoro, oltre che intenso, difficile,

---

[1] *Storia dei Malavoglia*, v. nota a pag. VIII. A Felice Cameroni, che proprio questo taglio gli rimprovererà recensendo il libro nel « Sole », replicherà il 27 febbraio '81: « Io mi son messo in pieno, e fin dal principio, in mezzo ai miei personaggi e ci ho condotto il lettore, come ei li avesse tutti conosciuti diggià, e più vissuto con loro e in quell'ambiente sempre. Parmi questo il modo migliore per darci completa l'illusione della realtà; ecco perché ho evitato studiatamente quella specie di profilo che tu mi suggerivi per i personaggi principali. Certamente non mi dissimulavo che una certa confusione non dovesse farsi nella mente del lettore alle prime pagine; però man mano che i miei *attori* si fossero affermati colla loro azione essi avrebbero acquistato maggior rilievo, si sarebbero fatti conoscere più intimamente e senza artificio, come persone vive, il libro tutto ci avrebbe guadagnato nell'impronta di cosa avvenuta », v. *Lettere inedite di Giovanni Verga*, raccolte e annotate da M. Borgese, in « Occidente », IV, 1935.

teso ad affinare gli strumenti espressivi elaborati durante la ricerca stilistica, iniziata con *Nedda*. Prova del continuo lavoro di lima sui *Malavoglia* è, tra l'altro, la risposta alla richiesta del Capuana di avere per sé il manoscritto. Verga acconsente al desiderio, avvertendo che si tratta di

bozze infamissime e spesso radicalmente diverse da quello che sarà stampato, giacché stavolta non ho ricopiato il ms. che in parte, e la massima parte delle correzioni e dei mutamenti li ho fatti sull'originale che ho spedito alla tipografia, e che farà incanutire il proto peggio dell'autore.

Ancora il 25 febbraio '81, a pubblicazione ormai avvenuta, confessa:

Per darti un'idea del piacere che mi ha fatto quel che mi dici del mio lavoro, ti dirò quel che ho provato durante e dopo le correzioni. Mi pareva che avrei potuto dir meglio e in cento altri modi, non ero contento più di quel che avevo scritto, ed ero assai inquieto sul risultato,

finendo coll'illustrare le linee costruttive del libro

Avevo un bel dirmi che quella semplicità di linee, quell'uniformità di toni, quella certa fusione dell'insieme che doveva servirmi a dare nel risultato l'effetto più vigoroso che potessi, quella tal cura di smussare gli angoli, di dissimulare quasi il dramma sotto gli avvenimenti più umani, erano tutte cose che avevo volute e cercate apposta e non erano certo fatte per destare l'interesse ad ogni pagina del racconto, ma l'interesse doveva risultare dall'insieme, a libro chiuso, quando tutti quei personaggi si fossero affermati sì schiettamente da riapparirvi come persone conosciute, ciascuno nella sua azione. Che la confusione che dovevano produrvi in mente alle prime pagine tutti quei personaggi messivi faccia a faccia senza alcuna presentazione, come li aveste conosciuti sempre, e foste nato e vissuto in mezzo a loro, doveva scomparire mano mano col progredire nella lettura, a misura che essi vi tornavano davanti, e vi si affermavano con nuove azioni ma senza *messa in scena*, semplicemente, naturalmente, era artificio voluto e cercato anch'esso, per evitare, perdonami il bisticcio, ogni artificio letterario, per darvi l'illusione completa della realtà.

Solo pochi giorni prima aveva ribadito (e ciò prova la grande tensione creativa e teorica dell'ultima fase di revisione) la teoria dell'impersonalità nei termini della lettera al Farina:

E se vogliamo andare un po' più in là, questa suprema noncuranza per l'artista qualsiasi parmi che dev'essere una maniera universale con cui sarà vista l'arte in avvenire. Mi spiego. Che cos'è non il tuo nome, né il mio, ma quel del Manzoni, o di Zola, in faccia ai *Promessi Sposi* e all'*Assomoir*? L'opera d'arte non val più dell'autore? se è riuscita ben inteso. Parmi che si deve arrivare a sopprimere il nome dell'arti-

sta dal piedestallo della sua opera, quando questa vive da sé; sai la mia vecchia fissazione di una ideale opera d'arte tanto perfetta da avere in sé stessa tutto il suo organismo. (a Capuana, 19 febbraio '81)

Il libro è un insuccesso:

I *Malavoglia* hanno fatto fiasco, fiasco pieno e completo. Tranne Boito e Gualdo che me ne hanno detto bene, molti, Treves il primo, me ne hanno detto male, e quelli che non me l'hanno detto mi evitano come se avessi commesso una cattiva azione. Dei giornali, all'infuori del *Sole*, della *Gazzetta d'Italia della domenica*, della *Rivista Europea* o letteraria che sia e della *Gazzetta di Parma*, nessuno ne ha parlato, anche i meglio disposti verso di me, e ciò vuol dire chiaro che non vogliono spiattellarmi il *deprofundis*.

L'amarezza delle critiche o del silenzio dei giornali non toglie, però, allo scrittore la consapevolezza della validità del nuovo metodo narrativo:

Il peggio è che io non sono convinto del fiasco, e che se dovessi tornare a scrivere quel libro lo farei come l'ho fatto. Ma in Italia l'analisi più o meno esatta senza il pepe della scena drammatica non va e, vedi, ci vuole tutta la tenacità della mia convinzione, per non ammannire i manicaretti che piacciono al pubblico per poter ridergli poi in faccia. (a Capuana, 11 aprile '81)

Pochi giorni dopo ribadisce, con fermezza insolita, al critico Carlo Del Balzo:

Se dovessi tornare a scrivere I *Malavoglia*, li scriverei allo stesso modo, tanto mi pare necessaria ed inerente al soggetto la forma. Non vi dico che non si possa fare cento volte meglio, non vi dico che son riuscito a dare ai miei personaggi il colorito giusto; ma è quel colorito che cerco, difficoltà immensa! – lo vedo allo scontento che mi lascia la prova fatta, ma sino a quando ci culleremo nella solita nenia delle frasi lisciate da 50 anni, non avremo una vera e seria opera d'arte in Italia – di questo son convinto.[1]

A prova di ciò e rafforzato nei suoi propositi dall'intelligente recensione di Capuana,[2] si accinge subito al secondo romanzo del *Ciclo dei Vinti* e prosegue nella nuova sperimentazione stilistica iniziata con la stesura del primo nucleo delle *Novelle rusticane*, tra cui, si badi, di testi fondamentali come *La roba* e *Il Reverendo*, aprendo insomma quella fase di ricerca che porterà, lungo l'arco di un decennio, al *Mastro-don Gesualdo*.

[1] G. Verga, *I grandi romanzi*, p. 767.
[2] La recensione uscì nel « Fanfulla della Domenica » del 29 maggio 1881. Ora si può leggere in L. Capuana, *Verga e D'Annunzio*, a cura di M. Pomilio, Bologna, Cappelli, 1972.

# Cronologia

**1840**
Il 2 settembre Giovanni Verga nasce a Catania (secondo alcuni a Vizzini, dove la famiglia aveva delle proprietà), da Giovanni Battista Verga Catalano, originario di Vizzini e discendente dal ramo cadetto di una famiglia nobile, e da Caterina di Mauro, appartenente alla borghesia catanese. Il nonno paterno, Giovanni, era stato « liberale, *carbonaro* e deputato per la nativa Vizzini al primo Parlamento siciliano del 1812 » secondo la testimonianza del De Roberto. I Verga Catalano erano una tipica famiglia di « galantuomini » ovvero di nobili di provincia con scarse risorse finanziarie, ma costretti a ben comparire data la posizione sociale. Non manca al quadro la lite con i parenti ricchi: le zie zitelle, le avarissime « mummie », e lo zio Salvatore che, in virtù del maggiorascato, aveva avuto in eredità tutto il patrimonio, a patto che restasse celibe, per amministrarlo in favore anche dei fratelli. Le controversie si composero probabilmente negli anni Quaranta e i rapporti familiari furono in seguito buoni come rivelano le lettere dello scrittore e la conclusione di un matrimonio in famiglia tra Mario, il fratello di Giovanni detto Maro, e Lidda, figlia naturale di don Salvatore e di una contadina di Tèbidi.

**1851**
Compiuti gli studi primari e medi sotto la guida di Carmelino Greco e di Carmelo Platania, Giovanni segue le lezioni di don Antonino Abate, poeta, romanziere e acceso patriota, capo di un fiorente *studio* in Catania. Alla sua scuola, oltre ai poemi dello stesso maestro, legge i classici: Dante, Petrarca, Ariosto, Tasso, Monti, Manzoni e le opere di Domenico Castorina, poeta e narratore di Catania, di cui l'Abate era un commentatore entusiasta.

**1854-55**
Per un'epidemia di colera, la famiglia Verga si trasferisce a Vizzini, quindi nelle sue terre di Tèbidi, fra Vizzini e Licodia.

**1857**
Termina di scrivere il suo primo romanzo, iniziato l'anno precedente, *Amore e Patria*. Non verrà pubblicato per consiglio del canonico Mario Torrisi, di cui il Verga fu alunno, insieme a Mario Rapisardi, dal 1853 al 1857.

**1858**
Per desiderio del padre si iscrive alla facoltà di legge dell'Università di Catania, senza dimostrare tuttavia molto interesse per gli studi giuridici, che abbandona definitivamente nel 1861 per dedicarsi, incoraggiato dalla madre, all'attività letteraria.

**1860**
Si arruola nella Guardia Nazionale – istituita dopo l'arrivo di Garibaldi a Catania – prestandovi servizio per circa quattro anni. Fonda, dirigendolo per soli tre mesi, insieme a Nicolò Niceforo e ad Antonino Abate, il settimanale politico « Roma degli Italiani », con un programma unitario e anti-regionalistico.

**1861**
Inizia la pubblicazione, a sue spese presso l'editore Galatola di Catania, del romanzo *I carbonari della montagna*, cui aveva lavorato già dal 1859; nel 1862 uscirà il quarto e ultimo tomo del libro che l'autore invierà ad Alexandre Dumas, a Cletto Arrighi, a Domenico Guerrazzi e a Frédéric Mistral.
Collabora alla rivista « L'Italia contemporanea », probabilmente pubblicandovi una novella o meglio il primo capitolo di un racconto realista.

**1863**
Nelle appendici del periodico fiorentino « La Nuova Europa », di ispirazione filogaribaldina, riprende dal 13 gennaio fino al 15 marzo la pubblicazione del romanzo *Sulle lagune*, le cui due prime puntate erano apparse l'anno precedente nei numeri del 5 e del 9 agosto.
Il 5 febbraio muore il padre.

**1864**
Dirige per breve tempo il giornale politico « L'Indipendente ».

**1865**
Nel maggio si reca, per la prima volta, rimanendovi almeno fino al giugno, a Firenze, dal 1864 capitale d'Italia e centro della vita politica e intellettuale. È di questo periodo la commedia, inedita, *I nuovi tartufi* (in testa alla seconda stesura si legge la data 14 dicembre 1865), che fu inviata, anonima, al Concorso Drammatico Governativo.

**1866**
L'editore Negro di Torino pubblica *Una peccatrice*, romanzo scritto nel 1865.

**1867**
Una nuova epidemia di colera lo costringe a rifugiarsi con la famiglia nelle proprietà di Sant'Agata li Battiati.

**1869**
Il 26 aprile parte da Catania alla volta di Firenze, dove soggiornerà fino al settembre. Viene introdotto negli ambienti letterari fiorentini da Francesco Dall'Ongaro, al quale era stato presentato dal Rapisardi. Frequenta i salotti di Ludmilla Assing e delle signore Swanzberg, venendo a contatto col Prati, l'Aleardi, il Maffei, il Fusinato e l'Imbriani. Ha inizio l'amicizia con Luigi Capuana. Conosce Giselda Fojanesi, con la quale, nel settembre, compie il viaggio di ritorno in Sicilia. Comincia a scrivere l'*Eva* che tralascia per comporre *Storia di una capinera* e il dramma *Rose caduche*. Corrisponde regolarmente con i familiari, informandoli minutamente della sua vita fiorentina (da una lettera del '69: «Firenze è davvero il centro della vita politica e intellettuale d'Italia; qui si vive in un'altra atmosfera [...] e per diventare qualche cosa bisogna [...] vivere in mezzo a questo movimento incessante, farsi conoscere, e conoscere, respirarne l'aria, insomma»).

**1870**
Esce a puntate *Storia di una capinera* nel giornale di mode «La Ricamatrice», di proprietà dell'editore milanese Lampugnani, che l'anno successivo ripubblicherà il romanzo in volume con introduzione di Dall'Ongaro in forma di lettera a Caterina Percoto.

**1872**
Nel novembre si trasferisce a Milano, dove rimarrà, pur con frequenti ritorni in Sicilia, per circa un ventennio (alloggia in via Borgonuovo 1, poi in piazza della Scala e, infine, in corso Venezia). Grazie alla presentazione di Salvatore Farina e di Tullo Massarani, frequenta i più noti ritrovi letterari e mondani: fra l'altro i salotti della contessa Maffei, di Vittoria Cima e di Teresa Mannati-Vigoni. Si incontra con Arrigo Boito, Emilio Praga, Luigi Gualdo, amicizie da cui deriva uno stretto e proficuo contatto con temi e problemi della Scapigliatura. Al Cova, ritrovo di scrittori e artisti, frequenta il Rovetta, il Giacosa, il Torelli-Viollier – che nel 1876 fonderà il «Corriere della Sera» – la famiglia dell'editore Treves e il Cameroni. Con quest'ultimo intreccia una corrispondenza epistolare di grande interesse per le posizioni teoriche sul verismo e sul naturalismo e per i giudizi sulla narrativa

contemporanea (Zola, Flaubert, Vallés, D'Annunzio). Giselda Fojanesi sposa il Rapisardi.

**1873**
Esce *Eva*, che aveva iniziato a scrivere nel 1869 (l'editore Treves gliene diede un compenso di sole 300 lire, prendendosi gratuitamente i diritti sulla *Capinera*, che anni prima aveva rifiutato). Lavora ai due romanzi da cui si aspetta la definitiva consacrazione di scrittore, *Tigre reale* e *Eros* (intitolato inizialmente *Aporeo*), intavolando laboriose trattative per la pubblicazione col Treves.

**1874**
Al ritorno a Milano, nel gennaio, ha una crisi di sconforto (il 20 del mese il Treves gli aveva rifiutato *Tigre reale*) che lo spinge quasi a decidere il rientro definitivo in Sicilia. La supera rapidamente buttandosi nella vita mondana milanese (le lettere ai familiari sono un minutissimo resoconto, oltre che dei suoi rapporti con l'ambiente editoriale, di feste, veglioni e teatri) e scrivendo in soli tre giorni *Nedda*. La novella, pubblicata il 15 giugno nella « Rivista italiana di scienze, lettere e arti », ha un successo tanto grande quanto inaspettato per l'autore che continua a parlarne come di « una vera miseria » e non manifesta alcun interesse, se non economico, al genere del racconto. *Nedda* è subito ristampata dal Brigola, come estratto dalla rivista. Il Verga, spinto dal buon esito del bozzetto e sollecitato dal Treves, scrive nell'autunno, tra Catania e Vizzini, alcune delle novelle di *Primavera* e comincia a ideare il bozzetto marinaresco *Padron 'Ntoni*, di cui, nel dicembre, invia la seconda parte all'editore.

**1875**
Pubblica *Tigre reale* e *Eros* presso il Brigola. Lavora alle novelle (*Primavera* e *Certi argomenti*) e a una commedia, *Dopo*, che non riuscirà a finire (ne pubblicherà poche scene nel 1902 nella rivista « La Settimana »).

**1876**
Decide di rifare *Padron 'Ntoni*, che già nel settembre del 1875 aveva giudicato « dilavato », e prega il Treves di annunziarne la pubblicazione nell'« Illustrazione italiana ». Raccoglie in volume le novelle scritte fino ad allora, pubblicandole presso il Brigola con il titolo *Primavera ed altri racconti*.

**1877**
Il romanzo procede lentamente: nell'autunno scrive al Capuana: « Io faccio un bel nulla e mi dispero ». Nell'aprile era morta Rosa, la sorella prediletta.

## 1878

Nell'agosto pubblica nella rivista « Il Fanfulla » *Rosso Malpelo*, mentre comincia a stendere *Fantasticheria*.

In una lettera del 21 aprile all'amico Salvatore Paola Verdura annuncia il progetto di scrivere una serie di cinque romanzi, *Padron 'Ntoni, Mastro-don Gesualdo, La Duchessa delle Gargantà, L'onorevole Scipioni, L'uomo di lusso*, « tutti sotto il titolo complessivo della Marea ». Il 5 dicembre muore la madre, alla quale era legato da profondo affetto.

## 1879

Attraversa una grave crisi per la morte della madre (« Mi sento istupidito. Vorrei muovermi, vorrei fare non so che cosa, e non sarei capace di una risoluzione decisiva » scrive il 14 gennaio al Massarani), tanto da rimanere inattivo nonostante la volontà e la coscienza del proprio valore (« Io ho la febbre di fare, non perché me ne senta la forza, ma perché credo di essere solo con te e qualche altro a capire come si faccia lo stufato » confida il 16 marzo al Capuana). Nel luglio lascia finalmente Catania per recarsi a Firenze e successivamente a Milano, dove riprende con accanimento il lavoro.

In agosto esce *Fantasticheria* nel « Fanfulla della Domenica ». Nel novembre scrive *Jeli il pastore*. Tra la fine dell'anno e la primavera successiva compone e pubblica in varie riviste le altre novelle di *Vita dei campi*.

## 1880

Pubblica presso Treves *Vita dei campi* che raccoglie le novelle apparse in rivista negli anni 1878-80. Continua a lavorare ai *Malavoglia* e nella primavera ne manda i primi capitoli al Treves, dopo aver tagliato le quaranta pagine iniziali di un precedente manoscritto. Incontra, a distanza di quasi dieci anni, Giselda Fojanesi, con la quale ha una relazione che durerà circa tre anni, sicuramente fino al 1883. *Di là del mare*, novella epilogo delle *Rusticane*, adombra probabilmente il rapporto sentimentale con Giselda, ne descrive in certo modo l'evoluzione e l'inevitabile fine.

## 1881

Nel numero di gennaio della « Nuova Antologia » si pubblica col titolo *Poveri pescatori* l'episodio della tempesta tratto dai *Malavoglia*. Escono per i tipi di Treves *I Malavoglia*, accolti freddamente dalla critica (« *I Malavoglia* hanno fatto fiasco, fiasco pieno e completo » confessa l'11 aprile al Capuana). Inizia i contatti epistolari con Édouard Rod, giovane scrittore svizzero che risiede a Parigi e che nel 1887 darà alle stampe la traduzione francese dei *Malavoglia*. Stringe rapporti di amicizia col De Roberto. Comincia a ideare il *Mastro-don Gesualdo*

e pubblica in rivista *Malaria* e *Il Reverendo* che all'inizio dell'anno aveva proposto al Treves per la ristampa di *Vita dei campi* in sostituzione di *Il come, il quando ed il perché.*

1882
Esce, da Treves, *Il marito di Elena* e, in opuscolo, presso l'editore Giannotta di Catania, una nuova redazione di *Pane nero*. Continua a lavorare alle future *Novelle rusticane*, pubblicandole man mano in rivista e inizia la stesura delle novelle milanesi di *Per le vie*. Nel maggio si reca a Parigi per incontrare il Rod e successivamente a Médan dove visita Émile Zola. Nel giugno è a Londra. Alla fine dell'anno escono presso Treves le *Novelle rusticane* con la data 1883.

1883
Lavora intensamente ai racconti di *Per le vie*, pubblicandoli nel « Fanfulla della Domenica », nella « Domenica letteraria » e nella « Cronaca bizantina ». Il volume esce all'inizio dell'estate presso Treves.
Nel giugno torna in Sicilia « stanco d'anima e di corpo », per rigenerarsi e cercare di concludere il *Mastro-don Gesualdo*. Nell'autunno nasce il progetto di ridurre per le scene *Cavalleria rusticana*; perciò intensifica i rapporti col Giacosa, che sarà il « padrino » del suo esordio teatrale. Sul piano della vita privata continua la relazione con Giselda che viene cacciata di casa dal Rapisardi per la scoperta di una lettera compromettente. Ha inizio la lunga e affettuosa amicizia (durerà oltre la fine del secolo: l'ultima lettera è datata 11 maggio 1905) con la contessa Paolina Greppi.

1884
È l'anno dell'esordio teatrale con *Cavalleria rusticana.* Il dramma, letto e bocciato durante una serata milanese da un gruppo di amici (Boito, Emilio Treves, Gualdo), ma approvato dal Torelli-Viollier, è rappresentato per la prima volta e con grande successo il 14 gennaio al teatro Carignano di Torino dalla compagnia di Cesare Rossi, con Eleonora Duse nella parte di Santuzza. Esce da Sommaruga di Roma la raccolta di novelle *Drammi intimi*, di cui tre, *I drammi ignoti*, *L'ultima visita*, *Bollettino sanitario*, saranno ripresi nel 1891 in *I ricordi del capitano d'Arce*. Si conclude, con la pubblicazione della prima redazione di *Vagabondaggio* e di *Mondo piccino* ricavati dagli abbozzi del romanzo, la prima fase di stesura del *Mastro-don Gesualdo* per il quale era già pronto il contratto con l'editore Casanova.

1885
Il 16 maggio il dramma *In portineria*, adattamento teatrale di *Il canarino del N. 15*, una novella di *Per le vie*, viene accolto freddamente al teatro Manzoni di Milano. Ha inizio una crisi psicologica aggravata

dalla difficoltà di portare avanti il « Ciclo dei Vinti » e soprattutto da preoccupazioni economiche personali e della famiglia, che lo assilleranno per alcuni anni, toccando la punta massima nell'estate del 1889. Confida il suo scoraggiamento a Salvatore Paola Verdura in una lettera del 17 gennaio da Milano. Si infittiscono le richieste di prestiti agli amici, in particolare a Mariano Salluzzo e al conte Gegè Primoli.

1886-87
Passa lunghi periodi a Roma. Lavora alle novelle pubblicate dal 1884 in poi, correggendole e ampliandole per la raccolta *Vagabondaggio*, che uscirà nella primavera del 1887 presso l'editore Barbèra di Firenze. Nello stesso anno esce la traduzione francese dei *Malavoglia* senza successo né di critica né di pubblico.

1888
Dopo aver soggiornato a Roma alcuni mesi, all'inizio dell'estate ritorna in Sicilia, dove rimane (tranne brevi viaggi a Roma nel dicembre 1888 e nella tarda primavera del 1889) sino al novembre 1890, alternando alla residenza a Catania lunghi soggiorni estivi a Vizzini. Nella primavera conduce a buon fine le trattative per pubblicare *Mastro-don Gesualdo* nella « Nuova Antologia » (ma in luglio romperà col Casanova, passando alla casa Treves). Il romanzo esce a puntate nella rivista dal 1° luglio al 16 dicembre, mentre il Verga vi lavora intensamente per rielaborare o scrivere *ex novo* i sedici capitoli. Nel novembre ne ha già iniziata la revisione. Il parigino « Théâtre Libre » di Antoine rappresenta *Cavalleria rusticana*.

1889
Continua l'« esilio » siciliano (« fo vita di lavoratore romito » scrive al Primoli), durante il quale si dedica alla revisione o, meglio, al rifacimento del *Mastro-don Gesualdo* che sul finire dell'anno uscirà presso Treves. Pubblica nella « Gazzetta letteraria » e nel « Fanfulla della Domenica » le novelle che raccoglierà in seguito nei *Ricordi del capitano d'Arce* e dichiara a più riprese di esser sul punto di terminare una commedia, forse *A villa d'Este*. Incontra la contessa Dina Castellazzi di Sordevolo cui rimarrà legato per il resto della vita.

1890
Rinfrancato dal successo di *Mastro-don Gesualdo* progetta di continuare subito il « Ciclo » con la *Duchessa di Leyra* e *L'onorevole Scipioni*. Continua a pubblicare le novelle che confluiranno nelle due ultime raccolte.

1891
Pubblica da Treves *I ricordi del capitano d'Arce*. Inizia la causa contro Mascagni e l'editore Sonzogno per i diritti sulla versione lirica di *Cavalleria rusticana*. A fine ottobre si reca in Germania per seguire le rappresentazioni di *Cavalleria* a Francoforte e a Berlino.

1893
Si conclude, in seguito a transazione col Sonzogno, la causa per i diritti su *Cavalleria*, già vinta dal Verga nel 1891 in Corte d'appello. Lo scrittore incassa circa 140.000 lire, superando finalmente i problemi economici che lo avevano assillato nel precedente decennio. Prosegue intanto le trattative, iniziate nel '91 e che si concluderanno con un nulla di fatto, con Puccini per una versione lirica della *Lupa* su libretto di De Roberto. Pubblica nell'« Illustrazione italiana » una redazione riveduta di *Jeli il pastore*, *Fantasticheria* (col titolo *Fantasticherie*) e *Nedda*. Si stabilisce definitivamente a Catania dove rimarrà sino alla morte, tranne brevi viaggi e permanenze a Milano e a Roma.

1894-95
Pubblica l'ultima raccolta, *Don Candeloro e C.ⁱ*, che comprende novelle scritte e pubblicate in varie riviste tra l' '89 e il '93. Nel '95 incontra a Roma, insieme a Capuana, Émile Zola.

1896
Escono presso Treves i drammi *La Lupa*, *In portineria*, *Cavalleria rusticana*. *La Lupa* è rappresentata con successo sulle scene del teatro Gerbino di Torino il 26 gennaio. A metà anno ricomincia a lavorare alla *Duchessa di Leyra*.

1897
In una rivista catanese, « Le Grazie », è pubblicata la novella *La caccia al lupo* (1° gennaio). Esce presso Treves una nuova edizione, illustrata da Arnaldo Ferraguti, di *Vita dei campi*, con notevoli varianti rispetto al testo del 1880.

1898
In una lettera datata 10 novembre a Édouard Rod afferma di lavorare « assiduamente » alla *Duchessa di Leyra*, della quale la « Nuova Antologia » annuncia la prossima pubblicazione.

1901
In novembre al teatro Manzoni di Milano sono rappresentati i bozzetti *La caccia al lupo* e *La caccia alla volpe*, pubblicati da Treves l'anno successivo.

1902
Il « Théâtre Libre » di Antoine rappresenta a Parigi *La caccia al lupo*.

1903
Sono affidati alla sua tutela i figli del fratello Pietro, morto nello stesso anno. In novembre al Manzoni di Milano è rappresentato il dramma *Dal tuo al mio*.

1905
Dal 16 maggio al 16 giugno esce a puntate nella « Nuova Antologia » il romanzo *Dal tuo al mio*, pubblicato in volume da Treves nel 1906.

1907-1920
Il Verga rallenta sempre più la sua attività letteraria e si dedica assiduamente alla cura delle proprie terre. Continua a lavorare alla *Duchessa di Leyra* (il 1° gennaio 1907 da Catania scrive al Rod: « Io sto lavorando alla *Duchessa* »), di cui sarà pubblicato postumo un solo capitolo a cura del De Roberto in « La Lettura », 1° giugno 1922. Tra il 1912 e il 1914 affida al De Roberto la sceneggiatura cinematografica di alcune sue opere tra cui *Cavalleria rusticana*, *La Lupa*, mentre egli stesso stende la riduzione della *Storia di una capinera*, pensando anche di ricavarne una versione teatrale, e della *Caccia al lupo*. Nel 1919 scrive l'ultima novella: *Una capanna e il tuo cuore*, che uscirà pure postuma nell'« Illustrazione italiana » il 12 febbraio 1922. Nel 1920 pubblica, infine, a Roma presso La Voce una edizione riveduta delle *Novelle rusticane*. Nell'ottobre è nominato senatore.

1922
Colpito da paralisi cerebrale il 24 gennaio, muore il 27 a Catania nella casa di via Sant'Anna, 8.
Tra le opere uscite postume, oltre alle due citate, vi sono la commedia *Rose caduche*, in « Le Maschere », giugno 1928 e il bozzetto *Il Mistero*, in « Scenario », marzo 1940.

# Bibliografia

Le più importanti opere del Verga (romanzi, racconti, teatro) sono edite da Mondadori. Di recente pubblicazione sono *Sulle lagune* (a cura di G. Nicolai, Modena, S.T.E.M. - Mucchi, 1973) e *I carbonari della montagna* con, pure, *Sulle lagune* (a cura di C. Annoni, Milano, Vita e Pensiero, 1975). Del *Mastro-don Gesualdo* è uscita l'edizione critica a cura di C. Riccardi nella collana « Testi e strumenti di filologia italiana » della Fondazione Arnoldo e Alberto Mondadori per le edizioni del Saggiatore (Milano, 1979). Nei « Meridiani » di Mondadori sono stati pubblicati *I grandi romanzi*, ovvero *I Malavoglia* e *Mastro-don Gesualdo* (prefazione di R. Bacchelli, testi e note a cura di F. Cecco e C. Riccardi, Milano, 1979[2]), e *Tutte le novelle*, con le novelle sparse e abbozzi inediti, nei testi stabiliti criticamente, con introduzione e note filologico-critiche di C. Riccardi (Milano, 1979).

Nella « Biblioteca Universale Rizzoli » sono apparsi *I Malavoglia* (Milano, 1978) e *Mastro-don Gesualdo* (Milano, 1979) a cura di G. Carnazzi; Sellerio ha ristampato *Drammi intimi* con prefazione di C.A. Madrignani, presentandoli come una raccolta dimenticata e mai ripubblicata: in realtà dopo l'edizione sommarughiana del 1884 furono ristampati due volte, nel 1907 a Napoli e nel 1914 a Milano nella « Biblioteca amena Quattrini » senza l'approvazione del Verga. Questi ne inserì tre, dopo averli rielaborati, in *I ricordi del capitano d'Arce*; gli altri, non più ripresi dall'autore sono stati sempre riprodotti nelle appendici delle edizioni delle novelle (v. *Tutte le novelle*, Note ai testi, pp. 1050-53).

Da Cappelli un volumetto di *Racconti milanesi* (*Primavera*, X e tutte le novelle di *Per le vie*) presentati da E. Sanguineti inaugura la collanina « Il Caladrio » (Bologna, 1979); negli « Oscar » di Mondadori è riapparso dopo lunga assenza il romanzo più flaubertiano di Verga *Il marito di Elena*. Terzo volume dei « Tascabili del Bibliofilo » di Longanesi è la ristampa anastatica dell'edizione 1897 di *Vita dei campi*, illustrata da Arnaldo Ferraguti e ritoccata stilisticamente dal Verga (Milano, 1980): per i rapporti tra questa e l'edizio-

ne del 1880 (e le varianti) si veda la nota al testo in *Tutte le novelle*, pp. 1008-24. Una scelta di novelle, da *Vita dei campi*, *Novelle rusticane*, *Vagabondaggio*, *Don Candeloro e C.*', è uscita negli « Oscar Letture » per la scuola, a cura di E. Esposito.

Due recentissime edizioni dei *Malavoglia* sono l'una fuori commercio, riservata agli abbonati a « L'Unità » per l'anno 1979, a cura di E. Ghidetti, con otto tavole originali di R. Guttuso e con un saggio introduttivo di E. Sanguineti (Roma, L'Unità - Editori Riuniti, 1979), l'altra nella collana « I grandi libri per la scuola » a cura di N. Merola (Milano, Garzanti, 1980).

Sulla vita del Verga si vedano le seguenti biografie: N. Cappellani, *Vita di Giovanni Verga*, *Opere di Giovanni Verga*, voll. 2, Firenze, Le Monnier, 1940; G. Cattaneo, *Giovanni Verga*, Torino, UTET, 1963; F. De Roberto, *Casa Verga e altri saggi verghiani*, a cura di C. Musumarra, Firenze, Le Monnier, 1964. La cronologia del presente volume, desunta in parte, da *Tutte le novelle*, 1979 rappresenta l'aggiornamento biografico più recente.

Per l'epistolario verghiano, data la molteplicità dei contributi per lo più su riviste, rimandiamo al *Regesto delle lettere a stampa di Giovanni Verga*, di G. Finocchiaro Chimirri (Catania, Società di Storia patria per la Sicilia Orientale, 1977). In volume sono uscite le *Lettere al suo traduttore*, a cura di F. Chiappelli, Firenze, Le Monnier, 1954; *Lettere d'amore*, a cura di G. Raya, Roma, Ciranna, 1971; *Lettere di Giovanni Verga a Luigi Capuana*, a cura di G. Raya, Firenze, Le Monnier, 1975 e ora anche le *Lettere a Paolina*, a cura di G. Raya. Particolarmente importanti, inoltre, le lettere a Felice Cameroni (*Lettere inedite di Giovanni Verga*, raccolte e annotate da M. Borgese, in « Occidente », IV, 1935: alcune sono riprodotte in appendice a *I grandi romanzi*, cit.); a Ferdinando Martini (v. A. Navarria, *Annotazioni verghiane e pagine staccate*, Caltanissetta-Roma, Sciascia, 1977); a Federico De Roberto (v. *Verga De Roberto Capuana*, Catalogo della Mostra per le Celebrazioni Bicentenarie della Biblioteca Universitaria di Catania, a cura di A. Ciavarella, Catania, Giannotta, 1955). Un volume intitolato *Lettere sparse*, a cura di G. Finocchiaro Chimirri (Roma, Bulzoni, 1979), riunisce tutto quanto edito a quella data dell'epistolario verghiano. Recentissimi contributi sono apparsi nell' « Osservatore politico letterario » *Un carteggio inedito Capuana-Verga-Navarro*, a cura di S. Zappulla (dicembre 1979) e *Corrispondenza inedita tra Verga e Lopez*, a cura di G. Raya (gennaio 1980).

Una *Bibliografia verghiana* è stata approntata da G. Raya (Roma, Ciranna, 1972), molto utile, ma in alcuni punti arricchita dagli ultimi studi: vasto, ma con qualche imprecisione nei dati cronologici e bibliografici, il saggio di G.P. Marchi, *Concordanze verghiane*, così come l'antologia della critica di P. Pullega, *Leggere Verga*, Bologna, Zanichelli, 1975². Altre antologie della critica sono: G. Santangelo, *Storia della critica*

*verghiana*, Firenze, La Nuova Italia, 1969 [2]; A. Seroni, *Verga*, Palermo, Palumbo, 1973 [5]; R. Luperini, *Interpretazioni del Verga*, Roma, Savelli, 1975; E. Ghidetti, *Verga. Guida storico-critica*, Roma, Editori Riuniti, 1979.

Diamo, inoltre, notizia dei più importanti studi sul verismo e sull'opera di Verga in generale e su aspetti e problemi particolari:

F. Cameroni, *Realismo*. « *Tigre reale* » *di Giovanni Verga*, in « L'Arte drammatica », 10 luglio 1875; « *I Malavoglia* », in « La Rivista repubblicana », n. 2, 1881; « *Novelle rusticane* », in « La Farfalla », 17 dicembre 1882; poi in *Interventi critici sulla letteratura italiana*, a cura di G. Viazzi, Napoli, Guida, 1974.

L. Capuana, *Studi sulla letteratura contemporanea*, I serie, Milano, Brigola, 1880; II serie, Catania, Giannotta, 1882.

— *Gli « ismi » contemporanei*, Catania, Giannotta, 1898; ristampato a cura di G. Luti, Milano, Fabbri, 1973.

— *Verga e D'Annunzio*, a cura di M. Pomilio, Bologna, Cappelli, 1972. (Sono raccolti gli scritti su V., tra cui quelli apparsi nei volumi sopra citati.)

F. Torraca, *Saggi e rassegne*, Livorno, Vigo, 1885.

E. Scarfoglio, *Il libro di don Chisciotte*, Roma, Sommaruga, 1885.

E. Panzacchi, *Morti e viventi*, Catania, Giannotta, 1898.

B. Croce, *Giovanni Verga*, in « La Critica », I, IV, 1903; poi in *La letteratura della nuova Italia*, III, Bari, Laterza, 1922.

R. Serra, *Le lettere*, Roma, Bontempelli, 1914, ristampato a cura di M. Biondi, Milano, Longanesi, 1974.

K. Vossler, *Letteratura italiana contemporanea*, Napoli, Ricciardi, 1916.

F. Tozzi, *Giovanni Verga e noi*, in « Il Messaggero della Domenica », 17 novembre 1918; poi in *Realtà di ieri e di oggi*, Milano, Alpes, 1928.

L. Russo, *Giovanni Verga*, Napoli, Ricciardi, 1920 [1919]; nuova redazione, Bari, Laterza, 1934; terza edizione ampliata 1941; ultima edizione 1974.

— Prefazione a G. V., *Opere*, Milano-Napoli, Ricciardi, 1955.

— Profilo critico in *I narratori* (1850-1957), Milano-Messina, Principato, 1958.

— *Verga romanziere e novelliere*, Torino, Eri, 1959.

A. Momigliano, *Giovanni Verga narratore*, Palermo, Priulla, s. d. [1923]; poi in *Dante, Manzoni, Verga*, Messina, D'Anna, 1944.

V. Lugli, *I due « Mastro-don Gesualdo »*, in « Rivista d'Italia », marzo 1925; poi in *Dante e Balzac*, Napoli, Edizioni Scientifiche Italiane, 1952 (contiene anche *Il discorso indiretto libero in Flaubert e in Verga*).

*Studi Verghiani*, a cura di L. Perroni, Palermo, Edizioni del Sud, 1929

(ristampati con il titolo *Studi critici su Giovanni Verga*, Roma, Bibliotheca, 1934).

G. Marzot, *L'arte del Verga*, in «Annuario dell'Istituto Magistrale A. Fogazzaro», Vicenza, 1930; rielaborato in *Preverismo, Verga e la generazione verghiana*, Bologna, Cappelli, 1965.

R. Bacchelli, *L'ammirabile Verga*, in *Confessioni letterarie*, Milano, Soc. ed. «La Cultura», 1932; poi in *Saggi critici*, Milano, Mondadori, 1962.

– *Giovanni Verga: la canzone, il romanzo, la tragedia*, prefazione a G. V., *I grandi romanzi*, Milano, Mondadori, 1972.

L. Pirandello, *Giovanni Verga*, in *Studi critici su Giovanni Verga*, cit.; poi in *Saggi*, Milano, Mondadori, 1939 e in *Saggi, poesie e scritti varii*, a cura di M. Lo Vecchio Musti, Milano, Mondadori, 1960.

G. Trombatore, *Mastro-don Gesualdo*, in «Ateneo veneto», luglio-agosto 1935; ora in *Saggi critici*, Firenze, La Nuova Italia, 1950.

– *Verga e la libertà*, in *Riflessi letterari del Risorgimento in Sicilia*, Palermo, Manfredi, 1960.

P. Arrighi, *Le vérisme dans la prose narrative italienne*, Paris, Boivin e C$^{ie}$, 1937.

D. Garrone, *Giovanni Verga*, prefazione di L. Russo, Firenze, Vallecchi, 1941.

N. Sapegno, *Appunti per un saggio sul Verga*, in «Risorgimento», I, 3, 1945; ora in *Ritratto di Manzoni e altri saggi*, Bari, Laterza, 1961.

S. Lo Nigro, *Le due redazioni del Mastro-don Gesualdo*, in «Lettere italiane», I, 1, 1949.

G. Devoto, *I «piani del racconto» in due capitoli dei «Malavoglia»*, in «Bollettino del Centro studi filologici e linguistici siciliani», II, 1954; poi in *Nuovi studi di stilistica*, Firenze, Le Monnier, 1962 e in *Itinerario stilistico*, Firenze, Le Monnier, 1975.

A. M. Cirese, *Il mondo popolare nei «Malavoglia»*, in «Letteratura», III, 17-18, 1955; poi in *Intellettuali, folklore, istinto di classe*, Torino, Einaudi, 1976.

L. Spitzer, *L'originalità della narrazione nei «Malavoglia»*, in «Belfagor», XI, 1, 1956.

W. Hempel, *Giovanni Vergas Roman «I Malavoglia» und die Wiederholung als erzählerisches Kunstmittel*, Köln-Graz, Böhlau Verlag, 1959.

G. Debenedetti, *Presagi del Verga*, in *Saggi critici*, III serie, Milano, Il Saggiatore, 1959.

– *Verga e il naturalismo*, Milano, Garzanti, 1976.

L. Sciascia, *I fatti di Bronte*, in *Pirandello e la Sicilia*, Caltanissetta-Roma, Sciascia, 1961.

– *Verga e la libertà*, in *La corda pazza*, Torino, Einaudi, 1970.

G. Luti, *Italo Svevo e altri studi sulla letteratura italiana del primo Novecento*, (Parte prima), Milano, Lerici, 1961. (Contiene: *La formazione del Verga, Da «Vita dei campi» a «I Malavoglia», Lo stile ne «I Malavoglia», Struttura de «I Malavoglia», «I Malavoglia» e la cultura italiana del Novecento*).

A. Asor Rosa, *Scrittori e popolo. Saggio sulla letteratura populista in Italia*, Roma, Samonà e Savelli, 1965.

– *Il caso Verga*, Palermo, Palumbo, 1972. (Contiene: A. Asor Rosa, *Il primo e l'ultimo uomo del mondo*; V. Masiello, *La lingua del Verga tra mimesi dialettale e realismo critico*; interventi di G. Petronio, R. Luperini e B. Biral).

– *Il punto di vista dell'ottica verghiana*, in *Letteratura e critica. Studi in onore di N. Sapegno*, vol. II, Roma, Bulzoni, 1975.

– *«Amor del vero»: sperimentalismo e verismo*, in *Storia d'Italia*, vol. IV *Dall'Unità a oggi* (tomo II), Torino, Einaudi, 1975.

G. Mariani, *Storia della Scapigliatura*, Caltanissetta-Roma, Sciascia, 1967.

– *Ottocento romantico e verista*, Napoli, Giannini, 1972.

A. Vallone, *Mastro-don Gesualdo nel 1888 e nel 1889*, in «Atti e Memorie nell'Arcadia», IV, 4, 1967.

G. Cecchetti, *Il Verga maggiore*, Firenze, La Nuova Italia, 1968.

G. Contini, introduzione all'antologia delle opere di *Giovanni Verga*, in *Letteratura dell'Italia unita (1861-1968)*, Firenze, Sansoni, 1968.

S. Pappalardo, *Il proverbio nei «Malavoglia» del Verga*, in «Lares», 1967 (nn. 1-2) - 1968 (nn. 3-4).

P. De Meijer, *Costanti del mondo verghiano*, Caltanissetta-Roma, Sciascia, 1969.

F. Nicolosi, *Questioni verghiane*, Roma, Edizioni dell'Ateneo, 1969.

R. Bigazzi, *I colori del vero*, Pisa, Nistri-Lischi, 1969.

– *Su Verga novelliere*, Pisa, Nistri-Lischi, 1975.

E. Caccia, *Il linguaggio dei Malavoglia tra storia e poesia*, in *Tecniche e valori da Dante al Verga*, Firenze, Olschki, 1969.

V. Masiello, *Verga tra ideologia e realtà*, Bari, De Donato, 1970.

A. Lanci, *«I Malavoglia». Analisi del racconto*, in «Trimestre», 2-3, 1971.

S. Ferrone, *Il teatro di Verga*, Roma, Bulzoni, 1972.

A. Seroni, *Da Dante a Verga*, Roma, Editori Riuniti, 1972.

G. P. Biasin, *Note sulla stremata poesia dei «Malavoglia»*, in «Forum italicum», VI, 1, 1972.

G. Guglielmi, *Ironia e negazione*, Torino, Einaudi 1973. (Contiene: *Il mito nei Malavoglia, Sulla costruzione del Mastro-don Gesualdo e L'obiettivazione del Verga*).

G. Tellini, *Le correzioni di Vita dei campi*, in *L'avventura di Malombra e altri saggi*, Roma, Bulzoni, 1973.

C. Riccardi, *Dal primo al secondo «Mastro-don Gesualdo»*, in *Studi*

*di filologia e letteratura italiana offerti a Carlo Dionisotti*, Milano-Napoli, Ricciardi, 1973.

- *Gli abbozzi del Mastro-don Gesualdo e la novella «Vagabondaggio»*, in «Studi di Filologia italiana», XXXIII, 1975.
- *Il problema filologico di «Vita dei campi»*, in «Studi di Filologia italiana», XXXV, 1977.

E. Hatzantonis, *L'affettività verghiana ne «I Malavoglia»*, in «Forum italicum», VIII, 3, 1974.

G. C. Ferretti, *Verga e «altri casi»: studi marxisti sull'Otto-Novecento*, in «Problemi», 31, 1974.

C. A. Madrignani, *Discussioni sul romanzo naturalista*, in *Ideologia e narrativa dopo l'unificazione*, Roma, Savelli, 1974.

G. C. Mazzacurati, *Scrittura e ideologia in Verga ovvero le metamorfosi della lupa*, in *Forma e ideologia*, Napoli, Liguori, 1974.

E. Bonora, *Le novelle milanesi del Verga*, in «Giornale storico della Letteratura italiana», XVI, 474, 1974.

F. Branciforti, *L'autografo dell'ultimo capitolo di Mastro-don Gesualdo (1888)*, in «Quaderni di Filologia e Letteratura siciliana», 2, 1974.

R. Luperini, *Giovanni Verga*, in *Il secondo Ottocento* (Parte seconda), letteratura italiana - Storia e testi, Bari, Laterza, 1975.

G. B. Bronzini, *Componente siciliana e popolare in Verga*, in «Lares», 3-4, 1975.

P. Fontana, *Coscienza storico-esistenziale e mito nei «Malavoglia»*, in «Italianistica», V, 1, 1976.

V. Spinazzola, *Verismo e positivismo*, Milano, Garzanti, 1977.

*Verga inedito*, in «Sigma», X, 1-2, 1977. (Contiene: L. Sciascia, *La chiave della memoria*; C. Riccardi, *«Mastro-don Gesualdo» dagli abbozzi al romanzo*; G. Mazzacurati, *Il testimone scisso: radiografia di una novella verghiana*; G. Tellini, *Nuove «concordanze» verghiane*; G. Zaccaria, *La «falsa coscienza» dell'arte nelle opere del primo Verga*; M. Dillon Wanke, *«Il marito di Elena»*, ovvero dell'ambiguità*; N. Merola, *Specchio di povertà*; V. Moretti, *I conflitti di «Una peccatrice»*; A. Andreoli, *Circolarità metonimica del Verga «borghese»*; M. Boselli, *La parabola dei Vinti*; G. Baldi, *I punti di vista narrativi nei «Malavoglia»*; F. Spera, *La funzione del mistero*; G. Bàrberi Squarotti, *Fra fiaba e tragedia: «La roba»; 11 lettere di G. Verga a E. Calandra*, a cura di G. Zaccaria e F. Monetti).

# Nota al testo

In attesa dell'edizione critica dei *Malavoglia* (per altro in avanzata fase di preparazione da parte di Ferruccio Cecco) riproduciamo qui il testo procurato dallo stesso per il volume G. Verga, *I grandi romanzi*, Milano, Mondadori, 1979 [2].

# I Malavoglia
[1881]

Questo racconto è lo studio sincero e spassionato del come probabilmente devono nascere e svilupparsi nelle più umili condizioni le prime irrequietudini pel benessere; e quale perturbazione debba arrecare in una famigliuola, vissuta sino allora relativamente felice, la vaga bramosìa dell'ignoto, l'accorgersi che non si sta bene, o che si potrebbe star meglio.

Il movente dell'attività umana che produce la fiumana del progresso è preso qui alle sue sorgenti, nelle proporzioni più modeste e materiali. Il meccanismo delle passioni che la determinano in quelle basse sfere è meno complicato, e potrà quindi osservarsi con maggior precisione. Basta lasciare al quadro le sue tinte schiette e tranquille, e il suo disegno semplice. Man mano che cotesta ricerca del meglio di cui l'uomo è travagliato cresce e si dilata, tende anche ad elevarsi, e segue il suo moto ascendente nelle classi sociali. Nei *Malavoglia* non è ancora che la lotta pei bisogni materiali. Soddisfatti questi, la ricerca diviene avidità di ricchezze, e si incarnerà in un tipo borghese, *Mastro-don Gesualdo*, incorniciato nel quadro ancora ristretto di una piccola città di provincia, ma del quale i colori cominceranno ad essere più vivaci, e il disegno a farsi più ampio e variato. Poi diventerà vanità aristocratica nella *Duchessa de Leyra*; e ambizione nell'*Onorevole Scipioni*, per arrivare all'*Uomo di lusso*, il quale riunisce tutte coteste bramosìe, tutte coteste vanità, tutte coteste ambizioni, per

comprenderle e soffrirne, se le sente nel sangue, e ne è consunto. A misura che la sfera dell'azione umana si allarga, il congegno della passione va complicandosi; i tipi si disegnano certamente meno originali, ma più curiosi, per la sottile influenza che esercita sui caratteri l'educazione, ed anche tutto quello che ci può essere di artificiale nella civiltà. Persino il linguaggio tende ad individualizzarsi, ad arricchirsi di tutte le mezze tinte dei mezzi sentimenti, di tutti gli artifici della parola onde dar rilievo all'idea, in un'epoca che impone come regola di buon gusto un eguale formalismo per mascherare un'uniformità di sentimenti e d'idee. Perché la riproduzione artistica di cotesti quadri sia esatta, bisogna seguire scrupolosamente le norme di questa analisi; esser sinceri per dimostrare la verità, giacché la forma è così inerente al soggetto, quanto ogni parte del soggetto stesso è necessaria alla spiegazione dell'argomento generale.

Il cammino fatale, incessante, spesso faticoso e febbrile che segue l'umanità per raggiungere la conquista del progresso, è grandioso nel suo risultato, visto nell'insieme, da lontano. Nella luce gloriosa che l'accompagna dileguansi le irrequietudini, le avidità, l'egoismo, tutte le passioni, tutti i vizi che si trasformano in virtù, tutte le debolezze che aiutano l'immane lavoro, tutte le contraddizioni, dal cui attrito sviluppasi la luce della verità. Il risultato umanitario copre quanto c'è di meschino negli interessi particolari che lo producono; li giustifica quasi come mezzi necessari a stimolare l'attività dell'individuo cooperante inconscio a beneficio di tutti. Ogni movente di cotesto lavorìo universale, dalla ricerca del benessere materiale alle più elevate ambizioni, è legittimato dal solo fatto della sua opportunità a raggiungere lo scopo del movimento incessante; e quando si conosce dove vada questa immensa corrente dell'attività umana, non si domanda al certo come ci va. Solo l'osservatore, travolto anch'esso dalla fiumana, guardandosi attorno, ha il diritto di interessarsi ai deboli che restano per via, ai fiacchi che si lasciano sor-

passare dall'onda per finire più presto, ai vinti che levano le braccia disperate, e piegano il capo sotto il piede brutale dei sopravvegnenti, i vincitori d'oggi, affrettati anch'essi, avidi anch'essi d'arrivare, e che saranno sorpassati domani.

I *Malavoglia*, *Mastro-don Gesualdo*, la *Duchessa de Leyra*, l'*Onorevole Scipioni*, l'*Uomo di lusso* sono altrettanti vinti che la corrente ha deposti sulla riva, dopo averli travolti e annegati, ciascuno colle stimate del suo peccato, che avrebbero dovuto essere lo sfolgorare della sua virtù. Ciascuno, dal più umile al più elevato, ha avuta la sua parte nella lotta per l'esistenza, pel benessere, per l'ambizione – dall'umile pescatore al nuovo arricchito – alla intrusa nelle alte classi – all'uomo dall'ingegno e dalle volontà robuste, il quale si sente la forza di dominare gli altri uomini, di prendersi da sé quella parte di considerazione pubblica che il pregiudizio sociale gli nega per la sua nascita illegale; di fare la legge, lui nato fuori della legge – all'artista che crede di seguire il suo ideale seguendo un'altra forma dell'ambizione. Chi osserva questo spettacolo non ha il diritto di giudicarlo; è già molto se riesce a trarsi un istante fuori del campo della lotta per studiarla senza passione, e rendere la scena nettamente, coi colori adatti, tale da dare la rappresentazione della realtà com'è stata, o come avrebbe dovuto essere.

Milano, 19 gennaio 1881.

# I

Un tempo i *Malavoglia* erano stati numerosi come i sassi della strada vecchia di Trezza; ce n'erano persino ad Ognina, e ad Aci Castello, tutti buona e brava gente di mare, proprio all'opposto di quel che sembrava dal nomignolo, come dev'essere. Veramente nel libro della parrocchia si chiamavano Toscano, ma questo non voleva dir nulla, poiché da che il mondo era mondo, all'Ognina, a Trezza e ad Aci Castello, li avevano sempre conosciuti per Malavoglia, di padre in figlio, che avevano sempre avuto delle barche sull'acqua, e delle tegole al sole. Adesso a Trezza non rimanevano che i Malavoglia di padron 'Ntoni, quelli della casa del nespolo, e della *Provvidenza* ch'era ammarrata sul greto, sotto il lavatoio, accanto alla *Concetta* dello zio Cola, e alla paranza di padron Fortunato *Cipolla*.

Le burrasche che avevano disperso di qua e di là gli altri Malavoglia, erano passate senza far gran danno sulla casa del nespolo e sulla barca ammarrata sotto il lavatoio; e padron 'Ntoni, per spiegare il miracolo, soleva dire, mostrando il pugno chiuso – un pugno che sembrava fatto di legno di noce – Per menare il remo bisogna che le cinque dita s'aiutino l'un l'altro.

Diceva pure, – Gli uomini son fatti come le dita della mano: il dito grosso deve far da dito grosso, e il dito piccolo deve far da dito piccolo.

E la famigliuola di padron 'Ntoni era realmente disposta come le dita della mano. Prima veniva lui, il dito grosso,

che comandava le feste e le quarant'ore; poi suo figlio Bastiano, *Bastianazzo*, perché era grande e grosso quanto il San Cristoforo che c'era dipinto sotto l'arco della pescheria della città; e così grande e grosso com'era filava diritto alla manovra comandata, e non si sarebbe soffiato il naso se suo padre non gli avesse detto « sòffiati il naso » tanto che s'era tolta in moglie *la Longa* quando gli avevano detto « pìgliatela ». Poi veniva la Longa, una piccina che badava a tessere, salare le acciughe, e far figliuoli, da buona massaia; infine i nipoti, in ordine di anzianità: 'Ntoni, il maggiore, un bighellone di vent'anni, che si buscava tutt'ora qualche scappellotto dal nonno, e qualche pedata più giù per rimettere l'equilibrio, quando lo scappellotto era stato troppo forte; Luca, « che aveva più giudizio del grande » ripeteva il nonno; Mena (Filomena) soprannominata « Sant'Agata » perché stava sempre al telaio, e si suol dire « donna di telaio, gallina di pollaio, e triglia di gennaio »; Alessi (Alessio) un moccioso tutto suo nonno colui!; e Lia (Rosalia) ancora né carne né pesce. – Alla domenica, quando entravano in chiesa, l'uno dietro l'altro, pareva una processione.

Padron 'Ntoni sapeva anche certi *motti* e proverbi che aveva sentito dagli *antichi*, « perché il motto degli antichi mai mentì »: – « Senza pilota barca non cammina » – « Per far da papa bisogna saper far da sagrestano » – oppure – « Fa il mestiere che sai, che se non arricchisci camperai » – « Contentati di quel che t'ha fatto tuo padre; se non altro non sarai un birbante » ed altre sentenze giudiziose.

Ecco perché la casa del nespolo prosperava, e padron 'Ntoni passava per testa quadra, al punto che a Trezza l'avrebbero fatto consigliere comunale, se don Silvestro, il segretario, il quale la sapeva lunga, non avesse predicato che era un codino marcio, un reazionario di quelli che proteggono i Borboni, e che cospirava pel ritorno di Franceschello, onde poter spadroneggiare nel villaggio, come spadroneggiava in casa propria.

Padron 'Ntoni invece non lo conosceva neanche di vista

Franceschello, e badava agli affari suoi, e soleva dire: « Chi ha carico di casa non può dormire quando vuole » perché « chi comanda ha da dar conto ».

Nel dicembre 1863, 'Ntoni, il maggiore dei nipoti, era stato chiamato per la leva di mare. Padron 'Ntoni allora era corso dai pezzi grossi del paese, che son quelli che possono aiutarci. Ma don Giammaria, il vicario, gli avea risposto che gli stava bene, e questo era il frutto di quella rivoluzione di satanasso che avevano fatto collo sciorinare il fazzoletto tricolore dal campanile. Invece don Franco lo speziale si metteva a ridere fra i peli della barbona, e gli giurava fregandosi le mani che se arrivavano a mettere assieme un po' di repubblica, tutti quelli della leva e delle tasse li avrebbero presi a calci nel sedere, ché soldati non ce ne sarebbero stati più, e invece tutti sarebbero andati alla guerra, se bisognava. Allora padron 'Ntoni lo pregava e lo strapregava per l'amor di Dio di fargliela presto la repubblica, prima che suo nipote 'Ntoni andasse soldato, come se don Franco ce l'avesse in tasca; tanto che lo speziale finì coll'andare in collera. Allora don Silvestro il segretario si smascellava dalle risa a quei discorsi, e finalmente disse lui che con un certo gruzzoletto fatto scivolare in tasca a tale e tal altra persona che sapeva lui, avrebbero saputo trovare a suo nipote un difetto da riformarlo. Per disgrazia il ragazzo era fatto con coscienza, come se ne fabbricano ancora ad Aci Trezza, e il dottore della leva, quando si vide dinanzi quel pezzo di giovanotto, gli disse che aveva il difetto di esser piantato come un pilastro su quei piedacci che sembravano pale di ficodindia; ma i piedi fatti a pala di ficodindia ci stanno meglio degli stivalini stretti sul ponte di una corazzata, in certe giornatacce; e perciò si presero 'Ntoni senza dire « permettete ». La Longa, mentre i coscritti erano condotti in quartiere, trottando trafelata accanto al passo lungo del figliuolo, gli andava raccomandando di tenersi sempre sul petto l'abitino della Madonna, e di mandare le notizie ogni volta che tornava

qualche conoscente dalla città, che poi gli avrebbero mandati i soldi per la carta.

Il nonno, da uomo, non diceva nulla; ma si sentiva un gruppo nella gola anch'esso, ed evitava di guardare in faccia la nuora, quasi ce l'avesse con lei. Così se ne tornarono ad Aci Trezza zitti zitti e a capo chino. Bastianazzo, che si era sbrigato in fretta dal disarmare la *Provvidenza*, per andare ad aspettarli in capo alla via, come li vide comparire a quel modo, mogi mogi e colle scarpe in mano, non ebbe animo di aprir bocca, e se ne tornò a casa con loro. La Longa corse subito a cacciarsi in cucina, quasi avesse furia di trovarsi a quattr'occhi colle vecchie stoviglie, e padron 'Ntoni disse al figliuolo:

– Va a dirle qualche cosa, a quella poveretta; non ne può più.

Il giorno dopo tornarono tutti alla stazione di Aci Castello per veder passare il convoglio dei coscritti che andavano a Messina, e aspettarono più di un'ora, pigiati dalla folla, dietro lo steccato. Finalmente giunse il treno, e si videro tutti quei ragazzi che annaspavano, col capo fuori dagli sportelli, come fanno i buoi quando sono condotti alla fiera. I canti, le risate e il baccano erano tali che sembrava la festa di Trecastagni, e nella ressa e nel frastuono ci si dimenticava perfino quello stringimento di cuore che si aveva prima.

– Addio 'Ntoni! – Addio mamma! – Addio! ricordati! ricordati! – Lì presso, sull'argine della via, c'era la Sara di comare Tudda, a mietere l'erba pel vitello; ma comare Venera *la Zuppidda* andava soffiando che c'era venuta per salutare 'Ntoni di padron 'Ntoni, col quale si parlavano dal muro dell'orto, li aveva visti lei, con quegli occhi che dovevano mangiarseli i vermi. Certo è che 'Ntoni salutò la Sara colla mano, ed ella rimase colla falce in pugno a guardare finché il treno non si mosse. Alla Longa, l'era parso rubato a lei quel saluto; e molto tempo dopo, ogni volta che incontrava la Sara di comare Tudda, nella piazza o al lavatoio, le voltava le spalle.

Poi il treno era partito fischiando e strepitando in modo da mangiarsi i canti e gli addii. E dopo che i curiosi si furono dileguati, non rimasero che alcune donnicciuole e qualche povero diavolo, che si tenevano ancora stretti ai pali dello steccato, senza saper perché. Quindi a poco a poco si sbrancarono anch'essi, e padron 'Ntoni, indovinando che la nuora dovesse avere la bocca amara, le pagò due centesimi di acqua col limone.

Comare Venera la Zuppidda, per confortare comare la Longa, le andava dicendo: – Ora mettetevi il cuore in pace, che per cinque anni bisogna fare come se vostro figlio fosse morto, e non pensarci più.

Ma pure ci pensavano sempre, nella casa del nespolo, o per certa scodella che le veniva tutti i giorni sotto mano alla Longa nell'apparecchiare il deschetto, o a proposito di certa ganza che 'Ntoni sapeva fare meglio di ogni altro alla funicella della vela, e quando si trattava di serrare una scotta tesa come una corda di violino, o di alare una parommella che ci sarebbe voluto l'argano. Il nonno ansimando cogli ohi! ooohi! intercalava – Qui ci vorrebbe 'Ntoni – oppure – Vi pare che io abbia il polso di quel ragazzo? La madre, mentre ribatteva il pettine sul telaio – uno! due! tre! – pensava a quel bum bum della macchina che le aveva portato via il figliuolo, e le era rimasto sul cuore, in quel gran sbalordimento, e le picchiava ancora il petto, – uno! due! tre!

Il nonno poi aveva certi singolari argomenti per confortarsi, e per confortare gli altri: – Del resto, volete che vel dica? Un po' di soldato gli farà bene a quel ragazzo; ché il suo paio di braccia gli piaceva meglio di portarsele a spasso la domenica, anziché servirsene a buscarsi il pane.

Oppure: – Quando avrà provato il pane salato che si mangia altrove, non si lagnerà più della minestra di casa sua.

Finalmente arrivò da Napoli la prima lettera di 'Ntoni, che mise in rivoluzione tutto il vicinato. Diceva che le donne, in quelle parti là, scopavano le strade colle gonnelle

di seta, e che sul molo c'era il teatro di Pulcinella, e si vendevano delle pizze, a due centesimi, di quelle che mangiano i signori, e senza soldi non ci si poteva stare, e non era come a Trezza, dove se non si andava all'osteria della *Santuzza* non si sapeva come spendere un baiocco. — Mandiamogli dei soldi per comperarsi le pizze, al goloso! brontolava padron 'Ntoni; già lui non ci ha colpa, è fatto così; è fatto come i merluzzi, che abboccherebbero un chiodo arrugginito. Se non l'avessi tenuto a battesimo su queste braccia, direi che don Giammaria gli ha messo in bocca dello zucchero invece di sale.

La *Mangiacarrubbe*, quando al lavatoio c'era anche Sara di comare Tudda, tornava a dire:

— Sicuro! le donne vestite di seta aspettavano apposta 'Ntoni di padron 'Ntoni per rubarselo; che non ne avevano visti mai dei cetrioli laggiù!

Le altre si tenevano i fianchi dal ridere, e d'allora in poi le ragazze inacidite lo chiamarono « cetriuolo ».

'Ntoni aveva mandato anche il suo ritratto, l'avevano visto tutte le ragazze del lavatoio, come la Sara di comare Tudda lo faceva passare di mano in mano, sotto il grembiule, e la Mangiacarrubbe schiattava dalla gelosia. Pareva San Michele Arcangelo in carne ed ossa, con quei piedi posati sul tappeto, e quella cortina sul capo, come quella della Madonna dell'Ognina, così bello, lisciato e ripulito che non l'avrebbe riconosciuto più la mamma che l'aveva fatto; e la povera Longa non si saziava di guardare il tappeto e la cortina e quella colonna contro cui il suo ragazzo stava ritto impalato, grattando colla mano la spalliera di una bella poltrona; e ringraziava Dio e i santi che avevano messo il suo figliuolo in mezzo a tutte quelle galanterie. Ella teneva il ritratto sul canterano, sotto la campana del Buon Pastore — che gli diceva le avemarie — andava dicendo la Zuppidda, e si credeva di averci un tesoro sul canterano, mentre suor Mariangela la Santuzza ce ne aveva un altro, tal quale chi voleva vederlo, che glielo aveva regalato com-

pare Mariano *Cinghialenta*, e lo teneva inchiodato sul banco dell'osteria, dietro i bicchieri.

Ma dopo un po' di tempo 'Ntoni aveva pescato un camerata che sapeva di lettere, e si sfogava a lagnarsi della vitaccia di bordo, della disciplina, dei superiori, del riso lungo e delle scarpe strette. — Una lettera che non valeva i venti centesimi della posta! borbottava padron 'Ntoni. La Longa se la prendeva con quegli sgorbj, che sembravano ami di pesceluna, e non potevano dir nulla di buono. Bastianazzo dimenava il capo e faceva segno di no, che così non andava bene, e se fosse stato in lui ci avrebbe messo sempre delle cose allegre, da far ridere il cuore agli altri, lì sulla carta, — e vi appuntava un dito grosso come un regolo da forcola — se non altro per compassione della Longa, la quale, poveretta, non si dava pace, e sembrava una gatta che avesse perso i gattini. Padron 'Ntoni andava di nascosto a farsi leggere la lettera dallo speziale, e poi da don Giammaria, che era del partito contrario, affine di sentire le due campane, e quando si persuadeva che era scritto proprio così, ripeteva con Bastianazzo, e con la moglie di lui:

— Non ve lo dico io che quel ragazzo avrebbe dovuto nascer ricco, come il figlio di padron Cipolla, per stare a grattarsi la pancia senza far nulla!

Intanto l'annata era scarsa e il pesce bisognava darlo per l'anima dei morti, ora che i cristiani avevano imparato a mangiar carne anche il venerdì come tanti turchi. Per giunta le braccia rimaste a casa non bastavano più al governo della barca, e alle volte bisognava prendere a giornata Menico *della Locca*, o qualchedun altro. Il re faceva così, che i ragazzi se li pigliava per la leva quando erano atti a buscarsi il pane; ma sinché erano di peso alla famiglia, avevano a tirarli su per soldati; e bisognava pensare ancora che la Mena entrava nei diciassett'anni, e cominciava a far voltare i giovanotti quando andava a messa. « L'uomo è il fuoco, e la donna è la stoppa: viene il diavolo e soffia. » Perciò si doveva aiutarsi colle mani e

coi piedi per mandare avanti quella barca della casa del nespolo.

Padron 'Ntoni adunque, per menare avanti la barca, aveva combinato con lo zio Crocifisso *Campana di legno* un negozio di certi lupini da comprare a credenza per venderli a Riposto, dove compare Cinghialenta aveva detto che c'era un bastimento di Trieste a pigliar carico. Veramente i lupini erano un po' avariati; ma non ce n'erano altri a Trezza, e quel furbaccio di Campana di legno sapeva pure che la *Provvidenza* se la mangiavano inutilmente il sole e l'acqua, dov'era ammarrata sotto il lavatoio, senza far nulla; perciò si ostinava a fare il minchione. – Eh? non vi conviene? lasciateli! Ma un centesimo di meno non posso, in coscienza! che l'anima ho da darla a Dio! – e dimenava il capo che pareva una campana senza batacchio davvero. Questo discorso avveniva sulla porta della chiesa dell'Ognina, la prima domenica di settembre, che era stata la festa della Madonna, con gran concorso di tutti i paesi vicini; e c'era anche compare Agostino *Piedipapera*, il quale colle sue barzellette riuscì a farli mettere d'accordo sulle due onze e dieci a salma, da pagarsi « col violino » a tanto il mese. Allo zio Crocifisso gli finiva sempre così, che gli facevano chinare il capo per forza, come Peppinino, perché aveva il maledetto vizio di non saper dir di no. – Già! voi non sapete dir di no, quando vi conviene, sghignazzava Piedipapera. Voi siete come le... e disse come.

Allorché la Longa seppe del negozio dei lupini, dopo cena, mentre si chiacchierava coi gomiti sulla tovaglia, rimase a bocca aperta; come se quella grossa somma di quarant'onze se la sentisse sullo stomaco. Ma le donne hanno il cuore piccino, e padron 'Ntoni dovette spiegarle che se il negozio andava bene c'era del pane per l'inverno, e gli orecchini per Mena, e Bastiano avrebbe potuto andare e venire in una settimana da Riposto, con Menico della Locca. Bastiano intanto smoccolava la candela senza dir nulla. Così fu risoluto il negozio dei lupini, e il viaggio della *Provvidenza*, che era la più vecchia delle barche del villaggio, ma aveva il

nome di buon augurio. Maruzza se ne sentiva sempre il cuore nero, ma non apriva bocca, perché non era affar suo, e si affaccendava zitta zitta a mettere in ordine la barca e ogni cosa pel viaggio, il pane fresco, l'orciolino coll'olio, le cipolle, il cappotto foderato di pelle, sotto la pedagna e nella scaffetta.

Gli uomini avevano avuto un gran da fare tutto il giorno, con quell'usuraio dello zio Crocifisso, il quale aveva venduto la gatta nel sacco, e i lupini erano avariati. Campana di legno diceva che lui non ne sapeva nulla, come è vero Iddio! « Quel ch'è di patto non è d'inganno »; che l'anima lui non doveva darla ai porci! e Piedipapera schiamazzava e bestemmiava come un ossesso per metterli d'accordo, giurando e spergiurando che un caso simile non gli era capitato da che era vivo; e cacciava le mani nel mucchio dei lupini e li mostrava a Dio e alla Madonna, chiamandoli a testimoni. Infine, rosso, scalmanato, fuori di sé, fece una proposta disperata, e la piantò in faccia allo zio Crocifisso rimminchionito, e ai Malavoglia coi sacchi in mano: – Là! pagateli a Natale, invece di pagarli a tanto al mese, e ci avrete un risparmio di un tarì a salma! La finite ora, santo diavolone? – E cominciò a insaccare – In nome di Dio, e uno!

La *Provvidenza* partì il sabato verso sera, e doveva esser suonata l'avemaria, sebbene la campana non si fosse udita, perché mastro Cirino il sagrestano era andato a portare un paio di stivaletti nuovi a don Silvestro il segretario; in quell'ora le ragazze facevano come uno stormo di passere attorno alla fontana, e la stella della sera era già bella e lucente, che pareva una lanterna appesa all'antenna della *Provvidenza*. Maruzza colla bambina in collo se ne stava sulla riva, senza dir nulla, intanto che suo marito sbrogliava la vela, e la *Provvidenza* si dondolava sulle onde rotte dai *fariglioni* come un'anitroccola. – « Scirocco chiaro e tramontana scura, mettiti in mare senza paura, » diceva padron 'Ntoni dalla riva, guardando verso la montagna tutta nera di nubi.

Menico della Locca, il quale era nella *Provvidenza* con Bastianazzo, gridava qualche cosa che il mare si mangiò. — Dice che i denari potete mandarli a sua madre, la Locca, perché suo fratello è senza lavoro; aggiunse Bastianazzo, e questa fu l'ultima sua parola che si udì.

# II

Per tutto il paese non si parlava d'altro che del negozio dei lupini, e come la Longa se ne tornava a casa colla Lia in collo, le comari si affacciavano sull'uscio per vederla passare.

– Un affar d'oro! – vociava Piedipapera, arrancando colla gamba storta dietro a padron 'Ntoni, il quale era andato a sedersi sugli scalini della chiesa, accanto a padron Fortunato Cipolla, e al fratello di Menico della Locca che stavano a prendere il fresco. – Lo zio Crocifisso strillava come se gli strappassero le penne mastre, ma non bisogna badarci, perché delle penne ne ha molte, il vecchio. – Eh! s'è lavorato! potete dirlo anche voi, padron 'Ntoni! – ma per padron 'Ntoni ei si sarebbe buttato dall'alto del fariglione, com'è vero Iddio! e a lui lo zio Crocifisso gli dava retta, perché egli era il mestolo della pentola, una pentola grossa, in cui bollivano più di duecento onze all'anno! Campana di legno non sapeva soffiarsi il naso senza di lui.

Il figlio della Locca, udendo parlare delle ricchezze dello zio Crocifisso, il quale a lui gli era zio davvero, perché era fratello della Locca, si sentiva gonfiare in petto una gran tenerezza pel parentado.

– Noi siamo parenti, ripeteva. Quando vado a giornata da lui mi dà mezza paga, e senza vino, perché siamo parenti.

Piedipapera sghignazzava.

– Lo fa per tuo bene, per non farti ubbriacare, e per lasciarti più ricco quando creperà.

Compare Piedipapera si divertiva a sparlare di questo e di quello, come capitava; ma così di cuore, e senza malizia, che non c'era verso di pigliarsela in criminale. – Massaro Filippo è passato due volte dinanzi all'osteria, diceva pure, aspetta che la Santuzza gli faccia segno di andarla a raggiungere nella stalla, per dirsi insieme il santo rosario.

Oppure al figlio della Locca:

– Tuo zio Crocifisso cerca di rubarle la chiusa, a tua cugina *la Vespa*; vuol pagargliela la metà di quel che vale, col darle ad intendere che la sposerà. Ma se la Vespa riesce a farsi rubare qualche cos'altro, potrai pulirti la bocca della speranza dell'eredità, e ci perdi i soldi e il vino che non ti ha dato.

Allora si misero a quistionare, perché padron 'Ntoni sosteneva che lo zio Crocifisso alla fin fine era cristiano, e non aveva dato ai cani il suo giudizio, per andare a sposare la figliuola di suo fratello.

– Come c'entra il cristiano e il turco? ribatteva Piedipapera. È un pazzo, volete dire. Lui è ricco come un maiale, mentre la Vespa non possiede altro che quella chiusa grande quanto un fazzoletto da naso.

– Lo dite a me che ci ho a limite la vigna, disse allora padron Cipolla gonfiandosi come un tacchino.

– Li chiamate vigna quei quattro fichidindia? rispose Piedipapera.

– In mezzo ai fichidindia ci sono le viti, e se San Francesco ci manderà una buona pioggia, lo vedrete poi che mosto darà. Il sole oggi si coricò insaccato – acqua o vento.

– « Quando il sole si corica insaccato si aspetta il vento di ponente », aggiunse padron 'Ntoni.

Piedipapera non poteva soffrire quello sputasentenze di padron Cipolla, il quale perché era ricco si credeva di saper tutto lui, e di dar a bere le corbellerie a chi non aveva denari.

– Chi la vuol cotta e chi la vuol cruda, conchiuse. Padron Cipolla aspetta l'acqua per la sua vigna, e voi il ponente in poppa alla *Provvidenza*. Lo sapete il proverbio « Mare crespo, vento fresco ». Stasera le stelle sono lucenti, e a mezzanotte cambierà il vento; sentite la buffata?

Sulla strada si udivano passare lentamente dei carri.

– Notte e giorno c'è sempre gente che va attorno per il mondo, osservò poi compare Cipolla.

E adesso che non si vedeva più né mare né campagna, sembrava che non ci fosse al mondo altro che Trezza, e ognuno pensava dove potevano andare quei carri a quell'ora.

– Prima di mezzanotte la *Provvidenza* avrà girato il Capo dei Mulini, disse padron 'Ntoni, e il vento fresco non le darà più noia.

Padron 'Ntoni non pensava ad altro che alla *Provvidenza*, e quando non parlava delle cose sue non diceva nulla, e alla conversazione ci stava come un manico di scopa.

– Voi dovreste andare a mettervi con quelli della spezieria, che discorrono del re e del papa; gli diceva perciò Piedipapera. Colà ci fareste bella figura anche voi! Li sentite come gridano?

– Questo è don Giammaria, disse il figlio della Locca, che litiga collo speziale.

Lo speziale teneva conversazione sull'uscio della bottega, al fresco, col vicario e qualchedun altro. Come sapeva di lettere leggeva la gazzetta, e la faceva leggere agli altri, e ci aveva anche la Storia della Rivoluzione francese, che se la teneva là, a portata di mano, sotto il mortaio di cristallo, perciò quistionavano tutto il giorno con don Giammaria, il vicario, per passare il tempo, e ci pigliavano delle malattie dalla bile; ma non avrebbero potuto stare un giorno senza vedersi. Il sabato poi, quando arrivava il giornale, don Franco spingevasi sino ad accendere mezz'ora, ed anche un'ora di candela, a rischio di farsi sgridare dalla moglie, onde spiattellare le sue idee, e non andare a letto a mo' dei bruti, come compare Cipolla, o compare Malavoglia. L'e-

state poi non c'era neppur bisogno della candela, giacché si poteva star sull'uscio, sotto il lampione, quando mastro Cirino l'accendeva, e qualche volta veniva don Michele, il brigadiere delle guardie doganali; e anche don Silvestro, il segretario comunale, tornando dalla vigna si fermava un momento.

Allora don Franco diceva, fregandosi le mani, che pareva un piccolo Parlamento, e andava a piantarsi dietro il banco, pettinandosi colle dita la barbona, con certo sorriso furbo che pareva si volesse mangiare qualcuno a colazione, e alle volte si lasciava scappare sottovoce delle mezze parole dinanzi alla gente, rizzandosi sulle gambette, e si vedeva che la sapeva più lunga degli altri, tanto che don Giammaria non poteva patirlo e ci si mangiava il fegato, e gli sputava in faccia parole latine. Don Silvestro, lui, si divertiva a vedere come si guastavano il sangue per raddrizzare le gambe ai cani, senza guadagnarci un centesimo; egli almeno non era arrabbiato come loro, e per questo, dicevano in paese, possedeva le più belle chiuse di Trezza, – dove era venuto senza scarpe ai piedi – aggiungeva Piedipapera. Ei li aizzava l'un contro l'altro, e rideva a crepapancia con degli Ah! ah! ah! che sembrava una gallina.

– Ecco don Silvestro che fa l'uovo, osservò il figlio della Locca.

– Don Silvestro fa le uova d'oro, laggiù al Municipio, rispose Piedipapera.

– Uhm! – sputò fuori padron Fortunato – pezzenterie! comare Zuppidda non gli ha voluto dare la figliuola.

– Vuol dire che mastro Turi Zuppiddu preferisce le uova delle sue galline; rispose padron 'Ntoni.

E padron Cipolla disse di sì col capo.

–« 'Ntroi 'ntroi, ciascuno coi pari suoi », aggiunse padron Malavoglia.

Piedipapera allora ribatté che se don Silvestro si fosse contentato di stare coi suoi pari a quest'ora ci avrebbe la zappa in mano, invece della penna.

– Che ce la dareste voi vostra nipote Mena? disse alfine padron Cipolla, volgendosi a padron 'Ntoni.

– « Ognuno all'arte sua, e il lupo alle pecore ». Padron Cipolla continuava a dir di sì col capo, tanto più che fra lui e padron 'Ntoni c'era stata qualche parola di maritar la Mena con suo figlio Brasi, e se il negozio dei lupini andava bene, la Mena avrebbe avuto la sua dote in contante, e l'affare si sarebbe conchiuso presto.

– « La ragazza com'è educata, e la stoppa com'è filata », disse infine padron Malavoglia, e padron Cipolla confermò che tutti lo sapevano in paese che la Longa aveva saputo educarla la figliuola, e ognuno che passava per la stradicciuola a quell'ora, udendo il colpettare del telaio di *Sant'Agata* diceva che l'olio della candela non lo perdeva, comare Maruzza.

La Longa, com'era tornata a casa, aveva acceso il lume, e s'era messa coll'arcolaio sul ballatoio, a riempire certi cannelli che le servivano per l'ordito della settimana.

– Comare Mena non si vede, ma si sente, e sta al telaio notte e giorno, come Sant'Agata, dicevano le vicine.

– Le ragazze devono avvezzarsi a quel modo, rispondeva Maruzza, invece di stare alla finestra « A donna alla finestra non far festa ».

– Certune però collo stare alla finestra un marito se lo pescano, fra tanti che passano; osservò la cugina Anna dall'uscio dirimpetto.

La cugina Anna aveva ragione da vendere; perché quel bietolone di suo figlio Rocco si era lasciato irretire dentro le gonnelle della Mangiacarrubbe, una di quelle che stanno alla finestra colla faccia tosta.

Comare Grazia Piedipapera, sentendo che nella strada c'era conversazione, si affacciò anch'essa sull'uscio, col grembiule gonfio delle fave che stava sgusciando, e se la pigliava coi topi che le avevano bucherellato il sacco come un colabrodo, e pareva che l'avessero fatto apposta, come se ci avessero il giudizio dei cristiani; così il discorso si fece generale, perché alla Maruzza gliene avevano fatto tanto del danno, quelle bestie scomunicate! La cugina Anna ne

aveva la casa piena, da che gli era morto il gatto, una bestia che valeva tant'oro, ed era morto di una pedata di compare Tino. – I gatti grigi sono i migliori, per acchiappare i topi, e andrebbero a scovarli in una cruna di ago. – Ai gatti non conveniva aprire l'uscio di notte, perché una vecchia di Aci Sant'Antonio l'avevano ammazzata così, che i ladri le avevano rubato il gatto tre giorni avanti, e poi glielo avevano riportato mezzo morto di fame a miagolare dietro l'uscio; e la povera donna non sentendosi il cuore di lasciar la bestiola sulla strada a quell'ora, aveva aperto l'uscio, e così s'era ficcati i ladri in casa. Al giorno d'oggi i mariuoli ne inventano di ogni specie per fare i loro tiri; e a Trezza si vedevano delle facce che non si erano mai viste sugli scogli, col pretesto d'andare a pescare, e arraffavano la biancheria messa ad asciugare, se capitava. Alla povera Nunziata le avevano rubato in quel modo un lenzuolo nuovo. Povera ragazza! rubare a lei che lavorava per dare pane a tutti quei fratellini che suo padre le aveva lasciato sulle spalle, quando l'aveva piantata per andare a cercar fortuna ad Alessandria d'Egitto! – Nunziata era come la cugina Anna, quando l'era morto il marito, e le aveva lasciato quella nidiata di figliuoli, che Rocco, il più grandicello, non le arrivava alle ginocchia. Poi alla cugina Anna le era toccato di tirar su quel fannullone per vederselo rubare dalla Mangiacarrubbe.

In mezzo a quel chiacchierio saltò su la Zuppidda, la moglie di mastro Turi il calafato, la quale stava in fondo alla straduccia, e compariva sempre all'improvviso, per dire la sua come il diavolo nella litania, ché nessuno s'accorgeva di dove fosse sbucata.

– Del resto, venne a brontolare, vostro figlio Rocco non vi ha aiutata neppur lui, ché se si è buscato un soldo è andato subito a berlo all'osteria.

La Zuppidda sapeva tutto quello che succedeva in paese e per questo raccontavano che andava tutto il giorno in giro a piedi scalzi, a far la spia, col pretesto del suo fuso, che lo teneva sempre in aria perché non frullasse sui sassi.

Ella diceva sempre la verità come il santo evangelio, questo era il suo vizio, e perciò la gente che non amava sentirsela cantare, l'accusava di essere una lingua d'inferno, di quelle che lasciano la bava. – « Bocca amara sputa fiele »; ed ella ci aveva la bocca amara davvero per quella sua Barbara che non aveva potuto maritare, tanto era superba e sgarbata, e con tutto ciò voleva dargli il figlio di Vittorio Emanuele.

– Bel pezzo, la Mangiacarrubbe, seguitava, una sfacciata che si è fatto passare tutto il paese sotto la finestra « A donna alla finestra non far festa », e Vanni Pizzuto le portava in regalo i fichidindia rubati a massaro Filippo l'ortolano, e se li mangiavano insieme nella vigna, sotto il mandorlo, li aveva visti lei.

– E Peppi Naso, il beccaio, dopo che gli spuntò la gelosia di compare Mariano Cinghialenta, il carrettiere, andava a buttarle dietro l'uscio tutte le corna delle bestie che macellava, sicché dicevano che andava a pettinarsi sotto la finestra della Mangiacarrubbe.

Quel cuor contento della cugina Anna invece la prendeva allegra. – Don Giammaria dice che fate peccato mortale a sparlar del prossimo!

– Don Giammaria dovrebbe piuttosto far la predica a sua sorella donna Rosolina, rispose la Zuppidda, e non lasciarle far la ragazzetta con don Silvestro, quando passa, e con don Michele il brigadiere, che ci ha la rabbia del marito, con tutti quegli anni e quella carne che ci ha addosso, la poveraccia!

– Alla volontà di Dio! concluse la cugina Anna. Quando è morto mio marito, Rocco non era più alto di questa conocchia e le sue sorelline erano tutte minori di lui. Forse che mi son perduta d'animo per questo? Ai guai ci si fa il callo, e poi ci aiutano a lavorare. Le mie figliuole faranno come ho fatto io, e finché ci saranno le pietre al lavatoio avranno di che vivere. Guardate la Nunziata, ora ella ha più giudizio di una vecchietta, e si aiuta a tirar su quei piccini che pare li abbia fatti lei.

– E dove è la Nunziata che non si vede ancora? domandò la Longa a un mucchio di monelli cenciosi, messi a piagnucolare sulla soglia della casuccia lì di faccia, i quali al sentir parlare della sorella alzarono gli strilli in coro.

– L'ho vista che andava sulla *sciara* a fare due fasci di ginestre, e c'era pure vostro figlio Alessi che l'accompagnava, rispose la cugina Anna.

I bambini stettero a sentire, e poi si rimisero a pigolare tutti in una volta, e il più grandicello, appollaiato su di un gran sasso, rispose dopo un pezzetto :

– Non lo so dov'è.

Le vicine avevano fatto come le lumache quando piove, e lungo la straduccia non si udiva che un continuo chiacchierio da un uscio all'altro. Persino la finestra di compare Alfio Mosca, quello del carro dell'asino, era aperta, e ne usciva un gran fumo di ginestre. La Mena aveva lasciato il telaio e s'era affacciata al ballatoio anch'essa.

– Oh! sant'Agata! esclamarono le vicine; e tutte le facevano festa.

– Che non ci pensate a maritar la vostra Mena? chiedeva sottovoce la Zuppidda a comare Maruzza. Oramai deve compire diciotto anni a Pasqua, lo so perché è nata l'anno del terremoto, come mia figlia Barbara. Chi vuol pigliarsi mia figlia Barbara, prima deve piacere a me.

In questo momento si udì un fruscìo di frasche per la via, e arrivarono Alessi e la Nunziata, che non si vedevano sotto i fasci di ginestre, tanto erano piccini.

– Oh! la Nunziata! esclamarono le vicine. Che non avevi paura a quest'ora nella *sciara*?

– C'ero anch'io, rispose Alessi.

– Ho fatto tardi con comare Anna al lavatoio, e poi non ci avevo legna per il focolare.

La ragazzina accese il lume, e si mise lesta lesta ad apparecchiare ogni cosa per la cena, mentre i suoi fratellini le andavano dietro per la stanzuccia, che pareva una chioccia coi suoi pulcini. Alessi s'era scaricato del suo fascio,

e stava a guardare dall'uscio, serio serio, e colle mani nelle tasche.

– O Nunziata! le gridò Mena dal ballatoio; quando avrai messo la pentola a bollire, vieni un po' qua.

Nunziata lasciò Alessi a custodire il focolare, e corse ad appollaiarsi sul ballatoio, accanto alla sant'Agata, per godersi il suo riposo anche lei, colle mani in mano.

– Compar Alfio Mosca sta facendo cuocere le fave; osservò la Nunziata dopo un po'.

– Egli è come te, poveraccio! che non avete nessuno in casa che vi faccia trovare la minestra, alla sera, quando tornate stanchi.

– Sì, è vero, e sa pure cucire e si fa il bucato da sé, e si rattoppa le camicie – la Nunziata sapeva ogni cosa che faceva il vicino Alfio, e conosceva la sua casa come la pianta della mano; – Adesso, diceva, va a prender la legna; ora sta governando il suo asino – e si vedeva il lume nel cortile, o sotto la tettoia. Sant'Agata rideva, e la Nunziata diceva che per essere preciso come una donna a compare Alfio gli mancava soltanto la gonnella.

– Così, conchiudeva Mena, quando si mariterà, sua moglie andrà attorno col carro dell'asino, e lui resterà in casa ad allevare i figliuoli.

Le mamme, in crocchio nella strada, discorrevano anch'esse di Alfio Mosca, che fino la Vespa giurava di non averlo voluto per marito, diceva la Zuppidda, perché la Vespa aveva la sua brava chiusa, e se voleva maritarsi non prendeva uno il quale non possedeva altro che un carro da asino: « carro, cataletto » dice il proverbio. Ella ha gettato gli occhi su di suo zio Campana di legno, la furbaccia!

Le ragazze fra di loro prendevano le parti di Mosca, contro quella brutta Vespaccia; e la Nunziata poi si sentiva il cuore gonfio dal disprezzo che gettavano su di compare Alfio, pel solo motivo che era povero, e non aveva nessuno al mondo, e tutto a un tratto disse a Mena: – Se fossi grande io me lo piglierei, se me lo dessero.

La Mena stava per dire anche lei qualche cosa; ma cambiò subito discorso.

– Che ci vai tu alla città, per la festa dei Morti?

– No, non ci vado perché non posso lasciar la casa sola.

– Noi ci andremo, se il negozio dei lupini va bene; l'ha detto il nonno.

Poi ci pensò su, e soggiunse:

– Compar Alfio ci suole andare anche lui, a vendere le sue noci.

E tacquero entrambe, pensando alla festa dei Morti, dove compar Alfio andava a vendere le sue noci.

– Lo zio Crocifisso, con quell'aria di Peppinino se la mette in tasca la Vespa! ripigliava la cugina Anna.

– Questo vorrebbe lei! rispose di botto la Zuppidda, la Vespa non vorrebbe altro, che se la mettesse in tasca! Ella gli è sempre per casa, come il gatto, col pretesto di portargli i buoni bocconi, e il vecchio non dice di no, tanto più che non gli costa nulla. Ella lo ingrassa come un maiale, quando gli si vuol fare la festa. Ve lo dico io, la Vespa vuole entrargli in tasca!

Ognuna diceva la sua dello zio Crocifisso, il quale piagnucolava sempre, e si lamentava come Cristo in mezzo ai ladroni, e intanto aveva denari a palate, ché la Zuppidda, un giorno che il vecchio era malato, aveva vista una cassa grande così sotto il letto.

La Longa si sentiva sullo stomaco il debito delle quarant'onze dei lupini, e cambiò discorso, perché le orecchie ci sentono anche al buio, e lo zio Crocifisso si udiva discorrere con don Giammaria, mentre passavano per la piazza, lì vicino, tanto che la Zuppidda interruppe i vituperi che stava dicendo di lui per salutarlo.

Don Silvestro rideva come una gallina, e quel modo di ridere faceva montare la mosca al naso allo speziale, il quale per altro di pazienza non ne aveva mai avuta, e la lasciava agli asini e a quelli che non volevano fare la rivoluzione un'altra volta.

– Già, voi non ne avete mai avuta, perché non sapreste dove metterla! gli gridava don Giammaria; e don Franco, ch'era piccino, ci si arrabbiava e accompagnava il prete con parolacce che si sentivano da un capo all'altro della piazza, allo scuro. Campana di legno, duro come un sasso, si stringeva nelle spalle, e badava a ripetere che a lui non gliene importava, e attendeva ai fatti suoi. – Come se non fossero fatti vostri quelli della Confraternita della Buona Morte, che nessuno paga più un soldo! gli diceva don Giammaria. – La gente, quando si tratta di cavare i denari di tasca, diventa una manica di protestanti, peggio dello speziale, e vi lascia tenere la cassa della Confraternita per farvi ballare i sorci, che è una vera porcheria!

Don Franco dalla sua bottega sghignazzava alle loro spalle a voce alta, cercando d'imitare la risata di don Silvestro che faceva andare in bestia la gente. Ma lo speziale era della setta, si sapeva; e don Giammaria gli gridava dalla piazza:

– I denari li trovereste, se si trattasse di scuole e di lampioni!

Lo speziale stette zitto, perché si era affacciata sua moglie alla finestra; e lo zio Crocifisso, quando fu abbastanza lontano da non temere che l'udisse don Silvestro il segretario, il quale si beccava anche quel po' di stipendio di maestro elementare:

– A me non me ne importa – ripeteva. – Ma ai miei tempi non c'erano tanti lampioni, né tante scuole; non si faceva bere l'asino per forza, e si stava meglio.

– A scuola non ci siete stato voi; eppure i vostri affari ve li sapete fare.

– E il mio catechismo lo so, aggiunse lo zio Crocifisso per non restare in debito.

Nel calore della disputa don Giammaria aveva perso il battuto sul quale avrebbe attraversato la piazza anche ad occhi chiusi, e stava per rompersi il collo, e lasciar scappare, Dio perdoni, una parola grossa.

– Almeno l'accendessero, i loro lumi!

– Al giorno d'oggi bisogna badare ai fatti propri, conchiuse lo zio Crocifisso.

Don Giammaria andava tirandolo per la manica del giubbone per dire corna di questo e di quell'altro, in mezzo alla piazza, all'oscuro; del lumaio che rubava l'olio, di don Silvestro che chiudeva un occhio, e del sindaco «Giufà», che si lasciava menare per il naso. Mastro Cirino, ora che era impiegato del comune, faceva il sagrestano come Giuda, che suonava l'angelus quando non aveva nulla da fare, e il vino per la messa lo comperava di quello che aveva bevuto sulla croce Gesù Crocifisso, ch'era un vero sacrilegio. Campana di legno diceva sempre di sì col capo per abitudine, sebbene non si vedessero in faccia, e don Giammaria, come li passava a rassegna ad uno ad uno diceva: – Costui è un ladro – quello è un birbante – quell'altro è un giacobino. – Lo sentite Piedipapera che sta discorrendo con padron Malavoglia e padron Cipolla? Un altro della setta, colui! un arruffapopolo, con quella gamba storta! – E quando lo vedeva arrancare per la piazza faceva il giro lungo, e lo seguiva con gli occhi sospettosi, per scovare cosa stesse macchinando con quell'andatura. – Quello là ha il piede del diavolo! borbottava. – Lo zio Crocifisso si stringeva nelle spalle, e tornava a ripetere che egli era un galantuomo, e non voleva entrarci. – Padron Cipolla, un altro sciocco, un pallone di vento colui! che si lasciava abbindolare da Piedipapera... ed anche padron 'Ntoni, ci sarebbe cascato anche lui!... Bisogna aspettarsi tutto, al giorno d'oggi!

– Chi è galantuomo bada ai fatti suoi, ripeteva lo zio Crocifisso.

Invece compare Tino, seduto come un presidente, sugli scalini della chiesa, sputava sentenze: – Sentite a me; prima della rivoluzione era tutt'altra cosa. Adesso i pesci sono maliziati, ve lo dico io!

– No; le acciughe sentono il grecale ventiquattr'ore prima di arrivare, rispondeva padron 'Ntoni; è sempre stato così; l'acciuga è un pesce che ha più giudizio del tonno.

Ora dí là del Capo dei Mulini, li scopano dal mare tutti in una volta, colle reti fitte.

– Ve lo dico io cos'è! ripigliò compare Fortunato. Sono quei maledetti vapori che vanno e vengono, e battono l'acqua colle loro ruote. Cosa volete, i pesci si spaventano e non si fanno più vedere. Ecco cos'è.

Il figlio della Locca stava ad ascoltare a bocca aperta e si grattava il capo. – Bravo! disse poi. Così pesci non se ne troverebbero più nemmeno a Siracusa né a Messina, dove vanno i vapori. Invece li portano di là a quintali colla ferrovia.

– Insomma sbrigatevela voi! esclamò allora padron Cipolla indispettito, io me ne lavo le mani, e non me ne importa un fico, giacché ci ho le mie chiuse e le mie vigne che mi danno il pane.

E Piedipapera assestò uno scapaccione al figlio della Locca, per insegnargli l'educazione. – Bestia! quando parlano i più vecchi di te sta zitto.

Il ragazzaccio allora se ne andò strillando e dandosi dei pugni nella testa, che tutti lo pigliavano per minchione perché era figlio della Locca. E padron 'Ntoni col naso in aria, osservò: – Se il maestrale non si mette prima della mezzanotte, la *Provvidenza* avrà tempo di girare il Capo.

Dall'alto del campanile caddero lenti lenti dei rintocchi sonori. – Un'ora di notte! osservò padron Cipolla.

Padron 'Ntoni si fece la croce e rispose:

– Pace ai vivi e riposo ai morti.

– Don Giammaria ha i vermicelli fritti per la cena stasera; osservò Piedipapera fiutando verso le finestre della parrocchia.

Don Giammaria, passando lì vicino per andare a casa, salutò anche Piedipapera, perché ai tempi che corrono bisogna tenersi amici quelle buone lane; e compare Tino, che aveva tuttora l'acquolina in bocca, gli gridò dietro:

– Eh! vermicelli fritti stasera, don Giammaria!

– Lo sentite! anche quello che mangio! borbottava don Giammaria fra i denti; fanno anche la spia ai servi di

Dio per contar loro i bocconi! Tutto in odio alla chiesa! – e incontrandosi naso a naso con don Michele, il brigadiere delle guardie doganali, il quale andava attorno colla pistola sullo stomaco, e i calzoni dentro gli stivali, in cerca di contrabbandieri: – A questi altri non glielo fanno il conto di quel che mangiano.

– Questi qui mi piacciono! rispondeva Campana di legno: questi qui che stanno a guardia della roba dei galantuomini mi piacciono!

– Se gli dessero l'imbeccata sarebbe della setta anche lui! diceva fra sé don Giammaria, picchiando all'uscio di casa. Tutti una manica di ladri! e continuò a borbottare, col picchiatoio in mano, seguendo con occhio sospettoso i passi del brigadiere che si dileguavano nel buio verso l'osteria, e rimuginando perché andasse a guardarli dalla parte dell'osteria gl'interessi dei galantuomini, colui!

Però compare Tino lo sapeva perché don Michele andasse a guardare gl'interessi dei galantuomini dalla parte dell'osteria, ché ci aveva perso delle notti a stare in agguato dietro l'olmo lì vicino per scoprirlo; e soleva dire:

– Ci va per confabulare di nascosto con lo zio Santoro, il padre della Santuzza. Quelli che mangiano il pane del re devono tutti far gli sbirri, e sapere i fatti di ognuno a Trezza e dappertutto, e lo zio Santoro, così cieco com'è, che sembra un pipistrello al sole, sulla porta dell'osteria, sa tutto quello che succede in paese, e potrebbe chiamarci per nome ad uno ad uno soltanto a sentirci camminare. Ei non ci sente solo quando massaro Filippo va a recitare il rosario colla Santuzza, ed è un tesoro per fare la guardia, meglio di come se gli avessero messo un fazzoletto sugli occhi.

Maruzza udendo suonare un'ora di notte era rientrata in casa lesta lesta, per stendere la tovaglia sul deschetto; le comari a poco a poco si erano diradate, e come il paese stesso andava addormentandosi, si udiva il mare che russava lì vicino, in fondo alla straduccia, e ogni tanto sbuffava, come uno che si volti e rivolti pel letto. Soltanto laggiù

all'osteria, dove si vedeva il lumicino rosso, continuava il baccano, e si udiva il vociare di Rocco Spatu il quale faceva festa tutti i giorni.

– Compare Rocco ha il cuore contento, disse dopo un pezzetto dalla sua finestra Alfio Mosca, che pareva non ci fosse più nessuno.

– Oh siete ancora là, compare Alfio! rispose Mena, la quale era rimasta sul ballatoio ad aspettare il nonno.

– Sì, sono qua, comare Mena; sto qua a mangiarmi la minestra, perché quando vi vedo tutti a tavola, col lume, mi pare di non esser tanto solo, che va via anche l'appetito.

– Non ce l'avete il cuore contento voi?

– Eh! ci vogliono tante cose per avere il cuore contento!

Mena non rispose nulla, e dopo un altro po' di silenzio compare Alfio soggiunse:

– Domani vado alla città per un carico di sale.

– Che ci andate poi per i Morti? domandò Mena.

– Dio lo sa, quest'anno quelle quattro noci son tutte fradicie.

– Compare Alfio ci va per cercarsi la moglie alla città, rispose la Nunziata dall'uscio dirimpetto.

– Che è vero? domandò Mena.

– Eh, comare Mena, se non dovessi far altro, al mio paese ce n'è delle ragazze come dico io, senza andare a cercarle lontano.

– Guardate quante stelle che ammiccano lassù! rispose Mena dopo un pezzetto. Ei dicono che sono le anime del Purgatorio che se ne vanno in Paradiso.

– Sentite, le disse Alfio dopo che ebbe guardate le stelle anche lui; voi che siete Sant'Agata, se vi sognate un terno buono, ditelo a me, che ci giuocherò la camicia, e allora potrò pensarci a prender moglie...

– Buona sera! rispose Mena.

Le stelle ammiccavano più forte, quasi s'accendessero, e i *Tre Re* scintillavano sui *fariglioni* colle braccia in croce, come Sant'Andrea. Il mare russava in fondo alla stradicciuola, adagio adagio, e a lunghi intervalli si udiva il rumore

di qualche carro che passava nel buio, sobbalzando sui sassi, e andava pel mondo il quale è tanto grande che se uno potesse camminare e camminare sempre, giorno e notte, non arriverebbe mai, e c'era pure della gente che andava pel mondo a quell'ora, e non sapeva nulla di compar Alfio, né della *Provvidenza* che era in mare, né della festa dei Morti; – così pensava Mena sul ballatoio aspettando il nonno.

Il nonno s'affacciò ancora due o tre volte sul ballatoio, prima di chiudere l'uscio, a guardare le stelle che luccicavano più del dovere, e poi borbottò: – « Mare amaro! »

Rocco Spatu si sgolava sulla porta dell'osteria davanti al lumicino. – « Chi ha il cuor contento sempre canta » conchiuse padron 'Ntoni.

# III

Dopo la mezzanotte il vento s'era messo a fare il diavolo, come se sul tetto ci fossero tutti i gatti del paese, e a scuotere le imposte. Il mare si udiva muggire attorno ai *fariglioni* che pareva ci fossero riuniti i buoi della fiera di S. Alfio, e il giorno era apparso nero peggio dell'anima di Giuda. Insomma una brutta domenica di settembre, di quel settembre traditore che vi lascia andare un colpo di mare fra capo e collo, come una schioppettata fra i fichidindia. Le barche del villaggio erano tirate sulla spiaggia, e bene ammarrate alle grosse pietre sotto il lavatoio; perciò i monelli si divertivano a vociare e fischiare quando si vedeva passare in lontananza qualche vela sbrindellata, in mezzo al vento e alla nebbia, che pareva ci avesse il diavolo in poppa; le donne invece si facevano la croce, quasi vedessero cogli occhi la povera gente che vi era dentro.

Maruzza la Longa non diceva nulla, com'era giusto, ma non poteva star ferma un momento, e andava sempre di qua e di là, per la casa e pel cortile, che pareva una gallina quando sta per far l'uovo. Gli uomini erano all'osteria, e nella bottega di Pizzuto, o sotto la tettoia del beccaio, a veder piovere, col naso in aria. Sulla riva c'era soltanto padron 'Ntoni, per quel carico di lupini che ci aveva in mare colla *Provvidenza* e suo figlio Bastianazzo per giunta, e il figlio della Locca, il quale non aveva nulla da perdere lui, e in mare non ci aveva altro che suo fratello Menico, nella barca dei lupini. Padron Fortunato Cipolla,

33

mentre gli facevano la barba, nella bottega di Pizzuto, diceva che non avrebbe dato due baiocchi di Bastianazzo e di Menico della Locca, colla *Provvidenza* e il carico dei lupini.

– Adesso tutti vogliono fare i negozianti, per arricchire! diceva stringendosi nelle spalle; e poi quando hanno perso la mula vanno cercando la cavezza.

Nella bettola di suor Mariangela la Santuzza c'era folla: quell'ubbriacone di Rocco Spatu, il quale vociava e sputava per dieci; compare Tino Piedipapera, mastro Turi Zuppiddu, compare Mangiacarrubbe, don Michele il brigadiere delle guardie doganali, coi calzoni dentro gli stivali, e la pistola appesa al ventre, quasi dovesse andare a caccia di contrabbandieri con quel tempaccio, e compare Mariano Cinghialenta. Quell'elefante di mastro Turi Zuppiddu andava distribuendo per ischerzo agli amici dei pugni che avrebbero accoppato un bue, come se ci avesse ancora in mano la malabestia di calafato, e allora compare Cinghialenta si metteva a gridare e bestemmiare, per far vedere che era uomo di fegato e carrettiere.

Lo zio Santoro, raggomitolato sotto quel po' di tettoia, davanti all'uscio, aspettava colla mano stesa che passasse qualcheduno per chiedere la carità. – Tra tutte e due, padre e figlia, disse compare Turi Zuppiddu, devono buscarne dei bei soldi, con una giornata come questa, e tanta gente che viene all'osteria.

– Bastianazzo Malavoglia sta peggio di lui, a quest'ora, rispose Piedipapera, e mastro Cirino ha un bel suonare la messa; ma i Malavoglia non ci vanno oggi in chiesa; sono in collera con Domeneddio, per quel carico di lupini che ci hanno in mare.

Il vento faceva volare le gonnelle e le foglie secche, sicché Vanni Pizzuto col rasoio in aria, teneva pel naso quelli a cui faceva la barba, per voltarsi a guardare chi passava, e si metteva il pugno sul fianco, coi capelli arricciati e lustri come la seta; e lo speziale se ne stava sull'uscio della sua bottega, sotto quel cappellaccio che sem-

brava avesse il paracqua in testa, fingendo di aver discorsi grossi con don Silvestro il segretario, perché sua moglie non lo mandasse in chiesa per forza; e rideva del sotterfugio, fra i peli della barbona, ammiccando alle ragazze che sgambettavano nelle pozzanghere.

– Oggi, andava dicendo Piedipapera, padron 'Ntoni vuol fare il protestante come don Franco lo speziale.

– Se fai di voltarti per guardare quello sfacciato di don Silvestro, ti dò un ceffone qui dove siamo; borbottava la Zuppida colla figliuola, mentre attraversavano la piazza – Quello lì non mi piace.

La Santuzza, all'ultimo tocco di campana, aveva affidata l'osteria a suo padre, e se n'era andata in chiesa, tirandosi dietro gli avventori. Lo zio Santoro, poveretto, era cieco, e non faceva peccato se non andava a messa; così non perdevano tempo all'osteria, e dall'uscio poteva tener d'occhio il banco, sebbene non ci vedesse, ché gli avventori li conosceva tutti ad uno ad uno soltanto al sentirli camminare, quando venivano a bere un bicchiere.

– Le calze della Santuzza, osservava Piedipapera, mentre ella camminava sulla punta delle scarpette, come una gattina – le calze della Santuzza, acqua o vento, non le ha viste altri che massaro Filippo l'ortolano; questa è la verità.

– Ci sono i diavoli per aria! diceva la Santuzza facendosi la croce coll'acqua santa. – Una giornata da far peccati!

La Zuppidda, lì vicino, abburattava avemarie, seduta sulle calcagna, e saettava occhiatacce di qua e di là, che pareva ce l'avesse con tutto il paese, e a quelli che volevano sentirla ripeteva: – Comare la Longa non ci viene in chiesa, eppure ci ha il marito in mare con questo tempaccio! Poi non bisogna stare a cercare perché il Signore ci castiga! – Persino la madre di Menico stava in chiesa, sebbene non sapesse far altro che veder volare le mosche!

– Bisogna pregare anche pei peccatori; rispondeva la Santuzza; le anime buone ci sono per questo.

– Sì, come se ne sta pregando la Mangiacarrubbe, col

naso dentro la mantellina, e Dio sa che peccatacci fa fare ai giovanotti!

La Santuzza scuoteva il capo, e diceva che mentre si è in chiesa non bisogna sparlare del prossimo. — « Chi fa l'oste deve far buon viso a tutti », rispose la Zuppidda, e poi all'orecchio della Vespa: — La Santuzza non vorrebbe si dicesse che vende l'acqua per vino; ma farebbe meglio a non tenere in peccato mortale massaro Filippo l'ortolano, che ha moglie e figliuoli.

— Per me, rispose la Vespa, gliel'ho detto a don Giammaria, che non voglio più starci fra le Figlie di Maria se ci lasciano la Santuzza per superiora. — Allora vuol dire che l'avete trovato il marito? rispose la Zuppidda.

— Io non l'ho trovato il marito, saltò su la Vespa con tanto di pungiglione. Io non sono come quelle che si tirano dietro gli uomini anche in chiesa, colle scarpe verniciate, e quelli altri colla pancia grossa.

Quello della pancia grossa era Brasi, il figlio di padron Cipolla, il quale era il cucco delle mamme e delle ragazze, perché possedeva vigne ed oliveti.

— Va a vedere se la paranza è bene ammarrata; gli disse suo padre, facendosi la croce.

Ciascuno non poteva a meno di pensare che quell'acqua e quel vento erano tutt'oro per i Cipolla; così vanno le cose di questo mondo, che i Cipolla, adesso che avevano la paranza bene ammarrata, si fregavano le mani vedendo la burrasca; mentre i Malavoglia diventavano bianchi e si strappavano i capelli, per quel carico di lupini che avevano preso a credenza dallo zio Crocifisso Campana di legno.

— Volete che ve la dica? saltò su la Vespa; la vera disgrazia è toccata allo zio Crocifisso che ha dato i lupini a credenza. « Chi fa credenza senza pegno, perde l'amico, la roba e l'ingegno ».

Lo zio Crocifisso se ne stava ginocchioni a piè dell'altare dell'Addolorata, con tanto di rosario in mano, e intuonava le strofette con una voce di naso che avrebbe toccato

il cuore a satanasso in persona. Fra un'avemaria e l'altra si parlava del negozio dei lupini, e della *Provvidenza* che era in mare, e della Longa che rimaneva con cinque figliuoli. – Al giorno d'oggi, disse padron Cipolla, stringendosi nelle spalle, nessuno è contento del suo stato e vuol pigliare il cielo a pugni.

– Il fatto è, conchiuse compare Zuppiddu, che sarà una brutta giornata pei Malavoglia.

– Per me, aggiunse Piedipapera, non vorrei trovarmi nella camicia di compare Bastianazzo.

La sera scese triste e fredda; di tanto in tanto soffiava un buffo di tramontana, e faceva piovere una spruzzatina d'acqua fina e cheta: una di quelle sere in cui, quando si ha la barca al sicuro, colla pancia all'asciutto sulla sabbia, si gode a vedersi fumare la pentola dinanzi, col marmocchio fra le gambe, e sentire le ciabatte della donna per la casa, dietro le spalle. I fannulloni preferivano godersi all'osteria quella domenica che prometteva di durare anche il lunedì, e fin gli stipiti erano allegri della fiamma del focolare, tanto che lo zio Santoro, messo lì fuori colla mano stesa e il mento sui ginocchi, s'era tirato un po' in qua, per scaldarsi la schiena anche lui.

– È sta meglio di compare Bastianazzo, a quest'ora! ripeteva Rocco Spatu, accendendo la pipa sull'uscio.

E senza pensarci altro mise mano al taschino, e si lasciò andare a fare due centesimi di limosina.

– Tu ci perdi la tua limosina a ringraziare Dio che sei al sicuro, gli disse Piedipapera; per te non c'è pericolo che abbi a fare la fine di compare Bastianazzo.

Tutti si misero a ridere della barzelletta, e poi stettero a guardare dall'uscio il mare nero come la *sciara*, senza dir altro.

– Padron 'Ntoni è andato tutto il giorno di qua e di là, come avesse il male della tarantola, e lo speziale gli domandava se faceva la cura del ferro, o andasse a spasso con quel tempaccio, e gli diceva pure: – Bella Provviden-

za, eh! padron 'Ntoni! Ma lo speziale è protestante ed ebreo, ognuno lo sapeva.

Il figlio della Locca, che era lì fuori colle mani in tasca perché non ci aveva un soldo, disse anche lui:

– Lo zio Crocifisso è andato a cercare padron 'Ntoni con Piedipapera, per fargli confessare davanti a testimoni che i lupini glieli aveva dati a credenza.

– Vuol dire che anche lui li vede in pericolo colla *Provvidenza*.

– Colla *Provvidenza* c'è andato anche mio fratello Menico, insieme a compare Bastianazzo.

– Bravo! questo dicevamo, che se non torna tuo fratello Menico tu resti il barone della casa.

– C'è andato perché lo zio Crocifisso voleva pagargli la mezza giornata anche a lui, quando lo mandava colla paranza, e i Malavoglia invece gliela pagavano intiera; rispose il figlio della Locca senza capir nulla; e come gli altri sghignazzavano rimase a bocca aperta.

Sull'imbrunire comare Maruzza coi suoi figliuoletti era andata ad aspettare sulla *sciara*, d'onde si scopriva un bel pezzo di mare, e udendolo urlare a quel modo trasaliva e si grattava il capo senza dir nulla. La piccina piangeva, e quei poveretti, dimenticati sulla *sciara*, a quell'ora, parevano le anime del purgatorio. Il piangere della bambina le faceva male allo stomaco, alla povera donna le sembrava quasi un malaugurio; non sapeva che inventare per tranquillarla, e le cantava le canzonette colla voce tremola che sapeva di lagrime anche essa.

Le comari, mentre tornavano dall'osteria, coll'orciolino dell'olio, o col fiaschetto del vino, si fermavano a barattare qualche parola con la Longa senza aver l'aria di nulla, e qualche amico di suo marito Bastianazzo, compar Cipolla, per esempio, o compare Mangiacarrubbe, passando dalla *sciara* per dare un'occhiata verso il mare, e vedere di che umore si addormentasse il vecchio brontolone, andavano a domandare a comare la Longa di suo marito, e stavano un tantino a farle compagnia, fumandole in silenzio la pipa sot-

to il naso, o parlando sottovoce fra di loro. La poveretta, sgomenta da quelle attenzioni insolite, li guardava in faccia sbigottita, e si stringeva al petto la bimba, come se volessero rubargliela. Finalmente il più duro o il più compassionevole la prese per un braccio e la condusse a casa. Ella si lasciava condurre, e badava a ripetere: – Oh! Vergine Maria! Oh! Vergine Maria! – I figliuoli la seguivano aggrappandosi alla gonnella, quasi avessero paura che rubassero qualcosa anche a loro. Mentre passavano dinanzi all'osteria, tutti gli avventori si affacciarono sulla porta, in mezzo al gran fumo, e tacquero per vederla passare come fosse già una cosa curiosa.

– Requiem eternam, biascicava sottovoce lo zio Santoro, quel povero Bastianazzo mi faceva sempre la carità, quando padron 'Ntoni gli lasciava qualche soldo in tasca.

La poveretta che non sapeva di essere vedova, balbettava: – Oh! Vergine Maria! Oh! Vergine Maria!

Dinanzi al ballatoio della sua casa c'era un gruppo di vicine che l'aspettavano, e cicalavano a voce bassa fra di loro. Come la videro da lontano, comare Piedipapera e la cugina Anna le vennero incontro, colle mani sul ventre, senza dir nulla. Allora ella si cacciò le unghie nei capelli con uno strido disperato e corse a rintanarsi in casa.

– Che disgrazia! dicevano sulla via. E la barca era carica! Più di quarant'onze di lupini!

# IV

Il peggio era che i lupini li avevano presi a credenza, e lo
zio Crocifisso non si contentava di « buone parole e mele
fradicie », per questo lo chiamavano Campana di legno, per-
ché non ci sentiva da quell'orecchio, quando lo volevano pa-
gare con delle chiacchiere, e diceva che « alla credenza ci si
pensa ». Egli era un buon diavolaccio, e viveva imprestando
agli amici, non faceva altro mestiere, che per questo stava
in piazza tutto il giorno, colle mani nelle tasche, o addos-
sato al muro della chiesa, con quel giubbone tutto lacero
che non gli avreste dato un baiocco; ma aveva denari sin
che ne volevano, e se qualcheduno andava a chiedergli dodici
tarì glieli prestava subito, col pegno, perché « chi fa creden-
za senza pegno, perde l'amico, la roba e l'ingegno » a pat-
to di averli restituiti la domenica, d'argento e colle colon-
ne, che ci era un carlino dippiù, come era giusto, perché
« coll'interesse non c'è amicizia ». Comprava anche la pesca
tutta in una volta, con ribasso, quando il povero diavolo che
l'aveva fatta aveva bisogno subito di denari, ma dovevano
pesargliela colle sue bilancie, le quali erano false come Giuda,
dicevano quelli che non erano mai contenti, ed hanno un
braccio lungo e l'altro corto, come San Francesco; e antici-
pava anche la spesa per la ciurma, se volevano, e prendeva
soltanto il denaro anticipato, e un rotolo di pane a testa, e
mezzo quartuccio di vino, e non voleva altro, ché era cri-
stiano e di quel che faceva in questo mondo avrebbe dovuto
dar conto a Dio. Insomma era la provvidenza per quelli che

erano in angustie, e aveva anche inventato cento modi di render servigio al prossimo, e senza essere uomo di mare aveva barche, e attrezzi, e ogni cosa, per quelli che non ne avevano, e li prestava, contentandosi di prendere un terzo della pesca, più la parte della barca, che contava come un uomo della ciurma, e quella degli attrezzi, se volevano prestati anche gli attrezzi, e finiva che la barca si mangiava tutto il guadagno, tanto che la chiamavano la barca del diavolo – e quando gli dicevano perché non ci andasse lui a rischiare la pelle come tutti gli altri, che si pappava il meglio della pesca senza pericolo, rispondeva: – Bravo! e se in mare mi capita una disgrazia, Dio liberi, che ci lascio le ossa, chi me li fa gli affari miei? – Egli badava agli affari suoi, ed avrebbe prestato anche la camicia; ma poi voleva esser pagato, senza tanti cristi; ed era inutile stargli a contare ragioni, perché era sordo, e per di più era scarso di cervello, e non sapeva dir altro che « Quel ch'è di patto non è d'inganno », oppure « Al giorno che promise si conosce il buon pagatore ».

Ora i suoi nemici gli ridevano sotto il naso, a motivo di quei lupini che se l'era mangiati il diavolo; e gli toccava anche recitare il *deprofundis* per l'anima di Bastianazzo, quando si facevano le esequie, insieme con gli altri confratelli della Buona Morte, colla testa nel sacco.

I vetri della chiesetta scintillavano, e il mare era liscio e lucente, talché non pareva più quello che gli aveva rubato il marito alla Longa; perciò i confratelli avevano fretta di spicciarsi, e di andarsene ognuno pei propri affari, ora che il tempo s'era rimesso al buono.

Stavolta i Malavoglia erano là, seduti sulle calcagna davanti al cataletto, e lavavano il pavimento dal gran piangere, come se il morto fosse davvero fra quelle quattro tavole, coi suoi lupini al collo, che lo zio Crocifisso gli aveva dati a credenza perché aveva sempre conosciuto padron 'Ntoni per galantuomo; ma se volevano truffargli la sua roba, col pretesto che Bastianazzo s'era annegato, la truffavano a Cristo, com'è vero Dio! ché quello era un credito sacrosanto come

l'ostia consacrata, e quelle cinquecento lire ei l'appendeva ai piedi di Gesù crocifisso; ma, santo diavolone!, padron 'Ntoni sarebbe andato in galera! La legge c'era anche a Trezza!

Intanto don Giammaria buttava in fretta quattro colpi di aspersorio sul cataletto, e mastro Cirino cominciava ad andare attorno per spegnere i lumi colla canna. I confratelli si affrettavano a scavalcare i banchi colle braccia in aria, per cavarsi il cappuccio, e lo zio Crocifisso andò a dare una presa di tabacco a padron 'Ntoni, per dargli animo, che infine quando uno è galantuomo lascia buon nome e si guadagna il paradiso, – questo aveva detto a coloro che gli domandavano dei suoi lupini: – Coi Malavoglia sto tranquillo, perché son galantuomini e non vorranno lasciar compare Bastianazzo a casa del diavolo; padron 'Ntoni poteva vedere coi suoi propri occhi se si erano fatte le cose senza risparmio, in onore del morto; e tanto costava la messa, tanto i ceri, e tanto il mortorio – ei faceva il conto sulle grosse dita ficcate nei guanti di cotone, e i ragazzi guardavano a bocca aperta tutte quelle cose che costavano caro, ed erano lì pel babbo: il cataletto, i ceri, i fiori di carta; e la bambina, vedendo la luminaria, e udendo suonar l'organo, si mise a galloriare.

La casa del nespolo era piena di gente; e il proverbio dice: « triste quella casa dove ci è la *visita pel marito!* ». Ognuno che passava, al vedere sull'uscio quei piccoli Malavoglia col viso sudicio e le mani nelle tasche, scrollava il capo e diceva:

– Povera comare Maruzza! ora cominciano i guai per la sua casa!

Gli amici portavano qualche cosa, com'è l'uso, pasta, ova, vino e ogni ben di Dio, che ci sarebbe voluto il cuor contento per mangiarsi tutto, e perfino compar Alfio Mosca era venuto con una gallina per mano. – Prendete queste qua, gnà Mena, diceva, che avrei voluto trovarmici io al posto di vostro padre, vi giuro. Almeno non avrei fatto danno a nessuno, e nessuno avrebbe pianto.

La Mena, appoggiata alla porta della cucina, colla faccia

nel grembiule, si sentiva il cuore che gli sbatteva e gli voleva scappare dal petto, come quelle povere bestie che teneva in mano. La dote di Sant'Agata se n'era andata colla *Provvidenza*, e quelli che erano a visita nella casa del nespolo pensavano che lo zio Crocifisso ci avrebbe messo le unghie addosso.

Alcuni se ne stavano appollaiai sulle scranne, e ripartivano senza aver aperto bocca, da veri baccalà che erano; ma chi sapeva dir quattro parole, cercava di tenere uno scampolo di conversazione per scacciare la malinconia, e distrarre un po' quei poveri Malavoglia i quali piangevano da due giorni come fontane. Compare Cipolla raccontava che sulle acciughe c'era un aumento di due tarì per barile, questo poteva interessargli a padron 'Ntoni, se ci aveva ancora delle acciughe da vendere; lui a buon conto se n'era riserbati un centinaio di barili; e parlavano pure di compare Bastianazzo, buon'anima, che nessuno se lo sarebbe aspettato, un uomo nel fiore dell'età, e che crepava di salute, poveretto!

C'era pure il sindaco, mastro Croce Callà, « Baco da seta » detto anche *Giufà*, col segretario don Silvestro, e se ne stava col naso in aria, talché la gente diceva che stava a fiutare il vento per sapere da che parte voltarsi, e guardava ora questo ed ora quello che parlavano, come se cercasse la foglia davvero, e volesse mangiarsi le parole, e quando vedeva ridere il segretario, rideva anche lui.

Don Silvestro per far ridere un po' tirò il discorso sulla tassa di successione di compar Bastianazzo, e ci ficcò così una barzelletta che aveva raccolta dal suo avvocato, e gli era piaciuta tanto, quando gliel'avevano spiegata bene, che non mancava di farla cascare nel discorso ogniqualvolta si trovava a visita da morto.

— Almeno avete il piacere di essere parenti di Vittorio Emanuele, giacché dovete dar la sua parte anche a lui!

E tutti si tenevano la pancia dalle risate, ché il proverbio dice: « Né visita di morto senza riso, né sposalizio senza pianto ».

La moglie dello speziale torceva il muso a quegli schiamazzi, e stava coi guanti sulla pancia, e la faccia lunga, come si usa in città per quelle circostanze, che solo a guardarla la gente ammutoliva, quasi ci fosse il morto lì davanti, e per questo la chiamavano *la Signora*.

Don Silvestro faceva il gallo colle donne, e si muoveva ogni momento col pretesto di offrire le scranne ai nuovi arrivati, per far scricchiolare le sue scarpe verniciate. – Li dovrebbero abbruciare, tutti quelli delle tasse! brontolava comare Zupidda, gialla come se avesse mangiato dei limoni, e glielo diceva in faccia a don Silvestro, quasi ei fosse quello delle tasse. – Ella lo sapeva benissimo quello che volevano certi mangiacarte che non avevano calze sotto gli stivali inverniciati e cercavano di ficcarsi in casa della gente per papparsi la dote e la figliuola: « Bella, non voglio te, voglio i tuoi soldi ». Per questo aveva lasciata a casa sua figlia Barbara. – Quelle facce lì non mi piacciono.

– A chi lo dite! esclamò padron Cipolla; a me mi scorticano vivo come San Bartolomeo.

– Benedetto Dio! esclamò mastro Turi Zuppiddu, minacciando col pugno che pareva la malabestia del suo mestiere. Va a finire brutta, va a finire, con questi italiani!

– Voi state zitto! gli diede sulla voce comare Venera, ché non sapete nulla.

– Io dico quel che hai detto tu, che ci levano la camicia di dosso, ci levano! borbottò compare Turi, mogio mogio.

Allora Piedipapera, per tagliar corto, disse piano a padron Cipolla: – Dovreste pigliarvela voi, comare Barbara, per consolarvi; così la mamma e la figliuola non si darebbero più l'anima al diavolo.

– È una vera porcheria! esclamava donna Rosolina, la sorella del curato, rossa come un tacchino, e facendosi vento col fazzoletto; e se la prendeva con Garibaldi che metteva le tasse, e al giorno d'oggi non si poteva più vivere, e nessuno si maritava più. – O a donna Rosolina cosa gliene importa oramai? sussurrava Piedipapera. Donna Rosolina intanto raccontava a don Silvestro le grosse faccende che ci aveva per

le mani: dieci canne di ordito sul telaio, i legumi da seccare per l'inverno, la conserva dei pomidoro da fare, che lei ci aveva un segreto tutto suo per avere la conserva dei pomidoro fresca tutto l'inverno. – Una casa senza donna non poteva andare; ma la donna bisognava che avesse il giudizio nelle mani, come s'intendeva lei; e non fosse di quelle fraschette che pensano a lisciarsi e nient'altro, « coi capelli lunghi e il cervello corto », ché allora un povero marito se ne va sott'acqua come compare Bastianazzo, buon'anima. – Beato lui! sospirava la Santuzza, è morto in un giorno segnalato, la vigilia dei Dolori di Maria Vergine, e prega lassù per noi peccatori, fra gli angeli e i santi del paradiso. « A chi vuol bene, Dio manda pene. » Egli era un bravo uomo, di quelli che badano ai fatti loro, e non a dir male di questo e di quello, e peccare contro il prossimo, come tanti ce ne sono.

Maruzza allora, seduta ai piedi del letto, pallida e disfatta come un cencio messo al bucato, che pareva la Madonna Addolorata, si metteva a piangere più forte, col viso nel guanciale, e padron 'Ntoni, piegato in due, più vecchio di cent'anni, la guardava, e la guardava, scrollando il capo, e non sapeva che dire, per quella grossa spina di Bastianazzo che ci aveva in cuore, come se lo rosicasse un pescecane.

– La Santuzza ci ha il miele in bocca! osservava comare Grazia Piedipapera.

– Per fare l'ostessa, rispose la Zuppidda, e' s'ha ad essere così. « Chi non sa l'arte chiuda bottega, e chi non sa nuotare che si anneghi ».

La Zuppidda ne aveva le tasche piene di quel fare melato della Santuzza, che persino la Signora si voltava a discorrere con lei, colla bocca stretta, senza badare agli altri, con quei guanti che pareva avesse paura di sporcarsi le mani, e stava col naso arricciato, come se tutte le altre puzzassero peggio delle sardelle, mentre chi puzzava davvero era la Santuzza, di vino e di tante altre porcherie, con tutto l'abitino color pulce che aveva indosso, e la medaglia di Figlia di Maria sul petto prepotente, che non voleva starci. Già se la intendevano fra di loro perché l'arte è parentela, e facevano

denari allo stesso modo, gabbando il prossimo, e vendendo l'acqua sporca a peso d'oro, e se ne infischiavano delle tasse, coloro!

– Metteranno pure la tassa sul sale! aggiunse compare Mangiacarrubbe. L'ha detto lo speziale che è stampato nel giornale. Allora di acciughe salate non se ne faranno più, e le barche potremo bruciarle nel focolare.

Mastro Turi il calafato stava per levare il pugno e incominciare: – Benedetto Dio!; ma guardò sua moglie e si tacque mangiandosi fra i denti quel che voleva dire.

– Colla malannata che si prepara, aggiunse padron Cipolla, che non pioveva da Santa Chiara, e se non fosse stato per l'ultimo temporale in cui si è persa la *Provvidenza*, che è stato una vera grazia di Dio, la fame quest'inverno si sarebbe tagliata col coltello!

Ognuno raccontava i suoi guai, anche per conforto dei Malavoglia, che non erano poi i soli ad averne. « Il mondo è pieno di guai, chi ne ha pochi e chi ne ha assai », e quelli che stavano fuori nel cortile guardavano il cielo, perché un'altra pioggerella ci sarebbe voluta come il pane. Padron Cipolla lo sapeva lui perché non pioveva più come prima. – Non piove più perché hanno messo quel maledetto filo del telegrafo, che si tira tutta la pioggia, e se la porta via – Compare Mangiacarrubbe allora, e Tino Piedipapera, rimasero a bocca aperta, perché giusto sulla strada di Trezza c'erano i pali del telegrafo; ma siccome don Silvestro cominciava a ridere, e a fare ah! ah! ah! come una gallina, padron Cipolla si alzò dal muricciuolo, infuriato, e se la prese con gli ignoranti, che avevano le orecchie lunghe come gli asini. – Che non lo sapevano che il telegrafo portava le notizie da un luogo all'altro; questo succedeva perché dentro il filo ci era un certo succo come nel tralcio della vite, e allo stesso modo si tirava la pioggia dalle nuvole, e se la portava lontano, dove ce n'era più di bisogno; potevano andare a domandarlo allo speziale che l'aveva detta; e per questo ci avevano messa la legge che chi rompe il filo del telegrafo va in prigione. Allora anche don

Silvestro non seppe più che dire, e si mise la lingua in tasca.

— Santi del Paradiso! Si avrebbero a tagliarli tutti quei pali del telegrafo, e buttarli nel fuoco! incominciò compare Zuppiddu, ma nessuno gli dava retta, e guardavano nell'orto, per mutar discorso.

— Un bel pezzo di terra! diceva compare Mangiacarrubbe; quando è ben coltivato dà la minestra per tutto l'anno.

La casa dei Malavoglia era sempre stata una delle prime a Trezza; ma adesso colla morte di Bastianazzo, e 'Ntoni soldato, e Mena da maritare, e tutti quei mangiapane pei piedi, era una casa che faceva acqua da tutte le parti.

Infine cosa poteva valere la casa? Ognuno allungava il collo sul muro dell'orto, e ci dava un'occhiata, per stimarla così a colpo. Don Silvestro sapeva meglio di ogni altro come andassero le cose, perché le carte le aveva lui, alla segreteria di Aci Castello.

— Volete scommettere dodici tarì che non è tutt'oro quello che luccica? andava dicendo; e mostrava ad ognuno il pezzo da cinque lire nuovo.

Ei sapeva che sulla casa c'era un censo di cinque tarì all'anno. Allora si misero a fare il conto sulle dita di quel che avrebbe potuto vendersi la casa, coll'orto, e tutto.

— Né la casa né la barca si possono vendere perché ci è su la dote di Maruzza, diceva qualchedun altro, e la gente si scaldava tanto che potevano udire dalla camera dove stavano a piangere il morto. — Sicuro! lasciò andare alfine don Silvestro come una bomba; c'è l'ipoteca dotale.

Padron Cipolla, il quale aveva scambiato qualche parola con padron 'Ntoni per maritare Mena con suo figlio Brasi, scrollava il capo e non diceva altro.

— Allora, aggiunse compare Turi, il vero disgraziato è lo zio Crocifisso che ci perde il credito dei suoi lupini.

Tutti si voltarono verso Campana di legno il quale era venuto anche lui, per politica, e stava zitto, in un cantuccio, a veder quello che dicevano, colla bocca aperta e il naso in aria, che sembrava stesse contando quante tegole

e quanti travicelli c'erano sul tetto, e volesse stimare la casa. I più curiosi allungavano il collo dall'uscio, e si ammiccavano l'un l'altro per mostrarselo a vicenda. – E' pare l'usciere che fa il pignoramento! sghignazzavano.

Le comari, che sapevano delle chiacchiere fra padron 'Ntoni e compare Cipolla, dicevano che adesso bisognava farle passare la doglia, a comare Maruzza, e conchiudere quel matrimonio della Mena. Ma la Longa in quel momento ci aveva altro pel capo, poveretta.

Padron Cipolla voltò le spalle freddo freddo, senza dir nulla; e dopo che tutti se ne furono andati, i Malavoglia rimasero soli nel cortile. – Ora, disse padron 'Ntoni, siamo rovinati, ed è meglio per Bastianazzo che non ne sa nulla.

A quelle parole, prima Maruzza, e poi tutti gli altri tornarono a piangere di nuovo, e i ragazzi, vedendo piangere i grandi, si misero a piangere anche loro, sebbene il babbo fosse morto da tre giorni. Il vecchio andava di qua e di là, senza sapere che facesse; Maruzza invece non si muoveva dai piedi del letto, quasi non avesse più nulla da fare. Quando diceva qualche parola, ripeteva sempre, cogli occhi fissi, e pareva che non ci avesse altro in testa: – Ora non ho più niente da fare!

– No! rispose padron 'Ntoni, no! ché bisogna pagare il debito allo zio Crocifisso, e non si deve dire di noi che « il galantuomo come impoverisce diventa birbante ».

E il pensiero dei lupini gli ficcava più dentro nel cuore la spina di Bastianazzo. Il nespolo lasciava cadere le foglie vizze, e il vento le spingeva di qua e di là pel cortile.

– Egli è andato perché ce l'ho mandato io, ripeteva padron 'Ntoni, come il vento porta quelle foglie di qua e di là, e se gli avessi detto di buttarsi dal *fariglione* con una pietra al collo, l'avrebbe fatto senza dir nulla. Almeno è morto che la casa e il nespolo sino all'ultima foglia erano ancora suoi; ed io che son vecchio sono qua. « Uomo povero ha i giorni lunghi ».

Maruzza non diceva nulla, ma nella testa ci aveva un pensiero fisso, che la martellava, e le rosicava il cuore, di sape-

re cos'era successo in quella notte, che l'aveva sempre dinanzi agli occhi, e se li chiudeva le sembrava di vedere ancora la *Provvidenza*, là verso il Capo dei Mulini, dove il mare era liscio e turhino, e seminato di barche, che sembravano tanti gabbiani al sole, e si potevano contare ad una ad una, quella dello zio Crocifisso, l'altra di compare Barabba; la *Concetta* dello zio Cola, e la paranza di padron Fortunato, che stringevano il cuore e si udiva mastro Turi Zuppiddu il quale cantava a squarciagola, con quei suoi polmoni di bue, mentre picchiava colla malabestia, e l'odore del catrame che veniva dal greto, e la tela che batteva la cugina Anna sulle pietre del lavatoio, e si udiva pure Mena a piangere cheta cheta in cucina.

– Poveretta! mormorava il nonno, anche a te è crollata la casa sul capo, e compare Fortunato se ne è andato freddo freddo, senza dir nulla.

E andava toccando ad uno ad uno gli arnesi che erano in mucchio in un cantuccio, colle mani tremanti, come fanno i vecchi; e vedendo Luca lì davanti, che gli avevano messo il giubbone del babbo, e gli arrivava alle calcagna, gli diceva: – Questo ti terrà caldo, quando verrai a lavorare; perché adesso bisogna aiutarci tutti per pagare il debito dei lupini.

Maruzza si tappava le orecchie colle mani per non sentire la Locca che si era appollaiata sul ballatoio, dietro l'uscio, e strillava dalla mattina, con quella voce fessa di pazza, e pretendeva che le restituissero loro il suo figliuolo, e non voleva sentir ragione.

– Fa così perché ha fame, disse infine la cugina Anna; adesso lo zio Crocifisso ce l'ha con tutti loro per quell'affare dei lupini, e non vuol darle più nulla. Ora vo a portarle qualche cosa, e allora se ne andrà.

La cugina Anna, poveretta, aveva lasciato la sua tela e le sue ragazze per venire a dare una mano a comare Maruzza, la quale era come se fosse malata, e se l'avessero lasciata sola non avrebbe pensato più ad accendere il fuoco, e a mettere la pentola, che sarebbero tutti morti di fa-

me. « I vicini devono fare come le tegole del tetto, a darsi l'acqua l'un l'altro ». Intanto quei ragazzi avevano le labbra pallide dalla fame. La Nunziata aiutava anche lei, e Alessi, col viso sudicio dal gran piangere che aveva fatto vedendo piangere la mamma, teneva a bada i piccini, perché non le stessero sempre fra i piedi, come una nidiata di pulcini, ché la Nunziata voleva averle libere le mani, lei.

— Tu sai il fatto tuo! le diceva la cugina Anna; e la tua dote ce l'hai nelle mani, quando sarai grande.

# V

La Mena non sapeva nulla che volessero maritarla con Brasi di padron Cipolla per far passare la doglia alla mamma, e il primo che glielo disse, qualche tempo dopo, fu compare Alfio Mosca, dinanzi al rastrello dell'orto, che tornava allora da Aci Castello col suo carro tirato dall'asino. Mena rispondeva: – Non è vero, non è vero – ma si confondeva, e mentre egli andava spiegando il come e il quando l'aveva sentito dire dalla Vespa, in casa dello zio Crocifisso, tutt'a un tratto si fece rossa rossa.

Anche compare Mosca aveva un'aria stralunata, e vedendo in quel modo la ragazza, con quel fazzoletto nero che ci aveva al collo, se la prendeva coi bottoni del farsetto, si dondolava ora su di un piede ed ora su di un altro, e avrebbe pagato qualche cosa per andarsene. – Sentite, io non ci ho colpa, l'ho sentito dire nel cortile di Campana di legno, mentre stavo spaccando il carrubbo che fu schiantato dal temporale di Santa Chiara, vi rammentate? Adesso lo zio Crocifisso mi fa fare le faccende di casa, perché non vuol più sentir parlare del figlio della Locca, dopo che l'altro fratello gli fece quel servizio che sapete col carico dei lupini. La Mena teneva in mano il nottolino del rastrello, ma non si risolveva ad aprire. – E poi, se non è vero, perché vi fate rossa? Ella non lo sapeva, in coscienza, e girava e rigirava il nottolino. Quel cristiano lo conosceva soltanto di vista, e non sapeva altro. Alfio le andava snocciolando la litania di tutte le ricchezze di Brasi

Cipolla, il quale, dopo compare Naso il beccaio, passava pel più grosso partito del paese, e le ragazze se lo mangiavano cogli occhi. La Mena stava ad ascoltare con tanto d'occhi anche lei, e all'improvviso lo piantò con un bel saluto, e se ne entrò nell'orto. Alfio, tutto infuriato, corse a lagnarsi colla Vespa che gli dava a bere di tali bugie, per farlo litigare colla gente.

— A me l'ha detto lo zio Crocifisso; rispose la Vespa. Io non dico bugie!

— Bugie! bugie! borbottò lo zio Crocifisso. Io non voglio dannarmi l'anima per coloro! L'ho sentito dire con queste orecchie. Ho sentito pure che la *Provvidenza* è dotale, e che sulla casa c'è il censo di cinque tarì all'anno.

— Si vedrà! si vedrà! un giorno o l'altro si vedrà se ne dite o non ne dite, delle bugie, — seguitava la Vespa, dondolandosi appoggiata allo stipite, colle mani dietro la schiena, e intanto lo guardava cogli occhi ladri. — Voi altri uomini siete tutti di una pasta, e non c'è da fidarsi.

Lo zio Crocifisso alle volte non ci sentiva, e invece di abboccar l'esca seguitò a saltar di palo in frasca, e a parlare dei Malavoglia che badavano a maritarsi, ma a quel discorso delle quarant'onze non ci pensavano neppure.

— Eh! saltò su infine la Vespa, perdendo la pazienza, se dessero retta a voi, a maritarsi non ci penserebbe più nessuno!

— A me non me ne importa che si maritino. Io voglio la roba mia. Ma del resto non me ne importa.

— Se non ve ne importa a voi, c'è a chi gliene importa! sentite? Che non tutti pensano come voi, a rimandare le cose da oggi a domani!

— E tu che fretta hai?

— Pur troppo. Voi ci avete tempo, voi; ma se credete che gli altri vogliano far venire gli anni di San Giuseppe per maritarsi!...

— L'annata è scarsa, diceva Campana di legno, e non è tempo di pensare a queste cose.

La Vespa allora si appuntellò le mani sui fianchi, e sfoderò la lingua come un pungiglione.

— Ora sentite, che questa voglio dirvela! Alla fin fine la mia roba ce l'ho, e grazie a Dio non sono in istato di dover mendicare un marito. O che credete? E se non fosse che mi avevate messo quella pulce nell'orecchio, colle vostre lusinghe, ne avrei trovati cento di mariti, e Vanni Pizzuto, e Alfio Mosca, e il cugino Cola, che mi stava cucito alla gonnella, prima di andar soldato, e non mi lasciava legare una calza. Tutti che friggevano d'impazienza, e non mi avrebbero menato tanto tempo pel naso, da Pasqua a Natale, come avete fatto voi!

Lo zio Crocifisso stavolta si mise la mano dietro l'orecchio, per sentirci, e cominciò a lisciarla con buone parole.

— Sì, lo so che sei una ragazza di giudizio, per questo ti voglio bene, e non sono come quelli che ti corrono dietro per acchiapparti la chiusa, che poi se la mangerebbero all'osteria della Santuzza.

— Non è vero che mi volete bene, seguitava ella, respingendolo a gomitate, se fosse vero lo sapreste quel che dovete fare, e lo vedreste che non ci ho altro per il capo.

Ella gli voltava le spalle corrucciata, e senza avvedersene andava stuzzicandolo coll'omero. — Ma di me a voi non ve ne importa! Lo zio si offese di quel sospetto ingiurioso. — Questo lo dici per farmi far peccato! cominciò a lamentarsi. Non gliene importava del sangue suo? perché infine ella era sangue suo, come la chiusa, che era stata sempre della famiglia, e ci sarebbe rimasta, se suo fratello, buonanima, non avesse pensato a maritarsi e a mettere al mondo la Vespa; e perciò ei l'aveva tenuta come la pupilla degli occhi suoi, e pensava sempre al suo bene. — Senti, le disse, ho pensato di darti il debito dei Malavoglia, in cambio della chiusa, che sono quarant'onze, e colle spese e i frutti potrebbero arrivare a cinquanta, e c'è da papparsi la casa del nespolo, che per te ti giova meglio della chiusa.

– La casa del nespolo tenetevela voi! saltò su la Vespa. Io mi tengo la mia chiusa, e so io cosa devo farne!

Allora lo zio Crocifisso montò in bestia anche lui, e le disse che lo sapeva cosa voleva farne, che voleva farsela mangiare da quel pezzente di Alfio Mosca, il quale le faceva l'occhio di triglia per amor della chiusa, e non voleva vederselo più per la casa e nel cortile, che alla fin fine ci aveva sangue nelle vene anche lui!

– Sta a vedere che ora mi fate il geloso! esclamò la Vespa.

– Sicuro che son geloso! esclamò lo zio Crocifisso, geloso come una bestia! e voleva pagar cinque lire per fargli rompere le ossa, ad Alfio Mosca.

Ma lui non lo faceva perché era un cristiano col timore di Dio, e al giorno d'oggi chi è galantuomo è gabbato, ché la buona fede sta di casa in via dei minchioni, dove si vende la corda per impiccarsi; la prova era che aveva un bel passare e ripassare davanti la casa dei Malavoglia, che perfino la gente si metteva a ridere, e diceva che ci faceva il *viaggio* alla casa del nespolo come quelli che hanno fatto il voto alla Madonna dell'Ognina. I Malavoglia lo pagavano a furia di sberrettate; e i ragazzi, appena lo vedevano spuntare in fondo alla stradicciuola, scappavano come se vedessero il ba-bau; ma sinora nessuno di loro gli parlava di quei denari dei lupini, e i Morti eran lì che venivano, mentre padron 'Ntoni pensava a maritare la nipote.

Egli andava a sfogarsi con Piedipapera, il quale l'aveva messo in quell'imbroglio, diceva agli altri; però gli altri dicevano che ci andava per fare l'occhiolino alla casa del nespolo, e la Locca che gironzolava sempre da quelle parti, perché le avevano detto che il suo Menico era andato nella barca dei Malavoglia, e credeva che dovesse trovarlo ancora là, appena vedeva suo fratello Crocifisso, levava le strida al pari di un uccellaccio del malaugurio, e gli smuoveva la bile anche lei. – Questa qui mi fa far peccato! borbottava Campana di legno.

– I Morti non sono ancora venuti, rispondeva Piedipa-

pera gesticolando; abbiate pazienza. Volete succhiargli il sangue a padron 'Ntoni? Già non avete perso nulla, perché i lupini eran tutti fradici, lo sapete!

Ei non sapeva nulla; sapeva soltanto che il sangue suo era nelle mani di Dio. E i ragazzi dei Malavoglia non osavano giocare sul ballatoio quando egli passava davanti alla porta di Piedipapera.

E se incontrava Alfio Mosca, col carro dell'asino, che gli faceva di berretto anche lui, colla faccia tosta, si sentiva bollire il sangue, per la gelosia della chiusa. – Mi uccella la nipote per portarmi via la chiusa! borbottava con Piedipapera. Un fannullone! che non sa far altro che andare attorno col carro dell'asino, e non possiede altro. Un morto di fame! Un birbante che le dà ad intendere d'essere innamorato del suo grugno di porco, a quella brutta strega di mia nipote, per amor della roba.

E quando non aveva altro da fare andava a piantarsi davanti all'osteria della Santuzza, accanto allo zio Santoro, che sembrava un altro poverello come lui, e non ci andava per spendere un soldo di vino, ma si metteva a guaiolare come lo zio Santoro, tale quale come se chiedesse la limosina anch'esso; e gli diceva: – Sentite, compare Santoro, se vedete da queste parti mia nipote la Vespa, quando Alfio Mosca viene a portare il carico del vino a vostra figlia la Santuzza, state a vedere cosa fanno fra di loro; – e lo zio Santoro, col rosario in mano e gli occhi spenti, gli diceva di sì, che non dubitasse, che era lì per questo, e non passava una mosca che ei non lo sapesse; tanto che sua figlia Mariangela gli diceva: – A voi cosa ve ne importa? perché state a mischiarvi nei fatti di Campana di legno? Già un soldo, che è un soldo, non lo spende all'osteria, e sta davanti all'uscio per niente.

Però Alfio Mosca non ci pensava nemmeno alla Vespa, e se ci aveva qualcheduna per la testa, era piuttosto comare Mena di padron 'Ntoni, che la vedeva ogni giorno nel cortile o sul ballatoio, o allorché andava a governare le bestie nel pollaio, e se udiva chiocciare le due galline che

le aveva regalato si sentiva una certa cosa dentro di sé, e gli sembrava che ci stesse lui in persona nel cortile del nespolo, e se non fosse stato un povero carrettiere dal carro dell'asino, avrebbe voluto chiedere in moglie la Sant'Agata, e portarsela via nel carro dell'asino. Come pensava a tutto ciò si sentiva in testa tante cose da dirle, e quando poi la vedeva non sapeva come muover la lingua, e guardava il tempo che faceva, e le parlava del carico di vino che aveva preso per la Santuzza, e dell'asino che portava quattro quintali meglio di un mulo, povera bestia.

Mena l'accarezzava colla mano, la povera bestia, ed Alfio sorrideva come se gliele facessero a lui quelle carezze.

– Ah! se il mio asino fosse vostro, comare Mena! – Mena crollava il capo e il seno le si gonfiava pensando che sarebbe stato meglio se i Malavoglia avessero fatto i carrettieri, ché il babbo non sarebbe morto a quel modo.

– « Il mare è amaro, ripeteva, ed il marinaio muore in mare ».

Alfio che aveva fretta d'andare a scaricare il vino della Santuzza, non sapeva risolversi a partire, e rimaneva a chiacchierare della bella cosa che era il fare l'oste, un mestiere col quale si ha sempre il suo guadagno, e se aumenta il prezzo del mosto basta crescere l'acqua nei barili. – Lo zio Santoro si è fatto ricco in tal modo, ed ora chiede l'elemosina per passatempo.

– E voi ci guadagnate bene, coi carichi del vino? domandò la Mena.

– Sì, nell'estate, quando si può andare anche di notte; allora mi busco una bella giornata. Questa povera bestia se lo guadagna il pane. Quando ci avrò messi da parte un po' di soldi comprerò un mulo, e potrò tirarmi su a fare il carrettiere davvero, come compare Cinghialenta.

La ragazza era tutta intenta a quello che diceva compare Alfio, e intanto l'ulivo grigio stormiva come se piovesse, e seminava la strada di foglioline secche accartocciate. – Ecco che se ne viene l'inverno, e tutto ciò non si potrà fare prima dell'estate, osservò compar Alfio. Mena

cogli occhi seguiva l'ombra delle nuvole che correva per i campi, come fosse l'ulivo grigio che si dileguasse; così correvano i pensieri della sua testa, e gli disse: — Sapete, compare Alfio, di quella storia del figlio di padron Fortunato Cipolla non ce n'è nulla, perché prima dobbiamo pagare il debito dei lupini.

— Io ci ho piacere, rispose Mosca, ché così non ve ne andate dal vicinato.

— Ora poi che torna 'Ntoni da soldato, col nonno e tutti gli altri, ci aiuteremo per pagare il debito. La mamma ha preso della tela da tessere per la Signora.

— Bel mestiere anche quello dello speziale! osservò Mosca.

In questa spuntò nella viottola comare Venera Zuppidda, col fuso in mano. — Oh! Dio! esclamò Mena, vien gente! e scappò dentro.

Alfio frustò l'asino, e se ne voleva andare anche lui. — Oh, compare Alfio, che fretta avete? gli disse la Zuppidda; volevo domandarvi se il vino che portate alla Santuzza è della stessa botte di quello della settimana scorsa.

— Io non lo so; il vino me lo danno nei barili.

— Aceto da fare l'insalata! rispose la Zuppidda, un vero veleno; così si è fatta ricca la Santuzza, e onde gabbare il mondo si è messo sul petto l'abitino di Figlia di Maria. Belle cose che copre quell'abitino! Al giorno d'oggi per andare avanti bisogna fare quel mestiere là; se no si va indietro al modo dei gamberi, come i Malavoglia. Ora hanno pescato la *Provvidenza*, lo sapete?

— No, io non ci sono stato qui; ma comare Mena non sapeva nulla.

— Hanno portato adesso la notizia, e padron 'Ntoni è corso verso il Rotolo, per vederla che stanno rimorchiandola verso il paese, e pareva che ci avesse le gambe nuove, il vecchio. Adesso colla *Provvidenza* i Malavoglia potranno tirarsi su un'altra volta, e la Mena sarà di nuovo un bel partito.

Alfio non rispose, perché la Zuppidda lo guardava fiso,

co' suoi occhietti gialli, e disse che aveva fretta di andare a consegnare il vino alla Santuzza. – A me non vuole dir nulla! borbottò la Zuppidda. Come se non li avessi visti co' miei occhi. Vogliono nascondere il sole colla rete.

La *Provvidenza* l'avevano rimorchiata a riva tutta sconquassata, così come l'avevano trovata di là dal Capo dei Mulini, col naso fra gli scogli, e la schiena in aria. In un momento era corso sulla riva tutto il paese, uomini e donne, e padron 'Ntoni, mischiato nella folla, guardava anche lui, come gli altri curiosi. Alcuni davano pure un calcio nella pancia della *Provvidenza*, per far suonare com'era fessa, quasi non fosse più di nessuno, e il poveretto si sentiva quel calcio nello stomaco. – Bella provvidenza che avete! gli diceva don Franco, il quale era venuto in maniche di camicia, e col cappellaccio in testa, a dare un'occhiata anche lui, fumando la sua pipa.

– Questa ora è buona da ardere, conchiuse padron Fortunato Cipolla; e compare Mangiacarrubbe, il quale era pratico del mestiere, disse pure che la barca aveva dovuto sommergersi tutt'a un tratto, e senza che chi c'era dentro avesse avuto tempo di dire « Cristo, aiutami! », perché il mare aveva scopato vele, antenne, remi e ogni cosa; e non aveva lasciato un cavicchio di legno che tenesse fermo.

– Questo era il posto del babbo, dove c'è la forcola nuova, diceva Luca il quale s'era arrampicato sulla sponda, e qui sotto c'erano i lupini.

Ma di lupini non ne rimaneva uno solo, ché il mare aveva tutto lavato e ripulito. Per questo Maruzza non si era mossa di casa, e non voleva più vedere la *Provvidenza* finché ci aveva gli occhi aperti.

– La pancia è buona, e se ne può ancora fare qualche cosa, sentenziò alfine mastro Zuppiddu il calafato, e dava anche lui dei calci coi suoi piedacci nella *Provvidenza*. Con quattro lapazze ve la metto in mare un'altra volta. Non sarà più una barca che potrà resistere al mare grosso, un'ondata di fianco la sfonderebbe come una botte

fradicia. Ma per la pesca di scoglio, e per la buona stagione potrà servire ancora. Padron Cipolla, compare Mangiacarrubbe, e compare Cola stavano ad ascoltare senza dir parola.

— Sì, conchiuse infine padron Fortunato gravemente. Piuttosto che buttarla sul fuoco...

— Io ci ho piacere! diceva lo zio Crocifisso che era lì anche lui a vedere, colle mani dietro la schiena. Siamo cristiani, e bisogna godere del bene altrui; il proverbio dice: « Augura bene al tuo vicino, ché qualche cosa te ne viene ».

I ragazzi s'erano istallati nella *Provvidenza* insieme agli altri monelli che volevano arrampicarvisi anche loro. — Quando avremo rattoppata per bene la *Provvidenza*, diceva Alessi, sarà come la *Concetta* dello zio Cola; e si davano un gran da fare e sbuffavano e si affannavano a tirare e a spingere anche loro la barca davanti alla porta di mastro Zuppiddu il calafato, dove c'erano i sassi grossi per tener su le barche, e il ramaiuolo pel catrame, e una catasta di coste e di fasciame appoggiata al muro.

Alessi era sempre accapigliato coi ragazzi che avrebbero voluto montare sulla barca, e aiutare a soffiare nel fuoco sotto la caldaia della pece anche loro, e quando le buscava minacciava piagnucolando:

— Ora che viene mio fratello 'Ntoni da soldato!...

Infatti 'Ntoni s'era fatto mandare le carte, e aveva ottenuto il suo congedo, sebbene don Silvestro il segretario avesse assicurato che se ci stava altri sei mesi a fare il soldato, avrebbe liberato suo fratello Luca dalla leva. Ma 'Ntoni non voleva starci più nemmeno sei giorni, ora che gli era morto il padre; Luca avrebbe fatto come lui, che s'era pianta la sua disgrazia laggiù dove si trovava, e avrebbe voluto non far più niente, quando gli recarono la notizia del babbo, se non fosse stato per quei cani di superiori.

— Per me, disse Luca, ci vado volentieri a fare il soldato, in cambio di 'Ntoni. Così come tornerà lui, potrete

mettere in mare la *Provvidenza*, e non ci sarà più bisogno di nessuno.

– Questo è proprio un Malavoglia nato sputato! osservava padron 'Ntoni gongolante. Tutto suo padre Bastianazzo, che aveva un cuore grande come il mare, e buono come la misericordia di Dio.

Una sera, dopo che tornarono le barche dal mare, padron 'Ntoni arrivò a casa trafelato, e disse: – C'è qui la lettera; me l'ha data or ora compare Cirino, mentre andavo a portare le nasse in casa dei Pappafave. La Longa si fece bianca come un fazzoletto, dalla contentezza, e corsero tutti in cucina a veder la lettera.

'Ntoni arrivò col berretto sull'orecchio, e la camicia colle stelle, che la mamma non sapeva saziarsi di toccargliela, e gli andava dietro in mezzo a tutti i parenti e gli amici, mentre tornavano dalla stazione; in un momento la casa e il cortile si riempirono di gente, come quando era morto Bastianazzo, tempo addietro, che nessuno ci pensava più. A certe cose ci pensano sempre soltanto i vecchi, quasi fosse stato ieri – tanto che la Locca era sempre lì davanti alla casa dei Malavoglia, seduta contro il muro, ad aspettar Menico, e voltava il capo di qua e di là per la straduccia, ad ogni passo che sentiva.

# VI

'Ntoni era arrivato in giorno di festa, e andava di porta in porta a salutare i vicini e i conoscenti, sicché tutti stavano a guardarlo dove passava; gli amici gli facevano codazzo, e le ragazze si affacciavano dalle finestre; ma la sola che non si vedesse era Sara di comare Tudda.

— Se n'è andata ad Ognina con suo marito, gli disse la Santuzza. Ha sposato Menico Trinca, il quale era vedovo con sei figliuoli, ma è ricco come un maiale. Si è maritata che non era compiuto il mese dacché a Menico Trinca gli era morta la prima moglie, e il letto era ancora caldo, Dio liberi!

— Uno che è vedovo è come uno che vada soldato, aggiunse la Zuppidda. « Amore di soldato poco dura, a tocco di tamburo addio signora ». E poi, s'era persa la *Provvidenza*.

Comare Venera, la quale era alla stazione, quando era partito 'Ntoni di padron 'Ntoni, per vedere se Sara di comare Tudda fosse andata a salutarlo, ché li aveva visti parlare dal muro della vigna, voleva godersi la faccia che avrebbe fatto 'Ntoni a quella notizia. Ma era passato del tempo anche per cotesto, e si suol dire « lontan dagli occhi, lontano dal cuore ». 'Ntoni ora portava il berretto sull'orecchio. — Compare Menico vuol morire becco! disse egli per consolarsi, e questo le piacque, alla Mangiacarrubbe, che l'aveva chiamato « cetriolo » ed ora vedeva che era un bel cetriolo, e l'avrebbe barattato volentieri con

quel disutilaccio di Rocco Spatu, il quale non valeva niente, e l'aveva preso perché non c'era altri.

— A me non mi piacciono quelle fraschette che fanno all'amore con due o tre per volta, disse la Mangiacarrubbe, tirandosi sul mento le cocche del fazzoletto da testa, e facendo la madonnina. Se volessi bene ad uno, non vorrei cambiarlo nemmeno per Vittorio Emanuele, o Garibaldi, vedete!

— Lo so a chi volete bene! disse 'Ntoni col pugno sul fianco.

— No che non lo sapete, compare 'Ntoni, e vi hanno detto delle chiacchiere. Se qualche volta poi passate dalla mia porta, vi racconterò ogni cosa.

— Ora che la Mangiacarrubbe ha messo gli occhi addosso a 'Ntoni di padron 'Ntoni, la sarà una provvidenza per la cugina Anna, diceva comare Venera.

'Ntoni se ne andò tutto borioso, dondolandosi sui fianchi, con un codazzo di amici, e avrebbe voluto che tutti i giorni fosse domenica, per menare a spasso la sua camicia colle stelle; quel dopopranzo si divertirono a prendersi a pugni con compare Pizzuto, il quale non aveva paura nemmeno di Dio, sebbene non avesse fatto il soldato, e andò a rotolare per terra davanti all'osteria, col naso in sangue; ma Rocco Spatu invece fu più forte, e si mise 'Ntoni sotto i piedi.

— Per la madonna! esclamarono quelli che stavano a vedere. Quel Rocco è forte come mastro Turi Zuppiddu. Se volesse lavorare se lo buscherebbe il pane!

— Io le mie devozioni so dirmele con questo qui! diceva Pizzuto mostrando il rasoio, per non darsi vinto.

Insomma 'Ntoni si divertì tutta la giornata; però la sera, mentre stavano attorno al desco a chiacchierare, e la mamma gli domandava di questo e di quello, e i ragazzi, mezzo addormentati, lo stavano a guardare con tanto d'occhi, e Mena gli toccava il berretto e la camicia colle stelle, per vedere com'eran fatti, il nonno gli disse che gli aveva

trovato d'andare a giornata nella paranza di compar Cipolla, con una bella paga.

– Li ho presi per carità, diceva padron Fortunato a chi voleva sentirlo, seduto davanti alla bottega del barbiere. Li ho presi per non dir di no, quando padron 'Ntoni è venuto a dirmi, sotto l'olmo, se ci avessi bisogno di uomini per la paranza. Di uomini io non ne ho mai bisogno; ma « carcere, malattie, e necessità, si conosce l'amistà »; con padron 'Ntoni poi che è tanto vecchio, ci si perde quel che gli si dà!...

– È vecchio ma sa il mestiere, rispose Piedipapera; non ce li perdete i danari; e suo nipote poi è un ragazzo che tutti ve lo ruberebbero.

– Quando mastro Bastiano avrà messo in ordine la *Provvidenza*, armeremo la nostra barca, e non avremo più bisogno d'andare a giornata; diceva padron 'Ntoni.

La mattina, quando egli andò a svegliare il nipote, ci volevano due ore per l'alba, e 'Ntoni avrebbe preferito starsene ancora un po' sotto le coperte; allorché uscì fuori nel cortile sbadigliando, il *Tre Bastoni* era ancora alto verso l'Ognina, colle gambe in aria, la *Puddara* luccicava dall'altra parte, e il cielo formicolava di stelle, che parevano le monachine quando corrono sul fondo nero della padella.
– È la stessa cosa come quand'ero soldato, che suonava la diana nei traponti, borbottava 'Ntoni. Allora non valeva la pena di tornare a casa!

– Sta zitto, ché il nonno è lì a mettere in ordine gli attrezzi, e si è alzato un'ora prima di noi, gli rispose Alessi. Ma Alessi era un ragazzo che somigliava tutto a suo padre Bastianazzo, buon'anima. Il nonno colla lanterna andava e veniva pel cortile; fuori si udiva passare la gente che andava al mare, e passava a picchiare di porta in porta, per chiamare i compagni. Però, come giunsero sul lido, davanti al mare nero, dove si specchiavano le stelle, e che russava lento sul greto, e si vedevano qua e là le lanterne delle barche, anche 'Ntoni si sentì allargare il cuore.

– Ah! esclamò stirandosi le braccia. È una bella cosa

tornare a casa sua. Questa marina qui mi conosce. – Già padron 'Ntoni diceva sempre che un pesce fuori dell'acqua non sa starci, e chi è nato pesce il mare l'aspetta.

Nella paranza lo canzonavano perché la Sara l'aveva piantato, mentre serravano le vele, e la *Carmela* vogava in tondo lenta lenta, lasciandosi dietro le reti come la coda di un serpente. – « Carne di porco ed uomini di guerra durano poco », dice il proverbio; per questo Sara ti ha piantato.

– « Allora la donna è fedele ad uno, quando il turco si fa cristiano »; aggiunse lo zio Cola.

– Delle innamorate ne ho quante ne voglio, rispose 'Ntoni; a Napoli mi correvano dietro come i cagnolini.

– A Napoli ci avevi il vestito di panno, e il berretto collo scritto, e le scarpe ai piedi, disse Barabba.

– Che ci son delle belle ragazze come qui, a Napoli?

– Le belle ragazze di qui non sono degne di portargli le scarpe, a quelle di Napoli. Io ne avevo una colla veste di seta, e nastri rossi nei capelli, il corsetto ricamato, e le spalline d'oro come quelle del comandante. Un bel pezzo di ragazza così, che portava a spasso i bambini dei padroni, e non faceva altro.

– Bello stare deve essere da quelle parti! osservò Barabba.

– A voi di sinistra! fermi i remi! gridò padron 'Ntoni.

– Sangue di Giuda! che mi fate andare la paranza sulle reti! cominciò a strillare lo zio Cola dal timone. La volete finire colle chiacchiere; stiamo qui a grattarci la pancia, o a fare il mestiere?

– È la maretta che ci accula; disse 'Ntoni.

– Staglia da quella parte, figlio di porco, gli gridò Barabba; colle regine che ci hai in testa ci fai perdere la giornata!

– Sacramento! rispose allora 'Ntoni col remo in aria, se lo dici un'altra volta, te lo do sulla testa.

– Che novità è questa? saltò su lo zio Cola dal timo-

ne, l'hai imparato da soldato, che non si può dire più una parola?

– Allora me ne vado; rispose 'Ntoni.

– E tu vattene, che coi suoi denari padron Fortunato ne troverà un altro.

– « Al servo pazienza, al padrone prudenza », disse padron 'Ntoni.

'Ntoni continuò a remare brontolando, perché non poteva andarsene a piedi, e compare Mangiacarrubbe, per mettere la pace, disse che era ora di far colazione.

In quel momento spuntava il sole, e un sorso di vino si beveva volentieri, pel fresco che s'era messo. Allora quei ragazzi si misero a lavorare di mascelle, col fiasco fra le gambe, mentre la paranza mareggiava adagio adagio fra il largo cerchio dei sugheri.

– Una pedata per di dietro a chi parla per il primo! disse lo zio Cola.

Per non buscarsi la pedata tutti si misero a masticare come buoi, guardando le onde che venivano dal largo, e si rotolavano senza spuma, quelle otri verdi che in un giorno di sole fanno pensare al cielo nero e al mare color di lavagna.

– Padron Cipolla le lascerà correre quattro bestemmie stasera; saltò su lo zio Cola; ma non ci abbiamo che fare. Col mare fresco non se ne piglia pesci.

Prima compare Mangiacarrubbe gli sferrò una pedata, perché lo zio Cola che aveva fatta la legge aveva parlato per primo; e poi rispose: – Intanto ora che siamo qui, aspettiamo a tirare le reti.

– La maretta viene dal largo, e a noi ci giova; aggiunse padron 'Ntoni.

– Ahi! borbottava intanto lo zio Cola.

Ora che il silenzio era rotto, Barabba chiese a 'Ntoni Malavoglia: – Me lo dai un mozzicone di sigaro?

– Non ne ho, rispose 'Ntoni, senza pensare più alla quistione di poco prima, ma te ne darò mezzo del mio.

Gli uomini della paranza, seduti sul fondo, colla schie-

na contro il banco e le mani dietro il capo, cantavano delle canzonette, ognuno per suo conto, adagio adagio, per non addormentarsi, che infatti socchiudevano gli occhi sotto il sole lucente; e Barabba faceva scoppiettare le dita, come i cefali sguizzavano fuori dell'acqua.

— Essi non hanno nulla da fare, diceva 'Ntoni, e si divertono a saltare.

— Buono questo sigaro! rispose Barabba, ne fumavi a Napoli, di questi?

— Sì, ne fumavo tanti.

— Però i sugheri cominciano ad affondare, osservò compare Mangiacarrubbe.

— Lo vedi dove si è persa la *Provvidenza* con tuo padre? disse Barabba; laggiù al Capo, dove c'è l'occhio del sole su quelle case bianche, e il mare sembra tutto d'oro.

— Il mare è amaro e il marinaio muore in mare; rispose 'Ntoni.

Barabba gli passò il suo fiasco, e dopo si misero a brontolare sottovoce dello zio Cola, il quale era un cane per gli uomini della paranza, quasi padron Cipolla fosse là presente a vedere quel che facevano e quel che non facevano.

— Tutto per fargli credere che senza di lui la paranza non andrebbe, aggiunse Barabba. Sbirro!

— Ora gli dirà che il pesce l'ha preso lui, per l'abilità sua, con tutto il mare fresco. Guarda come affondano le reti, i sugheri non si vedono più.

— O ragazzi! gridò lo zio Cola, vogliamo tirare le reti? perché se ci arriva la maretta ce le strappa di mano.

— Ohi! oohi! cominciarono a vociare gli uomini della ciurma passandosi la fune.

— San Francesco! esclamava lo zio Cola, ei non par vero che abbiamo preso tutta questa grazia di Dio, colla maretta.

Le reti formicolavano e scintillavano al sole a misura che s'affacciavano dall'acqua, e tutto il fondo della paranza sembrava pieno d'argento vivo. — Padron Fortunato ora

sarà contento, mormorò Barabba, tutto rosso e sudato, e non ci rinfaccerà quei tre carlini che ci dà per la giornata.

– Questo ci tocca a noi! aggiunse 'Ntoni, a romperci la schiena per gli altri; e poi quando abbiamo messo assieme un po' di soldi, viene il diavolo e se li mangia.

– Di che ti lagni? gli disse il nonno, non te la dà la tua giornata compare Fortunato?

I Malavoglia si arrabbattavano in tutti i modi per far quattrini. La Longa prendeva qualche rotolo di tela da tessere, e andava anche al lavatoio per conto degli altri; padron 'Ntoni coi nipoti s'erano messi a giornata, s'aiutavano come potevano, e se la sciatica piegava il vecchio come un uncino, rimaneva nel cortile a rifar le maglie alle reti, a raccomodar nasse, e mettere in ordine degli attrezzi, ché era pratico di ogni cosa del mestiere. Luca andava a lavorare nel ponte della ferrovia, per cinquanta centesimi al giorno, sebbene suo fratello 'Ntoni dicesse che non bastavano per le camicie che sciupava a trasportar sassi nel corbello; ma Luca non badava che si sciupava anche le spalle, e Alessi andava a raccattar dei gamberi lungo gli scogli, o dei vermiciattoli per l'esca, che si vendevano a dieci soldi il rotolo, e alle volte arrivava sino all'Ognina e al Capo dei Mulini, e tornava coi piedi in sangue. Ma compare Zuppiddu si prendeva dei bei soldi, ogni sabato, per rabberciare la *Provvidenza*, e ce ne volevano delle nasse da acconciare, dei sassi della ferrovia, dell'esca a dieci soldi, e della tela da imbiancare, coll'acqua sino ai ginocchi e il sole sulla testa, per fare quarant'onze! I Morti erano venuti, e lo zio Crocifisso non faceva altro che passeggiare per la straduccia, colle mani dietro la schiena, che pareva il basilisco.

– Questa è storia che va a finire coll'usciere! andava dicendo lo zio Crocifisso con don Silvestro e con don Giammaria il vicario.

– D'usciere non ci sarà bisogno, zio Crocifisso, gli rispose padron 'Ntoni quando venne a sapere quello che andava dicendo Campana di legno. I Malavoglia sono stati

sempre galantuomini, e non hanno avuto bisogno d'usciere.

— A me non me ne importa; rispose lo zio Crocifisso colle spalle al muro, sotto la tettoia del cortile, mentre stavano accatastando i suoi sarmenti: Io non so altro che devo esser pagato.

Finalmente, per intromissione del vicario, Campana di legno si contentò di aspettare a Natale ad esser pagato, prendendosi per frutti quelle settantacinque lire che Maruzza aveva raccolto soldo a soldo in fondo alla calza nascosta sotto il materasso.

— Ecco com'è la cosa! borbottava 'Ntoni di padron 'Ntoni; lavoriamo notte e giorno per lo zio Crocifisso. Quando abbiamo messo insieme una lira, ce la prende Campana di legno.

Il nonno, colla Maruzza, si consolavano a far castelli in aria per l'estate, quando ci sarebbero state le acciughe da salare, e i fichidindia a dieci un grano, e facevano dei grandi progetti d'andare alla tonnara, o per la pesca del pesce spada, dove si buscava una buona giornata, e intanto mastro Turi avrebbe messo in ordine la *Provvidenza*. I ragazzi stavano attenti, col mento in mano, a quei discorsi che si facevano sul ballatoio, o dopo cena; ma 'Ntoni che veniva da lontano, e il mondo lo conosceva meglio degli altri, si annoiava a sentir quelle chiacchiere, e preferiva andarsene a girandolare attorno all'osteria, dove c'era tanta gente che non faceva nulla, anche lo zio Santoro, il quale era il peggio che ci potesse essere, faceva quel mestiere leggiero di stendere la mano a chi passava, e biascicare avemarie; o se ne andava da compare Zuppiddu, col pretesto di vedere a che stato fosse la *Provvidenza*, per far quattro chiacchiere con Barbara, la quale veniva a metter frasche sotto il calderotto della pece, quando c'era compare 'Ntoni.

— Voi siete sempre in faccende, comare Barbara, le diceva 'Ntoni, e siete il braccio destro della casa; per questo vostro padre non vi vuol maritare.

— Non mi vuol maritare con quelli che non fanno per me, rispondeva Barbara, « pari con pari e statti coi tuoi ».

– Io ci starei anch'io coi vostri, per la madonna; se voleste voi, comare Barbara!...

– Che discorsi mi fate, compare 'Ntoni. La mamma è a filare nel cortile, e sta a sentirci.

– Dicevo per quelle frasche che sono verdi, e non vogliono accendere. Lasciate fare a me.

– Che è vero che venite qui per vedere la Mangiacarrubbe, quando si affaccia alla finestra?

– Io ci vengo qui per tutt'altro, comare Barbara. Ci vengo per vedere a che stato è la *Provvidenza*.

– È a buon stato, e il babbo ha detto che per la vigilia di Natale la metterete in mare.

Come s'avvicinava la novena di Natale, i Malavoglia non facevano altro che andare e venire dal cortile di mastro Turi Zuppiddu. Intanto il paese intero si metteva in festa; in ogni casa si ornavano di frasche e d'arance le immagini dei santi, e i fanciulli si affollavano dietro la cornamusa che andava a suonare davanti alle cappellette colla luminaria, accanto agli usci. Solo in casa dei Malavoglia la statua del Buon Pastore rimaneva all'oscuro, mentre 'Ntoni di padron 'Ntoni correva a fare il gallo di qua e di là, e Barbara Zuppidda gli diceva:

– Almeno ci penserete che ho squagliata la pece per la *Provvidenza*, quando sarete in mare?

Piedipapera predicava che tutte le ragazze se lo rubavano.

– Chi è rubato son io! piagnucolava lo zio Crocifisso. Voglio un po' vedere d'onde prenderanno i denari dei lupini, se 'Ntoni si marita, e se devono anche dare la dote alla Mena, col censo che hanno sulla casa, e tutti quegli imbrogli dell'ipoteca che son saltati fuori all'ultimo. Il Natale eccolo qua, ma i Malavoglia ancora non li ho visti.

Padron 'Ntoni tornava a cercarlo in piazza, o sotto la tettoia, e gli diceva: – Cosa volete che ci faccia se non ho denari? Spremete il sasso per cavarne sangue! Aspettatemi sino a giugno, se volete farmi questo favore, o prendetevi la *Provvidenza* e la casa del nespolo. Io non ci ho altro.

– Io voglio i miei danari, ripicchiava Campana di legno colle spalle al muro. Avete detto che siete galantuomini, e che non pagate colle chiacchiere della *Provvidenza* e della casa del nespolo.

Egli ci perdeva l'anima ed il corpo, ci aveva rimesso il sonno e l'appetito, e non poteva nemmeno sfogarsi col dire che quella storia andava a finire coll'usciere, perché subito padron 'Ntoni mandava don Giammaria o il segretario, a domandar pietà, e non lo lasciavano più venire in piazza, per gli affari suoi, senza metterglisi alle calcagna, sicché tutti nel paese dicevano che quelli erano denari del diavolo. Con Piedipapera non poteva sfogarsi perché gli rimbeccava subito che i lupini erano fradici, e che egli faceva il sensale. Ma quel servizio lì potrebbe farmelo! disse a un tratto fra di sé – e non dormì più quella notte, tanto gli piacque la trovata, – e andò a trovare Piedipapera appena fatto giorno, che ancora si stirava le braccia e sbadigliava sull'uscio. – Voi dovreste fingere che mi comprate il mio credito, gli disse, così potremo mandare l'usciere dai Malavoglia, e non vi diranno che fate l'usuraio, se volete riavere il vostro denaro, né che è denaro del diavolo. – Vi è venuta stanotte la bella idea? sghignazzò Piedipapera, che mi avete svegliato all'alba per dirmela? – Son venuto a dirvi pure per quei sarmenti; se li volete potete venire a pigliarveli. – Allora potete mandare per l'usciere, rispose Piedipapera; ma le spese le fate voi. – Quella buona donna di comare Grazia s'era affacciata apposta in camicia per dire a suo marito: – Cosa è venuto a confabulare con voi lo zio Crocifisso? Lasciateli stare quei poveri Malavoglia, che ne hanno tanti dei guai! – Tu va a filare! rispondeva compare Tino. Le donne hanno i capelli lunghi ed il giudizio corto. – E se ne andò zoppicando a bere l'erbabianca da compare Pizzuto.

– Vogliono dargli il cattivo Natale a quei poveretti, mormorava comare Grazia colle mani sulla pancia.

Davanti a ogni casa c'era la cappelletta adornata di frasche e d'arance, e la sera vi accendevano le candele, quan-

do veniva a suonare la cornamusa, e cantavano la litania che era una festa per ogni dove. I bambini giocavano ai nocciuoli nella strada, e se Alessi si fermava a guardare colle gambe aperte, gli dicevano:

— Tu vattene, se non hai nocciuoli per giuocare. — Ora vi pigliano la casa.

Infatti la vigilia di Natale venne apposta l'usciere in carrozza pei Malavoglia, talché tutto il paese si mise in subbuglio; e andò a lasciare un foglio di carta bollata sul canterano, accanto alla statua del Buon Pastore.

— L'avete visto l'usciere che è venuto pei Malavoglia? andava dicendo comare Venera. Ora stanno freschi!

Suo marito, che non gli pareva vero di aver ragione, allora cominciò a gridare e a strepitare.

— Io l'avevo detto, santi del Paradiso! che quel 'Ntoni a bazzicare per la casa non mi piaceva!

— Voi state zitto che non sapete nulla! gli imbeccava la Zuppidda. Questi sono affari nostri. Le ragazze si maritano così, se no vi restano sulla pancia, come le casseruole vecchie.

— Che maritare! ora che è venuto l'usciere!

Allora la Zuppidda gli piantava le mani sulla faccia.

— Che lo sapevate che doveva venire l'usciere? Voi abbaiate sempre a cose fatte, ma un dito, che è un dito, non lo sapete muovere. Infine l'usciere non se la mangia, la gente.

L'usciere è vero che non si mangia la gente, ma i Malavoglia erano rimasti come se li avesse presi un accidente tutti in una volta, e stavano nel cortile, seduti in cerchio, a guardarsi in viso, e quel giorno dell'usciere non si misero a tavola, in casa dei Malavoglia.

— Sacramento! esclamò 'Ntoni. Stiamo sempre come i pulcini nella stoppa, ed ora mandano l'usciere per tirarci il collo.

— Cosa faremo? diceva la Longa.

Padron 'Ntoni non lo sapeva, ma infine si prese in mano la carta bollata e andò a trovare lo zio Crocifisso coi

due nipoti più grandicelli, per dirgli di prendersi la *Provvidenza*, che mastro Turi l'aveva rattoppata allora allora, e al poveraccio gli tremava la voce come quando gli era morto il figlio Bastianazzo. — Io non so niente, gli rispose Campana di legno. Io non c'entro più. Ho venduto il mio credito a Piedipapera e dovete sbrigarvela con lui.

Piedipapera appena li vide venire in processione cominciò a grattarsi il capo. — Cosa volete che ci faccia? rispose lui; io sono un povero diavolo e ho bisogno di quei denari, e della *Provvidenza* non so che farne, perché non è il mio mestiere; ma se vuole lo zio Crocifisso vi aiuterò a venderla. Or ora torno.

Quei poveracci rimasero ad aspettare seduti sul muricciolo, e senza aver coraggio di guardarsi in faccia; ma gettavano occhiate lunghe sulla strada donde s'aspettava Piedipapera, il quale comparve finalmente adagio adagio — ma quando voleva sapeva arrancare speditamente colla sua gamba storpia. — Dice che è tutta rotta come una scarpa vecchia, e non sa che farsene; gridò da lontano; mi dispiace, ma non ho potuto far nulla.

Così i Malavoglia se ne tornarono a casa colla carta bollata in mano.

Pure qualche cosa bisognava fare, perché quella carta bollata lì, posata sul canterano, avevano inteso dire, si sarebbe mangiato il canterano, la casa e tutti loro.

— Qui ci vuole un consiglio di don Silvestro il segretario, suggerì Maruzza. Portategli quelle due galline là, e qualche cosa vi saprà dire.

Don Silvestro disse che non c'era tempo da perdere, e li mandò da un bravo avvocato, il dottor Scipioni, il quale stava di casa in via degli Ammalati, di faccia allo stallatico dello zio Crispino, ed era giovane, ma quanto a chiacchiere ne possedeva da mettersi in tasca tutti gli avvocati vecchi che pretendevano cinque onze per aprir la bocca, mentre lui si contentava di venticinque lire.

L'avvocato Scipioni stava facendo delle spagnolette, e li fece andare e venire due o tre volte, prima di dar loro

pratica; il bello poi era che andavano tutti in processione, l'un dietro l'altro, e da principio ci si accompagnava anche la Longa colla bimba in collo, per aiutare a dire le proprie ragioni, e così perdevano tutti la giornata. Quando poi l'avvocato ebbe letto le carte, e potè capire qualche cosa dalle risposte ingarbugliate che doveva strappare con le tenaglie a padron 'Ntoni, mentre gli altri se ne stavano appollaiati sulle loro scranne senza osare di fiatare, si mise a ridere di tutto cuore, e gli altri ridevano con lui, senza sapere perché, per ripigliar fiato. – Niente, rispose l'avvocato, non c'è da far niente; – e siccome padron 'Ntoni tornava a dire che era venuto l'usciere, – l'usciere lasciatelo venire anche una volta al giorno, così il creditore si stancherà più presto di rimetterci le spese. Non potranno prendervi nulla, perché la casa è dotale, e per la barca faremo il reclamo in nome di mastro Turi Zuppiddu. Vostra nuora non c'entra nella compera dei lupini.

L'avvocato seguitò a parlare senza sputare, senza grattarsi il capo, per più di venticinque lire, talmente che padron 'Ntoni e i suoi nipoti si sentivano venire l'acquolina in bocca di parlare anche loro, di spifferare la loro brava difesa che si sentivano gonfiare in testa; e se ne andarono intontiti, sopraffatti da tutte quelle ragioni che avevano, ruminando e gesticolando le chiacchiere dell'avvocato per tutta la strada. Maruzza che stavolta non era andata, come li vide arrivare colla faccia rossa e gli occhi lucenti, si sentì sgravare di un gran peso anche lei, e si rasserenò in viso aspettando che dicessero quel che aveva detto l'avvocato. Ma nessuno apriva bocca e stavano a guardarsi l'un l'altro.

– Ebbene, domandò infine Maruzza la quale moriva di impazienza.

– Niente! non c'è paura di niente! rispose tranquillamente padron 'Ntoni.

– E l'avvocato?

– Sì, l'avvocato l'ha detto lui che non ci è paura di niente.

– Ma cosa ha detto? insistè Maruzza.

– Eh, lui sa dirle le cose; un uomo coi baffi! Benedette quelle venticinque lire!

– Ma infine cos'ha detto di fare?

Il nonno guardò il nipote, e 'Ntoni guardò il nonno.

– Nulla, rispose alfine padron 'Ntoni. Ha detto di non far nulla.

– Non gli pagheremo niente, aggiunse 'Ntoni più ardito, perché non può prenderci né la casa né la *Provvidenza...* Non gli dobbiamo nulla.

– E i lupini?

– È vero! e i lupini? ripetè padron 'Ntoni.

– I lupini?... Non ce li abbiamo mangiati, i suoi lupini; non li abbiamo in tasca; e non può prenderci nulla lo zio Crocifisso; l'ha detto l'avvocato, che ci rimetterà le spese.

Allora successe un momento di silenzio; intanto Maruzza non sembrava persuasa.

– Dunque ha detto di non pagare?

'Ntoni si grattò il capo, e il nonno soggiunse:

– È vero, i lupini ce li ha dati, e bisogna pagarli.

Non c'era che dire. Adesso che l'avvocato non era più là, bisognava pagarli. Padron 'Ntoni, scrollando il capo, borbottava:

– Questo poi no! questo non l'hanno mai fatto i Malavoglia. Lo zio Crocifisso si piglierà la casa, e la barca, e tutto, ma questo poi no!

Il povero vecchio era confuso; ma la nuora piangeva in silenzio nel grembiule.

– Allora bisogna andare da don Silvestro; conchiuse padron 'Ntoni.

E di comune accordo, nonno, nipoti e nuora, persino la bimba, andarono di nuovo in processione dal segretario comunale, per chiedergli come dovevano fare per pagare il debito, senza che lo zio Crocifisso mandasse dell'altre carte bollate, che si mangiavano la casa, la barca e tutti loro. Don Silvestro, il quale sapeva di legge, stava passando il tempo costruendo una gabbia a trappola che voleva regalare ai bam-

bini della *Signora*. Ei non faceva come l'avvocato, e li lasciò chiacchierare e chiacchierare, seguitando ad infilar gretole nelle cannucce. Infine disse quel che ci voleva: – Orbè, se la gnà Maruzza ci mette la mano, ogni cosa si sarebbe aggiustata. La povera donna non sapeva indovinare dove dovesse mettere la sua mano. – Dovete metterla nella vendita, le disse don Silvestro, e rinunziare all'ipoteca della dote, quantunque i lupini non li abbiate presi voi. – I lupini li abbiamo presi tutti! mormorava la Longa, e il Signore ci ha castigati tutti insieme col prendersi mio marito.

Quei poveri ignoranti, immobili sulle loro scranne, si guardavano fra di loro, e don Silvestro intanto rideva sotto il naso. Poi mandò a chiamare lo zio Crocifisso, il quale venne ruminando una castagna secca, giacché aveva finito allora di desinare, e aveva gli occhietti più lustri del solito. Dapprincipio non voleva sentirne nulla, e diceva che lui non ci entrava più e non era affar suo. – Io sono come il muro basso, che ognuno ci si appoggia e fa il comodo suo, perché non so parlare come un avvocato, e non so dire le mie ragioni; la mia roba par roba rubata, ma quel che fanno a me lo fanno a Gesù Crocifisso che sta in croce; e seguitava a borbottare e brontolare colle spalle al muro, e le mani ficcate nelle tasche; né si capiva nemmeno quel che dicesse, per quella castagna che ci aveva in bocca. Don Silvestro sudò una camicia per fargli entrare in testa che infine i Malavoglia non potevano dirsi truffatori, se volevano pagare il debito, e la vedova rinunziava all'ipoteca. – I Malavoglia si contentano di restare in camicia per non litigare; ma se li mettete colle spalle al muro, cominciano a mandar carta bollata anche loro, e chi s'è visto s'è visto. Infine un po' di carità bisogna averla, santo diavolone! Volete scommettere che se continuate a piantare i piedi in terra come un mulo, non avrete niente?

E lo zio Crocifisso allora rispondeva: – Quando mi prendono da questo lato non so più che dire; – e promise di parlarne a Piedipapera. – Per riguardo all'amicizia io farei qualunque sacrificio. – Padron 'Ntoni poteva dirlo, se per un

amico avrebbe fatto questo ed altro; e gli offrì la tabacchiera aperta, fece una carezza alla bimba, e le regalò una castagna. – Don Silvestro conosce il mio debole; io non so dir di no. Stasera parlerò con Piedipapera, e gli dirò di aspettare sino a Pasqua; purché comare Maruzza ci metta la mano. – Comare Maruzza non sapeva dove bisognava metterla, la mano, e rispose che ce l'avrebbe messa anche subito. – Allora potete mandare a prendervi quelle fave che mi avete chiesto per seminarle; – disse poi lo zio Crocifisso a don Silvestro, prima di andarsene.

– Va bene, va bene, rispose don Silvestro; lo so che per gli amici avete il cuore grande quanto il mare.

Piedipapera davanti alla gente non voleva sentir parlare di dilazione; e strillava e si strappava i capelli, che lo volevano ridurre in camicia, e volevano lasciarlo senza pane per tutto l'inverno, lui e sua moglie Grazia, dopo che l'avevano persuaso a comprare il debito dei Malavoglia, e quelle erano cinquecento lire l'una meglio dell'altra, che s'era levate di bocca per darle allo zio Crocifisso. Sua moglie Grazia, poveretta, spalancava gli occhi, perché non sapeva di dove li avesse presi quei denari, e metteva buone parole pei Malavoglia, i quali erano brava gente, e tutti li avevano sempre conosciuti per galantuomini nel vicinato. Lo zio Crocifisso adesso prendeva anche lui la parte dei Malavoglia. – Han detto che pagheranno, e se non potranno pagare vi lasceranno la casa. La gnà Maruzza ci metterà la mano anche lei. Non lo sapete che al giorno d'oggi per avere il fatto suo bisogna fare come si può? – Allora Piedipapera s'infilò il giubbone di furia, e se ne andò via bestemmiando, che facessero pure come volevano, lo zio Crocifisso e sua moglie, giacché lui non contava per nulla in casa.

# VII

Quello fu un brutto Natale pei Malavoglia; giusto in quel tempo anche Luca prese il suo numero alla leva, un numero basso da povero diavolo, e se ne andò a fare il soldato senza tanti piagnistei, che ormai ci avevano fatto il callo. Stavolta 'Ntoni accompagnando il fratello col berretto sull'orecchio, talché pareva fosse lui che partisse, gli diceva che non era nulla, e anche lui aveva fatto il soldato. Quel giorno pioveva, e la strada era tutta una pozzanghera.

– Non voglio che mi accompagniate, – ripeteva Luca alla mamma; – già la stazione è lontana. – E stava sull'uscio a veder piovere sul nespolo, col suo fardelletto sotto il braccio. Poi baciò la mano al nonno e alla mamma, e abbracciò Mena e i fratelli.

Così la Longa se lo vide partire sotto l'ombrello, accompagnato da tutto il parentado, saltando sui ciottoli della stradicciuola, ch'era tutta una pozzanghera, e il ragazzo, siccome era giudizioso quanto il nonno, si rimboccò i calzoni sul ballatoio, sebbene non li avrebbe messi più, ora che lo vestivano da soldato.

– Questo qui non scriverà per danari, quando sarà laggiù, pensava il vecchio; e se Dio gli dà giorni lunghi, la tira su un'altra volta la casa del nespolo. Ma Dio non gliene diede giorni lunghi, appunto perché era fatto di quella pasta; – e quando giunse più tardi la notizia che era morto, alla Longa le rimase quella spina che l'aveva lasciato partire colla pioggia, e non l'aveva accompagnato alla stazione.

– Mamma! disse Luca tornando indietro, perché gli piangeva il cuore di lasciarla così zitta zitta sul ballatoio, come la Madonna addolorata; quando tornerò vi avviserò prima, e così verrete ad incontrarmi tutti alla stazione. – E quelle parole Maruzza non le dimenticò finché le chiusero gli occhi; e sino a quel giorno si portò fitta nel cuore quell'altra spina che il suo ragazzo non assisteva alla festa che si fece quando misero di nuovo in mare la *Provvidenza*, mentre c'era tutto il paese, e Barbara Zuppidda s'era affacciata colla scopa per spazzar via i trucioli. – Lo faccio per amor vostro; aveva detto a 'Ntoni di padron 'Ntoni; perché è la vostra *Provvidenza*.

– Voi colla scopa in mano sembrate una regina: rispose 'Ntoni. – In tutta Trezza non c'è una brava massaia come voi!

– Ora che vi portate via la *Provvidenza* non ci verrete più da queste parti, compare 'Ntoni.

– Sì che ci verrò. E poi per andare alla *sciara* questa è la strada più corta.

– Ci verrete per vedere la Mangiacarrubbe, che si mette alla finestra quando passate.

– La Mangiacarrubbe gliela lascio a Rocco Spatu, ché ci ho altro pel capo.

– Chissà quante ce ne avete in testa, delle belle ragazze di fuori regno, non è vero?

– Qui ce n'è pure delle belle ragazze, comare Barbara, e lo so io.

– Davvero?

– Per l'anima mia!

– O a voi che ve ne importa?

– Me ne importa, sì! ma ad esse non gliene importa di me, perché ci hanno i zerbinotti che passeggiano sotto le finestre, colle scarpe inverniciate.

– Io non le guardo nemmeno, le scarpe inverniciate, per la Madonna dell'Ognina! La mamma dice che le scarpe inverniciate son fatte per mangiarci la dote e ogni cosa; e qualche bel giorno vuole uscire fuori sulla strada, colla roc-

ca in mano, a fare una commedia con quel don Silvestro, se non mi lascia in pace.

— Che lo dite sul serio, comare Barbara?

— Sì, davvero!

— Questa cosa mi piace! disse 'Ntoni.

— Sentite, andateci il lunedì alla *sciara*, quando mia madre va alla fiera.

— Al lunedì il nonno non mi lascerà pigliar fiato, ora che mettiamo in mare la *Provvidenza*.

Appena mastro Turi disse che la barca era in ordine, padron 'Ntoni venne a pigliarsela coi suoi ragazzi, e tutti gli amici, e la *Provvidenza*, mentre camminava verso la marina, barcollava sui sassi come avesse il mal di mare, in mezzo alla folla.

— Date qua! gli gridava più forte di tutti compare Zuppiddu; ma gli altri sudavano e gridavano per spingerla sui regoli; quando la barca inciampava nei sassi. — Lasciate fare a me; se no me la piglio in braccio come una bambina, e ve la metto nell'acqua tutta in una volta.

— Compare Turi è capace di farlo, con quelle braccia! dicevano alcuni. — Oppure, — Adesso i Malavoglia si mettono di nuovo a cavallo.

— Quel diavolo di compare Zuppiddu ci ha le fate nelle mani! esclamavano. Guardate come l'ha ridotta, che prima sembrava una scarpaccia vecchia addirittura!

E davvero adesso la *Provvidenza* sembrava tutt'altra cosa, lucente della pece nuova, e con quella bella fascia rossa lungo il bordo, e sulla poppa il San Francesco colla barba che sembrava di bambagia, talché persino la Longa si era riconciliata colla *Provvidenza*, da quando era tornata senza suo marito, e aveva fatto la pace per paura, ora che era venuto l'usciere.

— Viva San Francesco! gridava ognuno come vedeva passare la *Provvidenza*, e il figlio della Locca gridava più forte degli altri, per la speranza che adesso padron 'Ntoni prendesse a giornata anche lui. Mena si era affacciata sul ballatoio, e piangeva un'altra volta dalla contentezza, e fin

la Locca si alzò e andò colla folla anche lei, dietro i Malavoglia.

– O comare Mena, questa dev'essere una bella giornata per voi altri: le diceva Alfio Mosca dalla sua finestra dirimpetto; dev'essere come quando potrò comprare il mio mulo.

– E l'asino lo venderete?

– Come volete che faccia? Io non sono ricco come Vanni Pizzuto; se no, in coscienza, non lo venderei.

– Povera bestia!

– Se avessi a dar da mangiare a un'altra bocca prenderei moglie, e non starei solo come un cane! disse Alfio ridendo.

Mena non sapeva che dire, ed Alfio aggiunse poi:

– Ora che ci avete in mare la *Provvidenza*, vi mariteranno con Brasi Cipolla.

– Il nonno non mi ha detto nulla.

– Ve lo dirà dopo. Ancora c'è tempo. Da ora a quando vi mariterete chi sa quante cose succederanno, e per quali strade andrò col mio carro! Mi hanno detto che alla Piana, di là della città, c'è da lavorare per tutti alla ferrovia. – Ora la Santuzza s'è intesa con massaro Filippo, pel mosto nuovo, e non avrò più nulla da far qui.

Padron Cipolla invece, malgrado che i Malavoglia si fossero messi di nuovo a cavallo, continuava a scrollare il capo, e andava sentenziando che era un cavallo senza gambe; lui lo sapeva dove erano le magagne, nascoste sotto la pece nuova.

– Una Provvidenza rattoppata! – sogghignava lo speziale – sciroppo d'altea, e mucillaggine di gomma arabica, come la Monarchia costituzionale. Vedrete che gli faranno pagare anche la ricchezza mobile, a padron 'Ntoni.

– Fin l'acqua che si beve ci fanno pagare. Ora dice che metteranno il dazio sulla pece. Per questo padron 'Ntoni si è affrettato a far allestire la sua barca; con tuttoché mastro Turi Zuppiddu avanza ancora cinquanta lire da lui.

– Chi ha avuto giudizio è stato lo zio Crocifisso, che ha venduto a Piedipapera il credito dei lupini.

– Ora, se la ruota non gira pei Malavoglia, la casa del nespolo se la piglia Piedipapera; e la *Provvidenza* torna da compare Turi.

Intanto la *Provvidenza* era scivolata in mare come un'anitra, col becco in aria, e ci sguazzava dentro, si godeva il fresco, dondolandosi mollemente nell'acqua verde, che le colpettava attorno ai fianchi, e il sole le ballava sulla vernice. Padron 'Ntoni, se la godeva anche lui, colle mani dietro la schiena e le gambe aperte, aggrottando un po' le ciglia, come fanno i marinai quando vogliono vederci bene anche al sole, che era un bel sole d'inverno, e i campi erano verdi, il mare lucente, e il cielo turchino che non finiva mai. Così tornano il bel sole e le dolci mattine d'inverno anche per gli occhi che hanno pianto, e li hanno visti del color della pece; e ogni cosa si rinnova come la *Provvidenza*, che era bastata un po' di pece e di colore, e quattro pezzi di legno, per farla tornare nuova come prima, e chi non vede più nulla sono gli occhi che non piangono più, e sono chiusi dalla morte.

– Compare Bastianazzo non poté vederla questa festa! pensava fra di sé comare Maruzza andando innanzi e indietro davanti all'orditoio a disporre la trama, che quei regoli e quelle traverse glieli aveva fatti tutti suo marito colle sue mani, la domenica o quando pioveva, e li aveva piantati lui stesso nel muro. Ogni cosa in quella casa parlava ancora di lui, e c'era il suo paracqua d'incerata in un cantuccio e le sue scarpe quasi nuove sotto il letto. Mena, mentre imbozzimava l'ordito, aveva il cuore nero anch'essa, pensando a compare Alfio, il quale se ne andava alla Bicocca, e avrebbe venduto il suo asino, povera bestia! ché i giovani hanno la memoria corta, e hanno gli occhi per guardare soltanto a levante; e a ponente non ci guardano altro che i vecchi, quelli che hanno visto tramontare il sole tante volte.

– Ora che hanno rimesso in mare la *Provvidenza*, disse

infine Maruzza, vedendo la figliuola pensierosa, tuo nonno ha ripreso ad andare con padron Cipolla; li ho visti insieme anche stamattina dal ballatoio, davanti alla tettoia di Peppi Naso.

– Padron Fortunato è ricco e non ha nulla da fare, e se ne sta in piazza tutto il giorno, rispose Mena.

– Sì, e suo figlio Brasi ne ha della grazia di Dio. Ora che abbiamo la nostra barca, e i nostri uomini non dovranno andare a giornata, ci trarremo fuori dalla stoppa anche noi; e se le anime del Purgatorio ci aiutano a levarci il debito dei lupini, si potrà cominciare a pensare alle altre cose. Tuo nonno non ci dorme, sta tranquilla, e quanto a questo non ve lo farà sentire che avete perso il padre, ché è come un altro padre, lui.

Poco dopo arrivò padron 'Ntoni carico di reti, che pareva una 'montagna, e non gli si vedeva la faccia. – Son venuto a riprenderle dalla paranza, disse, e bisogna riveder le maglie giacché domani armeremo la *Provvidenza*.

– Perché non vi siete fatto aiutare da 'Ntoni? gli rispose Maruzza tirando per un capo, mentre il vecchio girava in mezzo al cortile come un arcolaio, per dipanare le reti che non finivano più, e pareva un serpente colla coda. – L'ho lasciato di là, da mastro Pizzuto. Povero ragazzo, ha da lavorare tutta la settimana! E' fa caldo anche in gennaio con quel po' di roba sulle spalle.

Alessi rideva del nonno, vedendolo così rosso e curvo come un amo, e il nonno gli disse: – Guarda che qui fuori c'è quella povera Locca; suo figlio è in piazza senza far nulla, e non hanno da mangiare. – Maruzza mandò Alessi dalla Locca, con quattro fave, e il vecchio, asciugandosi il sudore colla manica della camicia, soggiunse: – Ora che ci abb'amo la nostra barca, se arriviamo all'estate, coll'aiuto di Dio, lo pagheremo il debito. – Ei non sapeva dir altro, e guardava le sue reti, seduto sotto il nespolo, come se le vedesse piene.

– Adesso bisogna far la provvista del sale, prima che ci mettano il dazio, se è vero, – andava dicendo colle

mani sotto le ascelle. Compare Zuppiddu lo pagheremo coi primi denari, ed egli mi ha promesso che allora ci darà a credenza la provvista dei barilotti.

– Nel canterano ci sono cinque onze della tela di Mena; aggiunse Maruzza.

– Bravo! con lo zio Crocifisso non voglio farci più debiti, perché non me lo dice il cuore dopo l'affare dei lupini; ma trenta lire ce le darebbe per la prima volta che andiamo in mare colla *Provvidenza*.

– Lasciatelo stare! esclamò la Longa, i danari dello zio Crocifisso portano disgrazia! Anche stanotte ho sentito cantare la gallina nera!

– Poveretta! esclamò il vecchio sorridendo, al vedere la gallina nera che passeggiava pel cortile colla coda in aria e la cresta sull'orecchio, come se non fosse fatto suo. Essa fa pure l'uovo tutti i giorni.

Allora Mena prese la parola e si affacciò sull'uscio – Ce n'è un paniere pieno, di uova, aggiunse, e lunedì, se compare Alfio va a Catania, potete mandare a venderle al mercato.

– Sì, anche queste aiutano a levare il debito! disse padron 'Ntoni; ma voi altri dovreste mangiarvelo qualche uovo, quando avete voglia.

– No, non ne abbiamo voglia, – rispose Maruzza, e Mena soggiunse: – Se le mangiamo noi, compare Alfio non avrà più da venderne al mercato; ora metteremo le uova di anitra sotto la chioccia, e i pulcini si vendono otto soldi l'uno. Il nonno la guardò in faccia e le disse:

– Tu sei una vera Malavoglia, la mia ragazza!

Le galline starnazzavano nel terriccio del cortile, al sole, e la chioccia, tutta ingrullita, colla sua penna nel naso, scuteva il becco in un cantuccio; sotto le frasche verdi dell'orto, lungo il muro, c'era appeso su dei piuoli dell'altro ordito ad imbiancare, coi sassi al piede. – Tutta questa roba fa danari, ripeteva padron 'Ntoni; e colla grazia di Dio, non ci manderanno più via dalla nostra casa. « Casa mia, madre mia ».

– Ora i Malavoglia devono pregare Dio e San Francesco perché la pesca riesca abbondante, diceva intanto Piedipapera.

– Sì, colle annate che corrono! esclamò padron Cipolla, ché in mare ci devono aver buttato il colera anche per i pesci!

Compare Mangiacarrubbe diceva di sì col capo, e lo zio Cola tornava a parlare del dazio del sale che volevano mettere, e allora le acciughe potevano starsene tranquille, senza spaventarsi più delle ruote dei vapori, che nessuno sarebbe più andato a pescarle.

– E ne hanno inventata un'altra! aggiunse mastro Turi il calafato, di mettere anche il dazio sulla pece. Quelli a cui non gliene importava della pece non dissero nulla; ma lo Zuppiddu seguitò a strillare che egli avrebbe chiuso bottega, e chi aveva bisogno di calafatare la barca poteva metterci la camicia della moglie per stoppa. Allora si levarono le grida e le bestemmie. In questo momento si udì il fischio della macchina, e i carrozzoni della ferrovia sbucarono tutt'a un tratto sul pendio del colle dal buco che ci avevano fatto, fumando e strepitando come avessero il diavolo in corpo. – Ecco qua! conchiuse padron Fortunato: la ferrovia da una parte e i vapori dall'altra. A Trezza non ci si può più vivere, in fede mia!

Nel villaggio successe un casa del diavolo quando volevano mettere il dazio sulla pece. La Zuppidda, colla schiuma alla bocca, salì sul ballatoio, e si mise a predicare ch'era un'altra bricconata di don Silvestro, il quale voleva rovinare il paese, perché non l'avevano voluto per marito: non lo volevano nemmeno per compagno alla processione, quel cristiano, né lei né sua figlia! Comare Venera, quando parlava del marito che doveva prendere sua figlia, pareva che la sposa fosse lei. Mastro Turi avrebbe chiuso bottega, diceva, ma voleva vedere poi come avrebbe fatto la gente a mettere le barche in mare, che si sarebbero mangiati per pane gli uni cogli altri. Allora le comari si affacciarono sull'uscio colle conocchie in mano a sbraitare

che volevano ammazzarli tutti, quelli delle tasse, e volevano dar fuoco alle loro cartacce, e alla casa dove le tenevano. Gli uomini, come tornavano dal mare, lasciavano gli arnesi ad asciugare, e stavano a guardare dalla finestra la rivoluzione che facevano le mogli.

— Tutto perché è tornato 'Ntoni di padron 'Ntoni, seguitava comare Venera, ed è sempre là, dietro le gonnelle di mia figlia. — Ora gli danno noia le corna, a don Silvestro. Infine se non lo vogliamo, cosa pretende? Mia figlia è roba mia, e posso darla a chi mi pare e piace. Gli ho detto di no chiaro e tondo a mastro Callà, quand'è venuto a fare l'ambasciata in persona, l'ha visto anche lo zio Santoro. Don Silvestro gli fa fare quel che vuole, a quel Giufà del sindaco; ma io me ne infischio del sindaco e del segretario. Ora cercano di farci chiudere bottega perché non mi lascio mangiare il fatto mio da questo e da quello! Che razza di cristiani, eh? Perché non l'aumentano sul vino il loro dazio? o sulla carne, che nessuno ne mangia? ma questo non piace a massaro Filippo, per amore della Santuzza, che sono in peccato mortale tutti e due, e lei porta l'abitino di Figlia di Maria per nascondere le sue porcherie, e quel becco dello zio Santoro non vede nulla. Ognuno tira l'acqua al suo mulino, come compare Naso, che è più grasso dei suoi maiali! Belle teste che abbiamo! Ora vogliamo fargli la festa a tutte coteste teste di pesce della malannata.

Mastro Turi Zuppiddu si dimenava sul ballatoio colla malabestia ed il patarasso in pugno, che voleva far sangue, e non l'avrebbero trattenuto nemmen colle catene. La bile andava gonfiandosi da un uscio all'altro come le onde del mare in burrasca. Don Franco si fregava le mani, col cappellaccio in capo, e diceva che il popolo levava la testa; e come vedeva passare don Michele, colla pistola appesa sulla pancia, gli rideva sul naso. Anche gli uomini, a poco a poco, s'erano lasciati riscaldare dalle loro donne, e si cercavano l'un l'altro per mettersi in collera; e perdevano la giornata a stare in piazza colle mani sotto le ascelle, e la

bocca aperta, ad ascoltare il farmacista il quale predicava sottovoce, perché non udisse sua moglie che era di sopra, di fare la rivoluzione, se non erano minchioni, e non badare al dazio del sale o al dazio della pece, ma casa nuova bisognava fare, e il popolo aveva ad essere re. Invece certuni torcevano il muso e gli voltavano le spalle, dicendo: – Il re vuol essere lui. Lo speziale è di quelli della rivoluzione, lui, per affamare la povera gente! E se ne andavano piuttosto all'osteria della Santuzza, dove c'era buon vino che scaldava la testa e compare Cinghialenta e Rocco Spatu facevano per dieci. Ora che si ricominciava la canzone delle tasse si sarebbe parlato nuovamente di quella *del pelo*, come la chiamavano la tassa sulle bestie da soma, e di aumentare il dazio sul vino. – Santo diavolone! stavolta andava a finir male, per la madonna!

Il vino buono faceva vociare, e il vociare metteva sete, intanto che non avevano ancora aumentato il dazio sul vino; e quelli che avevano bevuto levavano i pugni in aria, colle maniche della camicia rimboccate, e se la prendevano persin colle mosche che volavano.

– Questa è come una festa per la Santuzza! dicevano. Il figlio della Locca, il quale non aveva denari per bere, gridava lì fuori dell'uscio che voleva farsi ammazzare piuttosto, ora che lo zio Crocifisso non lo voleva più nemmeno a mezza paga, per quel suo fratello Menico che s'era annegato coi lupini. Vanni Pizzuto aveva anche chiuso la bottega, perché nessuno andava più a farsi radere, e portava il rasoio in tasca, e vomitava improperi da lontano, e sputava addosso a coloro che se ne andavano pei fatti loro, coi remi in collo, stringendosi nelle spalle.

– Quelli sono carogne, che non gli importa un corno della patria! sbraitava don Franco, tirando il fumo dalla pipa come se volesse mangiarsela. Gente che non muoverebbe un dito pel suo paese.

– Tu lasciali dire! diceva padron 'Ntoni a suo nipote, il quale voleva rompere il remo sulla testa a chi gli dava

della carogna; colle loro chiacchiere non ci danno pane, né ci levano un soldo di debito dalle spalle.

Lo zio Crocifisso, il quale era di quelli che badano ai fatti propri, e quando gli cavavano sangue colle tasse si masticava la sua bile dentro di sé, per paura di peggio, adesso non si faceva più vedere in piazza, addossato al muro del campanile, ma stava rintanato in casa al buio, a recitare paternostri e avemarie per digerire la collera contro quelli che strillavano, ed era gente che voleva mettere a sacco e a fuoco il paese, e andare a svaligiare chi ci aveva quattro soldi in casa. – Lui ha ragione, dicevano in paese, perché dei soldi deve averne a palate. – Ora ci ha pure le cinquecento lire dei lupini che gli ha dato Piedipapera!

Ma la Vespa, la quale aveva tutta la sua roba al sole, e non temeva che gliela rubassero, andava gridando per lui, colle mani in aria, nera come un tizzone, e coi capelli al vento, che suo zio se lo mangiavano vivo ogni sei mesi, colla fondiaria, e voleva cavargli gli occhi colle sue mani all'esattore, se tornava da suo zio. – Adesso ella ronzava continuamente da comare Grazia, dalla cugina Anna e dalla Mangiacarrubbe, ora con un pretesto ed ora con un altro, per vedere come se la intendessero compare Alfio colla Sant'Agata, ed avrebbe voluto annichilire la Sant'Agata con tutti i Malavoglia; perciò andava dicendo che non era vero che Piedipapera avesse comprato il credito dei lupini, perché Piedipapera non le aveva mai possedute cinquecento lire, e i Malavoglia avevano sempre sul collo i piedi di suo zio Crocifisso, il quale poteva schiacciarli come formiche, tanto era ricco, ed ella aveva avuto torto a dirgli di no, pei begli occhi di uno il quale non ci aveva che un carro da asino, mentre lo zio Crocifisso le voleva bene come alla pupilla degli occhi suoi, sebbene in quel momento non volesse aprirle l'uscio, per timore che gli entrassero in casa a fare sacco e fuoco.

Chi ci aveva da perdere qualcosa, come padron Cipolla o massaro Filippo l'ortolano, stava tappato in casa, con tanto di catenaccio, e non metteva fuori nemmeno il na-

so; per questo Brasi Cipolla si era buscato un potente ceffone da suo padre, quando l'aveva trovato sulla porta del cortile a guardare in piazza come un baccalà. I pesci grossi stavano sott'acqua durante la maretta, e non si facevano vedere, anche quelli che erano teste di pesce, e lasciavano il sindaco col naso in aria a cercar la foglia.

– Non lo vedete che si servono di voi come di un burattino? gli diceva sua figlia Betta coi pugni sui fianchi. Ora che vi hanno messo nell'impiccio, vi voltano le spalle, e vi lasciano solo a sgambettare nel pantano; ecco quel che vuol dire farsi menare pel naso da quell'imbroglione di don Silvestro.

– Io non mi lascio menar per il naso da nessuno! saltava su Baco da seta. Il sindaco lo faccio io, e non don Silvestro.

Don Silvestro diceva invece che il sindaco lo faceva sua figlia Betta, e mastro Croce Callà portava i calzoni per isbaglio. Così, fra tutt'e due, il povero Baco da seta stava fra l'incudine e il martello. Adesso poi che era venuta la burrasca, e tutti lo lasciavano a strigliare quella mala bestia della folla, non sapeva più da che parte voltarsi.

– A voi che cosa ve ne importa? gli gridava Betta. Fate anche voi come fanno gli altri; e se non vogliono il dazio della pece, don Silvestro ci penserà lui a trovare qualche altra cosa.

Don Silvestro, invece, era più fermo; continuava ad andare attorno, con quella faccia tosta; e Rocco Spatu e Cinghialenta, come lo vedevano, rientravano in fretta nell'osteria per non fare uno sproposito, e Vanni Pizzuto bestemmiava forte toccando il rasoio dentro la tasca dei calzoni.

Don Silvestro, senza badarci, andava a far quattro chiacchiere collo zio Santoro, e gli metteva due centesimi nella mano!

– Sia lodato Dio! esclamava il cieco, questo è don Silvestro il segretario, ché nessun'altri di tutti quelli che vengono qui a gridare e a pestare i pugni sulle panche fa un centesimo di limosina per le anime del Purgatorio, e vengono a dire che vogliono ammazzarli tutti, il sindaco e

il segretario; l'hanno detto Vanni Pizzuto, Rocco Spatu, e compare Cinghialenta. Vanni Pizzuto s'è messo ad andare senza scarpe, per non essere conosciuto; ma io lo riconosco egualmente, che striscia sempre i piedi per terra, e fa levar la polvere come quando passano le pecore.

– A voi che ve ne importa? gli diceva sua figlia, appena don Silvestro se ne andava. Questi non sono affari nostri. L'osteria è come un porto di mare, chi va e chi viene, e bisogna essere amici con tutti, e fedeli con nessuno; per questo l'anima l'abbiamo ciascuno la sua, e ognuno deve badare ai suoi interessi, e non far giudizi temerari contro il prossimo. Compare Cinghialenta e Spatu spendono del denaro in casa nostra. Non dico di Pizzuto che vende l'erbabianca e cerca di levarci gli avventori.

Don Silvestro poi andava a fermarsi dallo speziale, il quale gli piantava la barba in faccia, e gli diceva che era tempo di finirla, e buttar tutto a gambe in aria, e far casa nuova.

– Volete scommettere che questa volta va a finir male? ribatteva don Silvestro, mettendo due dita nel taschino del farsetto per cavar fuori il dodici tarì nuovo. Non c'è tasse che bastano, e un giorno o l'altro bisognerà finirla davvero. S'ha a mutar registro con Baco da seta che si lascia metter la gonnella dalla figlia, e il sindaco lo fa lei; – a massaro Filippo poi non gliene importa un cavolo, e padron Cipolla aveva la superbia di non voler fare il sindaco neanche se l'accoppavano. – Tutti una manica di borbonici della consorteria; dei minchioni che oggi dicono bianco e domani nero, e l'ultimo che parla ha ragione lui. La gente fa bene a strillare con questo governo che ci succhia il sangue peggio di una mignatta; ma i denari devono venir fuori per amore o per forza. Qui ci vorrebbe un sindaco di testa e liberale come voi.

Lo speziale allora cominciava a dire quel che avrebbe fatto lui, e come aggiustava ogni cosa; e don Silvestro stava ad ascoltarlo zitto ed intento che pareva fosse alla predica. Bisognava pensare anche a rinnovare il Consiglio;

padron 'Ntoni non ce lo volevano, perché egli aveva la testa stramba, ed era stato causa della morte di suo figlio Bastianazzo, – un uomo di giudizio colui, se fosse stato vivo! – poi in quell'affare dei lupini aveva fatto mettere la mano nel debito a sua nuora, e l'aveva lasciata in camicia. Se gli interessi del Comune li faceva a quel modo!...

Ma intanto se la Signora si affacciava alla finestra, don Franco cambiava discorso, e gridava: – Bel tempo, eh? – ammiccando di nascosto a don Silvestro, per fargli capire quel che ci aveva nello stomaco da dire. – Andate a fidarvi di quel che vuol fare uno che ha paura della moglie! pensava fra di sé don Silvestro. – Padron 'Ntoni era di quelli che si stringevano nelle spalle e se ne andavano coi remi in collo; e al nipote, il quale avrebbe voluto correre in piazza anche lui, a vedere quel che si faceva, gli andava ripetendo:

– Tu bada ai fatti tuoi, ché tutti costoro gridano ognuno pel suo interesse, e l'affare più grosso per noi è quello del debito.

Anche compare Mosca era di quelli che badavano ai fatti propri, e se ne andava tranquillamente, insieme al suo carro, in mezzo alla gente che gridava coi pugni in aria. – A voi non ve ne importa se mettono la tassa del pelo? gli domandava Mena, come lo vedeva arrivare coll'asino tutto ansante e colle orecchie basse. – Sì che me ne importa, ma bisogna camminare per pagarla, la tassa; se no si pigliano il pelo con tutto l'asino, e il carro pure.

– Dice che vogliono ammazzarli tutti, Gesummaria! Il nonno ha raccomandato di tener la porta chiusa, e non aprire se non tornan loro. Voi andrete ancora via domani?

– Io andrò a prendere un carico di calce per mastro Croce Callà!

– O cosa ci andate a fare? non lo sapete che è il sindaco, e vi ammazzeranno anche voi?

– Egli dice che non gliene importa a lui; che fa il muratore, e deve allestire quel muro della vigna per conto

di massaro Filippo, e se non vogliono il dazio della pece, don Silvestro ci penserà lui a qualche altra cosa.

– Ve l'avevo detto io ch'è tutta roba di don Silvestro! esclamava la Zuppidda, la quale era sempre lì, a soffiare nel fuoco, colla conocchia in mano. È roba di ladri e di gente che non ha nulla da perdere, e non paga nulla col dazio della pece, perché non ha mai avuto nemmeno un pezzo di tavola in mare. – La colpa è di don Silvestro, seguitava poscia a sbraitare di qua e di là, per tutto il paese, e di quell'imbroglione di Piedipapera, il quale non ha barche, e vive alle spalle del prossimo, e tiene il sacco a questo e a quello. – Volete saperne una? Non è vero niente che ha comprato il credito dello zio Crocifisso! È tutta una finzione fra lui e Campana di legno, per spogliare quei poveretti. Piedipapera non li ha mai visti cogli occhi cinquecento lire!

Don Silvestro, per sentire quello che dicevasi di lui, andava spesso a comprare qualche sigaro all'osteria, e allora Rocco Spatu, e Vanni Pizzuto, uscivano fuori bestemmiando; o si fermava a chiacchierare collo zio Santoro, tornando dalla vigna, e così venne a sapere tutta la storia della finta compera di Piedipapera; ma lui era « cristiano » con uno stomaco fondo come un pozzo, e metteva tutto là dentro. Egli sapeva il fatto suo, e come Betta l'accoglieva colla bocca spalancata peggio di un cane arrabbiato, e mastro Croce Callà s'era lasciato scappare il detto che a lui non gliene importava rispose: – Volete scommettere che ora vi pianto? – e non si fece più vedere in casa del sindaco; così ci avrebbero pensato loro a cavarsi d'impiccio, e la Betta non avrebbe potuto più dirgli sul mostaccio che voleva rovinare suo padre Callà, e i suoi consigli erano quelli di Giuda, che aveva venduto Cristo per trenta denari, e così egli voleva riescire a buttar giù il sindaco pei suoi fini, e fare il gallo in paese. Sicché la domenica in cui doveva radunarsi il Consiglio, don Silvestro, dopo la santa messa, andò a ficcarsi nello stanzone del municipio, dove c'era prima il posto della Guardia Nazionale, e si mise

tranquillamente a temperare le penne, davanti alla tavola d'abete, per ingannare il tempo, mentre la Zuppidda e le altre comari vociferavano nella strada, filando al sole, e volevano strappare gli occhi a tutti loro.

Baco da seta, come corsero a chiamarlo dal muro della vigna di massaro Filippo, s'infilò il giubbone nuovo, si lavò le mani, si spolverò dalla calce, ma non volle muoversi se prima non gli chiamavano don Silvestro. Betta aveva un bel sgridarlo, e spingerlo per le spalle fuori dell'uscio, dicendogli che chi l'aveva preparata la minestra l'avrebbe mangiata, e lui doveva lasciare fare agli altri purché lo lasciassero star sindaco. Stavolta mastro Callà aveva visto quella folla davanti al municipio, colle conocchie in mano, e puntava i piedi in terra, restìo peggio di un mulo. — Non ci vado se non viene don Silvestro! ripeteva con gli occhi fuori della testa; — don Silvestro lo sa trovare un ripiego.

— Il ripiego ve lo trovo io, — rispondeva Betta. Non lo vogliono il dazio sulla pece? E voi lasciatelo stare.

— Brava! e i denari di dove si prendono?

— Di dove si prendono? Fateli pagare a chi ne ha, allo zio Crocifisso, a mo' d'esempio, o a padron Cipolla, o a Peppi Naso.

— Brava! se sono loro i consiglieri!

— Allora mandateli via e chiamatene degli altri; già non saranno loro che vi faranno restare sindaco quando tutti gli altri non vi vorranno più. Voi dovete far contenti quelli che sono in maggior numero.

— Ecco come discorrono le donne! Quasi fossero quelli che mi tengono su! Tu non sai nulla. Il sindaco lo fanno i consiglieri, e i consiglieri non possono essere che quelli e non altri. Chi vuoi che facciano? i pezzenti di mezzo alla strada?

— Allora lasciate stare i consiglieri e mandate via il segretario, quell'imbroglione di don Silvestro.

— Brava, e chi lo fa il segretario? chi lo sa fare? Tu

o io, o padron Cipolla? sebbene sputi sentenze peggio di un filosofo!

Allora la Betta non seppe più che dire, e si sfogò a scaricare ogni sorta d'improperi alle spalle di don Silvestro, ch'era il padrone del paese, e se li teneva tutti in tasca.

— Brava, soggiunse Baco da seta. Ecco, se non c'è lui io non so cosa dire. Vorrei vederci te nei miei panni!

Finalmente arrivò don Silvestro, colla faccia più dura del muro, le mani dietro la schiena, e zufolando un'arietta. — Eh, non vi perdete d'animo, mastro Croce, che non casca il mondo per questa volta! — Mastro Croce da don Silvestro si lasciò menar via e metter alla tavola d'abete del Consiglio, col calamaio davanti; ma dei consiglieri non c'erano altri che Peppi Naso, il macellaio, tutto unto e colla faccia rossa, che non aveva paura di nessuno al mondo, e compare Tino Piedipapera. — Quello lì non ha nulla da perdere! vociava dall'uscio la Zuppidda, e ci viene per succhiare il sangue alla povera gente, peggio di una sanguisuga, perché vive alle spalle del prossimo, e tiene il sacco a questo e a quello per fare le birbonate! Razza di ladri e di assassini!

Piedipapera, sebbene volesse far l'indifferente, pel decoro della carica, finì col perdere la pazienza, e si rizzò sulla gamba storta, gridando a mastro Cirino, l'inserviente comunale, il quale era incaricato del buon ordine, e per questo ci aveva il berretto col rosso quando non faceva il sagrestano: — Fatemi tacere quella linguaccia là.

— Eh, a voi vi piacerebbe che nessuno parlasse, eh! compare Tino?

— Come se tutti non lo sapessero il mestiere che fate, che poi chiudete gli occhi quando 'Ntoni di padron 'Ntoni viene a parlare con vostra figlia Barbara.

— Gli occhi li chiudete voi, becco che siete! quando vostra moglie fa il comodino alla Vespa, la quale viene tutti i giorni a mettersi sulla vostra porta per cercare Alfio Mosca, e voi altri tenete il candeliere. Bel mestiere! Ma com-

pare Alfio non vuol saperne, ve lo dico io; ci ha pel capo Mena di padron 'Ntoni, e voi altri ci perdete l'olio della lucerna, se la Vespa ve l'ha promesso.

— Ora vengo a romperti le corna! minacciò Piedipapera, e cominciò ad arrancare dietro la tavola d'abete.

— Oggi va a finir male! borbottava mastro Croce Giufà.

— Ohè! ohè! che maniere son queste, vi par d'essere in piazza! urlava don Silvestro. — Volete scommettere che vi caccio fuori tutti a calci? Ora l'aggiusto io questa faccenda.

La Zuppidda non voleva sentirne affatto d'aggiustarla, e si batteva contro don Silvestro il quale la spingeva fuori tirandola pei capelli, e poi se la menò in disparte dietro il rastrello della chiusa.

— Infine che volete? le disse come furono soli, a voi che ve ne importa se mettono il dazio sulla pece? forse che lo pagate voi o vostro marito? o non debbono pagarlo piuttosto quelli che hanno bisogno di far accomodare le loro barche? Sentite a me: vostro marito è una bestia ad essere in collera col municipio, e a far tutto questo chiasso. Ora si devono fare gli assessori nuovi, in cambio di padron Cipolla e di massaro Mariano, che non valgono niente, e si potrebbe metterci vostro marito.

— Io non ne so nulla, rispose la Zuppidda, calmatasi tutt'a un tratto. — Io non me ne immischio negli affari di mio marito. So che si mangia le mani dalla collera. Io non posso far altro che andare a dirglielo, se la cosa è certa.

— Andate a dirglielo, è certo come è certo Dio, vi dico! Siamo galantuomini o no? santissimo diavolo!

La Zuppidda partì correndo a prendere suo marito, il quale stava rincantucciato nel cortile a cardar stoppa, pallido come un morto, e non voleva escire per tutto l'oro del mondo, gridando che gli facevano fare qualche sproposito, santo Dio!

Per aprire il sinedrio, e vedere che pesci si pigliavano, ci mancava ancora padron Fortunato Cipolla, e massaro Filippo l'ortolano, i quali non spuntavano mai, sicché la gente

incominciava ad annoiarsi, tanto che le comari s'erano messe a filare lungo il muricciuolo della chiesa.

Infine mandarono a dire che non venivano perché avevano da fare; e il dazio, se volevano, avrebbero potuto metterlo senza di loro. – Il discorso di mia figlia Betta tale e quale! brontolava mastro Croce Giufà.

– Allora fatevi aiutare da vostra figlia Betta! esclamò don Silvestro. Baco da seta non fiatò più e continuò a masticarsi fra i denti il suo brontolìo. – Ora, disse don Silvestro, vedrete che i Zuppiddi verranno loro stessi a dire che mi danno la Barbara, ma voglio farmi pregare, io.

La seduta fu sciolta senza concludere nulla. Il segretario voleva un po' di tempo per prendere lume; in questo mentre era suonato mezzogiorno e le comari se n'erano andate leste leste. Le poche che erano rimaste, come videro mastro Cirino chiudere la porta e mettersi la chiave in tasca, se ne andarono anch'esse pei fatti loro di qua e di là, chiacchierando degli improperii che s'erano detti Piedipapera e la Zuppidda.

La sera 'Ntoni di padron 'Ntoni seppe quelle chiacchiere, e sacramento! voleva fargli vedere che era stato soldato, a Piedipapera! Lo incontrò giusto che veniva dalla *sciara*, vicino alla casa dei Zuppiddi, con quel suo piede del diavolo, e cominciò a dirgli il fatto suo, che era una carogna, e si guardasse bene dal dir male dei Zuppiddi e di quel che facevano, che lui non ci aveva nulla a vedere. Piedipapera non aveva la lingua in tasca. – O che ti pare che sei venuto da lontano a fare lo spaccamontagne, qui?

– Son venuto a rompervi le corna, se aggiungete altro. – Alle grida la gente si era affacciata sugli usci, e si era radunata una gran folla; sicché si azzuffarono perbene, e Piedipapera, il quale ne sapeva più del diavolo, si lasciò cadere a terra tutto un fascio con 'Ntoni Malavoglia, che così non valevano a nulla le gambe buone, e si avvoltolarono nel fango, picchiandosi e mordendosi come i cani di Peppi Naso, tanto che 'Ntoni di padron 'Ntoni dovette ficcarsi nel cortile dei Zuppiddi, perché aveva la camicia

tutta stracciata, e Piedipapera lo condussero a casa insanguinato come Lazzaro.

– Sta a vedere! strepitava ancora comare Venera, dopo che ebbero chiusa la porta sul naso ai vicini, sta a vedere che in casa mia non sono padrona di fare quello che mi pare e piace. Mia figlia la do a chi vogl'io.

La ragazza, tutta rossa, s'era rifugiata in casa, col cuore che gli batteva come un pulcino.

– Ti ha mezzo strappata quest'orecchia! diceva compare Turi versando adagio adagio dell'acqua sulla testa di 'Ntoni. Morde peggio di un cane corso, compare Tino!

'Ntoni aveva ancora il sangue agli occhi, e voleva fare un precipizio.

– Sentite, comare Venera, disse allora davanti a tutto il mondo, per me se non mi piglio vostra figlia non mi marito più. – E la ragazza sentiva dalla camera. – Questi non son discorsi da farsi ora, compare 'Ntoni; ma se vostro nonno dice di sì, io per me non vi cambio per Vittorio Emanuele. – Compare Zuppiddu intanto stava zitto e gli dava un pezzo di salvietta per asciugarsi; dimodoché 'Ntoni quella sera se ne andò a casa tutto contento.

Ma i poveri Malavoglia, come avevano saputo della sua rissa con Piedipapera, si aspettavano di momento in momento l'usciere che venisse a scacciarli dalla casa, giacché Pasqua era lì vicina, e dei denari del debito, a gran stento, ne avevano raccolto appena una metà.

– Vedi quel che vuol dire bazzicare dove ci son ragazze da marito! diceva a 'Ntoni la Longa. Ora tutta la gente parla dei fatti vostri. E mi dispiace per la Barbara.

– Ed io me la piglio! disse allora 'Ntoni.

– Te la pigli? esclamò il nonno. – Ed io chi sono? e tua madre non conta per nulla? Quando tuo padre prese moglie, ed è quella che vedi là, me lo fece dire a me prima. – Allora viveva tua nonna, e venne a parlarmene nell'orto, sotto il fico. Ora non si usano più queste cose, e i vecchi non servono a nulla. Un tempo si soleva dire « ascol-

ta i vecchi e non la sbagli ». Prima deve maritarsi tua sorella Mena; lo sai questo?

— Maledetta la mia sorte! cominciò a gridare 'Ntoni strappandosi i capelli e pestando i piedi. Tutto il giorno a lavorare! all'osteria non ci vado! e in tasca non ho mai un soldo! Ora che mi son trovata la ragazza che mi ci vuole, non posso prenderla. Perché son tornato dunque da soldato?

— Senti! gli disse il nonno rizzandosi su a stento pei dolori che gli mangiavano la schiena. — Va a dormire che è meglio. Questi discorsi non dovresti farceli mai, davanti a tua madre!

— Mio fratello Luca sta meglio di me a fare il soldato! brontolò 'Ntoni nell'andarsene.

Luca, poveretto, non ci stava né meglio né peggio; faceva il suo dovere laggiù, come l'aveva fatto a casa sua, e si contentava. Non scriveva spesso, è vero – i francobolli costavano venti centesimi – né aveva ancora mandato il ritratto, perché da ragazzo lo canzonavano che aveva le orecchie d'asino; e invece di tanto in tanto metteva nella lettera qualche biglietto da cinque lire, che trovava modo di buscarsi servendo gli ufficiali.

Il nonno aveva detto: « Prima deve maritarsi la Mena ». Ancora non ne parlava, ma ci pensava sempre, e adesso che tenevano nel canterano qualcosuccia per pagare il debito, aveva fatto il conto che colla salatura delle acciughe si sarebbe pagato Piedipapera, e la casa restava libera per la dote della nipote. Perciò erano stati qualche volta a chiacchierare sottovoce con padron Fortunato, sulla riva, mentre aspettavano la paranza, o seduti al sole davanti la chiesa, quando non c'era gente. Padron Fortunato non voleva far torto alla sua parola, se la ragazza aveva la dote, tanto più che suo figlio Brasi gli dava sempre dei grattacapi, a correre dietro le ragazze che non avevano nulla, come un baccalà che era.

– « L'uomo per la parola, e il bue per le corna », tornava a ripetere.

Mena aveva spesso il cuore nero mentre tesseva, perché le ragazze hanno il naso fine, ed ora che il nonno era sempre a confabulare con compare Fortunato, e in casa par-

lava spesso dei Cipolla, ci aveva sempre la stessa cosa davanti agli occhi, come se quel cristiano di compar Alfio fosse incollato sui panconi del telaio, colle immagini dei santi. Una sera aspettò sino a tardi per veder tornare compare Alfio insieme al carro dell'asino, colle mani sotto il grembiale, perché faceva freddo e tutte le porte erano chiuse, e per la stradicciuola non si vedeva anima viva; così gli diede la buona notte dall'uscio.

— Che ve ne andate alla Bicocca al primo del mese? gli disse finalmente.

— Ancora no; ci ho più di cento carichi di vino per la Santuzza. Dopo ci penserà Dio. — Ella non sapeva più che dire, intanto che compar Alfio si affaccendava nel cortile a staccar l'asino, e ad appendere gli arnesi al piuolo, e portava la lanterna di qua e di là. — Se ve ne andate alla Bicocca chi sa quando ci vedremo più! disse infine Mena che le mancava la voce.

— O perché? Ve ne andate anche voi?

La poveretta stette un pezzetto senza rispondere, sebbene fosse buio e nessuno potesse vederla in viso. Di tanto in tanto si udivano i vicini parlare dietro gli usci chiusi, e piangere i bambini, e il rumore delle scodelle, dove stavano cenando, sicché nessuno poteva udire. — Ora dei denari che ci vogliono per Piedipapera ne abbiamo la metà, alla salatura delle acciughe pagheremo anche il resto.

Alfio a quel discorso lasciò l'asino in mezzo al cortile, e venne sulla strada. — Allora vi maritano dopo Pasqua?

Mena non rispose. — Ve l'avevo detto io! aggiunse compare Alfio. — Li ho visti parlare io padron 'Ntoni con padron Cipolla.

— Sarà come vuole Dio! disse poi Mena. A me non importa di maritarmi, purché mi avessero lasciata stare qui.

— Che bella cosa, aggiunse Mosca, quando uno è ricco come il figlio di padron Cipolla, che può prendersi la moglie che vuole, e può stare dove gli piace!

— Buona notte, compar Alfio; disse poi Mena, dopo essere stata un altro pezzetto a guardare la lanterna appe-

sa al rastrello, e l'asino che andava abboccando le ortiche pel muricciolo. Compare Alfio diede la buona notte anche lui, e se ne tornò a mettere l'asino nella stalla.

— Quella sfacciata di Sant'Agata, — brontolava la Vespa, la quale era a tutte l'ore dai Piedipapera, col pretesto di farsi prestare dei ferri da calza, o per venire a regalare qualche pugno di fave che aveva raccolto nella chiusa, — quella sfacciata di Sant'Agata è sempre a stuzzicare compare Mosca. Non gli lascia un momento per grattarsi il capo! Vergogna! — e brontolava ancora per la strada, mentre Piedipapera chiudeva l'uscio, tirandole dietro tanto di lingua. — La Vespa è infuriata come fossimo in luglio! sghignazzava compare Tino.

— A lei che gliene importa? chiese comare Grazia.

— Gliene importa perché ce l'ha con tutti quelli che si maritano, e ora sta covando cogli occhi Alfio Mosca.

— Tu dovresti dirglielo, che a me non mi piace di tenere il candeliere. Come se non si vedesse che sta qui per compare Alfio, e poi la Zuppidda va spargendo che noi ci troviamo il nostro conto a fare questo mestiere.

— La Zuppidda farebbe meglio a grattarsi la sua testa, perché ci è da grattare! Con quella porcheria di tirarsi in casa 'Ntoni di padron 'Ntoni, mentre il vecchio e tutti fanno il diavolo, e non ne vogliono sapere. Chiudi la finestra. Oggi sono stato mezz'ora a godermi la commedia che facevano 'Ntoni con la Barbara, che mi dolgono ancora le reni dallo stare chinato dietro il muro, per sentire quello che dicevano. 'Ntoni era scappato dalla *Provvidenza*, col pretesto di andare a pigliare la fiocina grande pei cefali; e le diceva: — Se il nonno non vuole, come faremo? — Faremo che scapperemo insieme, e poi quando la cosa è fatta dovranno pensarci loro a maritarci, e saranno costretti a dir di sì per forza, rispondeva lei; e sua madre era lì dietro ad ascoltare, ci giuocherei tutt'e due questi occhi! Bella la parte che rappresenta quella strega! Ora voglio far ridere tutto il paese. Don Silvestro, come gliela raccontai, disse che scommetteva di fare cascare la Barbara coi suoi

piedi, come una pera matura. Non ci mettere il saliscendi all'uscio, perché aspetto Rocco Spatu che deve venire a parlarmi.

Don Silvestro, per far cascare comare Barbara coi suoi piedi ne aveva almanaccata una, che il frate il quale dà i numeri del lotto, non l'avrebbe trovata. – Voglio levarmi davanti, aveva detto, tutti quelli che cercano di prendermi la Barbara. Quando non avrà più nessuno da sposare, allora dovranno pregarmi loro, e farò i patti grassi, come s'usa alla fiera, quando i compratori sono scarsi.

Fra quelli che cercavano di prendersi la Barbara c'era stato Vanni Pizzuto, allorché andava a far la barba a mastro Turi che aveva la sciatica, ed anche don Michele, il quale si annoiava a passeggiare colla pistola appesa alla pancia, senza far nulla, quando non era dietro il banco della Santuzza, e faceva l'occhietto alle belle ragazze, per ingannare il tempo. La Barbara da principio aveva risposto all'occhietto; ma poi, dopo che sua madre le aveva detto che quelli eran tutti mangiapani a ufo, più birri che altro, e i forestieri vanno frustati, gli aveva sbattuto la finestra sul naso, così baffuto e col berretto gallonato com'era, e don Michele se n'era mangiato il fegato, e per dispetto seguitava a passare e ripassare per la via, attorcigliandosi i baffi, e col berretto sugli occhi. La domenica poi si metteva il cappello colla piuma, e andava a scaricarle un'occhiataccia dalla bottega di Vanni Pizzuto, mentre la ragazza andava a messa colla mamma. Don Silvestro prese ad andare a farsi radere anche lui, fra quelli che aspettavano la messa, e a scaldarsi al braciere per l'acqua calda, e scambiare le barzellette. – Quella Barbara gli lascia addosso gli occhi, a 'Ntoni Malavoglia, andava dicendo. Volete scommettere dodici tarì che se la piglia lui? Lo vedete che s'è messo ad aspettarla, colle mani nelle tasche?

Vanni Pizzuto allora lasciò don Michele colla saponata sulla faccia, e si affacciò all'uscio:

– Che pezzo di ragazza, per la madonna! E come cammina col naso nella mantellina, che pare un fuso! Pen-

sare poi che deve papparsela quel cetriolo di 'Ntoni Malavoglia!

– Se Piedipapera vuol esser pagato, 'Ntoni non se la pappa; ve lo dico io. I Malavoglia avranno altro da grattarsi, se Piedipapera si piglia la casa del nespolo.

Vanni Pizzuto tornò a prendere pel naso don Michele.

– Eh? che ne dite, don Michele? Anche voi le avete fatto il cascamorto. Ma quella è una ragazza che fa mangiare agro di limone.

Don Michele non diceva nulla, si spazzolava, si arricciava i baffi, e si metteva il cappello davanti allo specchio. – Ci vuol altro che cappelli colla penna per quella lì! sogghignava Pizzuto.

Finalmente una volta don Michele disse.

– Santo diavolone! se non fosse pel cappello colla penna, gli farei tenere la candela io, a quel ragazzaccio di Malavoglia. Don Silvestro ebbe la premura di andare a raccontare ogni cosa a 'Ntoni, e che don Michele il brigadiere era un uomo il quale non si lasciava posare le mosche sul naso; e doveva avercela con lui.

– Io gli rido sul mostaccio, a don Michele il brigadiere! rispose 'Ntoni. Lo so perché ce l'ha con me; ma stavola può pulirsi la bocca, e farebbe meglio a non sciuparsi le scarpe per passare e ripassare davanti alla Zuppidda, col berretto gallonato, come se ci avesse la corona in capo; che la gente se ne impipa di lui e del suo berretto.

E se lo incontrava lo guardava bene in faccia, ammiccando gli occhi, come deve fare un giovanotto di fegato che è stato soldato, e non si lascia portar via il suo berretto in mezzo alla folla. Don Michele continuava a passare dalla straduccia per puntiglio, per non darla vinta a lui, ché se lo sarebbe mangiato come il pane, se non fosse stato pel cappello colla penna.

– Si mangiano! diceva Vanni Pizzuto a tutti coloro che andavano a farsi radere la barba, o venivano a comprare dei sigari, o delle lenze, o degli ami da pescare, o dei bottoni d'osso di quelli da cinque un grano. – Don Michele

e 'Ntoni Malavoglia un giorno o l'altro si mangiano come il pane! È quel benedetto cappello colla penna che gli lega le mani a don Michele. Egli pagherebbe qualche cosa a Piedipapera se glielo levasse davanti, quel cetriolo di 'Ntoni. – Tanto che il figlio della Locca, il quale era sempre a gironzare tutto il giorno, colle braccia penzoloni, allorché li incontrava si metteva loro alle calcagna, per vedere come finiva.

Piedipapera, quando andava a farsi la barba, e sentiva che don Michele gli avrebbe dato qualche cosa per levargli davanti agli occhi 'Ntoni Malavoglia, si gonfiava come un gallo d'India, ché così lo tenevano da conto nel paese.

Vanni Pizzuto tornava a dirgli: – Il brigadiere pagherebbe qualunque cosa per avere in pugno i Malavoglia come li tenete voi. O perché gliel'avete fatta passar liscia quella storia dei pugni che vi ha dato 'Ntoni?

Piedipapera alzava le spalle e seguitava a scaldarsi le mani sul braciere. Don Silvestro si metteva a ridere e rispondeva per lui:

– A mastro Vanni gli piacerebbe levar le castagne dal fuoco collo zampino di Piedipapera. Già sapete che comare Venera non vuole né forestieri né berretti gallonati; così quando si sarebbe levato d'attorno 'Ntoni Malavoglia, resterebbe lui solo a far l'asino alla ragazza.

Vanni Pizzuto non disse nulla, ma ci pensò su tutta la notte.

– Non sarebbe poi una cosa sbagliata! ruminava fra di sé; tutto sta a prendere Piedipapera per il collo, e in un giorno buono.

Il giorno buono venne a proposito, che una sera Rocco Spatu non si era fatto vivo, Piedipapera era venuto due o tre volte, ad ora tarda, a chieder di lui, colla faccia bianca e gli occhi stravolti, e le guardie doganali s'erano viste correre di qua e di là, tutte in faccende, col naso a terra come cani da caccia, e don Michele insieme a loro colla pistola sulla pancia, e i calzoni infilati negli stivali. – Voi potreste fargli un gran servizio a don Michele, col levargli

davanti 'Ntoni Malavoglia – tornò a dire Pizzuto a compare Tino, mentre costui per comprare un sigaro andava a cacciarsi nell'angolo più oscuro della botteguccia. Gli rendereste un famoso servizio, e ve lo fareste amico per davvero!

– Magari! sospirò Piedipapera, ché gli mancava il fiato quella sera, e non aggiunse altro.

Nella notte si udirono delle fucilate verso il Rotolo, e lungo tutta la spianata, che pareva la caccia alle quaglie. – Altro che quaglie! mormoravano i pescatori rizzandosi sul letto ad ascoltare. E' son quaglie a due piedi, di quelle che portano lo zucchero e il caffè, e i fazzoletti di seta di contrabbando. Don Michele ieri sera andava per la strada coi calzoni dentro gli stivali e la pistola sulla pancia!

Piedipapera stava nella bottega di Pizzuto a bere il bicchierino, prima dell'alba, che c'era ancora il lanternino davanti all'uscio; ma stavolta aveva la faccia di un cane che ha rotto la pentola; non diceva le solite barzellette, e domandava a questo e a quello cos'era stato quel diavolìo, e se si erano visti Rocco Spatu e Cinghialenta, e si sberrettava con don Michele, il quale aveva gli occhi gonfi e gli stivali polverosi, e voleva pagargli per forza il bicchierino. Ma don Michele era già stato all'osteria, dove la Santuzza gli diceva, mescendogliene di quel buono:

– Dove siete stato a rischiar la pelle, santo cristiano? Non lo sapete che se chiudete gli occhi voi, vi portate nella fossa anche degli altri?

– E il mio dovere dove lo lasciate? Se li coglievo colla pasta in mano stanotte c'era un bel guadagno per noi, sangue di un cane!

– Se vogliono farvi credere che egli era massaro Filippo, che tentava di far entrare il suo vino di contrabbando, non ci credete, per quest'abito benedetto di Maria che ci ho sul petto, indegnamente! Tutte bugie di gente senza coscienza, che si danna l'anima a volere il male del prossimo.

– No, lo so cos'era! erano tutti fazzoletti di seta, e zucchero e caffè, più di mille lire di roba, corpo della madon-

na! che mi son sgusciati di mano come anguille; ma li ho sott'occhio tutti quelli della combriccola, e un'altra volta non mi scapperanno!

Piedipapera poi gli diceva: — Bevetelo un bicchierino, don Michele, che vi farà bene allo stomaco, col sonno che avete perso.

Don Michele era di cattivo umore e sbuffava.

— Giacché vi dice di prenderlo, prendetelo, aggiungeva Vanni Pizzuto. Se compare Tino paga lui vuol dire che ne ha da spendere. Denari ne ha, il furbaccio! tanto che ha comprato il debito dei Malavoglia; ed ora lo pagano a bastonate.

Don Michele si lasciò tirare a ridere un po'.

— Sangue di Giuda! esclamò Piedipapera, battendo il pugno sul banco, e fingeva di mettersi in collera davvero. A Roma non voglio mandarlo, quel ragazzaccio di 'Ntoni, a fare penitenza!

— Bravo! appoggiò Pizzuto. — Io non me la sarei lasciata passar liscia di certo. Eh? don Michele?

Don Michele approvò con un grugnito. — Ci penserò a ridurre come si deve 'Ntoni e tutta la sua parentela! minacciava Piedipapera. — Non voglio farmi ridere sul naso da tutto il paese. Potete star tranquillo, don Michele!

E se ne partì zoppicando e bestemmiando come se non ci vedesse più dagli occhi, mentre andava dicendo fra di sé: « Convien tenerseli amici tutti, questi birri qui! »; e ruminando come potesse fare a tenerseli amici andò all'osteria, dove lo zio Santoro gli disse che non s'erano visti né Rocco Spatu né Cinghialenta, e passò dalla cugina Anna, la quale poveretta non aveva dormito, e stava sulla porta guardando di qua e di là, colla faccia pallida. Lì davanti incontrò pure la Vespa, la quale veniva a vedere se comare Grazia ci avesse un po' di lievito, per caso.

— Ho incontrato or ora compare Mosca; disse allora lui per far quattro chiacchiere. — Era senza il carro, e scommetto che andava a ronzare nella *sciara*, dietro l'orto del-

la Sant'Agata. « Amare la vicina è un gran vantaggio, si vede spesso e non si fa viaggio ».

– Bella santa da attaccarsi al muro, quella Mena! cominciò a sbraitare la Vespa, la vogliono dare a Brasi Cipolla, e seguita a civettare con questo e con quello! – Puh! che porcheria!

– Lasciatela fare! lasciatela fare! così gli altri conosceranno che roba è, e apriranno gli occhi. Ma non lo sa compare Mosca che vogliono darle Brasi Cipolla?

– Sapete come sono gli uomini, se c'è una fraschetta che li guarda, le corrono tutti dietro per divertirsi. Ma poi, quando vogliono far sul serio, cercano una come m'intendo io.

– Compare Mosca dovrebbe prendere una come voi.

– Io non ci penso per ora a maritarmi; ma certo che da me ci troverebbe quel che ci vuole. A buon conto il mio pezzo di chiusa ce l'ho, e nessuno ci tiene le unghie addosso, come la casa del nespolo, che se soffia la tramontana se la porta via. Questa sarebbe da vedere, se soffia la tramontana!

– Lasciate fare! lasciate fare! che non è sempre bel tempo, e il vento se le porta all'aria le frasche. Oggi ho da parlare con vostro zio Campana di legno, per quell'affare che sapete.

Campana di legno era proprio ben disposto per parlare di quell'affare che non finiva più, e « le cose lunghe diventano serpi ». Padron 'Ntoni gli cantava sempre che i Malavoglia erano galantuomini, e avrebbero pagato, ma ei voleva poi vedere di dove li avrebbero scavati i denari. Già nel paese si sapeva quel che possedeva ciascuno, fino all'ultimo centesimo, e quei galantuomini dei Malavoglia, magari a vendersi l'anima al turco, non avrebbero potuto pagare nemmeno la metà, di lì a Pasqua; e per prendersi la casa del nespolo ce ne voleva della carta bollata, e delle altre spese, questo lo sapeva, e avevano ragione don Giammaria e lo speziale quando parlavano del Governo ladro; lui, com'è vero che si chiamava zio Crocifisso, ce l'aveva non solo con quelli che mettevano le tasse, ma anche con quelli che non

le volevano, e mettevano talmente in subbuglio il paese che un galantuomo non era più sicuro di starsene in casa sua colla sua roba, e quando erano venuti a domandargli se voleva fare il sindaco, egli aveva risposto: — Bravo! e i miei affari chi me li fa? Io bado ai fatti miei. Intanto padron 'Ntoni pensava a maritare la nipote, che l'avevano visto andare attorno con compare Cipolla — l'aveva visto lo zio Santoro — e aveva visto anche Piedipapera che faceva il mezzano alla Vespa, e serviva di comodino a quello spiantato di Alfio Mosca, il quale voleva arraffarsi la sua chiusa. — Ve lo dico io che ve l'arraffa! gli gridava Piedipapera nell'orecchio per persuaderlo. — Avete un bel strillare e fare il diavolo per la casa. Vostra nipote è cotta come una pera per colui, e gli sta sempre alle calcagna. Io non posso mica chiuderle l'uscio sul muso, quando viene a far quattro chiacchiere con mia moglie, per riguardo vostro, che infine è sempre vostra nipote e sangue vostro.

— Bel riguardo che mi avete! Così mi fate perdere la chiusa, col riguardo!

— Sicuro che la perdete! Se la Malavoglia si marita con Brasi Cipolla, compare Mosca non avrà più che fare, e si prende la Vespa e la chiusa, per mettersi il cuore in pace.

— Che se la pigli anche il diavolo! esclamò alfine lo zio Crocifisso stordito dalle chiacchiere di compare Tino. — A me non me ne importa nulla; son più i peccati che mi ha fatto fare, quella scomunicata, che altro. — Io voglio la roba mia, che l'ho fatta col sangue mio come il sangue di Gesù Cristo che c'è nel calice della messa, e par roba rubata, che tutti fanno a chi piglia piglia, compare Alfio, la Vespa e i Malavoglia. Ora incomincio la lite e mi piglio la casa.

— Voi siete il padrone. Se dite di far la lite la faccio subito.

— Ancora no. Aspettiamo a Pasqua; « l'uomo per la parola e il bue per le corna »; ma voglio esser pagato sino all'ultimo centesimo, e non darò più retta a nessuno per accordare dilazioni.

La Pasqua infatti era vicina. Le colline erano tornate a

vestirsi di verde, e i fichidindia erano di nuovo in fiore. Le ragazze avevano seminato il basilico alla finestra, e ci si venivano a posare le farfalle bianche; fin le povere ginestre della *sciara* avevano il loro fiorellino pallido. La mattina, sui tetti, fumavano le tegole verdi e gialle, e i passeri vi facevano gazzarra sino al tramonto.

Anche la casa del nespolo sembrava avesse un'aria di festa; il cortile era spazzato, gli arnesi in bell'ordine lungo il muricciuolo e appesi ai piuoli, l'orto tutto verde di cavoli e di lattughe, e la camera aperta e piena di sole che sembrava contenta anch'essa, e ogni cosa diceva che la Pasqua si avvicinava. I vecchi si mettevano sull'uscio verso mezzogiorno, e le ragazze cantavano al lavatoio. I carri tornavano a passare nella notte, e la sera si udiva un'altra volta il brusìo della gente che chiacchierava nella stradicciuola.

— Comare Mena la fanno sposa, si diceva. Sua madre ha tutta la roba del corredo per le mani.

Era passato del tempo, e il tempo si porta via le cose brutte come le cose buone. Adesso comare Maruzza era tutta in faccende a tagliare e cucire della roba, e Mena non domandava nemmeno per chi servisse; e una sera le avevano condotto in casa Brasi Cipolla, con padron Fortunato suo padre, e tutto il parentado. — Qui ci è compare Cipolla che è venuto a farvi una visita; disse padron 'Ntoni, facendoli entrare, come se nessuno ne sapesse niente, mentre nella cucina c'era preparato il vino ed i ceci abbrustoliti, e i ragazzi e le donne avevano i vestiti della festa. Mena sembrava davvero Sant'Agata, con quella veste nuova e quel fazzoletto nero in testa, talché Brasi non le levava gli occhi d'addosso, come il basilisco, e stava appollaiato sulla scranna, colle mani fra le gambe, che se le fregava di tanto in tanto di nascosto dalla contentezza. — È venuto con suo figlio Brasi, il quale adesso si è fatto grande — seguitava padron 'Ntoni.

— Sicuro, i ragazzi crescono, e ci spingono per le spalle nella fossa, rispose padron Fortunato.

— Ora bevete un bicchier di vino che è di quello buono,

– aggiunse la Longa, e questi ceci qui li ha abbrustoliti mia figlia. Mi dispiace che non sapevo niente, e non vi ho fatto trovare cose degne del vostro merito.

– Eravamo qui vicino di passaggio, rispose padron Cipolla, ed abbiamo detto: andiamo a vedere comare Maruzza.

Brasi si riempì le tasche di ceci, guardando la ragazza, e dopo i monelli diedero il sacco al tondo, che invano la Nunziata colla bambina in collo cercava di trattenerli, parlando basso come se fosse in chiesa. I vecchi in questo tempo si erano messi a discorrere fra di loro, sotto il nespolo, colle comari che facevano cerchio e cantavano le lodi della ragazza, com'era brava massaia, che teneva quella casa meglio di uno specchio.

« La figliuola com'è avvezzata, e la stoppa com'è filata ».

– Anche la vostra nipote è cresciuta, osservò padron Fortunato, – e sarebbe tempo di maritarla.

– Se il Signore le manda un buon partito noi non vogliamo altro, rispose padron 'Ntoni.

– « Matrimonii e vescovadi dal cielo sono destinati » aggiunse comare la Longa.

– « A buon cavallo non gli manca sella » – conchiuse padron Fortunato; ad una ragazza come vostra nipote un buon partito non può mancare.

Mena stava seduta accanto al giovanotto, com'è l'uso, ma non alzava gli occhi dal grembiule, e Brasi si lamentava con suo padre, quando se ne andarono, che ella non gli avesse offerto il piatto con i ceci.

– Che ne volevi ancora! gli diè sulla voce padron Fortunato, quando furono lontani; se non si sentiva rosicare altri che te, come ci fosse un mulo davanti a un sacco d'orzo! Guarda che ti sei lasciato cascare il vino sui calzoni, Giufà! e mi hai rovinato un vestito nuovo!

Padron 'Ntoni tutto contento si fregava le mani, e diceva alla nuora:

– Non mi par vero d'essere in porto, coll'aiuto di Dio! La Mena non avrà nulla da desiderare, ed ora aggiusteremo

tutte le altre nostre cosuccie, e potrete dire « Lasciò detto il povero nonno, il riso con i guai vanno a vicenda ».

Quel sabato, verso sera, la Nunziata venne a prendere un pugno di fave per i suoi bambini e disse: — Compare Alfio se ne va domani. Sta levando tutta la sua roba.

Mena si fece bianca e smise di tessere.

Nella casa di compar Alfio c'era il lume, e ogni cosa sottosopra. Egli venne a picchiare all'uscio poco dopo, e aveva la faccia in un certo modo anche lui, e faceva e disfaceva dei nodi alla frusta che teneva in mano.

— Sono venuto a salutarvi tutti, comare Maruzza, padron 'Ntoni, i ragazzi, e anche voi, comare Mena. Il vino di Aci Catena è finito. — Ora la Santuzza ha preso quello di massaro Filippo. — Vado alla Bicocca, dove c'è da fare col mio asino.

Mena non diceva nulla; sua madre sola aprì la bocca per rispondere: — Volete aspettarlo padron 'Ntoni? che avrà piacere di salutarvi.

Compar Alfio allora si mise a sedere in punta alla scranna, colla frusta in mano, e guardava intorno, dalla parte dove non era comare Mena.

— Ora quando tornate? domandò la Longa.

— Chi lo sa quando tornerò? Io vado dove mi porta il mio asino. Finché dura il lavoro vi starò; ma vorrei tornar presto qui, se c'è da buscarmi il pane.

— Guardatevi la salute, compare Alfio. Alla Bicocca mi hanno detto che la gente muore come le mosche, dalla malaria.

Alfio si strinse nelle spalle, e disse che non poteva farci nulla. — Io non vorrei andarmene, ripeteva, guardando la candela. — E voi non mi dite nulla, comare Mena?

La ragazza aprì la bocca due o tre volte per dire qualche cosa, ma il cuore non le resse.

— Anche voi ve ne andate dal vicinato, ora che vi maritano, aggiunse Alfio. Il mondo è fatto come uno stallatico, che chi viene e chi se ne va, e a poco a poco tutti cambiano di posto, e ogni cosa non sembra più quella. — Così dicendo

si fregava le mani e rideva, ma colle labbra e non col cuore.

— Le ragazze, disse la Longa, vanno come Dio le ha destinate. Ora son sempre allegre e senza pensieri, e com'entrano nel mondo cominciano a conoscere i guai e i dispiaceri.

Compar Alfio, dopo che furono tornati a casa padron 'Ntoni e i ragazzi, e li ebbe salutati, non sapeva risolversi a partire, e rimaneva sulla soglia, colla frusta sotto l'ascella, a stringere la mano a questo e a quello, anche a comare Maruzza, e ripeteva, come si suol fare quando uno se ne va lontano, e non si sa bene se ci si rivede più: — Perdonatemi se ho mancato qualche volta. La sola che non gli strinse la mano fu Sant'Agata, la quale stava rincantucciata vicino al telaio. Ma le ragazze si sa che devono fare così.

Era una bella sera di primavera, col chiaro di luna per le strade e nel cortile, la gente davanti agli usci, e le ragazze che passeggiavano cantando e tenendosi abbracciate. Mena uscì anche lei a braccetto della Nunziata, chè in casa si sentiva soffocare.

— Ora non si vedrà più il lume di compar Alfio, alla sera, disse Nunziata, e la casa rimarrà chiusa.

Compar Alfio aveva caricato buona parte delle sue cosucce sul carro, e insaccava quel po' di paglia che rimaneva nella mangiatoia, intanto che cuocevano quelle quattro fave della minestra.

— Partirete prima di giorno, compar Alfio? gli domandò Nunziata sulla porta del cortile.

— Sì, vado lontano, e quella povera bestia bisogna che si riposi un po' nella giornata.

Mena non diceva nulla, e stava appoggiata allo stipite a guardar il carro carico, la casa vuota, il letto mezzo disfatto e la pentola che bolliva l'ultima volta sul focolare.

— Siete là anche voi, comare Mena? — esclamò Alfio appena la vide, e lasciò quello che stava facendo.

Ella disse di sì col capo, e Nunziata intanto era corsa a schiumare la pentola che riversava, da quella brava massaia che era.

– Così son contento, che posso dirvi addio anche a voi! disse Alfio.

– Sono venuta a salutarvi, – disse lei, e ci aveva il pianto nella gola. – Perché ci andate alla Bicocca se vi è la malaria?

Alfio si mise a ridere, anche questa volta a malincuore, come quando era andato a dirle addio.

– O bella! perché ci vado? e voi perché vi maritate con Brasi Cipolla? Si fa quel che si può, comare Mena. Se avessi potuto fare quel che volevo io, lo sapete cosa avrei fatto!... – Ella lo guardava e lo guardava, cogli occhi lucenti. – Sarei rimasto qui, che fino i muri mi conoscono, e so dove metter le mani, tanto che potrei andar a governare l'asino di notte, anche al buio; e vi avrei sposata io, comare Mena, ché in cuore vi ci ho da un pezzo, e vi porto meco alla Bicocca, e dappertutto ove andrò. Ma questi oramai sono discorsi inutili, e bisogna fare quel che si può. Anche il mio asino va dove lo faccio andare.

– Ora addio, conchiuse Mena; anch'io ci ho come una spina qui dentro... ed ora che vedrò sempre quella finestra chiusa, mi parrà di averci chiuso anche il cuore, e d'averci chiuso sopra quella finestra, pesante come una porta di palmento. – Ma così vuol Dio. Ora vi saluto e me ne vado.

La poveretta piangeva cheta cheta, colla mano sugli occhi, e se ne andò insieme alla Nunziata a piangere sotto il nespolo, al chiaro di luna.

# IX

Né i Malavoglia, né alcun altro in paese sapevano di quel che stavano almanaccando Piedipapera collo zio Crocifisso. Il giorno di Pasqua padron 'Ntoni prese quelle cento lire che ci erano nel canterano, e si mise il giubbone nuovo per andare a portarle allo zio Crocifisso.

— Che sono tutte qui? disse costui.

— Tutte non ci possono essere, zio Crocifisso; voi lo sapete quel che ci vuole a far cento lire. Ma « meglio poco che nulla » e « chi dà acconto non è cattivo pagatore ». Ora viene l'estate, e coll'aiuto di Dio pagheremo ogni cosa.

— A me perché venite a contarmela? Sapete che non c'entro, ed è affare di compare Piedipapera.

— È tutta una cosa, perché il debito mi pare di avercelo sempre con voi, quando vi vedo. A voi compare Tino non vi dirà di no, per aspettare sino alla Madonna dell'Ognina.

— Queste qui non bastano per le spese! ripeteva Campana di legno, facendo saltare i denari nella mano. Andate a dirglielo voi se vuole aspettarvi; perché non è più affar mio.

Piedipapera cominciò a bestemmiare e a buttare il berretto per terra, al solito suo, dicendo che non aveva pane da mangiare, e non poteva aspettare nemmeno sino all'Ascensione.

— Sentite, compare Tino, gli diceva padron 'Ntoni colle mani giunte come dinanzi al Signor Iddio, se non mi volete aspettare sino a San Giovanni, ora che sto per maritare

mia nipote, è meglio che mi diate un colpo di coltello addirittura.

– Santo diavolone! gridò compare Tino, mi fate fare quello che non posso, maledetto sia il giorno e il minuto in cui mi misi in quest'imbroglio! e se ne andò stracciando il berretto vecchio.

Padron 'Ntoni tornò a casa ancora pallido, e disse alla nuora: – Ce l'ho tirato, ma ho dovuto pregarlo come Dio, – e tremava ancora il poveretto. Però era contento che padron Cipolla non ne sapesse nulla, e il matrimonio della nipote non andasse in fumo.

La sera dell'Ascensione, mentre i ragazzi saltavano attorno ai falò, le comari si erano riunite di nuovo dinanzi al ballatoio dei Malavoglia, ed era venuta anche comare Venera la Zuppidda a sentir quello che si diceva, e a dir la sua. Oramai come padron 'Ntoni maritava la nipote, e la *Provvidenza* s'era rimessa in gambe, tutti tornavano a far buon viso ai Malavoglia, che non sapevano nulla di quel che ci aveva nello stomaco Piedipapera, nemmeno comare Grazia, sua moglie, la quale chiacchierava con comare Maruzza quasi suo marito non ci avesse niente di male nello stomaco. 'Ntoni andava ogni sera a far quattro chiacchiere colla Barbara e le aveva confidato che il nonno aveva detto: Prima deve maritarsi la Mena. – E dopo vengo io! – conchiuse 'Ntoni. La Barbara perciò aveva mandato in regalo alla Mena il vaso del basilico, tutto ornato di garofani, e con un bel nastro rosso, che era l'invito di farsi comare; e tutti le facevano festa, a Sant'Agata, persino sua madre s'era levato il fazzoletto nero, perché dove ci sono sposi è di malaugurio portare il lutto; e avevano scritto anche a Luca, per dargli la notizia che Mena si maritava.

Ella sola, poveretta, non sembrava allegra come gli altri, e pareva che il cuore le parlasse e le facesse vedere ogni cosa in nero, mentre i campi erano tutti seminati di stelline d'oro e d'argento, e i ragazzi infilavano le ghirlande per l'Ascensione, ed ella stessa era salita sulla scala per

aiutare sua madre ad appendere le ghirlande all'uscio e alle finestre.

Mentre tutte le porte erano fiorite, soltanto quella di compare Alfio, nera e sgangherata, stava sempre chiusa, e non c'era più nessuno che vi appendesse i fiori dell'Ascensione.

– Quella civetta di Sant'Agata! andava dicendo la Vespa colla schiuma alla bocca, tanto ha detto e tanto ha fatto che ha mandato via dal paese compar Alfio!

Intanto a Sant'Agata le avevano messa la veste nuova, e aspettavano la festa di San Giovanni per toglierle la spadina d'argento dalle trecce, spartirle i capelli sulla fronte, prima d'andare in chiesa, sicché ognuno al vederla passare diceva: – Beata lei!

La mamma invece, poveretta, si sentiva dentro tutta in festa, perché la sua ragazza andava in una casa dove non le sarebbe mancato nulla, e intanto ella era sempre in faccende a tagliare e cucire. Padron 'Ntoni voleva vedere anche lui, quando tornava a casa la sera, e teneva la tela e la matassa del cotone, e ogni volta che andava alla città portava qualche cosuccia. Il cuore tornava ad aprirsi col bel tempo, i ragazzi guadagnavano tutti, chi più chi meno, e la *Provvidenza* si buscava il pane anch'essa, e facevano il conto che coll'aiuto di Dio a San Giovanni si sarebbero cavati d'imbarazzo. Padron Cipolla allora stava delle sere intere seduto sugli scalini della chiesa con padron 'Ntoni, a discorrere di quel che aveva fatto la *Provvidenza*. Brasi girandolava sempre per la straduccia dei Malavoglia, col vestito nuovo; e poco dopo si seppe per tutto il paese che quella domenica comare Grazia Piedipapera andava lei a spartire i capelli della sposa, e a levarle la spadina d'argento, perché Brasi Cipolla era orfano della madre, e i Malavoglia avevano invitato apposta la Piedipapera per ingraziarsi suo marito; e avevano anche invitato lo zio Crocifisso, e tutto il vicinato, e tutti gli amici e i parenti, senza risparmio.

– Io non ci vengo! borbottava lo zio Crocifisso a com-

pare Tino, colle spalle all'olmo della piazza. Ho mangiato troppa bile e non voglio dannarmi l'anima. Andateci voi che non ve ne importa niente, e non si tratta della roba vostra. Ancora c'è tempo per mandare l'usciere; l'ha detto l'avvocato.

– Voi siete il padrone, e farò come dite voi. Adesso non ve ne importa più perché Alfio Mosca se ne è andato. Ma vedrete che appena si marita Mena, egli torna qui e si piglia vostra nipote.

Comare Venera la Zuppidda faceva il diavolo perché avevano invitato comare Grazia a pettinare la sposa, mentre sarebbe toccato a lei, che stava per diventare parente dei Malavoglia, e la sua figliuola s'era fatta comare di basilico con la Mena, tanto che aveva fatto cucire alla Barbara in fretta e in furia la veste nuova, ché non se lo aspettava quell'affronto. 'Ntoni ebbe un bel pregarla e scongiurarla di non attaccarsi a quel pelo, e lasciar correre. Comare Venera, tutta pettinata, e colle mani intrise di farina, che s'era messa apposta ad impastare il pane, per far vedere che non le importava più d'andare al convito dei Malavoglia, rispondeva:

– Avete voluto la Piedipapera? tenetevela! O lei o io! Tutte e due al mondo non possiamo starci.

I Malavoglia lo sapevano bene di aver preferito comare Grazia per amore di quei denari che dovevano a suo marito. Adesso erano tutti una cosa con compare Tino, dopo che padron Cipolla gli aveva fatto fare la pace con 'Ntoni di padron 'Ntoni nell'osteria della Santuzza, per quell'affare dei pugni.

– Gli leccano le scarpe perché gli devono quei soldi della casa! andava borbottando la Zuppidda.

– Anche a mio marito gli devono più di cinquanta lire per la *Provvidenza*. Domani voglio farmele dare.

– Lasciate stare, mamma! lasciate stare! supplicava la Barbara. Ma anch'ella aveva tanto di muso, perché non aveva potuto mettere la veste nuova, e quasi quasi si pentiva dei soldi spesi pel basilico che aveva mandato a comare Mena; e

'Ntoni il quale era venuto a prenderle, lo rimandarono mogio mogio, che il giubbone nuovo gli cascava di dosso. Madre e figlia poi stavano a guardare dal cortile, mentre infornavano il pane, la babilonia che c'era in casa dei Malavoglia, tanto che le voci e le risate si udivano fin là, per farle arrabbiare maggiormente. La casa del nespolo era piena di gente, come quando era morto compare Bastianazzo; e Mena, senza spadina d'argento e coi capelli spartiti sulla fronte, pareva tutt'altra, talché tutte le comari le facevano ressa intorno, e non si sarebbe sentita una cannonata dal cicaleccio e dalla festa. Piedipapera sembrava che facesse il solletico alle donne, tante ne diceva, mentre l'avvocato stava preparando le carte, giacché a mandare l'usciere c'era tempo, aveva detto lo zio Crocifisso; persino padron Cipolla si lasciò andare a dire delle barzellette, alle quali rideva soltanto suo figlio Brasi; e tutti parlavano in una volta, mentre i monelli si disputavano le fave e le castagne fra le gambe della gente. La stessa Longa, poveretta, aveva dimenticato i suoi guai dalla contentezza; e padron 'Ntoni, seduto sul muricciuolo, diceva di sì col capo, e rideva tutto solo.

— Bada a non dar da bere ai tuoi calzoni, come l'altra volta, che non hanno sete, diceva al figlio compar Cipolla; e diceva pure che si sentiva in gamba meglio della sposa e voleva ballare la *fasola* con lei.

— Allora io non ho più nulla da far qui, e me ne posso andare! rispondeva Brasi il quale voleva dire le sue barzellette anche lui, e gli seccava che lo lasciavano in un cantuccio come un minchione, e non gli dava retta nemmeno comare Mena.

— La festa si fa per comare Mena, diceva la Nunziata, ma essa non è contenta come tutti gli altri.

Allora la cugina Anna finse che le scappasse di mano il boccale, nel quale c'era ancora più di un quartuccio di vino, e cominciò a gridare:

— Allegria! allegria! « Dove ci sono i cocci ci son feste », e il vino che si spande è di buon augurio.

– Un altro po' me lo versava sui calzoni anche questa volta! brontolò Brasi, il quale dacché gli era accaduta quella disgrazia sul vestito stava guardingo.

Piedipapera s'era messo a cavalcioni sul muro, col bicchiere fra le gambe, che sembrava il padrone, per quell'usciere che poteva mandare, e disse: – All'osteria non c'è nemmeno Rocco Spatu, oggi tutta l'allegria è qui, e pare di essere dalla Santuzza.

– Qui è meglio assai! osservò il figlio della Locca, il quale era venuto in coda alla folla, e l'avevano fatto entrare per dare da bere anche a lui. Dalla Santuzza se ci andate senza denari non vi danno niente.

Piedipapera dal muro stava guardando un piccolo crocchio di persone che discorrevano fra di loro vicino alla fontana, colla faccia seria come se fosse per cascare il mondo. Alla spezieria c'erano i soliti sfaccendati, che si dicevano le orazioni, col giornale in mano, o si piantavano le mani sulla faccia, chiacchierando, quasi volessero accapigliarsi; e don Giammaria rideva e ci tirava su una presa, che si vedeva di là il piacere che gli faceva.

– O perché non sono venuti il vicario e don Silvestro? domandò Piedipapera.

– Gliel'ho detto anche a loro, ma vuol dire che hanno da fare, rispose padron 'Ntoni.

– Son là, alla spezieria, che sembra ci sia quello dei numeri del lotto. O cosa diavolo è successo?

Una vecchia andava strillando per la piazza, e si strappava i capelli, quasi le avessero portato la malanuova; e davanti alla bottega di Pizzuto c'era folla come quando casca un asino sotto il carro, e tutti si affollano a vedere cos'è stato, talché anche le donnicciuole guardavano da lontano colla bocca aperta, senza osare d'accostarsi.

– Io, per me, vado a vedere cos'è successo; disse Piedipapera, e scese dal muro adagio adagio.

In quel crocchio, invece dell'asino caduto, c'erano due soldati di marina, col sacco in spalla e le teste fasciate, che tornavano in congedo. Intanto si erano fermati dal bar-

biere a farsi dare un bicchierino d'erbabianca. Raccontavano che si era combattuta una gran battaglia di mare, e si erano annegati dei bastimenti grandi come Aci Trezza, carichi zeppi di soldati; insomma un mondo di cose che parevano quelli che raccontavano la storia d'Orlando e dei paladini di Francia alla Marina di Catania, e la gente stava ad ascoltare colle orecchie tese, fitta come le mosche.

– Il figlio di Maruzza la Longa ci era anche lui sul *Re d'Italia*, osservò don Silvestro, il quale si era accostato per sentire.

– Ora vado a dirlo a mia moglie! saltò su mastro Turi Zuppiddu, così si persuaderà ad andarci da comare Maruzza, ché i musi lunghi non mi piacciono fra vicini ed amici.

Ma intanto la Longa non ne sapeva nulla, poveraccia! e rideva ed era in festa coi parenti e gli amici.

Il soldato non finiva di chiacchierare con quelli che volevano ascoltarlo, giocando colle braccia come un predicatore. – Sì, c'erano anche dei siciliani; ce n'erano di tutti i paesi. Del resto, sapete, quando suona la generale nelle batterie, non si sente più né *scìa* né *vossìa*, e le carabine le fanno parlar tutti allo stesso modo. Bravi giovanotti tutti! e con del fegato sotto la camicia. Sentite, quando si è visto quello che hanno veduto questi occhi, e come ci stavano quei ragazzi a fare il loro dovere, per la madonna! questo cappello qui lo si può portare sull'orecchio.

Il giovanotto aveva gli occhi lustri, ma diceva che non era nulla, ed era perché aveva bevuto. – Si chiamava il *Re d'Italia*, un bastimento come non ce n'erano altri, colla corazza, vuol dire come chi dicesse voi altre donne che avete il busto, e questo busto fosse di ferro, che potrebbero spararvi addosso una cannonata senza farvi nulla. È andato a fondo in un momento, e non l'abbiamo visto più, in mezzo al fumo, un fumo come se ci fossero state venti fornaci di mattone, lo sapete?

– A Catania c'era una casa del diavolo! aggiunse lo speziale. – La gente si affollava attorno a quelli che leggevano i giornali, che pareva una festa.

– I giornali son tutte menzogne stampate! sentenziò don Giammaria.

– Dicono che è stato un brutto affare; abbiamo perso una gran battaglia, disse don Silvestro.

Padron Cipolla era accorso anche lui a vedere cos'era quella folla.

– Voi ci credete? sogghignò egli alfine. Son chiacchiere per chiappare il soldo del giornale.

– Se lo dicono tutti che abbiamo perso!

– Che cosa? disse lo zio Crocifisso mettendosi la mano dietro l'orecchio.

– Una battaglia.

– Chi l'ha persa?

– Io, voi, tutti insomma, l'Italia; disse lo speziale.

– Io non ho perso nulla! rispose Campana di legno stringendosi nelle spalle; adesso è affare di compare Piedipapera e ci penserà lui; e guardava la casa del nespolo, dove facevano baldoria.

– Sapete com'è? conchiuse padron Cipolla, è come quando il Comune di Aci Trezza litigava pel territorio col Comune di Aci Castello. Cosa ve n'entrava in tasca, a voi e a me?

– Ve n'entra! esclamò lo speziale tutto rosso. Ve n'entra... che siete tante bestie!...

– Il guaio è per tante povere mamme! s'arrischiò a dire qualcheduno; lo zio Crocifisso che non era mamma alzò le spalle.

– Ve lo dico io in due parole com'è; raccontava intanto l'altro soldato. È come all'osteria, allorché ci si scalda la testa, e volano i piatti e i bicchieri in mezzo al fumo ed alle grida. L'avete visto? Tale e quale! Dapprincipio, quando state sull'impagliettatura colla carabina in pugno, in quel gran silenzio, non sentite altro che il rumore della macchina, e vi pare che quel punf! punf! ve lo facciano dentro lo stomaco: null'altro. Poi, alla prima cannonata, e come incomincia il parapiglia, vi vien voglia di ballare anche voi, che non vi terrebbero le catene, come quando

suona il violino all'osteria, dopo che avete mangiato e bevuto, e allungate la carabina dappertutto dove vedete un po' di cristiano, in mezzo al fumo. In terra è tutt'altra cosa. Un bersagliere che tornava con noi a Messina ci diceva che non si può stare al pinf panf delle fucilate senza sentirsi pizzicar le gambe dalla voglia di buttarsi avanti a testa bassa. Ma i bersaglieri non sono marinari, e non sanno come si fa a stare nel sartiame col piede fermo sulla corda e la mano sicura al grilletto, malgrado il rollìo del bastimento, e mentre i compagni vi fioccano d'attorno come pere fradicie.

— Per la madonna! esclamò Rocco Spatu. Avrei voluto esserci anch'io a far quattro pugni.

Tutti gli altri stavano ad ascoltare con tanto d'occhi aperti. L'altro giovanotto poi raccontò pure in qual modo era saltata in aria la *Palestro*, — la quale ardeva come una catasta di legna, quando ci passò vicino, e le fiamme salivano alte sino alla penna di trinchetto. Tutti al loro posto però, quei ragazzi, nelle batterie o sul bastingaggio. Il nostro comandante domandò se avevano bisogno di nulla. — No, grazie tante, risposero. Poi passò a babordo e non si vide più.

— Questa di morire arrostito non mi piacerebbe, conchiuse Spatu; ma pei pugni ci sto. E la Santuzza come tornò all'osteria gli disse: — Chiamateli qua, quei poveretti, che devono aver sete, dopo tanta strada che hanno fatto, e ci vuole un bicchiere di vino schietto. Quel Pizzuto avvelena la gente colla sua erbabianca, e non va a confessarsene. Certuni la coscienza l'hanno dietro le spalle, poveretti loro!

— A me mi sembrano tanti pazzi costoro! diceva padron Cipolla, soffiandosi il naso adagio adagio. Che vi fareste ammazzare voi quando il re vi dicesse: fatti ammazzare per conto mio?

— Poveracci, non ci hanno colpa! osservava don Silvestro. Devono farlo per forza, perché dietro ogni soldato ci sta un caporale col fucile carico, e non ha a far altro che

star a vedere se il soldato vuol scappare, e se il soldato vuol scappare il caporale gli tira addosso peggio di un beccafico.

– Ah! così va bene! Ma è una bricconata bell'e buona!

Tutta la sera si rise e si bevette nel cortile dei Malavoglia, con un bel chiaro di luna; e sul tardi poi, quando tutti erano stanchi, e ruminavano lentamente le fave abbrustolite, e alcuni anche canterellavano sottovoce, colle spalle al muro, vennero a raccontare la storia che avevano portato in paese i due congedati. Padron Fortunato se n'era andato di buon'ora, e aveva condotto via Brasi col vestito nuovo.

– Quei poveri Malavoglia, diceva incontrando sulla piazza Campana di legno, Dio gliela mandi buona! Hanno la iettatura addosso!

Lo zio Crocifisso stava zitto e si grattava la testa. Lui non c'entrava più, se n'era lavate le mani. Ora era affare di Piedipapera; ma gli dispiaceva, in coscienza.

Un giorno dopo cominciò a correre la voce che nel mare verso Trieste ci era stato un combattimento tra i bastimenti nostri e quelli dei nemici, che nessuno sapeva nemmeno chi fossero, ed era morta molta gente; chi raccontava la cosa in un modo e chi in un altro, a pezzi e bocconi, masticando le parole. Le vicine venivano colle mani sotto il grembiule a domandare se comare Maruzza ci avesse il suo Luca laggiù, e stavano a guardarla con tanto d'occhi prima d'andarsene. La povera donna cominciava a star sempre sulla porta, come ogni volta che succedeva una disgrazia, voltando la testa di qua e di là, da un capo all'altro della via, quasi aspettasse più presto del solito il suocero e i ragazzi dal mare. Le vicine le domandavano pure se Luca avesse scritto, o era molto che non riceveva lettera di lui. – Davvero ella non ci aveva pensato alla lettera; e tutta la notte non poté chiudere occhio, e aveva sempre la testa là, nel mare verso Trieste, dov'era successa quella ruina; e vedeva sempre suo figlio, pallido e immobile, che la guardava con certi occhioni sbarrati e lu-

centi, e diceva sempre di sì, come quando l'avevano mandato a fare il soldato – talché sentiva anche lei una sete, un'arsura da non dirsi. – In mezzo a tutte le storie che correvano pel villaggio, e che erano venuti a raccontarle, le era rimasto in mente di uno di quei marinari, che l'avevano pescato dopo dodici ore, quando stavano per mangiarselo i pescicani, e in mezzo a tutta quell'acqua moriva di sete. Allora la Longa, come pensava a quell'uomo che moriva di sete in mezzo a tutta quell'acqua, non poteva stare dall'andare ad attaccarsi alla brocca, quasi ce l'avesse avuta dentro di sé quell'arsura, e nel buio spalancava gli occhi, dove ci aveva sempre stampato quel cristiano.

Coll'andare dei giorni però, nessuno parlava più di quello che era successo; ma come la Longa non vedeva spuntare la lettera, non aveva testa né di lavorare né di stare in casa: era sempre in giro a chiacchierare di porta in porta, quasi andasse cercando quel che voleva sapere. – Avete visto una gatta quando ha perso i suoi gattini? dicevano le vicine. La lettera non veniva però. Anche padron 'Ntoni non s'imbarcava più e stava sempre attaccato alle gonnelle della nuora come un cagnolino. Alcuni gli dicevano: – Andate a Catania, che è paese grosso, e qualcosa sapranno dirvi.

Nel paese grosso il povero vecchio si sentiva perso peggio che a trovarsi in mare di notte, e senza sapere dove drizzare il timone. Infine gli fecero la carità di dirgli che andasse dal capitano del porto, giacché le notizie doveva saperle lui. Colà, dopo averlo rimandato per un pezzo da Erode a Pilato, si misero a sfogliare certi libracci e a cercare col dito sulla lista dei morti. Allorché arrivarono ad un nome, la Longa che non aveva ben udito, perché le fischiavano gli orecchi, e ascoltava bianca come quelle cartacce, sdrucciolò pian piano per terra, mezzo morta.

– Son più di quaranta giorni, – conchiuse l'impiegato, chiudendo il registro. Fu a Lissa; che non lo sapevate ancora?

La Longa la portarono a casa su di un carro, e fu ma-

lata per alcuni giorni. D'allora in poi fu presa di una gran devozione per l'Addolorata che c'è sull'altare della chiesetta, e le pareva che quel corpo lungo e disteso sulle ginocchia della madre, colle costole nere e i ginocchi rossi di sangue, fosse il ritratto del suo Luca, e si sentiva fitte nel cuore tutte quelle spade d'argento che ci aveva la Madonna. Ogni sera le donnicciuole, quando andavano a prendersi la benedizione, e compare Cirino faceva risuonare le chiavi prima di chiudere, la vedevano sempre lì, a quel posto, accasciata sui ginocchi, e la chiamavano anche lei *la madre addolorata*.

– Ha ragione – dicevano nel paese. – Luca sarebbe tornato fra breve, e i suoi trenta soldi al giorno se li sarebbe guadagnati. « A nave rotta ogni vento è contrario ».

– Avete visto padron 'Ntoni? aggiungeva Piedipapera; dopo la disgrazia di suo nipote sembra un gufo tale e quale. – Adesso la casa del nespolo fa acqua davvero da tutte le parti, come una scarpa rotta, e ogni galantuomo bisogna che pensi ai suoi interessi.

La Zuppidda era sempre con tanto di muso, e borbottava che ora tutta la famiglia rimaneva sulle braccia di 'Ntoni! Questa volta una ragazza ci penserà prima di pigliarselo per marito.

– Cosa ci hai con quel povero giovane? domandava mastro Turi.

– Voi tacete, ché non sapete nulla; gli gridava la moglie. I pasticci non mi piacciono! Andate a lavorare che non sono affari vostri: – e lo mandava fuori dell'uscio colle braccia penzoloni e quella malabestia di dieci rotoli in mano.

Barbara, seduta sul parapetto del terrazzo, a strappare le foglioline secche dei garofani, colla bocca stretta anche lei, faceva cascare nel discorso che « maritati e muli vogliono star soli » e che « fra suocera e nuora ci si sta in malora ».

– Quando Mena si sarà maritata, rispondeva 'Ntoni, il nonno ci darà la camera di sopra.

– Io non ci sono avvezza a star nella camera di sopra, come i colombi! tagliava corto la Barbara; tanto che suo padre, ch'era suo padre! diceva a 'Ntoni, guardandosi attorno, mentre se ne andavano per la straduccia: – Verrà tutta sua madre, la Barbara; pensa a non farti mettere il basto da principio, se no ti succede come a me.

Però comare Venera aveva dichiarato: – Prima che mia figlia vada a dormire nella stanza dei colombi bisogna sapere a chi resta la casa, e voglio stare a vedere dove finisce questo affare dei lupini.

Andava a finire che Piedipapera stavolta voleva essere pagato, santo diavolone! San Giovanni era arrivato, e i Malavoglia tornavano a parlare di dare degli acconti, perché non avevano tutti i denari, e speravano di raggranellare la somma alla raccolta delle ulive. Lui se l'era levati di bocca quei soldi, e non aveva pane da mangiare, com'è vero Dio! non poteva campare di vento sino alla raccolta delle ulive.

– A me mi dispiace, padron 'Ntoni; gli aveva detto: ma che volete? Bisogna che pensi ai miei interessi. San Giuseppe prima fece la sua barba e poi quella di tutti gli altri.

– Presto compie l'anno! aggiungeva lo zio Crocifisso, quand'era solo a brontolare con compare Tino, – e non si è visto un grano d'interessi – quelle duecento lire basteranno appena per le spese. Vedrete che al tempo delle ulive vi diranno di aspettarli sino a Natale, e poi sino a Pasqua. Così vanno in rovina le case. Ma io la roba mia l'ho fatta col sudore della fronte. Adesso uno è in paradiso, l'altro vuole la Zuppidda; non possono menare innanzi quella barca rotta, e cercano di maritare la ragazza. – Costoro non pensano ad altro che a maritarsi; hanno la rabbia, come mia nipote la Vespa. Adesso che Mena si marita, vedrete che compare Mosca torna qui, per chiapparsi la chiusa della Vespa.

In conclusione se la prendevano coll'avvocato, il quale non finiva mai di scrivere le sue carte prima di mandare l'usciere.

– Ci sarà stato padron 'Ntoni a dirgli di andare adagio; soggiungeva Piedipapera; con un rotolo di pesce se ne comprano dieci di avvocati.

Stavolta egli l'aveva rotta sul serio coi Malavoglia, perché la Zuppidda era andata a togliere la roba di comare Grazia dalla sponda del lavatoio, e ci aveva messa la sua: di quelle soperchierie che fanno montare la mosca al naso; la Zuppidda si fidava perché le dava di spalla quel cetriolo di 'Ntoni Malavoglia, il quale faceva il bravaccio. Una manica di carogne, quei Malavoglia, e non voleva vederli più nel battesimo porco che quell'altro porco di don Giammaria gli aveva messo in fronte.

Le carte bollate allora cominciarono a piovere, e Piedipapera diceva che l'avvocato non doveva esser rimasto contento del regalo di padron 'Ntoni per lasciarsi comprare, e questo provava che razza di stitici essi fossero; se ci era da fidarsi quando promettevano che avrebbero pagato. Padron 'Ntoni tornò a correre dal segretario e dall'avvocato Scipioni; ma questi gli rideva sul naso, e gli diceva che « chi è minchione se ne sta a casa », che non doveva lasciarvi mettere la mano alla nuora, e poiché aveva fatto il pasticcio se lo mangiasse. « Guai a chi casca per chiamare aiuto! »

– Sentite a me, gli suggerì don Silvestro, piuttosto dategli la casa, se no se ne va in spese perfino la *Provvidenza* e i capelli che ci avete in testa; e ci perdete anche le vostre giornate, còll'andare e venire dall'avvocato.

– Se ci date la casa colle buone, gli diceva Piedipapera, vi lasceremo la *Provvidenza*, che potrà sempre guadagnarvi il pane, e resterete padroni, e non verrà l'usciere colla carta bollata.

Compare Tino non aveva fiele in corpo, e andava a parlare a padron 'Ntoni come se non fosse fatto suo, passandogli il braccio attorno al collo, e gli diceva: – Scusatemi, fratello mio, a me mi dispiace più di voi, di cacciarvi fuori della vostra casa, ma che volete? sono un povero diavolo; quelle cinquecento lire me le son levate dalla bocca, e

San Giuseppe prima fece la sua barba. Fossi ricco come lo zio Crocifisso non ve ne parlerei nemmeno, in coscienza mia!

Il povero vecchio non aveva il coraggio di dire alla nuora che dovevano andarsene colle buone dalla casa del nespolo, dopo tanto tempo che ci erano stati, e pareva che fosse come andarsene dal paese, e spatriare, o come quelli che erano partiti per ritornare, e non erano tornati più, che ancora c'era lì il letto di Luca, e il chiodo dove Bastianazzo appendeva il giubbone. Ma infine bisognava sgomberare con tutte quelle povere massèrizie, e levarle dal loro posto, che ognuna lasciava il segno dov'era stata, e la casa senza di esse non sembrava più quella. La roba la trasportarono di notte, nella casuccia del beccaio che avevano presa in affitto, come se non si sapesse in paese che la casa del nespolo ormai era di Piedipapera, e loro dovevano sgomberarla; ma almeno nessuno li vedeva colla roba in collo.

Quando il vecchio staccava un chiodo, o toglieva da un cantuccio un deschetto che soleva star lì di casa, faceva una scrollatina di capo. Poi si misero a sedere sui paglieticci ch'erano ammonticchiati nel mezzo della camera, per riposarsi un po', e guardavano di qua e di là se avessero dimenticato qualche cosa; però il nonno si alzò tosto ed uscì nel cortile, all'aria aperta.

Ma anche lì c'era della paglia sparsa per ogni dove, dei cocci di stoviglie, delle nasse sfasciate, e in un canto il nespolo, e la vite in pampini sull'uscio. – Andiamo via! diceva egli. Andiamo via, ragazzi. Tanto, oggi o domani!... e non si muoveva.

Maruzza guardava la porta del cortile dalla quale erano usciti Luca e Bastianazzo, e la stradicciuola per la quale il figlio suo se ne era andato coi calzoni rimboccati, mentre pioveva, e non l'aveva visto più sotto il paracqua d'incerata. Anche la finestra di compare Alfio Mosca era chiusa, e la vite pendeva dal muro del cortile che ognuno passando ci dava una strappata. Ciascuno aveva qualche cosa

da guardare in quella casa, e il vecchio, nell'andarsene, posò di nascosto la mano sulla porta sconquassata, dove lo zio Crocifisso aveva detto che ci sarebbero voluti due chiodi e un bel pezzo di legno.

Lo zio Crocifisso era venuto a dare un'occhiata insieme a Piedipapera, e parlavano a voce alta nelle stanze vuote, dove le parole si udivano come se fossero in chiesa. Compare Tino non aveva potuto durarla a campare d'aria sino a quel giorno, e aveva dovuto rivendere ogni cosa allo zio Crocifisso, per riavere i suoi denari.

– Che volete, compare Malavoglia? gli diceva passandogli il braccio attorno al collo. Lo sapete che sono un povero diavolo, e cinquecento lire mi fanno! Se voi foste stato ricco ve l'avrei venduta a voi. – Ma padron 'Ntoni non poteva soffrire di andare così per la casa, col braccio di Piedipapera al collo. Ora lo zio Crocifisso ci era venuto col falegname e col muratore, e ogni sorta di gente che scorrazzavano di qua e di là per le stanze come fossero in piazza, e dicevano: – Qui ci vogliono dei mattoni, qui ci vuole un travicello nuovo, qui c'è da rifare l'imposta, – come se fossero i padroni; e dicevano anche che si doveva imbiancarla per farla sembrare tutt'altra.

Lo zio Crocifisso andava scopando coi piedi la paglia e i cocci, e raccolse anche da terra un pezzo di cappello che era stato di Bastianazzo, e lo buttò nell'orto, dove avrebbe servito all'ingrasso. Il nespolo intanto stormiva ancora, adagio adagio, e le ghirlande di margherite, ormai vizze, erano tuttora appese all'uscio e le finestre, come ce le avevano messe a Pasqua delle Rose.

La Vespa era venuta a vedere anche lei, colla calzetta al collo, e frugava per ogni dove, ora che era roba di suo zio. – Il « sangue non è acqua » – andava dicendo forte, perché udisse anche il sordo. A me mi sta nel cuore la roba di mio zio, come a lui deve stare a cuore la mia chiusa. Lo zio Crocifisso lasciava dire e non udiva, ora che dirimpetto si vedeva la porta di compare Alfio con tanto di catenaccio. – Adesso che alla porta di compare Alfio c'è il

catenaccio, vi metterete il cuore in pace, e lo crederete che non penso a lui! diceva la Vespa all'orecchio dello zio Crocifisso.

— Io ci ho il cuore in pace! rispondeva lui: sta tranquilla.

D'allora in poi i Malavoglia non osarono mostrarsi per le strade né in chiesa la domenica, e andavano sino ad Aci Castello per la messa, e nessuno li salutava più, nemmeno padron Cipolla, il quale andava dicendo: — Questa partaccia a me non la doveva fare padron 'Ntoni. Questo si chiama gabbare il prossimo, se ci aveva fatto mettere la mano di sua nuora nel debito dei lupini!

— Tale e quale come dice mia moglie! aggiungeva mastro Zuppiddu. Dice che dei Malavoglia adesso non ne vogliono nemmeno i cani.

Però quello scimunito di Brasi pestava i piedi e voleva la Mena, che gliel'avevano promessa, come fa un ragazzo davanti alle baracche dei balocchi alla fiera.

— Ti pare che io l'abbia rubata la tua roba, bietolone! gli diceva il babbo, per andarla a buttare con chi non ha niente!

Gli avevano ripreso persino il vestito nuovo a Brasi, ed ei si sfogava ad andare a stanare le lucertole nella *sciara*, o a mettersi a cavalcioni sul muricciolo del lavatoio, e giurava di non far più nulla, neanche se l'ammazzavano, ora che non volevano dargli la moglie, e gli avevano ripreso persino il vestito nuovo delle nozze; per fortuna la Mena non poteva vederlo più così vestito com'era, perché i Malavoglia stavano sempre colla porta chiusa ancor essi, poveretti, nella casuccia del beccaio che avevano presa in affitto, nella strada del Nero, vicino ai Zuppiddi, e se accadeva di vederli da lontano, Brasi correva a nascondersi dietro il muro, o tra i fichidindia.

La cugina Anna, che scopriva ogni cosa dal greto dov'era a stendere la tela, diceva con comare Grazia: — Ora quella povera Sant'Agata resta in casa, peggio di una cas-

seruola appesa al muro, tale e quale come le mie figliuole che non hanno dote.

– Poveretta! rispondeva comare Grazia, e le avevano perfino spartito i capelli!

Mena però era tranquilla, e s'era rimessa la spadina d'argento nelle trecce da se stessa, senza dir nulla. Adesso aveva tanto da fare nella casa nuova, dove bisognava mettere ogni cosa a un altro posto, e non si vedeva più il nespolo e la porta della cugina Anna e della Nunziata. Sua madre la covava cogli occhi, mentre lavorava accanto a lei, e l'accarezzava col tono della voce, quando le diceva, – dammi la forbice, o, tienmi la matassa – che se la sentiva nelle viscere, la sua figliuola, ora che tutti le voltavano le spalle; ma la ragazza cantava come uno stornello, perché aveva diciotto anni, e a quell'età se il cielo è azzurro vi ride negli occhi, e gli uccelli vi cantano nel cuore. Per altro il cuore non ce lo aveva mai avuto per quel cristiano, lo disse all'orecchio della mamma, mentre ordivano la trama. La madre era la sola che le aveva letto in cuore, e che ci avesse lasciata cascare una buona parola in quell'angustia. – Almeno se ci fosse compar Alfio, non ci avrebbe voltate le spalle anche lui. Ma quando sarà il tempo del vino nuovo tornerà qui.

Le comari, poverette, non avevano voltato le spalle ai Malavoglia. Ma la cugina Anna era sempre in faccende, con tutto quello che aveva da fare per tirare innanzi con le sue figliuole, che le erano rimaste in casa peggio di casseruole appese; e comare Piedipapera si vergognava di farsi vedere, per quel tiro che compare Tino aveva fatto ai poveri Malavoglia. Ella aveva il cuore buono, la gnà Grazia, e non diceva come suo marito: Lasciali stare coloro, che non hanno più né re né regno. Cosa te ne importa? – La sola che si vedesse di tanto in tanto era la Nunziata, col piccino in collo, e tutti gli altri dietro, ma anche lei doveva badare ai fatti suoi.

Così va il mondo. – Ciascuno deve badare ai fatti suoi: quello che diceva a 'Ntoni di padron 'Ntoni comare Vene-

ra. – Ciascuno deve pensare alla sua barba prima di pensare a quella degli altri. Tuo nonno non ti dà nulla, dunque che obbligo hai verso di loro? Se ti mariti, vuol dire che fai casa da te, e quel che guadagni, lo guadagni per la tua casa. « Cento mani Dio benedisse, ma non tutte in un piatto! »

– Bella cosa! rispondeva 'Ntoni. Ora che i miei parenti sono in mezzo alla strada mi dite di piantarli anch'io! Come se la caverà il nonno a far andare la *Provvidenza* e dar da mangiare a tanti, se lo lascio solo?

– Allora sbrigatevela tra voi altri! esclamava la Zuppidda, voltandogli le spalle per andare a frugare nei cassetti, o in cucina, buttando in aria ogni cosa per darsi da fare, onde non guardarlo in faccia. Mia figlia io non l'ho rubata! Si potrebbe chiudere gli occhi se non avete nulla, perché siete giovane, e ci avete sempre la salute da lavorare, e siete del mestiere, tanto più che adesso i mariti sono scarsi, con questa leva del diavolo che si scopa via tutti i giovinotti del paese; ma se devono darvi la dote per papparvela con tutti i vostri, è un'altra cosa! Marito voglio dargliene uno solo alla mia figliuola, e non cinque o sei, e metterle sulle spalle due famiglie.

Barbara nell'altra stanza fingeva di non udire, e seguitava a far girare l'arcolaio lesto lesto. Ma appena 'Ntoni si affacciava sull'uscio chinava gli occhi sui cannelli, e allungava il muso anche lei. Talché il poveraccio si faceva giallo e verde e di cento colori, e non sapeva che fare, perché Barbara lo teneva invischiato come un passerotto, con quegli occhioni neri, e gli diceva poi: – Vuol dire che a me non mi volete bene come ai vostri! e si metteva a piangere nel grembiule quando non c'era la mamma.

– Sacramento! esclamava 'Ntoni, vorrei tornare a fare il soldato! – E si strappava i capelli e si dava dei pugni nella testa, ma non sapeva risolversi a pigliare la soluzione che si voleva, da vero cetriolo che era. – Allora, diceva la Zuppidda; « 'Ntrua, 'ntrua! ciascuno a casa sua! » E suo marito le ripeteva: – Te l'avevo detto che a me i pasticci non mi

piacciono! – Voi andatevene a lavorare! rispondeva lei, che non sapete nulla.

'Ntoni, ogni volta che andava dai Zuppiddi, trovava tanto di grugno, e la gnà Venera gli rinfacciava ogni volta che i Malavoglia avevano invitato la Piedipapera a pettinare la Mena, bella pettinatura che le aveva fatto!, per leccare le ciabatte a compare Tino, a motivo di quei quattro soldi della casa; che poi la casa se l'era presa egualmente, e li aveva lasciati in camicia come Gesù Bambino.

– Vi pare che non lo sappia cosa ha detto vostra madre Maruzza in quei tempi in cui portava il naso in sù, che la Barbara non era quella che ci voleva per suo figlio 'Ntoni, perché era avvezza come una signorina, e non sapeva quel che ci vuole ad essere una buona moglie di marinaro. Me l'hanno raccontato al lavatoio, comare Mangiacarrubbe e la gnà Cicca.

– Comare Mangiacarrubbe e la gnà Cicca sono due carogne, rispondeva 'Ntoni, e parlano per l'invidia che non ho sposato la Mangiacarrubbe.

– Per me pigliatevela pure! Bel guadagno che ci fa la Mangiacarrubbe!

– Allora, comare Venera, se mi dite questo è come se mi diceste: in casa mia non ci mettete più piede.

'Ntoni voleva far l'uomo, e non si lasciava vedere per due o tre giorni. Ma la piccola Lia, che non sapeva tutte quelle chiacchiere, continuava a venire a giocare nel cortile di comare Venera, come l'avevano avvezzata, quando la Barbara le dava i fichidindia e le castagne, perché voleva bene a suo fratello 'Ntoni, ed ora non le davano più nulla; la Zuppidda le diceva: – Che vieni a cercare tuo fratello qui? Tua madre ha paura che vogliano rubartelo tuo fratello?

Comare la Vespa veniva anche lei nel cortile dei Zuppiddi, colla calzetta al collo, a dire roba di fuoco degli uomini, che sono peggio dei cani. E la Barbara rinfacciava alla ragazzina: – Lo so che non sono brava massaia come tua sorella! E comare Venera conchiudeva: – Tua madre che fa la lavandaia, invece di stare a ciarlare dei fatti altrui al lava-

toio, farebbe bene a dare una risciacquata a quei quattro soldi di vestina che hai indosso.

La bambina molte cose non le capiva; ma quel po' che rispondeva faceva montare la mosca al naso alla Zuppidda, e le faceva dire ch'era sua madre Maruzza che la indettava e la mandava apposta da quelle parti per stuzzicarle la bile, tanto che finalmente la piccina non ci andò più, e la gnà Venera disse che era meglio, così non venivano in casa a far le spie, che temevano sempre volessero quel tesoro di Cetriolo.

Le cose arrivarono al punto che comare Venera e la Longa non si parlavano più, e se si vedevano in chiesa si voltavano la schiena.

— Vedrete che arriveranno a metter fuori le scope! diceva la Mangiacarrubbe gongolando. Non mi chiamo la Mangiacarrubbe se non ci arrivano! Bell'affare che ha fatto la Zuppidda con Cetriolo!

Di solito gli uomini non s'immischiano in quelle liti di donne, se no le questioni s'ingrosserebbero e potrebbero andare a finire a coltellate; invece le comari, dopo che hanno messo fuori la scopa, e si sono voltate le schiene, e si sono sfogate a dirsi improperi, e a strapparsi i capelli, si riconciliano subito, e si abbracciano e si baciano, e si mettono sull'uscio a chiacchierare come prima. 'Ntoni poi, stregato dagli occhi della Barbara, era tornato quatto quatto a piantarsi sotto la finestra, per metter pace, che la gnà Venera voleva buttargli sulla testa la broda delle fave, qualche volta, ed anche la figliuola si stringeva nelle spalle, ora che i Malavoglia non avevano più né re né regno.

E glielo disse anche in faccia, alla fine, onde levarsi d'addosso quella noia, perché quel cristiano stava sempre davanti alla sua porta come un cane, e le avrebbe fatto perdere la fortuna, se mai qualcun altro avesse avuto l'intenzione di passare di là per lei.

— Orbè, compare 'Ntoni, « I pesci del mare son destinati a chi se l'ha da mangiare »; mettiamoci il cuore in pace voi ed io, e non ci pensiamo più.

– Voi potete mettervelo il cuore in pace, comare Barbara, ma per me, « Amare e disamare non sta a chi lo vuol fare ».

– Provate, che ci riescirete anche voi. A provare non si perde nulla. Io vi auguro ogni bene e ogni fortuna, ma lasciatemi badare ai fatti miei, ché ho già ventidue anni.

– Io lo sapevo che dovevate dirmi così quando ci hanno preso la casa, ora che tutti ci voltano le spalle.

– Sentite, compare 'Ntoni, mia madre può venire da un momento all'altro, e non è bene che mi trovi qui con voi.

– Sì, sì, è vero; ora che ci hanno tolto la casa del nespolo non è giusto. Egli aveva il cuore grosso, il povero 'Ntoni, e non voleva lasciarla così. Ma ella doveva andare a riempir la brocca alla fontana, e gli disse addio, correndo lesta lesta, e dimenando i fianchi con bel garbo – ché Zuppidda la chiamavano perché il nonno di suo padre s'era rotta la gamba in uno scontro di carri alla festa di Trecastagni, ma Barbara le sue brave gambe ce le aveva tutte e due.

– Addio, comare Barbara! rispose il poveraccio, e così ci mise una pietra su quel che era stato, e se ne tornò a remare come un galeotto, che già quella era una vera galera, dal lunedì al sabato, ed egli era stanco di rompersi l'anima per niente, perché quando non si ha nulla è inutile arrabbattarsi da mattina a sera, e non trovare un cane che vi voglia; per questo egli ne aveva le tasche piene di quella vita; preferiva piuttosto di non far niente davvero, e starsene in letto a fare il malato, come quando era seccato dal servizio militare, e il nonno poi non stava a cercare il pelo nell'uovo come il dottore della fregata. – Che hai? gli domandava.

– Nulla ho. Ho che sono un povero diavolo.

– E che vuoi farci se sei un povero diavolo? Bisogna vivere come siamo nati.

Egli si lasciava caricare svogliatamente degli attrezzi meglio di un asino, e lungo la giornata non apriva bocca che per bestemmiare o brontolava: « Chi cade nell'acqua è forza che si bagni ». Se suo fratello si metteva a cantare, mentre sta-

vano alla vela, – Sì, sì, canta pure. Quando sarai vecchio poi abbaierai come il nonno.

– Ad abbaiare adesso non ci guadagni nulla nemmeno; rispondeva il ragazzo.

– Hai ragione, perché la vita è bella!

– Bella o no, non l'abbiamo fatta noi così com'è, conchiudeva il nonno.

La sera mangiava ingrugnato la sua minestra, e la domenica andava a gironzare attorno all'osteria, dove la gente non aveva altro da fare che ridere e spassarsi, senza pensare che il giorno dopo si tornava a fare quel che si era fatto in tutta la settimana; oppure stava delle ore intere seduto sugli scalini della chiesa, col mento in mano, a veder passare la gente, almanaccando su quei mestieri in cui non ci era nulla da fare.

La domenica almeno si godeva quelle cose che si hanno senza quattrini, il sole, lo star colle mani sotto le ascelle a non far nulla, e allora gli seccava anche quella fatica di pensare al suo stato, di desiderare quelle cose che aveva visto da soldato, col ricordo delle quali ingannava il tempo nei giorni di lavoro. Gli piaceva stendersi come una lucertola al sole, e non far altro. E come incontrava i carrettieri che andavano seduti sulle stanghe – Bel mestiere che fanno! borbottava. Vanno in carrozza tutto il giorno! e se vedeva passare qualche povera donnicciuola, che tornava dalla città, curva sotto il carico come un asino stanco, e andava lamentandosi per via, secondo il costume dei vecchi:

– Vorrei farlo io quello che fate voi, sorella mia! le diceva per confortarla. Alla fin fine è come andare a spasso.

# X

'Ntoni andava a spasso sul mare tutti i santi giorni, e gli
toccava camminare coi remi, logorandosi la schiena. Però
quando il mare era cattivo, e voleva inghiottirseli in un
boccone, loro, la *Provvidenza* e ogni cosa, quel ragazzo
aveva il cuore più grande del mare.

Il sangue dei Malavoglia! diceva il nonno; e bisognava
vederlo alla manovra, coi capelli che gli fischiavano al
vento, mentre la barca saltava sui marosi come un cefalo
in amore.

La *Provvidenza* si avventurava spesso al largo, così vec-
chia e rattoppata com'era, per amore di quel po' di pesca,
ora che nel paese c'erano tante barche che spazzavano il
mare colla scopa. Anche in quei giorni in cui le nuvole
erano basse, verso Agnone, e l'orizzonte tutto irto di punte
nere al levante, si vedeva sempre la vela della *Provvi-
denza* come un fazzoletto da naso, lontano lontano nel
mare color di piombo, e ognuno diceva che quelli di pa-
dron 'Ntoni andavano a cercarsi i guai col candeliere.

Padron 'Ntoni rispondeva che andava a cercarsi il pane,
e quando i sugheri scomparivano ad uno ad uno, nel ma-
re largo che era verde come l'erba, e le casucce di Trezza
sembravano una macchia bianca, tanto erano lontane, e
intorno a loro non c'era che acqua, si metteva a chiac-
chierare coi nipoti dalla contentezza, che poi alla sera la
Longa e tutti gli altri li avrebbero aspettati sulla riva,
quando vedevano la vela far capolino tra i fariglioni, e

sarebbero stati a guardare anche loro la pesca che saltellava nelle nasse e riempiva il fondo della barca come fosse d'argento; e padron 'Ntoni soleva rispondere prima che nessuno avesse aperto bocca – Un quintale, o un quintale e venticinque – che non si sarebbe sbagliato di un rotolo; e poi se ne parlava tutta la sera, mentre le donne pestavano il sale fra i ciottoli, e quando contavano i barilotti ad uno ad uno, e lo zio Crocifisso veniva a vedere quel che avevano fatto, per gettare la sua offerta a occhi chiusi, e Piedipapera gridava e bestemmiava per dire il prezzo giusto, ché allora facevano piacere le grida di Piedipapera, già a questo mondo non bisogna restare in collera colla gente, e la Longa poi si contava a soldo a soldo davanti al suocero i denari che portava Piedipapera nel fazzoletto, e diceva: – Questi sono per la casa! Questi altri sono per la spesa. La Mena aiutava anch'essa a pestare il sale, e a mettere in ordine i barilotti, e ci aveva un'altra volta la veste turchina e la collana di corallo che avevano dovuto dare in pegno allo zio Crocifisso; ora le donne potevano tornare ad andare alla messa del paese, ché se qualche giovinotto gettava gli occhi sulla Mena, gliela stavano facendo, la sua dote.

– Per me, diceva 'Ntoni, menando il remo adagio adagio perché la corrente non li facesse deviare dal cerchio delle reti, mentre il nonno pensava a tutte quelle cose: – per me desidero questo soltanto, che quella carogna della Barbara s'abbia a mangiare i gomiti quando ci avremo il fatto nostro anche noi, e s'abbia a pentire d'avermi chiusa la porta in faccia.

– « Il buon pilota si conosce alle burrasche »; rispondeva il vecchio. Quando saremo un'altra volta quel che siamo sempre stati, ognuno ci farà buon viso, e torneranno ad aprirci la porta.

– Chi non ce l'ha chiusa in faccia, aggiunse Alessi, è stata la Nunziata, ed anche la cugina Anna.

– « Carcere, malattie e necessità, si conosce l'amistà ».

137

Per questo il Signore le aiuta, costoro, con tutte quelle bocche che hanno in casa.

– Quando la Nunziata va a far legna nella *sciara*, o il fagotto della tela è troppo pesante per lei, l'aiuto anch'io, poveretta, disse Alessi.

– Adesso aiuta a tirare da questa parte, ché San Francesco stavolta ha mandata la grazia di Dio! Il ragazzo tirava e puntava i piedi, e sbuffava che pareva facesse tutto lui. Intanto 'Ntoni cantava, sdraiato sulla pedagna e colle braccia sotto il capo a veder volare i gabbiani bianchi sul cielo turchino che non finiva mai, e la *Provvidenza* si dondolava sulle onde verdi, che venivano da lontano lontano fin dove arrivava la vista.

– Che vuol dire che il mare ora è verde, ed ora è turchino, e un'altra volta è bianco, e poi nero come la *sciara*, e non è sempre di un colore come dell'acqua che è? chiese Alessi.

– È la volontà di Dio, rispose il nonno, così il marinaio sa quando può mettersi in mare senza timore, e quando è meglio non andarci.

– Quei gabbiani hanno una bella sorte, che volano sempre in alto, e non hanno paura delle ondate, se il mare è in tempesta.

– Allora non hanno da mangiare nemmeno loro, povere bestiole.

– Dunque tutti hanno bisogno del bel tempo, tale e quale come la Nunziata che non può andare alla fontana se piove, conchiuse Alessi.

– « Buon tempo e mal tempo non dura tutto il tempo! », osservò il vecchio.

Ma quando era mal tempo, o che soffiava il maestrale, e i sugheri ballavano sull'acqua tutto il giorno, come se ci fosse chi suonava il violino, o il mare era bianco al pari del latte, o crespo che sembrava che bollisse, e la pioggia si rovesciava sino a sera sulle loro spalle che non ci erano cappotti che bastassero, e il mare friggeva tutto intorno come il pesce nella padella, allora era un altro par di ma-

niche, e 'Ntoni non aveva voglia di cantare, col cappuccio sul naso, e gli toccava vuotare dall'acqua la *Provvidenza*, che non si finiva più, e il nonno badava a ripetere: «Mare bianco, scirocco in campo» o «mare crespo, vento fresco» come se fossero là per imparare i proverbi; e con quei benedetti proverbi, mentre la sera stava a guardare il tempo dalla finestra col naso in aria, diceva pure: «Quando la luna è rossa fa vento, quando è chiara vuol dir sereno; quando è pallida, pioverà».

— Se lo sapete che pioverà perché torniamo ad andare in mare oggi? gli diceva 'Ntoni. Non era meglio restarci in letto un altro par d'ore?

— «Acqua di cielo, e sardelle alle reti!» rispondeva il vecchio.

'Ntoni si dava l'anima al diavolo, coll'acqua a mezza gamba. — Stasera, gli diceva il nonno, la Maruzza ci farà trovare una bella fiammata e ci asciugheremo tutti.

E la sera, sull'imbrunire, come la *Provvidenza*, colla pancia piena di grazia di Dio, tornava a casa, che la vela si gonfiava come la gonnella di donna Rosolina, e i lumi delle case ammiccavano ad uno ad uno dietro i fariglioni neri, e pareva che si chiamassero l'un l'altro, padron 'Ntoni mostrava ai suoi ragazzi il bel fuoco che fiammeggiava nella cucina della Longa, in fondo al cortiletto della straduccia del Nero, che c'era il muro basso e dal mare si vedeva tutta la casa, colle quattro tegole sotto cui si appollaiavano le galline, e il forno dall'altro lato della porta. — Lo vedete che la Longa ce l'ha fatta trovare la fiammata! — diceva tutto giulivo; e la Longa li aspettava sulla riva colle ceste pronte, che quando dovevano riportarsele indietro vuote non avevano voglia di ciarlare, ma invece se le ceste non bastavano, e Alessi doveva correre a casa a prenderne delle altre, il nonno si metteva le mani alla bocca per chiamare — Mena! oh Mena! — E Mena sapeva cosa voleva dire, e venivano tutti in processione, lei, la Lia, ed anche la Nunziata, con tutti i suoi pulcini dietro; allora era una festa, né si badava più al freddo, o alla piog-

gia, e davanti alla fiammata stavano a chiacchierare sino a tardi della grazia di Dio che aveva mandato San Francesco, e quel che si sarebbe fatto dei denari.

Ma a quel giuoco da disperati si arrischiava la vita per qualche rotolo di pesce, e una volta i Malavoglia furono a un pelo di rimettercela tutti la pelle, per amor del guadagno, come Bastianazzo, mentre erano all'altezza dell'Agnone, verso sera, e il cielo era tanto fosco che non si vedeva più neppure l'Etna, e il vento soffiava a ondate che pareva avesse la parola.

— Brutto tempo! diceva padron 'Ntoni. Il vento oggi gira peggio della testa di una fraschetta, e il mare ha la faccia come quella di Piedipapera quando vuol farvi qualche brutto tiro.

Il mare era del color della *sciara*, sebbene il sole non fosse ancora tramontato, e di tratto in tratto bolliva tutt'intorno come una pentola.

— Adesso i gabbiani devono essere tutti a dormire: osservò Alessi.

— A quest'ora avrebbero dovuto accendere il faro di Catania, disse 'Ntoni, ma non si vede niente.

— Tieni sempre la sbarra a greco, Alessi, ordinò il nonno, fra mezz'ora non ci si vedrà più, peggio di essere in un forno.

— Con questa brutta sera e' sarebbe meglio trovarsi all'osteria della Santuzza.

— O coricato nel tuo letto a dormire, non è vero? rispose il nonno; allora dovevi fare il segretario, come don Silvestro.

Il povero vecchio aveva abbaiato tutto il giorno pei suoi dolori. — È il tempo che muta! diceva lui, lo sento nelle ossa io.

Tutt'a un tratto si era fatto oscuro che non ci si vedeva più neanche a bestemmiare. Soltanto le onde, quando passavano vicino alla *Provvidenza*, luccicavano come avessero gli occhi e volessero mangiarsela; e nessuno osava dire

più una parola, in mezzo al mare che muggiva fin dove c'era acqua.

– Ho in testa, disse a un tratto 'Ntoni, che stasera dovremo dare al diavolo la pesca che abbiamo fatta.

– Taci! gli disse il nonno, e la sua voce li fece diventare tutti piccini piccini sul banco dov'erano.

Si udiva il vento sibilare nella vela della *Provvidenza* e la fune che suonava come una corda di chitarra. All'improvviso il vento si mise a fischiare al pari della macchina della ferrovia, quando esce dal buco del monte, sopra Trezza, e arrivò un'ondata che non si era vista da dove fosse venuta, la quale fece scricchiolare la *Provvidenza* come un sacco di noci, e la buttò in aria.

– Giù la vela! giù la vela! gridò padron 'Ntoni. Taglia! taglia subito!

'Ntoni, col coltello fra i denti, s'era abbrancato come un gatto all'antenna, e ritto sulla sponda per far contrappeso, si lasciò spenzolare sul mare che gli urlava sotto e se lo voleva mangiare.

– Tienti forte; tienti forte! gli gridava il nonno in quel fracasso delle onde che lo volevano strappare di là, e buttavano in aria la *Provvidenza* e ogni cosa e facevano piegare la barca tutta di un lato, che dentro ci avevano l'acqua sino ai ginocchi. – Taglia! taglia! ripeteva il nonno.

– Sacramento! esclamò 'Ntoni. Se taglio, come faremo poi quando avremo bisogno della vela?

– Non dire sacramento! che ora siamo nelle mani di Dio!

Alessi s'era aggrappato al timone, e all'udire quelle parole del nonno cominciò a strillare: – Mamma! mamma mia!

– Taci! gli gridò il fratello col coltello fra i denti. Taci o ti assesto una pedata!

– Fatti la croce, e taci! ripeté il nonno. Sicché il ragazzo non osò fiatare più.

Ad un tratto la vela cadde tutta di un pezzo, tanto era tesa, e 'Ntoni la raccolse in un lampo e l'ammainò stretta.

– Il mestiere lo sai come tuo padre, gli disse il nonno, e sei Malavoglia anche tu.

La barca si raddrizzò e fece prima un gran salto; poi seguitò a far capriole sulle onde.

– Dà qua il timone; ora ci vuole la mano ferma! disse padron 'Ntoni; e malgrado che il ragazzo ci si fosse aggrappato come un gatto anche lui, arrivavano certe ondate che facevano sbattere il petto contro la manovella a tutt'e due.

– Il remo! gridò 'Ntoni, forza nel tuo remo, Alessi! che a mangiare sei buono anche tu. Adesso i remi valgono meglio del timone.

La barca scricchiolava sotto lo sforzo poderoso di quel paio di braccia. E Alessi ritto contro la pedagna, ci dava l'anima sui remi come poteva, anche lui.

– Tienti fermo! gli gridò il nonno che appena si sentiva da un capo all'altro della barca, nel fischiare del vento. – Tienti fermo, Alessi!

– Sì, nonno, sì! rispose il ragazzo.

– Che hai paura? gli disse 'Ntoni.

– No, rispose il nonno per lui. Soltanto raccomandiamoci a Dio.

– Santo diavolone! esclamò 'Ntoni col petto ansante, qui ci vorrebbero le braccia di ferro come la macchina del vapore. Il mare ci vince.

Il nonno si tacque e stettero ad ascoltare la burrasca.

– La mamma adesso dev'essere sulla riva a vedere se torniamo; disse poi Alessi.

– Ora lascia stare la mamma, aggiunse il nonno, è meglio non ci pensare.

– Adesso dove siamo? domandò 'Ntoni dopo un altro bel pezzo, col fiato ai denti dalla stanchezza.

– Nelle mani di Dio, rispose il nonno.

– Allora lasciatemi piangere! esclamò Alessi che non ne poteva più. E si mise a strillare e a chiamare la mamma ad alta voce, in mezzo al rumore del vento e del mare; né alcuno osò sgridarlo più.

– Hai un bel cantare, ma nessuno ti sente, ed è meglio starti cheto, gli disse infine il fratello con la voce mutata che non si conosceva più nemmen lui. Sta zitto, che adesso non è bene far così, né per te né per gli altri.

– La vela! ordinò padron 'Ntoni; il timone al vento verso greco, e poi alla volontà di Dio.

Il vento contrastava forte la manovra, ma in cinque minuti la vela fu spiegata, e la *Provvidenza* cominciò a balzare sulla cima delle onde, piegata da un lato come un uccello ferito. I Malavoglia si tenevano tutti da un lato, afferrati alla sponda; in quel momento nessuno fiatava, perché quando il mare parla in quel modo non si ha coraggio di aprir bocca.

Padron 'Ntoni disse soltanto: – A quest'ora laggiù dicono il rosario per noi.

E non aggiunsero altro, correndo col vento e colle onde, nella notte che era venuta tutt'a un tratto nera come la pece.

– Il fanale del molo, – gridò 'Ntoni, – lo vedete?

– A dritta! gridò padron 'Ntoni, a dritta! Non è il fanale del molo. Andiamo sugli scogli. Serra! serra!

– Non posso serrare! rispose 'Ntoni colla voce soffocata dalla tempesta e dallo sforzo, la scotta è bagnata. Il coltello, Alessi, il coltello.

– Taglia, taglia, presto.

In questo momento s'udì uno schianto: la *Provvidenza*, che prima si era curvata su di un fianco, si rilevò come una molla, e per poco non sbalzò tutti in mare; l'antenna insieme alla vela cadde sulla barca, rotta come un filo di paglia. Allora si udì una voce che gridava: Ahi! come di uno che stesse per morire.

– Chi è? chi è che grida? domandava 'Ntoni, aiutandosi coi denti e col coltello a tagliare le rilinghe della vela, la quale era caduta coll'antenna sulla barca e copriva ogni cosa. Ad un tratto un colpo di vento la strappò netta e se la portò via sibilando. Allora i due fratelli poterono sbrogliare del tutto il troncone dell'antenna e buttarlo

143

in mare. La barca si raddrizzò, ma padron 'Ntoni non si raddrizzò, lui, e non rispondeva più a 'Ntoni che lo chiamava. Ora, quando il mare e il vento gridano insieme, non c'è cosa che faccia più paura del non udirsi rispondere alla voce che chiama. – Nonno, nonno! gridava anche Alessi, e al non udir più nulla, i capelli si rizzarono in capo, come fossero vivi, ai due fratelli. La notte era così nera che non si vedeva da un capo all'altro della *Provvidenza*, tanto che Alessi non piangeva più dal terrore. Il nonno era disteso in fondo alla barca, colla testa rotta. 'Ntoni finalmente lo trovò tastoni e gli parve che fosse morto, perché non fiatava e non si muoveva affatto. La stanga del timone urtava di qua e di là, mentre la barca saltava in aria e si inabissava.

– Ah, san Francesco di Paola! Ah! san Francesco benedetto! strillavano i due ragazzi, ora che non sapevano più che fare.

San Francesco misericordioso li udì, mentre andava per la burrasca in soccorso dei suoi devoti, e stese il suo mantello sotto la *Provvidenza*, giusto quando stava per spaccarsi come un guscio di noce sullo *scoglio dei colombi*, sotto la guardiola della dogana. La barca saltò come un puledro sullo scoglio, e venne a cadere in secco, col naso in giù. – Coraggio, coraggio! gridavano loro le guardie dalla riva, e correvano qua e là colle lanterne a gettare delle corde. – Siam qui noi! fatevi animo! – Finalmente una delle corde venne a cadere a traverso della *Provvidenza*, la quale tremava come una foglia, e battè giusto sulla faccia a 'Ntoni peggio di un colpo di frusta, ma in quel momento gli parve meglio di una carezza.

– A me! a me! gridò afferrando la fune che scorreva rapidamente e gli voleva scivolare dalle mani. Alessi vi si aggrappò anche lui con tutte le sue forze, e così riescirono ad avvolgerla due o tre volte alla sbarra del timone, e le guardie doganali li tirarono a riva.

Padron 'Ntoni però non dava più segno di vita, e allorché accostarono la lanterna si vide che aveva la faccia

sporca di sangue, sicché tutti lo credettero morto, e i nipoti si strappavano i capelli. Ma dopo un paio d'ore arrivò correndo don Michele, Rocco Spatu, Vanni Pizzuto, e tutti gli sfaccendati che erano all'osteria quando giunse la notizia, e coll'acqua fresca e le fregagioni gli fecero riaprir gli occhi. Il povero vecchio, come seppe dove si trovava, che ci voleva meno di un'ora per arrivare a Trezza, disse che lo portassero a casa su di una scala.

Maruzza, Mena, e le vicine, che strillavano sulla piazza e si battevano il petto, lo videro arrivare in tal modo, disteso sulla scala, e colla faccia bianca, come un morto.

– Niente! niente! – andava assicurando don Michele in capo alla folla, – una cosa da nulla! – e corse dallo speziale per l'aceto dei sette ladri. Don Franco venne in persona tenendo colle due mani la boccetta, e accorsero anche Piedipapera, comare Grazia, i Zuppiddi, padron Cipolla e tutto il vicinato, nella strada del Nero, ché in quelle occasioni si mette un sasso su ogni quistione, ed era venuta anche la Locca, la quale andava sempre dove c'era folla, quando sentiva del brusìo pel paese, di notte o di giorno, quasi non chiudesse più gli occhi, e aspettasse sempre il suo Menico. Sicché la gente si accalcava nella stradicciuola davanti alla casa dei Malavoglia, come se ci fosse il morto, tanto che la cugina Anna dovette chiuder l'uscio sul mostaccio a tutti.

– Lasciatemi entrare! gridava la Nunziata picchiando coi pugni sull'uscio, che era accorsa mezzo svestita. Lasciatemi vedere cos'è successo da comare Maruzza!

– Allora era inutile mandarci per la scala, che dopo non ci lasciano entrare in casa per vedere cos'è! strepitava il figlio della Locca.

La Zuppidda e la Mangiacarrubbe avevano dimenticato tutti gli improperi che si erano detti, e cianciavano davanti alla porta, colle mani sotto il grembiule. – Già quel mestiere lì è fatto in tal modo, e si finisce col lasciarci la pelle. Una che mariti la figlia con gente di mare, diceva la Zuppidda, un giorno o l'altro se la vede tornare a casa

vedova, e cogli orfani per giunta, ché se non fosse stato per don Michele, dei Malavoglia quella notte non restava nemmeno la semenza. Il meglio era fare come quelli che non fanno nulla, e si guadagnano la loro giornata egualmente, come don Michele, a mo' d'esempio, il quale era grasso e grosso meglio di un canonico, e andava sempre vestito di panno, e si mangiava mezzo paese, e tutti lo lisciavano; anche lo speziale, il quale voleva mangiarsi il re, gli faceva tanto di cappello, col cappellaccio nero.

— Non è nulla, venne a dire don Franco, gli abbiamo fatta la fasciatura; ma se non viene la febbre, se ne va.

Piedipapera volle andare a vedere anche lui, perché era di casa, e padron Fortunato, e chi d'altri poté entrare, a furia di gomitate.

— La faccia non mi piace niente affatto! sentenziava padron Cipolla, scrollando il capo; come vi sentite, compare 'Ntoni?

— Per questo padron Fortunato non gli ha voluto dare il figlio alla Sant'Agata, diceva intanto la Zuppidda, che l'avevano lasciata sulla porta. Ha il naso fine quell'omaccio!

E la Vespa aggiungeva:

— « Chi ha roba in mare non ha nulla. » Ci vuole la terra al sole, ci vuole.

— Che notte è venuta pei Malavoglia! esclamava comare Piedipapera.

— Avete visto, che tutte le disgrazie in questa casa arrivano di notte? osservò padron Cipolla, uscendo dalla casa con don Franco e compare Tino.

— Per buscarsi un pezzo di pane, poveretti! aggiungeva comare Grazia.

Per due o tre giorni padron 'Ntoni fu più di là che di qua. La febbre era venuta, come aveva detto lo speziale, ma era venuta così forte che stava per portarsi via il malato. Il poveraccio non si lagnava più, nel suo cantuccio, colla testa fasciata e la barba lunga. Aveva solo una gran sete, e quando Mena o la Longa gli davano da bere afferrava

il boccale con le mani tremanti, che pareva volessero rubarglielo.

Don Ciccio veniva la mattina, medicava il ferito, gli tastava il polso, voleva vedere la lingua, e poi se ne andava scrollando il capo.

Una notte persino lasciarono accesa la candela, quando don Ciccio aveva dimenato il capo più forte; la Longa ci aveva messo accanto l'immagine della Madonna, e dicevano il rosario davanti al letto del malato, il quale non fiatava più e non voleva nemmeno dell'acqua, e nessuno andò a dormire, tanto che la Lia si rompeva le mascelle dallo sbadigliare, pel gran sonno. Nella casa c'era un silenzio di malaugurio, sicché i carri passando per la strada facevano ballare i bicchieri sulla tavola, e trasalire coloro che stavano a vegliare il malato; così passò anche tutta la giornata, e le vicine stavano sulla porta, cianciando a voce bassa fra di loro, e guardando pel vano dell'uscio cosa succedeva. Verso sera padron 'Ntoni volle vedere tutti i suoi ad uno ad uno, cogli occhi spenti, e domandava cosa aveva detto il medico. 'Ntoni era accanto al capezzale e piangeva come un ragazzo, ché il cuore l'aveva buono, quel giovane.

– Non piangere così! gli diceva il nonno. Non piangere. Ora tu sei il capo della casa. Pensa che ci hai tutti gli altri sulle spalle, e fa come ho fatto io.

Le donne si mettevano a gridare colle mani nei capelli, udendo discorrere a quel modo, persino la piccola Lia, giacché le donne non hanno giudizio in quelle circostanze, e non si accorgevano che il poveretto si turbava in volto al vederle disperarsi, come se stesse per morire. Ma egli continuava con voce fioca: – Non fate tante spese quando non ci sarò più. Il Signore lo sa che non possiamo spendere, e si contenterà del rosario che mi diranno Maruzza e la Mena. Tu, Mena, fai sempre come ha fatto tua madre, che è stata una santa donna, e dei guai ne ha visti anche lei; e ti terrai sotto le ali tua sorella, come fa la chioccia coi suoi pulcini. Finché vi aiuterete l'un l'altro, i guai vi

parranno meno gravi. Ora 'Ntoni è grande, e presto Alessi
sarà in grado di aiutarvi anche lui.

– Non dite così! supplicavano le donne singhiozzando,
come se egli avesse voluto andarsene di sua volontà. –
Per carità non dite così. Egli scuoteva il capo tristamente,
e rispondeva:

– Adesso che vi ho detto quello che volevo dirvi, non
me ne importa. Io sono vecchio. Quando non c'è più
olio il lume si spegne. Ora voltatemi dall'altra parte che
sono stanco.

Più tardi chiamò ancora 'Ntoni, e gli disse:

– Non la vendete la *Provvidenza*, così vecchia come è,
se no sarete costretti ad andare a giornata, e non sapete
com'è dura, quando padron Cipolla o lo zio Cola vi dico-
no: – Non ho bisogno di nessuno per lunedì. – E quest'al-
tra cosa voglio dire a te, 'Ntoni, che quando avrete messo
insieme qualche soldo, dovete maritare prima la Mena, e
darle uno del mestiere che faceva suo padre, e che sia
un buon figliuolo; e voglio dirti anche che quando avrete
maritato pure la Lia, se fate dei risparmi metteteli da parte
e ricomperate la casa del nespolo. Lo zio Crocifisso ve la
venderà, se ci avrà il suo guadagno, perché è stata sem-
pre dei Malavoglia, e di là sono partiti vostro padre e la
buon'anima di Luca.

– Sì! nonno! sì! prometteva 'Ntoni piangendo. Alessi
ascoltava anche lui, serio serio come fosse già un uomo.

Le donne credevano che il malato avesse il delirio, u-
dendolo chiacchierare e chiacchierare, e gli mettevano del-
le pezze bagnate sulla fronte. – No, diceva padron 'Ntoni,
sono in sensi. Voglio finire tutto quel che devo dirvi pri-
ma di andarmene.

Intanto cominciavano ad udirsi i pescatori che si chia-
mavano da un uscio all'altro, e i carri cominciavano a pas-
sare di nuovo per la via. – Fra due ore sarà giorno, disse
padron 'Ntoni, e potrete andare a chiamare don Giam-
maria.

Quei poveretti aspettavano il giorno come il Messia, e

andavano ogni momento a socchiudere la finestra per vedere se spuntasse l'alba. Finalmente la stanzuccia cominciò a farsi bianca, e padron 'Ntoni tornò a dire: — Ora chiamatemi il prete, che voglio confessarmi.

Don Giammaria venne quando il sole era già alto, e tutte le vicine, come udirono il campanello per la stradicciuola del Nero, accorrevano a vedere il viatico che andava dai Malavoglia, ed entravano tutte, perché dove va il Signore non si può chiudere l'uscio in faccia alla gente, tanto che quei poveretti al vedersi la casa piena non osavano nemmeno piangere e disperarsi, mentre don Giammaria borbottava fra i denti, e mastro Cirino gli metteva il cero sotto il naso al malato, giallo e stecchito come un altro cero anche lui.

— E' sembra il patriarca San Giuseppe addirittura, su quel letto e con quella barba lunga! beato lui! esclamava la Santuzza, che piantava i boccali e ogni cosa, e andava sempre dove sentiva il Signore — come una cornacchia! — diceva lo speziale.

Don Ciccio arrivò che c'era ancora il vicario coll'olio santo, tanto che voleva voltare la briglia dell'asinello e tornarsene indietro. — Chi vi ha detto che c'era bisogno del prete? Chi è andato a chiamare il viatico? Quello dobbiamo dirvelo noi altri medici, quando è l'ora; e mi meraviglio del vicario che è venuto senza la polizza del viatico. Ora volete saperlo? non c'è bisogno del viatico. Se sta meglio, vi dico!

— È il miracolo della Madonna Addolorata! esclamava la Longa; la Madonna ci ha fatto il miracolo, perché il Signore ci è stato troppe volte in questa casa! — Ah! Vergine benedetta! esclamava Mena colle mani giunte. Ah! Vergine Santa, che ci avete fatta la grazia! — E tutti piangevano dalla consolazione, come se l'infermo fosse già stato in grado di tornare ad imbarcarsi sulla *Provvidenza*.

Don Ciccio se ne andava borbottando: — Così mi ringraziano! Se campano, la Madonna ha fatto la grazia! Se muoiono, son io che li ammazzo!

Le comari aspettavano sulla porta per veder passare il morto, che dovevano venirselo a prendere da un momento all'altro. — Poveretto! brontolavano anch'esse.

— Quel vecchio ha il cuoio duro; se non batte il naso per terra come i gatti, non muore. State attenti a quel che vi dico oggi, — predicava la Zuppidda. — Siamo qui da due giorni ad aspettare: muore, non muore? Vi dico che egli ci sotterrerà tutti. — Le comari fecero le corna. «Lontano sia ché son figlia di Maria!» e la Vespa baciava anche la medaglia che ci aveva sull'abitino. «Sciatara e matara! Tuono dell'aria, e vino solforoso!» La Zuppidda soggiunse: — Voi almeno non avete figli da maritare, come li ho io, che farei gran danno se andassi sotterra. — Le altre ridevano, perché la Vespa non ci aveva che lei stessa da maritare, e non ci arrivava anche. — Quanto a questo, padron 'Ntoni fa più danno di tutti, perché è la colonna della casa, — rispose la cugina Anna. Quel cetriolo di 'Ntoni ora non è più un ragazzo. — Ma tutte si strinsero nelle spalle. — Se muore il vecchio, la vedrete come casca quella casa!

In questa arrivò la Nunziata, lesta lesta, colla brocca sul capo. — Largo! largo! ché aspettano l'acqua da comare Maruzza. E i miei ragazzi se si mettono a giocare mi lasciano la roba in mezzo alla strada.

Lia s'era messa sulla porta, tutta pettoruta a dire alle comari: — Il nonno sta meglio. Ha detto don Ciccio che il nonno per adesso non muore; e non le pareva vero che tutte le comari stessero ad ascoltarla come una donna fatta. Venne anche Alessi e disse alla Nunziata:

— Ora che sei qui, in due salti vado a vedere che n'è della *Provvidenza*.

— Questo qui ha più giudizio del grande! diceva la cugina Anna.

— A don Michele gli daranno la medaglia per aver buttato la corda alla *Provvidenza*, diceva lo speziale. E ci è anche la pensione. Così li spendono i denari del popolo!

Piedipapera per difendere don Michele andava dicendo

che se l'era meritata, la medaglia e la pensione, per questo si era buttato sull'acqua sino a mezza gamba, con tutti gli stivaloni, per salvare la vita ai Malavoglia, vi par poco? tre persone! ed era stato a un pelo di lasciarci il cuoio anche lui, tanto che se ne parlava dappertutto, sicché la domenica, quando si metteva l'uniforme nuova, le ragazze gli lasciavano gli occhi addosso per vedere se ci avesse la medaglia.

— Barbara Zuppidda, ora che si è levato di mente quel ragazzaccio di Malavoglia, non gli volterà più le spalle a don Michele, andava dicendo Piedipapera. L'ho vista io col naso fra le imposte quando egli passa per la strada.

E don Silvestro, sentendo questo, diceva a Vanni Pizzuto:

— Bel guadagno che ci avete fatto, a levarvi d'addosso 'Ntoni di padron 'Ntoni, ora che la Barbara ha messo gli occhi addosso a don Michele!

— Se ce li ha messi li leverà, ché sua madre non può vedere né sbirri, né mangiapane, né forestieri.

— Vedrete, vedrete; la Barbara ha ventitré anni, e se si mette in testa che ad aspettare ancora il marito comincia a far la muffa, se lo piglia, colle buone o colle cattive. Volete scommettere dodici tarì che si parlano dalla finestra? — E tirò fuori il pezzo da cinque lire nuovo.

— Io non voglio scommettere niente! rispose Pizzuto, stringendosi nelle spalle. A me non me ne importa un corno.

Quelli che stavano a sentire, Piedipapera e Rocco Spatu, si scompisciavano dalle risa. — Ve lo faccio per niente, — aggiunse don Silvestro, messo di buon umore; e se ne andò cogli altri a chiacchierare con lo zio Santoro, davanti all'osteria. — Sentite, zio Santoro, volete guadagnarvi dodici tarì? e cavò fuori la moneta nuova, sebbene lo zio Santoro non ci vedesse. — Mastro Vanni Pizzuto vuol scommettere dodici tarì che ora don Michele il brigadiere va a parlare colla Barbara Zuppidda, la sera. Volete buscarveli voi quei dodici tarì?

– O anime sante del purgatorio! esclamò baciando il rosario lo zio Santoro, il quale era stato ad ascoltare tutto intento, cogli occhi spenti; ma egli era inquieto, e muoveva le labbra di qua e di là, come fa delle orecchie un cane da caccia che sente la pedata.

– Sono amici, non temete, – aggiunse don Silvestro sghignazzando.

– Sono compare Tino, e Rocco Spatu, aggiunse il cieco, dopo essere stato attento un altro po'.

Egli conosceva tutti quelli che passavano, al rumore dei loro passi, fossero colle scarpe o a piedi nudi, e diceva: – Voi siete compare Tino, oppure: siete compare Cinghialenta. E siccome era sempre là, a dir delle barzellette con questo e con quello, sapeva ciò che accadeva in tutto il paese, e allora per buscarsi quei dodici tarì, come i ragazzi andavano a prendere il vino per la cena, li chiamava: – Alessi, o Nunziata, o Lia, – e domandava pure: Dove vai? d'onde vieni? che hai fatto oggi? oppure: L'hai visto don Michele? ci passa dalla strada del Nero?

'Ntoni, poveretto, finché c'era stato bisogno, era corso di qua e di là senza fiato, e s'era strappati i capelli anche lui. Adesso che il nonno stava meglio, girandolava pel paese, colle mani sotto le ascelle, aspettando che potessero portare un'altra volta la *Provvidenza* da mastro Zuppiddu per rabberciarla; e andava all'osteria a far quattro chiacchiere, giacché non ci aveva un soldo in tasca, e raccontava a questo e a quello come avevano visto la morte cogli occhi, e così passava il tempo, cianciando e sputacchiando. Quando gli pagavano poi qualche bicchiere di vino, se la prendeva con don Michele, che gli aveva rubata l'innamorata e andava ogni sera a parlare colla Barbara, li aveva visti lo zio Santoro, che aveva domandato alla Nunziata se don Michele ci passava per la strada del Nero.

– Ma sangue di Giuda! non mi chiamo 'Ntoni Malavoglia, se non mi taglio questo corno, sangue di Giuda!

La gente ci si divertiva a vedergli mangiare l'anima, e perciò gli pagavano da bere. La Santuzza, mentre risciac-

quava i bicchieri, si voltava dall'altra parte, per non sentire le bestemmie e le parolacce che dicevano; ma all'udir discorrere di don Michele, si dimenticava anche di questo e stava ad ascoltare con tanto d'occhi. Era diventata curiosa anche lei, e stava tutta orecchi quando ne parlavano, e al fratellino della Nunziata, o ad Alessi, allorché venivano pel vino, regalava delle mele e delle mandorle verdi, per sapere chi s'era visto nella strada del Nero. Don Michele giurava e spergiurava che non era vero, e spesso la sera, quando l'osteria era già chiusa, si udiva un casa del diavolo dietro la porta. – Bugiardo! gridava la Santuzza. Assassino! ladro! nemico di Dio!

Tanto che don Michele non si fece più vedere all'osteria, e si contentava di mandare a prendere il vino e berselo nella bottega di Pizzuto, solo col suo fiasco, per amor della pace.

Massaro Filippo, invece di essere contento che si fosse tolto così un altro cane da quell'osso della Santuzza, metteva buone parole e cercava di rappattumarli, che nessuno ci capiva più nulla. Ma era tempo perso. – Non vedete che voga al largo e non si fa più vedere? esclamava la Santuzza. – Questo è segno che la cosa è vera com'è vero Iddio! No! non voglio sentirne parlar più, dovessi chiuder l'osteria, e mettermi a far calzetta!

Massaro Filippo allora si faceva la bocca amara dalla collera e andava a pregare don Michele come un santo, nel posto delle guardie, o nella bottega di Pizzuto, perché la finisse quella lite con la Santuzza, dopo che erano stati amici! ed ora avrebbe fatto chiacchierare la gente, – e lo abbracciava e lo tirava per la manica. Ma don Michele appuntava i piedi in terra come un mulo, e diceva di no. E chi era là presente, a godersi la scena, osservava che massaro Filippo faceva una bella figura com'è vero Dio! – Massaro Filippo ha bisogno di aiuto, diceva Pizzuto. Non lo vedete? Quella Santuzza si mangerebbe anche il Crocifisso!

La Santuzza allora un bel giorno si mise la mantellina e andò a confessarsi, sebbene fosse lunedì, e l'osteria fosse

piena di gente. La Santuzza andava a confessarsi ogni domenica, e ci stava un'ora col naso alla graticola del confessionario, a risciacquarsi la coscienza, che amava tenerla pulita meglio dei suoi bicchieri. Ma quella volta donna Rosolina, che era gelosa di suo fratello il vicario, e si confessava spesso anche lei per tenergli gli occhi addosso, restò colla bocca aperta, là dov'era ad aspettare ginocchioni, che la Santuzza ci avesse tanta roba nello stomaco, e osservò che suo fratello il vicario si soffiò il naso più di cinque volte.

– Cosa aveva oggi la Santuzza che non finiva più? domandò perciò a don Giammaria quando furono a tavola.

– Niente, niente, – rispondeva suo fratello stendendo la mano verso il piatto. Ma ella che gli conosceva il debole lasciava il coperchio sulla zuppiera e lo tormentava a furia di domande, sicché infine il poveretto dovette dire che c'era il sigillo della confessione, e sinché fu a tavola rimase col naso sul piatto, e ingozzava i maccheroni come se non avesse visto grazia di Dio da due giorni, tanto che gli andarono in veleno, e borbottava fra di sé perché non lo lasciavano mai quieto. Dopo pranzo prese il cappello e il ferraiuolo, e andò a fare una visita alla Zuppidda. – Ci dev'essere sotto qualche cosa! borbottava dal canto suo donna Rosolina. Ci dev'essere qualche sudiceria fra suor Mariangela e la Zuppidda, sotto il sigillo della confessione. – E si mise alla finestra per vedere quanto ci stava suo fratello, nella casa di comare Venera.

La Zuppidda saltò su tutte le furie all'udire quello che le mandava a dire suor Mariangela con don Giammaria, e si mise sul ballatoio a gridare che lei non ne voleva roba degli altri, aprisse bene le orecchie la Santuzza! che se vedeva passare don Michele per la sua strada voleva cavargli gli occhi con la conocchia che teneva in mano, in barba alla pistola che portava sulla pancia, giacché ella non aveva paura né di pistole né di nessuno, e sua figlia non l'avrebbe data a uno che si mangiava il pane del re e faceva lo sbirro, ed era nel peccato mortale colla Santuzza per giunta, glielo aveva detto don Giammaria sotto si-

gillo di confessione, ma ella se lo teneva nelle ciabatte, il sigillo della confessione, quando ci andava di mezzo la sua Barbara, – e ne disse tanti e tanti degli improperi, che la Longa e la cugina Anna dovettero chiudere la porta perché non udissero le ragazze; e mastro Turi suo marito, onde non restare indietro, sbraitava anche lui: – Se mi toccano la coda mi fanno fare qualche sproposito, benedetto Dio! Io non ho paura di don Michele, e di massaro Filippo, e di tutta la ciurma della Santuzza!

– State zitto! gli dava sulla voce comare Venera; non avete inteso che massaro Filippo non c'entra più colla Santuzza?

Gli altri invece continuavano a dire che la Santuzza ci aveva massaro Filippo per aiutarla a dire le orazioni, l'aveva visto Piedipapera. – Bravo! Massaro Filippo ha bisogno d'aiuto anche lui! ripeteva Pizzuto. Non l'avete visto che è venuto a pregare e strapregare don Michele per aiutarlo?

Nella speziaria don Franco chiamava la gente apposta per schiamazzare sull'avventura.

– Ve l'avevo detto, non è vero? Tutti così, quei leccasanti! col diavolo sotto le gonnelle! Bel lavoro, eh? due alla volta, per fare il paio! Ora che gli danno la medaglia a don Michele, l'appenderanno insieme a quella di Figlia di Maria che ci ha la Santuzza. E sporgeva il capo fuori dall'uscio per vedere se ci fosse sua moglie alla finestra di sopra. – Ehi! la chiesa e la caserma! Il trono e l'altare! sempre la stessa storia, ve lo dico io!

Egli non aveva paura della sciabola e dell'aspersorio; e se ne infischiava di don Michele, tanto che gli leggeva le corna quando la Signora non era alla finestra, e non poteva udire quello che si diceva nella speziaria; ma donna Rosolina diede una buona lavata di capo a suo fratello, appena venne a sapere che si era messo in quel pasticcio, perché quelli della sciabola bisogna tenerseli amici.

– Amici un corno! rispondeva don Giammaria. Con quelli che ci hanno levato il pan di bocca? Io ho fatto il

debito mio. Io non ho bisogno di loro! Sono loro piuttosto che hanno bisogno di noi altri.

– Almeno dovreste dire che vi ci ha mandato la Santuzza, sotto sigillo di confessione; sosteneva donna Rosolina; così non l'acchiappereste voi l'inimicizia.

Però in aria misteriosa andava ripetendo che era una cosa sotto sigillo di confessione, a tutte le comari e i vicini che venivano a ronzarle attorno per sapere come s'era venuto a scoprire quell'imbroglio. Piedipapera, dacché aveva sentito dire a don Silvestro che voleva far cadere la Barbara coi suoi piedi, come una pera matura, andava sussurrando: – Questa è tutta manovra di don Silvestro, che vuol far cadere la Zuppidda coi suoi piedi.

E tanto lo disse che arrivò all'orecchio di donna Rosolina, mentre cuoceva la conserva dei pomidoro, colle maniche rimboccate, e si sbracciava a difender don Michele davanti alla gente, perché si sapesse che, loro come loro, non gli volevano male a don Michele, sebbene ei fosse di quei del governo; e diceva che l'uomo è cacciatore, e la Zuppidda doveva pensarci lei a guardarsi la figliuola, e se don Michele ci aveva degli altri intrighi cotesto riguardava lui e la sua coscienza.

– Questa è opera di don Silvestro, che vuol la Zuppidda, e ha scommesso dodici tarì che la farà cascare coi suoi piedi; – venne a dirle comare la Vespa, mentre aiutava donna Rosolina a fare la conserva dei pomidoro; ella ci veniva a pregare don Giammaria che facesse entrare gli scrupoli in testa a quel birbante dello zio Crocifisso, il quale ci aveva la testa più dura di un mulo. – Non lo vede che ha i piedi nella fossa? diceva. Che vuol portarsi anche questo scrupolo sulla coscienza?

Ma all'udire la storia di don Silvestro, donna Rosolina di botto cambiò registro, e si mise a predicare col mestolo in aria, rossa come la conserva dei pomidoro, contro gli uomini che lusingano le ragazze da marito, e quelle pettegole le quali stanno alla finestra ad uccellarli. Già si sapeva che razza di civetta fosse la Barbara; ma faceva specie che

ci cascasse anche uno come don Silvestro, il quale sembrava un uomo di proposito, e nessuno si sarebbe aspettato da lui un tradimento simile; invece poi andava a cercarsi i guai con la Zuppidda e con don Michele, mentre ci aveva la sorte in mano e se la lasciava scappare. – Al giorno d'oggi per conoscere un uomo bisogna mangiare sette salme di sale.

Però don Silvestro si faceva vedere a braccetto con don Michele, e nessuno osava dir parola in faccia a loro di quei discorsi che correvano. Ora donna Rosolina gli sbatteva la finestra sul naso, allorché il segretario stava a guardare in aria dalla porta dello speziale, e non voltava nemmeno il capo quando metteva al sole sul terrazzino la conserva dei pomidoro; una volta poi volle andare a confessarsi ad Aci Castello, perché ci aveva un peccato che non poteva dire a suo fratello, e tanto fece che incontrò per caso don Silvestro, giusto mentre tornava dalla vigna.

– Oh! beato chi vi vede! cominciò a dirgli, fermandosi a prender fiato, perch'era tutta rossa e scalmanata. Ci avete gran roba pel capo, che non vi ricordate più degli amici antichi.

– Io non ci ho nulla pel capo, donna Rosolina.

– A me mi hanno detto che ce l'avete, ma è una bestialità, che vi farebbe venire il capo grosso davvero.

– Chi ve l'ha detto?

– Lo dice tutto il paese.

– Lasciatelo dire. E poi, volete saperla? io faccio quel che mi piace a me; e se ci avrò la testa pesante ci ho da pensar io.

– Buon prò vi faccia, – rispose donna Rosolina col viso rosso. – Vuol dire che cominciate ad avercela d'adesso, se mi rispondete in questo modo, tanto che non me l'aspettavo, e vi ho avuto sinora per giudizioso; scusate se mi sono sbagliata. Vuol dire che « acqua passata non macina più », e « buon tempo e mal tempo non dura tutto il tempo ». Pensateci che il proverbio dice: « Chi cambia la vecchia per la nuova, peggio trova », e « chi piglia

bellezze piglia corna ». Godetevi la Zuppidda in santa pace, perché a me non me ne importa. E per tutto l'oro del mondo non vorrei che si dicesse di me tutto quello che si dice della vostra Zuppidda.

— State tranquilla, donna Rosolina, ché ormai non si può dir più nulla di voi.

— Almeno non si dice che mi mangio mezzo paese; avete inteso, don Silvestro?

— Lasciateli dire, donna Rosolina, « chi ha bocca mangia, e chi non mangia se ne muore ».

— E non si dice pure quel che si dice di voi, che siete un truffatore! seguitò donna Rosolina, verde come l'aglio. Mi avete inteso, don Silvestro? e di tutti non si può dire la stessa cosa! Quando non vi servono più, poi, datemele quelle venticinque onze che vi ho prestate. Io non li rubo i denari, come certa gente.

— Non dubitate, donna Rosolina, io non l'ho detto che le avete rubate le vostre venticinque onze, e non andrò a dirglielo a vostro fratello don Giammaria. A me non me ne importa di sapere se gliele avete rubate sulla spesa o no; so che non ve le devo io. Mi avevate detto di metterle a frutto, per farvi la dote, se qualcuno vi avesse voluta, ed io li avevo messi in una Banca per conto vostro, sotto il mio nome, per non far scoprire la cosa a vostro fratello il quale vi avrebbe domandato di dove vi erano venuti quei denari. Ora la Banca è fallita. Che colpa ce ne ho io?

— Imbroglione! gli sputava in faccia donna Rosolina colla schiuma alla bocca. Truffatore! Io non vi avevo dato quei denari per andare a metterli in una Banca che falliva. Io ve li avevo dati per tenerci gli occhi addosso come se fose stata roba vostra!...

— Sì! ho fatto come se fosse stata roba mia! — rispondeva il segretario con la faccia tosta, tanto che donna Rosolina gli voltò le spalle per non crepare dalla rabbia, e se ne tornò a Trezza sudata come una spugna, nell'ora calda, collo scialle sulla schiena. Don Silvestro rimase lì fermo a sogghignare, davanti al muro dell'orto di massaro Filippo,

finché ella non ebbe scantonato, e si strinse nelle spalle, borbottando fra di sé: – A me non me ne importa nulla di quel che dicono.

Ed aveva ragione di non curarsi di quel che dicevano. Dicevano che se don Silvestro si era messo in testa di far cascare la Barbara coi suoi piedi, ci sarebbe caduta, tal briccone matricolato egli era! Però gli facevano di berretto, e gli amici gli accennavano col capo, sogghignando, quando andava a chiacchierare nella spezieria. – Siete un bel prepotente! gli diceva don Franco accarezzandolo sulle spalle. – Un vero feudatario! Siete l'uomo fatale, mandato in terra per provare come quattro e quattr'otto che bisogna fare il bucato alla vecchia società. – E allorché veniva 'Ntoni a prendere il medicamento pel nonno: – Tu sei il popolo. Finché sarai paziente come il somaro ti toccheranno le bastonate. – La Signora, che faceva la calzetta dietro il banco, per mutar discorso domandava: – Come sta ora il nonno? 'Ntoni non osava aprir bocca davanti la Signora, e se ne andava brontolando, col bicchiere nelle mani.

Il nonno ora stava meglio, e lo mettevano sull'uscio, al sole, avvolto nel tabarro, e col fazzoletto in testa, che sembrava un morto risuscitato, tanto che la gente andava a vederlo per curiosità; ed il poveraccio chinava il capo a questo e a quello, come un pappagallo, e sorrideva, tutto contento di trovarsi là, nel suo cappotto, accanto all'uscio, con Maruzza che gli filava accanto, il telaio della Mena che si udiva nelle stanze, e le galline che razzolavano nella strada. Ora che non aveva altro da fare aveva imparato a conoscere le galline ad una ad una, e stava a vedere quello che facevano, e passava il tempo ad ascoltare le voci dei vicini, dicendo: – Questa è comare Venera che strapazza suo marito. – Questa è la cugina Anna che torna dal lavatoio. Poi se ne stava a vedere l'ombra delle case che si allungava; e quando non c'era più il sole sulla porta lo mettevano contro il muro dirimpetto, ch'egli somigliava al cane di mastro Turi, il quale cercava il sole, per sdraiarsi.

Infine, cominciò a stare sulle gambe, e lo portarono sul-

la riva, reggendolo sotto le ascelle, perché gli piaceva dormicchiare accoccolato sui sassi, in faccia alle barche, e diceva che l'odore dell'acqua salata gli faceva bene allo stomaco; e si divertiva a vedere le barche, e sentire com'era andata la giornata per questo e per quello. I compari, mentre attendevano alle loro faccende, gli regalavano qualche parola, e gli dicevano per consolarlo: – Vuol dire che c'è olio ancora alla lucerna, eh, padron 'Ntoni!

La sera, quando tutti i suoi erano in casa, coll'uscio chiuso, mentre la Longa intonava il rosario, se la godeva a vederseli vicini, e li guardava in faccia ad uno ad uno, e guardava i muri della casa, e il cassettone colla statuetta del Buon Pastore, e il deschetto col lume sopra; e ripeteva sempre: – Non mi par vero di essere ancora qui, con voialtri.

La Longa diceva che lo spavento le aveva messo un gran rimescolìo nel sangue e nella testa, ed ora le pareva di non averci più davanti agli occhi quei due poveretti che erano morti, e sino a quel giorno le eran rimasti come due spine dentro il petto, tanto che era andata a confessarsene con don Giammaria. Però il confessore le aveva data l'assoluzione, perché coi disgraziati succede così, che una spina scaccia l'altra, e il Signore non vuole ficcarcele tutte in una volta, perché si morirebbe di crepacuore. Le erano morti il figlio e il marito; l'avevano scacciata dalla casa; ma adesso era contenta che fosse riescita a pagare il medico e lo speziale, e non doveva più niente a nessuno.

A poco a poco il nonno era arrivato a dire: – Datemi da fare qualche cosa, così non so starci, senza far nulla. Rattoppava delle reti; e intrecciava delle nasse; poi cominciò ad andare col bastoncello sino al cortile di mastro Turi a vedere la *Provvidenza*, e stava lì a godersi il sole. Infine era tornato a imbarcarsi coi ragazzi.

– Tale e quale come i gatti! diceva la Zuppidda; che se non danno il naso per terra son sempre vivi.

La Longa aveva pure messo sulla porta un panchettino, e vendeva arancie, noci, ova sode ed ulive nere.

– State a vedere che a poco a poco arrivano a vendere anche il vino! diceva la Santuzza. Io ci ho piacere, perché son gente col timore di Dio! E padron Cipolla si stringeva nelle spalle quando passava per la strada del Nero, davanti alla casa dei Malavoglia, che volevano fare i negozianti.

Il negozio andava bene perché le uova erano sempre fresche, tanto che la Santuzza, ora che 'Ntoni bazzicava all'osteria, mandava da comare Maruzza a prendere le ulive, quando c'erano dei bevitori che non avevano sete. Così a soldo a soldo avevano pagato mastro Turi Zuppiddu, e avevano rattoppàto un'altra volta la *Provvidenza*, che adesso pareva davvero una ciabatta; eppure si metteva da parte qualche lira. Avevano comprato anche una buona provvista di barilotti, e il sale per le acciughe, se San Francesco mandava la provvidenza, la vela nuova per la barca, e messo un po' di denaro nel canterano. – Facciamo come le formiche, diceva padron 'Ntoni; e ogni giorno contava i denari, e andava a girandolare davanti la casa del nespolo, a guardare in alto, colle mani dietro la schiena. La porta era chiusa, i passeri cinguettavano sul tetto, e la vite si dondolava adagio adagio sulla finestra. Il vecchio si arrampicava sul muro dell'orto, dove ci avevano seminato delle cipolle che facevano come un mare di pennacchi bianchi, e poi correva dietro allo zio Crocifisso, per dirgli cento volte: – Sapete, zio Crocifisso, se giungiamo a metterli insieme, quei denari della casa, dovete venderla a noi, perché è stata sempre dei Malavoglia; « ad ogni uccello il suo nido è bello » e desidero morire dove son nato. « Beato chi muore nel proprio letto ». Lo zio Crocifisso grugniva di sì, per non compromettersi; e alla casa ci faceva mettere una tegola nuova, od una cazzolata di calcina al muro del cortile, per far crescere il prezzo.

Lo zio Crocifisso lo rassicurava così: – Non dubitate, non dubitate. La casa è là che non scappa. Basta tenerci gli occhi addosso. Ognuno tiene gli occhi addosso a quel

che gli preme. – E una volta aggiunse: – Che non la maritate più la vostra Mena?

– La mariterò quando vorrà Dio! rispose padron 'Ntoni. Per me vorrei maritarla anche domani.

– Io se fossi in voi, le darei Alfio Mosca, che è un buon ragazzo, onesto e laborioso; e cerca moglie di qua e di là, non ha altro difetto. Ora dicono che tornerà in paese, e par fatto apposta per vostra nipote.

– O se dicevano che volesse pigliarsi vostra nipote la Vespa?

– Anche voi! anche voi! cominciò a gridare Campana di legno. Chi lo dice? Son tutte chiacchiere; vuol papparle la chiusa a mia nipote, ecco cosa vuole! Bella cosa, eh? Che direste voi se la vostra casa la vendessi a un altro?

Piedipapera il quale era sempre lì per la piazza, appena c'erano due che discorrevano, a cercare di buscarsi la senseria, si ficcò nel discorso anche lui. – La Vespa ora ci ha per le mani Brasi Cipolla, dopo che andò in aria il matrimonio della Sant'Agata, li ho visti con questi occhi, che andavano insieme per la viottola del torrente; io ci ero andato a cercare due ciottoli lisci per l'intonaco dell'abbeveratoio che non tiene l'acqua. E gli faceva la smorfiosa, la civetta! colle cocche del fazzoletto sulla bocca, e gli diceva: – Per questa medaglia benedetta che ci ho qui, non è vero niente. Puh! che mi fate stomaco quando mi parlate di quel vecchio barbogio di mio zio! – Parlava di voi, zio Crocifisso; e gli lasciava toccare la medaglia, sapete dove la tiene! – Campana di legno faceva il sordo, e dimenava il capo, come Tartaglia. Piedipapera continuava: – e Brasi disse: – Allora che facciamo? – Io non lo so quel che volete fare – rispondeva la Vespa, – ma se è vero che mi volete bene, in questo stato non mi lascerete, ché quando non vi vedo mi pare che il cuore l'abbia diviso in due, come due spicchi d'arancia, e se vi maritano con qualchedun'altra vi giuro per questa medaglia benedetta che ci ho qui, sentite, che vedrete qualche cosa di grosso nel paese, e mi butterò in mare bella e vestita come sono. Brasi si grattava il capo, e seguitava: –

Per me, io vi voglio; ma mio padre poi che farà? — Andiamocene via dal paese, diceva lei, come se fossimo marito e moglie, e quando la frittata sarà fatta, vostro padre dovrà dir di sì per forza. Già non ha altri figliuoli, e la roba non sa a chi lasciarla.

— Che gente, eh! cominciò a strillare lo zio Crocifisso, dimenticandosi che era sordo. Quella strega ha il diavolo che la pizzica sotto la gonnella! E dire che tengono la medaglia della Madonna sul petto! Bisognerà dirlo a padron Fortunato, bisognerà! Siamo galantuomini o no? Se padron Fortunato non sta in guardia, quella strega di mia nipote gli fa il tiro di rubargli il figlio, poveretto!

E correva per la strada come un pazzo.

— Mi raccomando, non dite che li ho visti io! gridava Piedipapera andandogli dietro. Non voglio mettermi in bocca a quella vipera di vostra nipote.

Lo zio Crocifisso in un attimo mise sottosopra tutto il paese, che voleva mandare perfino le guardie e don Michele a mettere sotto custodia la Vespa; la quale, infine, era sua nipote, e doveva pensarci lui; e don Michele era pagato per questo, per guardare gli interessi dei galantuomini. La gente si divertiva a veder padron Cipolla correre di qua e di là anche lui con tanto di lingua fuori, e ci aveva gusto che quel bietolone di suo figlio Brasi fosse andato a cascare nella Vespa, mentre pareva che per lui non fosse buona nemmeno la figlia di Vittorio Emanuele, ché aveva piantato la Malavoglia senza dire: vi saluto!

Mena però non s'era messo il fazzoletto nero, quando Brasi l'aveva piantata; anzi ora tornava a cantare mentre stava al telaio, o aiutava a salare le acciughe, nelle belle sere d'estate. Stavolta San Francesco l'aveva proprio mandata, la provvidenza. C'era stata una *passata* di acciughe come mai se n'erano viste; una ricchezza per tutto il paese; le barche tornavano cariche, colla gente che cantava e sventolava i berretti da lontano, per far segno alle donne che aspettavano coi bambini in collo.

I rigattieri venivano in folla dalla città, a piedi, a caval-

lo, sui carri, e Piedipapera non aveva tempo di grattarsi il capo. Verso l'avemaria, sulla riva c'era una fiera addirittura, e grida e schiamazzi d'ogni genere. Nel cortile dei Malavoglia il lume stava acceso sino a mezzanotte, che pareva una festa. Le ragazze cantavano, e venivano anche le vicine ad aiutare, le figlie della cugina Anna e la Nunziata, perché c'era da guadagnare per tutti, e lungo il muro si vedevano quattro file di barilotti già belli e preparati, coi sassi di sopra.

— Adesso vorrei qui la Zuppidda! esclamava 'Ntoni, seduto sui sassi a far peso anche lui, colle mani sotto le ascelle. — Adesso lo vedrebbe che abbiamo il fatto nostro anche noi, e ce ne infischiamo di don Michele e di don Silvestro!

I rigattieri correvano dietro a padron 'Ntoni coi denari in mano. Piedipapera lo tirava per la manica dicendogli: — Questo è il tempo d'approfittare. Ma padron 'Ntoni teneva duro a rispondere: — Ne parleremo ad Ognissanti; allora le acciughe avranno il loro prezzo. No, non voglio caparra, non voglio legarmi le mani! So io come vanno le cose. — E picchiava i pugni sui barili, dicendo ai nipoti: — Qui c'è la vostra casa e la dote di Mena. « La casa ti abbraccia e ti bacia ». San Francesco mi ha fatto la grazia di lasciarmi chiudere gli occhi contento.

Nello stesso tempo avevano fatte tutte le provviste per l'inverno, il grano, le fave, l'olio; e avevano data la caparra a massaro Filippo per quel po' di vino della domenica.

Ora erano tranquilli; suocero e nuora tornavano a contare i danari nella calza, i barilotti schierati nel cortile, e facevano i loro calcoli onde vedere quello che ci mancasse ancora per la casa. La Maruzza conosceva quei denari soldo per soldo, quelli delle arancie e delle ova, quelli che aveva portati Alessi dalla ferrovia, quelli che Mena s'era guadagnati col telaio, e diceva: — Ce n'è di tutti — Non ve l'avevo detto che per menare il remo bisogna che le cinque dita della mano si aiutino l'un l'altro? rispondeva

padron 'Ntoni. – Oramai pochi ce ne mancano. E allora si mettevano in un cantuccio a confabulare colla Longa, e guardavano Sant'Agata, la quale se lo meritava, poveretta, che parlassero di lei « perché non aveva né bocca né volontà » e badava a lavorare, cantando fra di sé come fanno gli uccelli nel nido prima di giorno; e soltanto quando udiva passare i carri, la sera, pensava al carro di compare Alfio Mosca, che andava pel mondo, chi sa dove; e allora smetteva di cantare.

Per tutto il paese non si vedeva altro che della gente colle reti in collo, e donne sedute sulla soglia a pestare i mattoni; e davanti a ogni porta c'era una fila di barilotti, che un cristiano si ricreava il naso a passare per la strada, e un miglio prima di arrivare in paese si sentiva che San Francesco ci aveva mandata la provvidenza; non si parlava d'altro che di sardelle e di salamoia, perfino nella spezieria dove aggiustavano il mondo a modo loro; e don Franco voleva insegnare una maniera nuova di salare le acciughe, che l'aveva letta nei libri. Come gli ridevano in faccia, si metteva a gridare: – Bestie che siete! e volete il progresso! e volete la repubblica! – La gente gli voltava le spalle, e lo piantava lì a strepitare come un pazzo. Da che il mondo è mondo le acciughe si son fatte col sale e coi mattoni pesti.

– Il solito discorso! Così faceva mio nonno! seguitava a gridare loro dietro lo speziale. – Siete asini che vi manca soltanto la coda! Con gente come questa cosa volete fare? e si contentano di mastro Croce Giufà, perché il sindaco è stato sempre lui; e sarebbero capaci di dirvi che non vogliono la repubblica perché non l'hanno mai vista! – Questi discorsi poi li ripeteva a don Silvestro, a proposito di certo ragionamento che avevano fatto a quattr'occhi, sebbene don Silvestro non avesse aperto bocca, è vero, ma era stato zitto ad ascoltare. Si sapeva poi che era in rotta colla Betta di mastro Croce, perché il sindaco voleva farlo lei, e suo padre s'era lasciato mettere la gonnella al collo, talché oggi diceva bianco e domani nero, come voleva la Betta. Egli non sapeva dir altro che: – Il Sindaco son io, caspitina! –

come glielo aveva insegnato a dire a sua figlia, la quale appuntava i pugni sui fianchi parlando con don Silvestro, e gli rinfacciava:

— Vi pare che vi lasceranno menar sempre pel naso quel buon uomo di mio padre, per fare gli affari vostri e mangiare a doppio palmento? che perfino donna Rosolina va predicando che vi rosicate tutto il paese! Ma me non mi mangerete, no! ché non ci ho la smania di maritarmi, e bado agli interessi di mio padre.

Don Franco predicava che senza uomini nuovi non si faceva nulla, ed era inutile andare a cercare i pezzi grossi, come padron Cipolla, il quale vi diceva per per grazia di Dio ci aveva il fatto suo, e non aveva bisogno di fare il servitore del pubblico per niente; oppure come massaro Filippo il quale non pensava ad altro che alle sue chiuse e alle sue vigne, e solo ci aveva prestato orecchio quando s'era parlato di levare il dazio sul mosto.

— Gente vecchia! — conchiudeva don Franco colla barba in aria. — Gente buona pel tempo della camarilla. Al giorno d'oggi ci vogliono uomini nuovi.

— Adesso manderemo dal fornaciaio per farli fare apposta, — rispondeva don Giammaria.

— Se le cose andassero come dovrebbero andare si nuoterebbe nell'oro! — diceva don Silvestro: non diceva altro.

— Sapete cosa ci vorrebbe? — suggeriva lo speziale sottovoce, e lasciando correre un'occhiata nella retrobottega. — Ci vorrebbe gente come noi!

E dopo aver soffiato loro quel segreto nel buco dell'orecchio, correva in punta di piedi a piantarsi sull'uscio, colla barba in aria, sballottandosi in cima alle gambette colle mani dietro la schiena.

— Brava gente che sarebbe! — borbottava don Giammaria. — A Favignana, o nelle altre galere, ne trovate quanti ne volete, senza mandare dal fornaciaio. Andate a dirlo a compare Tino Piedipapera, o a quell'ubriacone di Rocco Spatu, che loro ci stanno colle idee del vostro tempo! Io so che mi hanno rubato venticinque onze di casa mia, e in

galera, a Favignana, non ci è andato nessuno! Questi sono i tempi e gli uomini nuovi!

In quel momento entrò nella bottega la Signora, colla calza in mano, e lo speziale mandò giù in fretta quello che stava per dire, seguitando a borbottare nella barba, mentre fingeva di guardare la gente che andava alla fontana. Don Silvestro finalmente, vedendo che nessuno fiatava più, disse chiaro e tondo che di uomini nuovi non c'erano altri che 'Ntoni di padron 'Ntoni e Brasi Cipolla, perché lui non aveva suggezione della moglie dello speziale.

— Tu non ti c'immischiare; — rimbrottò allora la Signora a suo marito; questi sono affari che non ti riguardano. — Io non sto parlando; — rispose don Franco lisciandosi la barba.

E il vicario, ora che aveva il disopra, e la moglie di don Franco era là, che ei poteva tirare le sassate dietro il muro, si divertiva a far arrabbiare lo speziale. — Belli, quei vostri uomini nuovi! Sapete cosa fa Brasi Cipolla, adesso che suo padre va cercandolo per tirargli le orecchie a causa della Vespa? corre a nascondersi di qua e di là come un ragazzaccio. Stanotte ha dormito nella sagrestia; e ieri mia sorella dovette mandargli un piatto di maccheroni, nel pollaio dov'era nascosto, perché quel bietolone non mangiava da ventiquattr'ore, ed era tutto pieno di pollini! E 'Ntoni Malavoglia! altro bell'uomo nuovo! Suo nonno e tutti gli altri sudano e si affannano per tirarsi su un'altra volta; e lui, quando può scappare con un pretesto, va a girandolare pel paese, e davanti all'osteria, tale e quale come Rocco Spatu.

Il sinedrio si sciolse come tutte le altre volte, senza conchiudere nulla, che ognuno restava della sua opinione, e quella volta inoltre c'era lì presente la Signora, talché don Franco non poteva sfogarsi a modo suo.

Don Silvestro rideva come una gallina; e appena si sciolse la conversazione se ne andò anche lui, colle mani dietro la schiena e la testa carica di pensieri. — Non vedi don Silvestro che ha più giudizio di te? — diceva la Signora a suo marito, mentre egli chiudeva la bottega. — Quello è un uomo che ha stomaco, e se ha da dire qualche cosa ce la chiude

dentro e non parla più. Tutto il paese sa che ha truffato le venticinque onze a donna Rosolina, ma nessuno va a dirglielo in faccia, a un uomo come quello! Tu poi sarai sempre uno sciocco che non saprai fare gli affari tuoi; uno di quei grulli che abbaiano alla luna! un chiacchierone! – Ma infine cosa ho detto? piagnucolava lo speziale, andandole dietro per la scala col lume in mano. – Lo sapeva lei quel che aveva detto? Ei non si azzardava a dire davanti a lei le sue corbellerie senza capo e senza coda. Sapeva solo che don Giammaria se n'era andato facendosi la croce per la piazza, e borbottando: – Bella razza d'uomini nuovi, come quel 'Ntoni Malavoglia là, che va girelloni a quest'ora pel paese!

# XI

Una volta 'Ntoni Malavoglia, andando girelloni pel paese, aveva visto due giovanotti che s'erano imbarcati qualche anno prima a Riposto, a cercar fortuna, e tornavano da Trieste, o da Alessandria d'Egitto, insomma da lontano, e spendevano e spandevano all'osteria meglio di compare Naso, o di padron Cipolla; si mettevano a cavalcioni sul desco; dicevano delle barzellette alle ragazze, e avevano dei fazzoletti di seta in ogni tasca del giubbone; sicché il paese era in rivoluzione per loro.

'Ntoni, quando la sera tornava a casa, non trovava altro che le donne, le quali mutavano la salamoia nei barilotti, e cianciavano in crocchio colle vicine, sedute sui sassi; e intanto ingannavano il tempo a contare storie e indovinelli, buoni pei ragazzi, i quali stavano a sentire con tanto d'occhi intontiti dal sonno. Padron 'Ntoni ascoltava anche lui, tenendo d'occhio lo scolare della salamoia, e approvava col capo quelli che contavano le storie più belle, e i ragazzi che mostravano di aver giudizio come i grandi nello spiegare gli indovinelli.

— La storia buona, disse allora 'Ntoni, è quella dei forestieri che sono arrivati oggi, con dei fazzoletti di seta che non par vero; e i denari non li guardano cogli occhi, quando li tirano fuori dal taschino. Hanno visto mezzo mondo, dice, che Trezza ed Aci Castello messe insieme, sono nulla in paragone. Questo l'ho visto anch'io; e laggiù la gente passa il tempo a scialarsi tutto il giorno, invece

di stare a salare le acciughe; e le donne, vestite di seta e cariche di anelli meglio della Madonna dell'Ognina, vanno in giro per le vie a rubarsi i bei marinari.

Le ragazze sgranavano gli occhi, e padron 'Ntoni stava attento anche lui, come quando i ragazzi spiegavano gli indovinelli: — Io, disse Alessi, il quale vuotava adagio adagio i barilotti, e li passava alla Nunziata, — io quando sarò grande, se mi marito voglio sposar te.

— Ancora c'è tempo, rispose Nunziata seria seria.

— Devono essere delle città grandi come Catania; che uno il quale non ci sia avvezzo si perde per le strade; e gli manca il fiato a camminare sempre fra le due file di case, senza vedere né mare né campagna.

— E' c'è stato anche il nonno di Cipolla, aggiunse padron 'Ntoni, ed è in quei paesi là che s'è fatto ricco. Ma non è più tornato a Trezza, e mandò solo i denari ai figliuoli.

— Poveretto! disse Maruzza.

— Vediamo se mi indovini quest'altro, disse la Nunziata: *Due lucenti, due pungenti, quattro zoccoli e una scopa.*

— Un bue! rispose tosto Lia.

— Questo lo sapevi! ché ci sei arrivata subito; esclamò il fratello.

— Vorrei andarci anch'io, come padron Cipolla, a farmi ricco, aggiunse 'Ntoni.

— Lascia stare, lascia stare! gli disse il nonno, contento pei barilotti che vedeva nel cortile. Adesso ci abbiamo le acciughe da salare. Ma la Longa guardò il figliuolo col cuore stretto, e non disse nulla, perché ogni volta che si parlava di partire le venivano davanti agli occhi quelli che non erano tornati più.

E poi soggiunse: — « Né testa, né coda, ch'è meglio ventura ».

Le file dei barilotti si allineavano sempre lungo il muro, e padron 'Ntoni, come ne metteva uno al suo posto, coi sassi di sopra, diceva: — E un altro! Questi a Ognissanti son tutti danari.

'Ntoni allora rideva, che pareva padron Fortunato quando gli parlavano della roba degli altri. – Gran denari! borbottava; e tornava a pensare a quei due forestieri che andavano di qua e di là, e si sdraiavano sulle panche dell'osteria, e facevano suonare i soldi nelle tasche. Sua madre lo guardava come se gli leggesse nella testa; né la facevano ridere le barzellette che dicevano nel cortile.

– Chi deve mangiarsi queste sardelle qui, cominciava la cugina Anna, deve essere il figlio di un re di corona bello come il sole, il quale camminerà un anno, un mese e un giorno, col suo cavallo bianco; finché arriverà a una fontana incantata di latte e di miele; dove, scendendo da cavallo per bere, troverà il ditale di mia figlia Mara, che ce l'avranno portato le fate dopo che Mara l'avrà lasciato cascare nella fontana empiendo la brocca; e il figlio del re col bere che farà nel ditale di Mara, si innamorerà di lei; e camminerà ancora un anno, un mese e un giorno, sinché arriverà a Trezza, e il cavallo bianco lo porterà davanti al lavatoio, dove mia figlia Mara starà sciorinando il bucato; e il figlio del re la sposerà e le metterà in dito l'anello; e poi la farà montare in groppa al cavallo bianco, e se la porterà nel suo regno.

Alessi ascoltava a bocca aperta, che pareva vedesse il figlio del re sul cavallo bianco, a portarsi in groppa la Mara della cugina Anna. – E dove se la porterà? domandò poi la Lia.

– Lontano lontano, nel suo paese di là del mare; d'onde non si torna più.

– Come compar Alfio Mosca, disse la Nunziata. Io non vorrei andarci col figlio del re, se non dovessi tornare più.

– La vostra figlia non ha un soldo di dote, perciò il figlio del re non verrà a sposarla; rispose 'Ntoni; e le volteranno le spalle, come succede alla gente, quando non ha più nulla.

– Per questo mia figlia sta lavorando qui adesso, dopo essere stata tutto il giorno al lavatoio, per farsi la dote Non è vero, Mara? Almeno se non viene il figlio del re,

verrà qualchedun altro. Lo so anch'io che il mondo va così, e non abbiamo diritto di lagnarcene. Voi, perché non vi siete innamorato di mia figlia, invece d'innamorarvi della Barbara che è gialla come il zafferano? perché la Zuppidda aveva il fatto suo, non è vero? E quando la disgrazia vi ha fatto perdere il fatto vostro, a voi altri, è naturale che la Barbara v'avesse a piantare.

— Voi vi accomodate a ogni cosa, rispose 'Ntoni imbronciato, e hanno ragione di chiamarvi *Cuor contento*.

— E se non fossi *Cuor contento*, che si cambiano le cose? Quando uno non ha niente, il meglio è di andarsene come fece compare Alfio Mosca.

— Quello che dico io! esclamò 'Ntoni.

— Il peggio, disse infine Mena, è spatriare dal proprio paese, dove fino i sassi vi conoscono, e dev'essere una cosa da rompere il cuore il lasciarseli dietro per la strada. « Beato quell'uccello, che fa il nido al suo paesello. »

— Brava Sant'Agata! conchiuse il nonno. Questo si chiama parlare con giudizio.

— Sì! brontolò 'Ntoni, intanto, quando avremo sudato e faticato per farci il nido ci mancherà il panìco; e quando arriveremo a ricuperar la casa del nespolo, dovremo continuare a logorarci la vita dal lunedì al sabato; e saremo sempre da capo!

— O tu, che non vorresti lavorare più? Cosa vorresti fare? l'avvocato?

— Io non voglio fare l'avvocato! brontolò 'Ntoni, e se ne andò a letto di cattivo umore.

Ma d'allora in poi non pensava ad altro che a quella vita senza pensieri e senza fatica che facevano gli altri; e la sera, per non sentire quelle chiacchiere senza sugo, si metteva sull'uscio colle spalle al muro, a guardare la gente che passava, e digerirsi la sua mala sorte; almeno così si riposava pel giorno dopo, che si tornava da capo a far la stessa cosa, al pari dell'asino di compare Mosca, il quale come vedeva prendere il basto, gonfiava la schiena, aspettando che lo bardassero! — Carne d'asino! borbottava; ec-

co cosa siamo! Carne da lavoro! E si vedeva chiaro che era stanco di quella vitaccia, e voleva andarsene a far fortuna, come gli altri; tanto che sua madre, poveretta, l'accarezzava sulle spalle, e l'accarezzava pure col tono della voce, e cogli occhi pieni di lagrime, guardandolo fisso per leggergli dentro e toccargli il cuore. Ma ei diceva di no, che sarebbe stato meglio per lui e per loro; e quando tornava poi sarebbero stati tutti allegri. La povera donna non chiudeva occhio in tutta la notte, e inzuppava di lagrime il guanciale. Infine il nonno se ne accorse, e chiamò il nipote fuori dell'uscio, accanto alla cappelletta, per domandargli cosa avesse.

– Orsù, che c'è di nuovo? dillo a tuo nonno, dillo!

'Ntoni si stringeva nelle spalle; ma il vecchio seguitava ad accennare di sì col capo, e sputava, e si grattava il capo cercando le parole.

– Sì, sì, qualcosa ce l'hai in testa, ragazzo mio! Qualcosa che non c'era prima. « Chi va coi zoppi, all'anno zoppica. »

– C'è che sono un povero diavolo! ecco cosa c'è!

– Bè! che novità! e non lo sapevi? Sei quel che è stato tuo padre, e quel che è stato tuo nonno! « Più ricco è in terra chi meno desidera. » « Meglio contentarsi che lamentarsi. »

– Bella consolazione!

Questa volta il vecchio trovò subito le parole, perché si sentiva il cuore sulle labbra:

– Almeno non lo dire davanti a tua madre.

– Mia madre... Era meglio che non mi avesse partorito, mia madre.

– Sì, accennava padron 'Ntoni, sì, meglio che non t'avesse partorito, se oggi dovevi parlare in tal modo.

'Ntoni per un po' non seppe che dire: – Ebbene! esclamò poi, lo faccio per lei, per voi, e per tutti. Voglio farla ricca, mia madre! ecco cosa voglio. Adesso ci arrabattiamo colla casa e colla dote di Mena; poi crescerà Lia, e un po' che le annate andranno scarse staremo sempre nella mise-

ria. Non voglio più farla questa vita. Voglio cambiare stato, io e tutti voi. Voglio che siamo ricchi, la mamma, voi, Mena, Alessi e tutti.

Padron 'Ntoni spalancò tanto d'occhi, e andava ruminando quelle parole, come per poterle mandar giù. — Ricchi! diceva, ricchi! e che faremo quando saremo ricchi?

'Ntoni si grattò il capo, e si mise a cercar anche lui cosa avrebbero fatto. — Faremo quel che fanno gli altri... Non faremo nulla, non faremo!... Andremo a stare in città, a non far nulla, e a mangiare pasta e carne tutti i giorni.

— Va, va a starci tu in città. Per me io voglio morire dove son nato; — e pensando alla casa dove era nato, e che non era più sua si lasciò cadere la testa sul petto. — Tu sei un ragazzo, e non lo sai!... non lo sai!... Vedrai cos'è quando non potrai più dormire nel tuo letto; e il sole non entrerà più dalla tua finestra!... Lo vedrai; te lo dico io che son vecchio! — Il poveraccio tossiva che pareva soffocasse, col dorso curvo, e dimenava tristamente il capo: — « Ad ogni uccello, suo nido è bello ». Vedi quelle passere? le vedi? Hanno fatto il nido sempre colà, e torneranno a farcelo, e non vogliono andarsene.

— Io non sono una passera. Io non sono una bestia come loro! rispondeva 'Ntoni. Io non voglio vivere come un cane alla catena, come l'asino di compare Alfio, o come un mulo da bindolo, sempre a girar la ruota; io non voglio morir di fame in un cantuccio, o finire in bocca ai pescicani.

— Ringrazia Dio piuttosto, che t'ha fatto nascer qui; e guardati dall'andare a morire lontano dai sassi che ti conoscono. « Chi cambia la vecchia per la nuova, peggio trova. » Tu hai paura del lavoro, hai paura della povertà; ed io che non ho più né le tue braccia né la tua salute non ho paura, vedi! « Il buon pilota si prova alle burrasche. » Tu hai paura di dover guadagnare il pane che mangi; ecco cos'hai! Quando la buon'anima di tuo nonno mi lasciò la *Provvidenza* e cinque bocche da sfamare, io ero più giovan di te, e non avevo paura; ed ho fatto il mio dovere

senza brontolare; e lo faccio ancora; e prego Iddio di aiu-
tarmi a farlo sempre sinché ci avrò gli occhi aperti, come
l'ha fatto tuo padre, e tuo fratello Luca, benedetto! che
non ha avuto paura di andare a fare il suo dovere. Tua
madre l'ha fatto anche lei il suo dovere, povera femminuc-
cia, nascosta fra quelle quattro mura; e tu non sai quante
lagrime ha pianto, e quante ne piange ora che vuoi an-
dartene; che la mattina tua sorella trova il lenzuolo tutto
fradicio! E nondimeno sta zitta e non dice di queste cose
che ti vengono in mente; e ha lavorato e si è aiutata come
una povera formica anche lei; non ha fatto altro, tutta la
vita, prima che le toccasse di piangere tanto, fin da quando
ti dava la poppa, e quando non sapevi ancora abbottonarti
le brache, che allora non ti era venuta in mente la tenta-
zione di muovere le gambe, e andartene pel mondo come
uno zingaro.

In conclusione 'Ntoni si mise a piangere come un bam-
bino, perché in fondo quel ragazzo il cuore ce l'aveva
buono come il pane; ma il giorno dopo tornò da capo. La
mattina si lasciava caricare svogliatamente degli arnesi, e
se ne andava al mare brontolando: – Tale e quale l'asino
di compare Alfio! come fa giorno allungo il collo per ve-
dere se vengono a mettermi il basto. – Dopo che avevano
buttato le reti, lasciava Alessi a menare il remo adagio ada-
gio per non fare deviare la barca, e si metteva le mani
sotto le ascelle, a guardare lontano, dove finiva il mare, e
c'erano quelle grosse città dove non si faceva altro che
spassarsi e non far nulla; o pensava a quei due marinai ch'e-
rano tornati di laggiù, ed ora se n'erano già andati da un
pezzo; ma gli pareva che non avessero a far altro che an-
dar girelloni pel mondo, da un'osteria all'altra, a spende-
re i denari che avevano in tasca. La sera, i suoi parenti,
dopo aver messo a sesto la barca e gli attrezzi, per non
vedergli quel muso lungo, lo lasciavano andare a giran-
dolare come un cagnaccio, senza un soldo in tasca.

– Che hai, 'Ntoni? gli diceva la Longa guardandolo ti-
midamente nel viso, cogli occhi lustri di lagrime; perché

la poveretta indovinava quel che avesse. – Dimmelo a me che son tua madre! Egli non rispondeva; o rispondeva che non aveva niente. E infine glielo disse cosa aveva, che il nonno e tutti gli altri ne volevano la pelle di lui, e non ne poteva più. Voleva andare a cercarsi la fortuna, come tutti gli altri.

Sua madre lo ascoltava, e non aveva coraggio di aprir bocca, cogli occhi pieni di lagrime, tanto gli faceva pena quello che ei diceva, piangendo e pestando i piedi, e strappandosi i capelli. La poveretta avrebbe voluto parlare, e buttargli le braccia al collo, e piangere anche lei per non lasciarselo scappare; ma quando voleva dir qualche cosa, le labbra le tremavano e non poteva proferir parola.

– Senti, disse alfine, tu te ne andrai, se vuoi andartene, ma non mi troverai più; ché ora mi sento vecchia e stanca, e mi pare che non potrei reggere a quest'altra angustia.

'Ntoni cercava di rassicurarla, che sarebbe tornato presto, e carico di denari, e sarebbero stati allegri tutti. Maruzza scuoteva il capo tristamente, guardandolo sempre negli occhi, e diceva di no, di no, che lei non l'avrebbe trovata più.

– Mi sento vecchia! ripeteva, mi sento vecchia! guardami in faccia! Ora non ho più la forza di piangere tanto, come quando mi hanno portato la notizia di tuo padre e di tuo fratello. Se vado al lavatoio, la sera torno a casa stanca che non ne posso più; e prima non era così. No, figlio mio, non son più quella! Allora, quando fu di tuo padre e di tuo fratello, ero più giovane e forte. Il cuore si stanca anche lui, vedi; e se ne va a pezzo a pezzo, come le robe vecchie si disfanno nel bucato. Ora mi manca il coraggio, e ogni cosa mi fa paura; mi pare di bevermi il cuore, come l'onda vi passa sulla testa, se siete in mare. Tu vattene, se vuoi; ma prima lasciami chiudere gli occhi.

Ella aveva il viso tutto bagnato; ma non s'accorgeva che piangesse, e le pareva di averci davanti agli occhi suo figlio Luca, e suo marito, quando se n'erano andati e non s'erano più visti.

– Così non ti vedrò più! gli diceva. – Ora la casa va vuotandosi a poco a poco; e quando se ne andrà anche quel povero vecchio di tuo nonno, in mano di chi resteranno quei poveri orfanelli! Ah! Maria Addolorata!

Ella se lo teneva abbracciato, colla testa sul petto, quasi il suo ragazzo volesse scapparle subito; e l'andava tastando sulle spalle e per la faccia colle mani tremanti. Allora 'Ntoni non ne poté più, e si mise a baciarla e a parlarle colla bocca nella bocca.

– No! no! non partirò se non volete voi! Guardate! Non mi dite così, non mi dite! Bene, seguiterò a fare come l'asino di compare Mosca, che quando non ne può più di tirar la carretta lo butteranno a crepare in un fosso. Siete contenta ora? Ma non piangete più così! Lo vedete il nonno come si è arrabattato tutta la vita? ed ora che è vecchio si arrabatta ancora come se fosse il primo giorno, a tirarsi fuori dal pantano! Ecco come siamo destinati!

– E tu credi che dei guai non ne abbiano tutti? « Ogni buco ha il suo chiodo, chi l'ha vecchio e chi l'ha nuovo! » Guarda padron Cipolla che corre dietro il suo Brasi, perché non vada a buttar il ben di Dio, pel quale ha sudato e lavorato tutta la vita, nel grembiule della Vespa! E massaro Filippo, così ricco com'è, che guarda il cielo, e recita avemarie per la sua vigna ad ogni nuvola che passa! E lo zio Crocifisso che si leva il pan di bocca per mettere da parte i soldi, ed è sempre a litigare con questo e con quello! E tu credi che quei due marinai forestieri non abbiano i loro guai anche loro? Chi sa se ci troveranno ancora le mamme, quando torneranno alle loro case?... E noi, se arriviamo a ricomprare la casa del nespolo, quando ci avremo il grano nel graticcio, e le fave per l'inverno, e avremo maritata Mena, che cosa ci mancherà? Dopo che io sarò sottoterra, e quel povero vecchio sarà morto anche lui, e Alessi potrà buscarsi il pane, allora vattene dove vuoi. Ma allora non te ne andrai più, te lo dico io! ché lo comprenderai quello che ci avevamo tutti qua dentro il petto, quando ti vedevamo ostinato a voler lasciare la tua

casa, eppure si continuava a fare le solite faccende senza dirti nulla! Allora non ti basterà il cuore di lasciare il paese dove sei nato e cresciuto, e dove i tuoi morti saranno sotterrati sotto quel marmo, davanti all'altare dell'Addolorata che si è fatto liscio, tanti ci si sono inginocchiati sopra, la domenica.

'Ntoni, da quel giorno innanzi, non parlò più di diventar ricco, e rinunziò alla partenza, ché la madre lo covava cogli occhi, quando lo vedeva un po' triste, seduto sulla soglia dell'uscio; e la povera donna era davvero così pallida, stanca, e disfatta, che quel momento in cui non aveva nulla da fare, si metteva a sedere anche lei, colle mani in mano, e il dorso di già curvo come quello del suocero, che stringeva il cuore. Ma non sapeva che doveva partire anche lei quando meno se lo aspettava, per un viaggio nel quale si riposa per sempre, sotto il marmo liscio della chiesa; e doveva lasciarli tutti per via, quelli cui voleva bene, e gli erano attaccati al cuore, che glielo strappavano a pezzetti, ora l'uno e ora l'altro.

A Catania c'era il colèra, sicché ognuno che potesse scappava di qua e di là, pei i villaggi e le campagne vicine. Allora a Trezza e ad Ognina, era venuta la provvidenza, con tutti quei forestieri che spendevano. Ma i rigattieri torcevano il muso, se si parlava di vendere una dozzina di barilotti d'acciughe, e dicevano che i denari erano scomparsi, per la paura del colèra. – Che non ne mangia più acciughe la gente? – diceva loro Piedipapera. Ma a padron 'Ntoni, e a chi ne aveva da vendere, per conchiudere il negozio, diceva invece che col colèra la gente non voleva guastarsi lo stomaco con le acciughe, e simili porcherie; piuttosto mangiava pasta e carne; perciò bisognava chiudere gli occhi, ed essere correnti pel prezzo. Questa non ce l'avevano messa nel conto i Malavoglia! Quindi per non andare indietro a mo' dei gamberi, la Longa andava a portare le ova e il pane fresco di qua e di là per le casine dei forestieri, mentre gli uomini erano in mare, e così si faceva qualche soldo. Ma bisognava guardarsi

bene dai cattivi incontri, e non accettare nemmeno una presa di tabacco da chi non si conosceva! Andando per la strada bisognava camminare nel bel mezzo, e lontano dai muri, dove si correva rischio di acchiapparsi mille porcherie; e badare di non mettersi a sedere sui sassi, o lungo i muricciuoli. La Longa una volta, mentre tornava da Aci Castello, col paniere al braccio, si sentì così stanca che le gambe le tremavano, e sembrava fossero di piombo. Allora si lasciò vincere dalla tentazione di riposare due minuti su quelle quattro pietre lisce messe in fila all'ombra del caprifico che c'è accanto alla cappelletta, prima d'entrare nel paese; e non si accorse, ma ci pensò dopo, che uno sconosciuto, il quale pareva stanco anche lui, poveraccio, c'era stato seduto pochi momenti prima, e aveva lasciato sui sassi delle gocce di certa sudiceria che sembrava olio. Insomma ci cascò anche lei; prese il colèra e tornò a casa che non ne poteva più, gialla come un voto della Madonna, e colle occhiaie nere; talché la Mena che era sola in casa, si mise a piangere al solo vederla, e la Lia corse a cogliere dell'erba santa, e delle foglie di malva. Mena tremava come una fronda, mentre faceva il letto; eppure l'ammalata, seduta sulla scranna, stanca morta, col viso giallo e le occhiaie nere, badava a dirle: – Non è nulla, non vi spaventate: quando mi sarò messa in letto ogni cosa passerà, – e cercava di aiutare anche lei, ma ogni momento le mancavano le forze, e tornava a sedersi.

– Vergine santa! balbettava Mena. Vergine santa! E gli uomini che sono in mare! – Lia si sfogava a piangere.

Mentre padron 'Ntoni tornava a casa coi nipoti, e vide l'uscio socchiuso, e il lume dalle imposte, si mise le mani nei capelli. Maruzza era già coricata, con certi occhi, che visti così nel buio, a quell'ora, sembravano vuoti come se la morte se li avesse succhiati, e le labbra nere al pari del carbone. In quel tempo non andavano intorno né medico né speziale dopo il tramonto; e le vicine stesse si sprangavano gli usci, per la paura del colèra, e ci incollavano delle immagini di santi a tutte le fessure. Perciò comare Maruzza non

potè avere altro aiuto che dei suoi, poveracci, i quali correvano per la casa come pazzi, al vederla andarsene in tal modo, in quel lettuccio, e non sapevano che fare, e davano della testa nelle pareti. Allora la Longa, vedendo che non c'era più speranza, volle che le mettessero sul petto quel soldo di cotone coll'olio santo che aveva comperato a Pasqua, e disse pure che lasciassero la candela accesa, come quando stava per morire padron 'Ntoni, ché voleva vederseli tutti davanti al letto, e saziarsi di guardarli ad uno ad uno con quegli occhi sbarrati che non ci vedevano più. La Lia piangeva in modo da spezzare il cuore; e tutti gli altri, bianchi come un cencio, si guardavano in faccia quasi chiedendosi aiuto l'un l'altro; e si stringevano il petto per non scoppiare a piangere davanti alla moribonda, la quale nondimeno se ne accorgeva bene, sebbene non ci vedesse più, e nell'andarsene le rincresceva di lasciare così desolati quei poveretti. Li andava chiamando per nome ad uno ad uno, colla voce rauca; e voleva alzare la mano, che non la poteva più muovere, per benedirli, come se sapesse di lasciare loro un tesoro. – 'Ntoni! ripeteva, colla voce che già non si sentiva più, 'Ntoni! A te che sei il maggiore raccomando questi orfanelli! – E sentendola parlar così, mentre era ancora viva, tutti gli altri non potevano trattenersi di scoppiare a piangere e singhiozzare.

Così passarono tutta la notte davanti al lettuccio, dove Maruzza non si muoveva più, sin quando la candela cominciò a mancare e si spense anch'essa, e l'alba entrava dalla finestra, pallida come la morta, la quale aveva il viso disfatto e affilato al pari di un coltello, e le labbra nere. Ma pure Mena non si stancava di baciarla nella bocca, e parlarle, come se potesse sentirla. 'Ntoni si picchiava il petto singhiozzando: – O mamma! che ve ne siete andata prima di me! e volevo lasciarvi! – Alessi non se la levò più davanti agli occhi, la sua mamma, con quei capelli bianchi, e quel viso giallo e affilato come un coltello, nemmeno quando arrivò ad avere i capelli bianchi anche lui.

Sul tardi vennero a pigliarsi la Longa in fretta e in furia, e

nessuno pensò a fare la visita del morto; che ciascuno pensava alla pelle, e lo stesso don Giammaria rimase sulla soglia, quando spruzzò l'acqua santa coll'aspersorio, tenendo raccolta e sollevata la tonaca di San Francesco, – da vero frate egoista che era! – predicava lo speziale. Lui invece, se gli avessero portato la ricetta del medico per qualche medicina, avrebbe aperto la spezieria anche di notte, che non aveva paura del colèra; e diceva pure che era una minchioneria di credere che il colèra lo buttassero per le strade e dietro gli usci. – Segno che è lui che sparge il colèra! – andava soffiando don Giammaria. Per questo nel paese volevano fargli la festa allo speziale; ma lui si metteva a ridere come una gallina, preciso come faceva don Silvestro, e diceva: – Io che sono repubblicano! Se fossi un impiegato, o qualcuno di quelli che fanno i tirapiedi al Governo, non direi!... – Ma i Malavoglia rimasero soli, davanti a quel lettuccio vuoto.

Per un pezzo non aprirono più l'uscio, dopo che n'era uscita la Longa. Fortuna che ci avevano in casa le fave, la legna e l'olio, perché padron 'Ntoni aveva fatto come la formica nel buon tempo, se no morivano di fame, e nessuno andava a vedere se erano morti o vivi. Poi, a poco a poco, cominciarono a mettersi il fazzoletto nero al collo, e ad uscire nella strada, come le lumache dopo il temporale, colla faccia pallida e ancora sbalorditi. Le comari da lontano domandavano come fosse accaduta la disgrazia; ché comare Maruzza c'era capitata una delle prime. E quando passava don Michele o qualcun altro di quelli che mangiavano il pane del re, e portavano il berretto col gallone, li guardavano cogli occhi lustri, e correvano a chiudersi in casa. Nel paese era un gran squallore, e per le strade non si vedevano nemmeno le galline; persino mastro Cirino non si faceva più vivo, e lasciava stare di suonare mezzogiorno e l'avemaria, ché mangiava il pane del Comune anche lui, per quei dodici tarì al mese che gli davano di bidello comunale, e temeva che gli facessero la festa come tirapiedi del Governo.

Adesso don Michele era padrone della strada, dacché Piz-

zuto, don Silvestro, e tutti gli altri, erano andati a rintanarsi come conigli, e non c'era che lui a passeggiare davanti all'uscio chiuso della Zuppidda. Peccato che lo vedessero soltanto i Malavoglia, i quali adesso non avevano più nulla da perdere, e perciò se ne stavano a vedere chi passava, seduti sulla soglia, immobili, e col mento in mano. Don Michele per non perdere la sua gita, guardava la Sant'Agata, ora che tutti gli altri usci erano chiusi; e lo faceva anche per far vedere a quel ragazzaccio di 'Ntoni che lui non aveva paura di nessuno al mondo. E poi la Mena, così pallida, pareva tutta Sant'Agata davvero; e la sorellina, con quel fazzoletto nero, cominciava a farsi una bella ragazzina anche lei.

Alla povera Mena pareva che tutt'a un tratto le fossero caduti venti anni sulla schiena. Adesso faceva colla Lia come la Longa aveva fatto con lei; le pareva di doversela tenere sotto le ali come una chioccia, e di averci tutta la casa sulle spalle. S'era abituata a rimaner sola colla sorellina, quando gli uomini andavano in mare, e a stare con quel lettuccio vuoto sempre dinanzi agli occhi. Se non aveva nulla da fare, si metteva a sedere colle mani in mano, guardando quel lettuccio vuoto, e allora sentiva che la mamma l'aveva lasciata davvero; e quando dicevano nella strada: – È morta la tale; è morta la tal'altra; pensava: – Anche così hanno sentito dire – È morta la Longa! – la quale l'aveva lasciata sola con quella povera orfanella che aveva il fazzoletto nero come lei.

La Nunziata, o la cugina Anna, venivano di tanto in tanto, col passo leggero e il viso lungo, senza dir nulla; e si mettevano sulla porta a guardar la strada deserta, colle mani sotto il grembiule. Quelli che tornavano dal mare andavano in fretta, guardinghi, colle reti in collo, e i carri non si fermavano nemmeno all'osteria.

Chissà dove andava il carro di compar Alfio? e se in quel momento moriva di colèra buttato dietro una siepe, quel poveretto che non ci aveva nessuno al mondo? Passava anche qualche volta Piedipapera, con una faccia di affamato, guardandosi intorno; o lo zio Crocifisso, che ci aveva la sua

roba di qua e di là, e andava a toccare il polso ai suoi debitori, ché se morivano gli rubavano il debito. Il viatico andava anch'esso di fretta, nelle mani di don Giammaria, colla sottana rimboccata, e un ragazzo scalzo che suonava il campanello, perché mastro Cirino non si vedeva più. Quel campanello, nelle strade deserte, dove non passava nemmeno un cane, e perfino don Franco teneva chiusa metà della sua porta, faceva stringere il cuore.

La sola persona che si vedesse andare di qua e di là giorno e notte, era la Locca, coi capelli bianchi e arruffati, che si metteva a sedere davanti alla casa del nespolo, o aspettava le barche alla riva, e nemmeno il colèra la voleva, poveretta.

I forestieri erano fuggiti anch'essi, come gli uccelli quando viene l'inverno; e il pesce non trovava chi lo comprasse. Sicché diceva ciascuno: – Dopo il colèra verrà la fame. Padron 'Ntoni avea dovuto metter mano ai denari della casa, e li vedeva assottigliare a soldo a soldo. Ma ei non pensava ad altro se non che Maruzza era morta fuori della sua casa, e cotesto non gli poteva uscir di mente. – 'Ntoni come vedeva spendere i denari tentennava il capo anche lui.

Finalmente, quando il colèra finì, e dei denari raccolti con tanto stento ne restarono appena la metà, tornò a dire che così non poteva durare a quella vita, di fare e disfare; che era meglio di tentare un colpo solo per levarsi dai guai tutti in una volta, e che là, dove era morta sua madre in mezzo a tutta quella porca miseria, non voleva più starci.

– Non ti rammenti che tua madre ti ha raccomandato la Mena? gli diceva padron 'Ntoni.

– Che aiuto posso darci alla Mena se resto qui? ditelo voi!

Mena lo guardò cogli occhi timidi, ma dove ci si vedeva il cuore, tale e quale come sua madre, e non osava proferir parola. Ma una volta, stringendosi allo stipite dell'uscio, si fece coraggio per dirgli:

– A me non me ne importa dell'aiuto, purché tu non ci lasci soli. Ora che non c'è più la mamma mi sento come un

pesce fuori dell'acqua, e non m'importa più di niente. Ma mi dispiace per quell'orfanella che resta senza nessuno al mondo, se tu vai, come la Nunziata quando l'è partito il padre.

– No! diceva 'Ntoni, no! Io non posso aiutarti se non ho nulla. Il proverbio dice « aiutati che t'aiuto ». Quando avrò guadagnato dei denari anch'io, allora tornerò, e staremo allegri tutti.

La Lia e Alessi spalancavano gli occhi, e lo guardavano sbigottiti; ma il nonno si lasciava cadere la testa sul petto. – Ora non hai più né padre né madre, e puoi fare quello che ti pare e piace, gli disse alfine. – Finché vivrò a quei ragazzi ci penserò io, quando non ci sarò più, il Signore farà il resto.

La Mena, poiché 'Ntoni voleva andarsene a ogni costo, gli metteva in ordine tutta la roba, come avrebbe fatto la mamma, e pensava che laggiù, in paese forestiero, suo fratello non avrebbe avuto più nessuno che pensasse a lui, come compare Alfio Mosca. E mentre gli cuciva le camicie, e gli rattoppava i panni, la testa correva lontano lontano, a tante cose passate, che il cuore ne era tutto gonfio.

– Dalla casa del nespolo non posso passarci più – diceva quando stava a sedere accanto al nonno, – me la sento nella gola, e mi soffoca, dopo tante cose che sono avvenute dacché l'abbiamo lasciata!

E mentre preparava la roba del fratello, piangeva come se non dovesse vederlo più. Infine, quando ogni cosa fu in ordine, il nonno chiamò il suo ragazzo per fargli l'ultima predica, e dargli gli ultimi consigli per quando sarebbe stato solo, che avrebbe dovuto far capitale soltanto della sua testa, e non avrebbe avuti accanto i suoi di casa per dirgli come doveva fare, o per disperarsi insieme; e gli diede anche un po' di denaro, caso mai ne avesse bisogno, e il suo tabarro foderato di pelle, che ormai lui era vecchio, e non gli serviva più.

I ragazzi, vedendo il fratello maggiore affaccendarsi nei preparativi della partenza, gli andavano dietro pian piano

per la casa, e non osavano dirgli più nulla, come fosse dig-già un estraneo.

– Così se ne è andato mio padre, – disse infine la Nun-ziata la quale era andata a dirgli addio anche lei, e stava sull'uscio. Nessuno allora parlò più.

Le vicine venivano ad una ad una a salutare compare 'Ntoni, e poi stettero ad aspettarlo sulla strada per vederlo partire. Egli indugiava col fagotto sulle spalle, e le scarpe in mano, come all'ultimo momento gli fossero venuti meno il cuore e le gambe tutt'a un tratto. E guardava di qua e di là per stamparsi la casa e il paese, ogni cosa in mente, e aveva la faccia sconvolta come gli altri. Il nonno prese il suo bastone per accompagnarlo sino alla città, e la Mena in un cantuccio piangeva cheta cheta. – Via! diceva 'Ntoni, orsù, via! Vado per tornare alla fin fine! e sono tornato un'altra volta da soldato. – Poi, dopo ch'ebbe baciata Me-na e la Lia, e salutate le comari, si mosse per andarsene, e Mena gli corse dietro colle braccia aperte singhiozzando ad alta voce, quasi fuori di sé, e dicendogli: – Ora che dirà la mamma? ora che dirà la mamma? – Come se la mamma aves-se potuto vedere e parlare. Ma ripeteva quello che le era rimasto più fitto nella mente, quando 'Ntoni aveva detto un'altra volta di volere andarsene, e aveva vista la mam-ma piangere ogni notte, che all'indomani trovava il lenzuo-lo tutto fradicio, nel rifare il letto.

– Addio, 'Ntoni! gli gridò dietro Alessi facendosi co-raggio, come il fratello era già lontano; e allora la Lia co-minciò a strillare. – Così se n'è andato mio padre, disse infine la Nunziata, la quale era rimasta sulla porta.

'Ntoni si voltò prima di scantonare dalla strada del Nero, cogli occhi lagrimosi anche lui, e fece un saluto colla mano. Mena allora chiuse l'uscio, e andò a sedersi in un an-golo insieme alla Lia, la quale piangeva a voce alta. – Ora ne manca un altro della casa! disse lei. E se fossimo nella casa del nespolo parrebbe vuota come una chiesa.

Come se ne andavano ad uno ad uno tutti quelli che le

volevano bene, ella si sentiva davvero un pesce fuori dell'acqua. E la Nunziata, là presente, colle sue piccine in collo, tornava a dire: – Così se ne è andato mio padre.

# XII

Padron 'Ntoni, ora che non gli era rimasto altri che Alessi pel governo della barca, doveva prendere a giornata qualcheduno, o compare Nunzio, che era carico di figliuoli, e aveva la moglie malata, o il figlio della Locca, il quale veniva a piagnucolare dietro l'uscio che sua madre moriva di fame, e lo zio Crocifisso non voleva dargli nulla, perché il colèra l'aveva rovinato, diceva, con tanti che erano morti e gli avevano truffati i denari, talché aveva preso il colèra anche lui, ma non era morto, aggiungeva il figlio della Locca, e scuoteva il capo tristamente. – Adesso ci avremmo da mangiare io e mia madre e tutto il parentado, se fosse morto. Siamo stati a curarlo due giorni colla Vespa, che pareva avesse ad andarsene da un momento all'altro, ma poi non è morto!

Però, quel che i Malavoglia guadagnavano non bastava spesso a pagare lo zio Nunzio, o il figlio della Locca, e si doveva metter mano a quei soldi raccolti con tanta fatica per la casa del nespolo. Ogni volta che Mena andava a pigliare la calza sotto la materassa, lei e il nonno sospiravano. Il povero figlio della Locca non ci aveva colpa; avrebbe voluto farsi in quattro per guadagnarsi la sua giornata; era il pesce che non voleva farsi prendere. E quando tornavano mogi mogi, sbattendo i remi e colla vela allentata, il figlio della Locca diceva a padron 'Ntoni: – Fatemi spaccar della legna, o legar dei sarmenti; io posso lavorare sino a mezza-

notte se credete, come facevo collo zio Crocifisso. Non voglio rubarvela, la giornata.

Allora padron 'Ntoni, dopo averci pensato su un pezzo, col cuore stretto, si decise a parlare colla Mena di quel che doveva farsi oramai. Ella era giudiziosa come sua madre, e non c'era altri in casa per parlarne, di tanti che c'erano prima! Il meglio era vendere la *Provvidenza*, che non rendeva nulla, e si mangiava le giornate di compare Nunzio e del figlio della Locca; se no quei soldi della casa se ne sarebbero andati tutti a poco a poco. La *Provvidenza* era vecchia e aveva sempre bisogno che ci spendessero dei denari per metterle delle toppe, e farla stare a galla. Più tardi, se tornava 'Ntoni e spirava un po' di fortuna in poppa, come quando avevano messo insieme quei denari della casa, avrebbero comprato un'altra barca nuova, e l'avrebbero chiamata di nuovo la *Provvidenza*.

La domenica andò sulla piazza a parlarne a Piedipapera, dopo la messa. Compare Tino scrollava le spalle, dimenava il capo, diceva che la *Provvidenza* era buona da mettere sotto la pentola, e così parlando lo tirava sulla riva; là si vedevano le toppe, sotto la impeciatura nuova, era come certe donnacce che sapeva lui, colle rughe sotto il corsetto; e tornava a darci dei calci nella pancia, col piede zoppo. Del resto il mestiere andava male; piuttosto che comprare, tutti avrebbero voluto vendere le loro barche, e più nuove della *Provvidenza*. Poi, chi avrebbe potuto comprarla? Padron Cipolla non voleva di quei vecchiumi. Quello era affare dello zio Crocifisso. Ma in quel momento lo zio Crocifisso aveva altro per la testa, con quell'ossessa della Vespa che gli faceva dannare l'anima, correndo dietro a tutti gli uomini che c'erano da maritare nel paese. Infine, per la santa amicizia, sarebbe andato a parlarne allo zio Crocifisso, nel buon momento, se padron 'Ntoni voleva vendere ad ogni costo la *Provvidenza* per un pezzo di pane; perché egli, Piedipapera, gli faceva fare quello che voleva lui, allo zio Crocifisso.

Infatti, quando gliene parlò, tirandolo in disparte verso

l'abbeveratoio, lo zio Crocifisso rispondeva a spallate, e dimenava il capo come Peppinino, e voleva scappargli dalle mani. Compare Tino, poveraccio, lo afferrava pel giubbone, perché stesse a sentire per forza; gli dava delle scrollate; lo abbracciava stretto per parlargli nell'orecchio. – Sì, siete una bestia se vi lasciate scappare quell'occasione! per un pezzo di pane! padron 'Ntoni la vende proprio perché non può tirare innanzi, ora che suo nipote l'ha piantato. Ma voi potreste darla in mano a compare Nunzio, o al figlio della Locca, che muoiono di fame, e verrebbero a lavorare per niente. Tutto quello che buscheranno ve lo papperete voi. Siete una bestia, vi dico! La barca è ben conservata, come se fosse nuova. Padron 'Ntoni se ne intendeva quando l'aveva fatta fare. Questo è un affare d'oro, come quello dei lupini, sentite a me!

Ma lo zio Crocifisso non voleva sentir parlare di niente, che quasi quasi gli spuntavano le lagrime, con quella faccia gialla, ora che aveva preso il colèra; e tirava per andarsene, e voleva lasciargli il giubbone nelle mani. – Non me ne importa! ripeteva. Non me ne importa niente. Voi non sapete cosa ci ho qui dentro, compare Tino! Tutti vogliono succhiarmi il sangue come le sanguisughe, e prendersi il fatto mio. Ora v'è anche Pizzuto che corre dietro la Vespa, tutti come cani da caccia!

– E voi prendetevela, la Vespa! O infine non è sangue vostro, lei e la sua chiusa? Non sarà una bocca di più, no! che ha le mani benedette quella donna, e non lo perderete il pane che gli darete da mangiare! Ci avrete una serva in casa, senza darle salario, e vi prenderete anche la chiusa. Sentite a me, zio Crocifisso, questo è un altro affare come quello dei lupini!

Padron 'Ntoni intanto aspettava la risposta davanti alla bottega di Pizzuto, e guardava come un'anima del Purgatorio quei due che pareva si azzuffassero, per cercare di indovinare se lo zio Crocifisso diceva di sì. Piedipapera veniva a dirgli quel che aveva potuto ottenere dallo zio Crocifisso, e poi tornava a parlare con lui; e andava e veniva per

la piazza come la spola nel telaio, tirandosi dietro la sua gamba storta, finché riescì a metterli d'accordo. — Benone! — diceva a padron 'Ntoni; e allo zio Crocifisso: — Per un pezzo di pane! — così combinò anche la vendita di tutti gli attrezzi, ché i Malavoglia non sapevano che farsene, ora che non possedevano più una tavola sull'acqua; ma a padron 'Ntoni gli parve che gli strappassero le budella dallo stomaco, come si portavano via le nasse, le reti, le fiocine, le canne, e ogni cosa.

— Ci penserò io a trovarvi d'andare a giornata, voi e vostro nipote Alessi, non dubitate; — gli diceva Piedipapera. — Bisogna che vi contentiate di poco, sapete! «Forza di giovane e consiglio di vecchio». Per la mia senseria poi mi rimetto al vostro buon cuore.

— «In tempo di carestia pane d'orzo», rispondeva padron 'Ntoni. «Necessità abbassa nobiltà».

— Va bene, va bene, siamo intesi! conchiuse Piedipapera, e andò davvero a parlarne con padron Cipolla, nella spezieria, dove don Silvestro era riuscito a tirarli un'altra volta, lui, massaro Filippo e qualche altro pesce grosso, per discorrere degli affari del Comune, che infine erano denari loro, ed è una minchioneria non contare per nulla nel paese quando si è ricchi, e le tasse si pagano peggio degli altri. — Voi che siete tanto ricco, potreste dargli del pane a quel poveraccio di padron 'Ntoni, — soggiungeva Piedipapera. — A voi non vi farebbe nulla di prenderlo a giornata, con suo nipote Alessi; sapete che ne sa più di ogni altro del mestiere, e si contenterebbe di poco, ché son proprio senza pane. Fareste un affar d'oro, sentite a me, padron Fortunato.

Padron Fortunato, preso così in quel momento, non seppe dir di no, ma dopo che ebbero tirato e stiracchiato un po' sul prezzo; giacché i tempi erano magri, gli uomini non avevano da lavorare, padron Cipolla faceva proprio un atto di carità a prendersi padron 'Ntoni.

— Sì, lo prendo se viene a dirmelo lui! Lo credereste che mi porta il broncio dacché mandai in aria quel matrimonio di

mio figlio colla Mena? Eh? bell'affare che ci avrei fatto! Ed hanno il coraggio di portarmi il broncio per giunta!

Don Silvestro, massaro Filippo, ed anche Piedipapera, tutti, s'affrettavano a dire che padron Fortunato aveva ragione. Brasi non gli lasciava più pace, dopo che gli avevano fatto venire il pensiero di maritarlo, e correva dietro a tutte le donne come un gatto in gennaio ch'era una sollecitudine continua pel povero padre. Ora era entrata in ballo anche la Mangiacarrubbe, la quale s'era messa in testa di pigliarselo lei, Brasi Cipolla, giacché era di chi se lo pigliava; lei almeno era una bella ragazza con tanto di spalle, e non vecchia e spelata come la Vespa. Ma la Vespa aveva la sua chiusa, e la Mangiacarrubbe non ci aveva altro che le sue trecce nere, dicevano gli altri.

La Mangiacarrubbe sapeva quel che doveva fare se si voleva pigliare Brasi Cipolla, ora che suo padre se l'era rimorchiato di nuovo in casa pel colèra, e non andava a nascondersi più nella *sciara*, o per le chiuse, o dallo speziale e nella sacristia. Ella gli passava davanti lesta lesta, colle scarpette nuove; e passando si faceva urtare nel gomito, in mezzo alla folla che veniva dalla messa; oppure lo aspettava sulla porta, colle mani sul ventre, e il fazzoletto di seta in testa, egli lasciava andare un'occhiata assassina, di quelle che rubano il cuore, e si voltava ad aggiustarsi le cocche del fazzoletto sul mento per vedere se le veniva dietro; o scappava in casa com'ei compariva in capo alla straduccia, e andava a nascondersi dietro il basilico ch'era sulla finestra, con quegli occhioni neri che se lo mangiavano di nascosto. Ma se Brasi si fermava a guardarla come un bietolone, gli voltava le spalle, col mento sul petto, tutta rossa, e gli occhi bassi, masticandosi la cocca del grembiule, che ognuno se la sarebbe mangiata per pane. Infine, poiché Brasi non sapeva risolversi a mangiarsela per pane, dovette acciuffarlo lei pei capelli, e gli disse: — Sentite, compare Brasi, perché volete togliermi la pace? Io lo so che non sono per voi. Ora è meglio che non ci passiate più di qua, perché più vi vedo e più vorrei vedervi, e ormai sono la fa-

vola del paese; la Zuppidda si mette sulla porta ogni volta che vi vede passare, e poi va a dirlo a tutti; ma farebbe meglio a tener d'occhi quella civetta di sua figlia Barbara, che l'ha ridotta come una piazza questa strada, tanta la gente che ci tira, e non va a dirlo quante volte passa e ripassa don Michele, per vedere la Barbara alla finestra.

Con queste chiacchiere Brasi non si moveva più dalla straduzza, che non l'avrebbero mandato via neanche a bastonate, ed era sempre là intorno, a gironzare colle braccia penzoloni, il naso in aria e la bocca aperta, come Giufà. La Mangiacarrubbe dal suo canto stava alla finestra, e cambiava ogni giorno fazzoletti di seta, e collane di vetro, come una regina. – Tutto quello che aveva lo metteva alla finestra, – andava dicendo la Zuppidda, e quel bietolone di Brasi prendeva tutto per oro contante, ed era imbestialito, che non aveva paura nemmeno di suo padre, se fosse venuto a prenderlo a scapaccioni. – Questa è la mano di Dio per castigar la superbia di padron Fortunato, – diceva la gente. – Per lui sarebbe stato cento volte meglio dare a suo figlio la Malavoglia, la quale almeno ci aveva quel po' di dote, e non la spendeva in fazzoletti e collane. – Mena invece non ci metteva neppure il naso alla finestra, perché non ci stava bene, adesso che le era morta la mamma, e aveva il fazzoletto nero; e poi doveva anche badare a quella piccina, e farle da mamma, e non aveva chi l'aiutasse nelle faccenduole di casa, tanto che doveva andare anche al lavatoio, e alla fontana, e a portare il pane agli uomini, quando erano a giornata; sicché non era più come Sant'Agata, quando nessuno la vedeva, e stava sempre al telaio. Adesso aveva poco tempo da stare al telaio. Don Michele, dal giorno che la Zuppidda s'era messa a predicare sul ballatoio, colla conocchia in mano, che voleva cavargli gli occhi con quella conocchia, se tornava a bazzicar da quelle parti per la Barbara, passava e ripassava per la strada del Nero dieci volte al giorno, onde mostrare che non aveva paura della Zuppidda né della sua conocchia; e quando arrivava alla casa dei Malavoglia,

rallentava il passo e guardava dentro, per vedere le belle ragazze che crescevano nella casa dei Malavoglia.

La sera gli uomini, tornando dal mare, trovavano ogni cosa preparata; la pentola che bolliva, e la tovaglia sul desco; oramai quel desco era troppo grande per loro, e ci si perdevano. Chiudevano l'uscio e mangiavano in santa pace. Poi si mettevano a sedere sulla porta, coi ginocchi fra le braccia, e si riposavano della giornata. Almeno non mancava nulla, e non toccavano più i denari della casa. Padron 'Ntoni aveva sempre la casa davanti agli occhi, là vicino, colle finestre chiuse, e il nespolo che si affacciava sul muro del cortile. Maruzza non aveva potuto morire in quella casa; né egli forse vi sarebbe morto; ma i denari cominciavano a raggranellarsi, e i suoi ragazzi ci sarebbero tornati un giorno, ora che Alessi cominciava a farsi uomo anche lui, ed era un buon figliuolo della pasta dei Malavoglia. Quando poi avrebbero maritato le ragazze e ricomperata la casa, se potevano metter su anche la barca, non avevano più nulla a desiderare, e padron 'Ntoni avrebbe chiuso gli occhi contento.

La Nunziata e la cugina Anna venivano anche loro a sedersi lì accanto sui sassi, a chiacchierare dopo cena con quei poveretti, che erano rimasti soli e derelitti anch'essi, talché sembrava fossero parenti. La Nunziata pareva che fosse a casa sua, e ci conduceva i suoi piccini, come la chioccia. Alessi, seduto accanto a lei le diceva: – O che l'hai finita oggi la tua tela? – oppure: – Lunedì ci andrai a vendemmiare da massaro Filippo? Ora che viene il tempo delle ulive avrai sempre da buscartela la tua giornata, anche se non hai roba da lavare; e potrai condurvi il tuo fratellino, che ora glieli daranno due soldi al giorno. – La Nunziata, seria seria, gli raccontava tutti i suoi progetti, e gli domandava dei consigli, e ragionavano insieme in disparte, come se avessero già i capelli bianchi. – Hanno imparato presto perché hanno visti guai assai! diceva padron 'Ntoni: il giudizio viene colle disgrazie. – Alessi, coi ginocchi fra le braccia, al pari del nonno anche lui, domandava alla Nunziata:

– Mi vorrai per marito quando sarò grande?

– Ancora c'è tempo; rispondeva lei.

– Sì, c'è tempo, ma è meglio pensarci adesso, così saprò quel che devo fare. Prima bisogna maritare la Mena, e la Lia, quando sarà grande anche lei. Lia comincia a voler le vesti lunghe e i fazzoletti colle rose, e tu pure ci hai i tuoi ragazzi da situare. Bisogna arrivare a comprare la barca; la barca poi ci aiuterà a comprare la casa. Il nonno vorrebbe avere un'altra volta quella del nespolo, e anche a me mi piacerebbe, ché saprei dove andare a occhi chiusi, o di notte, senza battere il naso; e c'è il cortile grande per gli attrezzi, e in due salti s'è al mare. Poi, quando le mie sorelle saranno maritate, il nonno verrà a stare con noi, e lo metteremo nella stanza grande del cortile, che c'entra il sole; così, quando non potrà più venire sul mare, povero vecchio, se ne starà accanto all'uscio nel cortile, e nell'estate ci avrà lì vicino il nespolo per fargli ombra. Noi prenderemo la camera dell'orto, ti piace? e ci avrai accanto la cucina: così avrai ogni cosa sotto la mano, non è vero? Quando poi tornerà mio fratello 'Ntoni gliela daremo a lui, e noi andremo a stare sul solaio. Tu non avrai che a scendere la scaletta per essere in cucina o nell'orto.

– In cucina vuol essere rifatto il focolare, disse Nunziata. L'ultima volta che ci cuocevo la minestra, quando la povera comare Maruzza non aveva animo di far nulla, la pentola bisognava tenerla su coi sassi.

– Sì, lo so! rispondeva Alessi, col mento sulle mani, e approvando colla testa. Aveva gli occhi incantati, quasi vedesse la Nunziata davanti al focolare, e la mamma che si disperava accanto al letto. – Anche tu potresti andare al buio per la casa del nespolo, tante volte ci sei stata. La mamma diceva sempre che sei una buona ragazza.

– Ora ci hanno messo le cipolle nell'orto, e son venute grosse come arancie.

– Che ti piacciono a te le cipolle?

– Per forza mi piacciono. Aiutano a mangiare il pane e costano poco. Quando non abbiamo denari per la minestra ne mangiamo sempre coi miei piccini.

– Per questo se ne vendono tante. Allo zio Crocifisso non gliene importa di aver cavoli e lattughe, perché ci ha l'altro orto di casa sua, e l'ha messo tutto a cipolle. Ma noi ci metteremo pure i broccoli, e i cavolfiori... Buoni, eh?

La ragazzetta, accoccolata sulla soglia, coi ginocchi fra le braccia, guardava lontano anche lei; e poi si mise a cantare, mentre Alessi stava ad ascoltare, tutto intento. Infine disse:

– Ma ancora c'è tempo.

– Sì, affermò Alessi; prima bisogna maritare la Mena, ed anche la Lia, e situare i tuoi piccini. Ma è meglio pensarci adesso.

– Quando canta la Nunziata, disse Mena, affacciandosi sull'uscio, è segno che il giorno dopo farà bel tempo e potrà andare al lavatoio. – La cugina Anna era nello stesso caso, perché la sua chiusa e la sua vigna erano il lavatoio, e la sua festa era quando aveva della roba per le mani, tanto più ora che suo figlio Rocco faceva festa all'osteria da un lunedì all'altro, per smaltire il malumore che gli aveva ficcato in corpo quella civetta della Mangiacarrubbe.

– Ogni male non viene per nuocere, – le diceva padron 'Ntoni. – Forse in tal modo metterà giudizio, il vostro Rocco. Anche al mio 'Ntoni gli gioverà stare lontano da casa sua; così quando tornerà, e sarà stanco di girare il mondo, ogni cosa gli sembrerà buona, e non si lamenterà più di tutto; e se arriviamo un'altra volta ad avere delle barche sull'acqua, e a mettere i nostri letti laggiù, in quella casa, vedrete che bello starsi a riposare su quell'uscio, la sera quando si torna a casa stanchi, e che la giornata è andata bene; e veder il lume in quella camera dove l'avete visto tante volte, e ci avete viste tutte le facce care che avete avuto al mondo. Ma ora tanti se ne sono andati, ad uno ad uno, che non tornano più, e la camera è buia e colla porta chiusa, come se quelli che se ne sono andati avessero portato la chiave in tasca per sempre.

– 'Ntoni non doveva andarsene! soggiunse il vecchio dopo

un pezzetto. Doveva saperlo che son vecchio, e se muoio io quei ragazzi non hanno più nessuno.

— Se compreremo la casa del nespolo mentre egli è lontano, non gli parrà vero quando tornerà, disse Mena, e verrà a cercarci qui.

Padron 'Ntoni scosse il capo tristamente.

— Ma ancora c'è tempo! disse infine anche lui, come la Nunziata; e la cugina Anna soggiunse:

— Se 'Ntoni torna ricco la comprerà lui la casa.

Padron 'Ntoni non rispondeva nulla; ma tutto il paese sapeva che 'Ntoni doveva tornare ricco, dopo tanto tempo ch'era andato a cercar fortuna, e molti già lo invidiavano, e volevano lasciar ogni cosa e andarsene a caccia della fortuna, come lui. Infine non avevano torto, perché non lasciavano altro che delle donnicciuole a piagnucolare; e solo chi non gli bastava l'animo di lasciare la sua donnicciuola, era quella bestia del figlio della Locca, che aveva quella sorta di madre che sapete, e Rocco Spatu, il quale ce l'aveva alla taverna, l'animo.

Ma per fortuna delle donnicciuole, tutt'a un tratto si venne a sapere che era tornato 'Ntoni di padron 'Ntoni, di notte, con un bastimento catanese, e che si vergognava di farsi vedere senza scarpe. Se fosse stato vero che tornava ricco, i danari non avrebbe avuto dove metterli, tanto era lacero e pezzente. Ma il nonno e i fratelli gli fecero festa ugualmente, come se fosse venuto carico di denari, e le sorelle gli si appesero al collo, ridendo e piangendo, che 'Ntoni non conosceva più la Lia, tanto s'era fatta grande, e gli dicevano: — Ora non ci lascerai più, non è vero?

Il nonno si soffiava il naso anche lui, e brontolava: — Adesso posso morire tranquillo, ora che quei ragazzi non rimarranno più soli e in mezzo a una strada.

Ma per otto giorni 'Ntoni non ebbe il coraggio di metter piede nella strada. Come lo vedevano tutti gli ridevano sul naso, e Piedipapera andava dicendo: — Avete visto le ricchezze che ha riportato 'Ntoni di padron 'Ntoni? E quelli che ci avevano messo un po' di tempo a fare il fa-

gotto, colle scarpe e le camicie, prima di avventurarsi a quella minchioneria di lasciare il paese, si tenevano la pancia dal ridere.

Quando uno non riesce ad acchiappare la fortuna è un minchione, questo si sa. Don Silvestro, lo zio Crocifisso, padron Cipolla, e massaro Filippo non erano minchioni, e tutti facevano loro festa, perché quelli che non hanno niente stanno a guardare a bocca aperta i ricchi e i fortunati, e lavorano per loro, come l'asino di compare Mosca, per un pugno di paglia, invece di tirar calci, e mettersi sotto i piedi il carretto, e sdraiarsi sull'erba colle zampe in aria. Aveva ragione lo speziale che bisognava dare un calcio al mondo come era fatto adesso, e rifarlo da capo. Anche lui, colla sua barbona, che predicava di cominciar da capo, era di quelli che avevano acchiappato la fortuna, e la teneva negli scarabattoli, e si godeva il ben di Dio stando sulla porta della bottega, a chiacchierare con questo o con quell'altro, e quando aveva pestato quel po' d'acqua sporca nel mortaio, aveva fatto il suo lavoro. Che bel mestiere gli aveva insegnato suo padre a colui, di far denari coll'acqua delle cisterne! Ma a 'Ntoni suo nonno gli aveva insegnato il mestiere di rompersi le braccia e la schiena tutto il giorno, e arrischiare la pelle, e morir di fame, e non aver mai un giorno da sdraiarsi al sole come l'asino di Mosca. Un ladro di mestiere che si mangiava l'anima, per la Madonna! e ne aveva fino al naso, che preferiva fare come Rocco Spatu, il quale almeno non faceva nulla. Già adesso non gliene importava più della Zuppidda e della Sara di comare Tudda e di tutte le ragazze del mondo. Esse non cercano che di pescare un marito il quale lavori peggio di un cane per dar loro da mangiare, e comprarle dei fazzoletti di seta, quando si mettono sull'uscio la domenica, colle mani sulla pancia piena. Piuttosto voleva starci lui, colle mani sulla pancia, la domenica e il lunedì, ed anche gli altri giorni, giacché è inutile affaticarsi per nulla.

Così 'Ntoni faceva il predicatore, come lo speziale; almeno aveva imparato questo nel viaggio, ed ora aveva aperto

gli occhi, come i gattini dopo i quaranta giorni che son nati. « La gallina che cammina torna a casa colla pancia piena ». Se non altro egli se l'era riempita di giudizio, la pancia, e andava a raccontare quello che aveva imparato sulla piazza, nella bottega di Pizzuto, ed anche all'osteria della Santuzza. Ora non ci andava più di nascosto all'osteria della Santuzza, che s'era fatto grande, e il nonno non gli avrebbe tirato le orecchie, alla fin fine; ed egli avrebbe saputo rispondere il fatto suo se gli rimproveravano di andare a cercarsi quel po' di bene che poteva.

Il nonno, poveraccio, invece di prenderlo per le orecchie, lo prendeva colle buone. – Vedi, gli diceva, ora che sei qua tu ci arriveremo presto a fare i denari della casa, – gli cantava sempre la canzone della casa. – Lo zio Crocifisso ha detto che non la darà ad altri. Tua madre, poveretta, non ha potuto morirci, lei! Sulla casa potremo anche dare la dote a Mena. Poi, coll'aiuto di Dio, metteremo su un'altra barca; perché, devo dirtelo, alla mia età l'è dura andare a giornata, e vedersi comandare a bacchetta, quando si è stati padroni. Anche voialtri siete nati padroni. Vuoi che compriamo prima la barca coi denari della casa? Ora sei grande, e devi dirla anche tu la tua parola, perché devi avere più giudizio di me, che son vecchio. Cosa vuoi fare?

Nulla voleva fare, lui! Che gliene importava della barca e della casa? Poi veniva un'altra malannata, un altro colèra, un altro guaio, e si mangiava la casa e la barca, e si tornava di nuovo a fare come le formiche. Bella cosa! E poi quando si aveva la casa e la barca, che non si lavorava più? o si mangiava pasta e carne tutti i giorni? Mentre laggiù, dov'era stato lui, c'era della gente che andava sempre in carrozza, ecco quello che faceva. Gente appetto dei quali don Franco ed il segretario lavoravano come tanti asini a sporcar cartacce, e a pestare l'acqua sporca nel mortaio. Almeno voleva sapere perché al mondo ci doveva essere della gente che se la gode senza far nulla, e nasce colla fortuna nei capelli, e degli altri che non hanno niente, e tirano la carretta coi denti per tutta la vita?

Poi quella storia d'andare a giornata non gli andava affatto, a lui ch'era nato padrone, l'aveva detto anche il nonno. Vedersi comandare a bacchetta, da gente che erano venuti su dal nulla, che tutti lo sapevano, in paese, come avevano fatto i loro denari a soldo a soldo, sudando ed affaticandosi! A giornata ci andava proprio perché il nonno ve lo conduceva, e non gli bastava ancora l'anima di dir di no. Ma quando il soprastante gli stava addosso come un cane, e gli gridava dalla poppa: — Oh! laggiù, ragazzo! che facciamo? gli veniva voglia di dargli del remo sulla testa, e preferiva starsene ad aggiustare le nasse, e rifare le maglie delle reti, seduto sulla riva, colle gambe distese, e la schiena appoggiata ai sassi; che allora se pure stava un momento colle mani sotto le ascelle nessuno gli diceva nulla.

Là veniva anche a stirarsi le braccia Rocco Spatu, e Vanni Pizzuto, quando non aveva che fare, fra una barba e l'altra, ed anche Piedipapera, che era il suo mestiere di chiacchierare con questo e con quello per cercare le senserie. E si discorreva di ciò che succedeva in paese, di quello che donna Rosolina aveva raccontato a suo fratello, sotto il sigillo della confessione, quando era stato il tempo del colèra, che don Silvestro le aveva truffato le 25 onze, e non poteva andare dal giudice, perché le 25 onze donna Rosolina le aveva rubate a suo fratello il vicario, e si sarebbe saputo il motivo per cui aveva dato in mano a don Silvestro quel denaro, per sua vergogna.

— Poi, osservò Pizzuto, donde l'erano venute le 25 onze a donna Rosolina? « Roba rubata non dura ».

— Almeno erano sempre nella casa, diceva Spatu; se mia madre avesse 12 tarì, e glieli prendessi, che passerei per ladro?

Di ladro in ladro vennero a parlare dello zio Crocifisso, il quale aveva perso più di trenta onze, dicevano, con tanta gente che era morta di colèra, e gli erano rimasti i pegni. Ora Campana di legno, per non saper che fare di tutti quegli anelli e di tutti quegli orecchini rimastigli in pegno, si maritava con la Vespa; la cosa era certa, che l'avevano

visto persino andare a farsi scrivere al Municipio, presente
don Silvestro. – Non è vero che se la piglia per gli orecchi-
ni, diceva Piedipapera, il quale poteva saperlo. Gli orec-
chini e le collane alla fin fine sono d'oro e d'argento colato,
e avrebbe potuto andare a venderli alla città; anzi ci avreb-
be guadagnato il tanto per tanto sui denari che ha dati. Se
la piglia perché la Vespa gli fece vedere e toccare con ma-
no che stava per andare dal notaio, con compare Spatu, ora
che la Mangiacarrubbe s'è tirato in casa Brasi Cipolla. Scu-
sate veh! compare Rocco.

– Niente niente, compare Tino; – rispose Rocco Spatu. –
A me non me ne importa; perché chi si fida di quelle ca-
naglie di femmine, è un porco. Per me la mia innamorata è
la Santuzza, che mi fa credenza quando voglio; e ne vuol
due delle Mangiacarrubbe nella sua bilancia! con quel pet-
to, eh? compare Tino!

– «Ostessa bella conto caro!» disse Pizzuto sputac-
chiando.

– Cercano il marito per farsi mantenere da lui! aggiunse
'Ntoni. Tutte le stesse! – E Piedipapera seguitò: – Lo zio
Crocifisso allora corse trafelato dal notaio, che aveva il fia-
to ai denti. Così se la piglia la Vespa.

– Bella sorte, eh? quella della Mangiacarrubbe! esclamò
'Ntoni.

– Brasi Cipolla, da qui a cent'anni che muore suo padre,
se Dio vuole, sarà ricco come un maiale, disse Spatu.

– Adesso suo padre fa il diavolo, ma col tempo chinerà
il capo. Non ha altri figli, e non gli resta altro che maritarsi,
se non vuole che la sua roba se la goda la Mangiacarrubbe
alla sua barba.

– Io ci ho gusto, conchiuse 'Ntoni. – La Mangiacarrub-
be non ha niente. O perché padron Cipolla deve essere ric-
co soltanto lui?

Qui prese parte al discorso lo speziale, il quale veniva a
fumare la sua pipa sulla riva, dopo desinare, e pestava l'ac-
qua nel mortaio che così il mondo non andava bene, e bi-
sognava buttare in aria ogni cosa, e rifar da capo. Ma con

quella gente lì, era proprio come pestar l'acqua nel mortaio. Il solo che ne capisse qualche cosa era 'Ntoni, che aveva visto il mondo, e aveva aperto un po' gli occhi come i gattini; da soldato gli avevano insegnato a leggere, perciò andava anche lui sulla porta della spezieria, a sentire quello che diceva il giornale, e a chiacchierare collo speziale, il quale era un buon diavolaccio con tutti, e non aveva pel capo i fumi di sua moglie, la quale lo sgridava: — O tu perché t'immischi negli affari che non ti riguardano?

Le donne bisogna lasciarle dire, e far le cose di nascosto; diceva don Franco appena la Signora se ne saliva nelle sue stanze. Lui non aveva difficoltà di starsene in sinedrio anche con quelli senza scarpe purché non mettessero i piedi sui regoli delle scranne; e spiegava loro parola per parola quello che diceva il giornale, mettendoci il dito, che il mondo avrebbe dovuto andare come era scritto là.

Don Franco, arrivando sul greto quando gli amici tenevano quei discorsi, ammiccava a 'Ntoni Malavoglia, il quale rimendava le maglie delle reti colle gambe distese e la schiena appoggiata ai sassi, e gli faceva dei cenni col capo, scuotendo la barbona in aria. — Eh! bella giustizia che certuni abbiano a rompersi la schiena contro i sassi, e degli altri stiano colla pancia al sole, a fumar la pipa, mentre gli uomini dovrebbero essere tutti fratelli, l'ha detto Gesù, il più gran rivoluzionario che ci sia stato, e i suoi preti al giorno d'oggi fanno i birri e le spie! Non lo sapevano che l'affare di don Michele colla Santuzza l'aveva scoperto don Giammaria, nella confessione?

— Altro che don Michele! La Santuzza ci ha massaro Filippo; e don Michele ronza sempre per la via del Nero, senza nessuna paura di comare Zuppidda e della sua conocchia! Lui ci ha la pistola.

— Tutte e due vi dico! Coteste che si confessano ogni domenica hanno il sacco grande da metterci i peccati; per questo la Santuzza porta la medaglia sul petto! per coprire le porcherie che ci stan sotto.

— Don Michele perde il tempo colla Zuppidda; il segre-

tario ha detto che vuol farla cascare coi suoi piedi come una pera matura.

– Ma sì! Intanto don Michele si diverte colla Barbara, e con le altre che stanno nella via. – Lo so io – e ammiccava di soppiatto a 'Ntoni. – Non ha niente da fare, e ogni giorno ha i suoi quattro tarì di soldo.

– Quello che dico sempre! ripeteva lo speziale tirandosi la barba. – Tutto il sistema è così; pagar degli sfaccendati per non far niente, e farci le corna, a noi che li paghiamo! ecco che cos'è. Della gente che ha quattro tarì al giorno per stare a passeggiare sotto le finestre della Zuppidda; e don Giammaria che si pappa la lira al giorno per confessare la Santuzza, e sentire le porcherie che gli racconta; e don Silvestro che... so io! e mastro Cirino che è pagato per romperci gli stivali colle sue campane, ma i lumi poi non li accende, e si mette in tasca l'olio, ehé, lì, al municipio poi, ci son altre porcherie! in fede mia! E volevano far casa nuova di tutti nella baracca, ma poi si sono intesi un'altra volta, don Silvestro e gli altri, e non ne hanno parlato più... Tale e quale come quegli altri ladri del Parlamento, che chiacchierano e chiacchierano fra di loro: ma ne sapete niente di quel che dicono? Fanno la schiuma alla bocca, e sembra che vogliano prendersi per capelli di momento in momento, ma poi ridono sotto il naso dei minchioni che ci credono. Tutte vesciche pel popolo che paga i ladri e i ruffiani, e gli sbirri come don Michele.

– Che bella cosa, disse 'Ntoni, quattro tarì al giorno per andare a passeggiare di qua e di là. Io vorrei essere guardia doganale.

– Ecco! ecco! esclamò don Franco cogli occhi che schizzavano dalla testa. – Vedete la conseguenza del sistema! La conseguenza è che tutti diventano canaglie. Non vi offendete, compare 'Ntoni. « Il pesce puzza dalla testa ». Anch'io sarei come voi, se non avessi studiato, e non avessi quel mestiere da guadagnarmi il pane.

Infatti dicevano che era un bel mestiere quello che gli aveva insegnato suo padre allo speziale, di pestare nel mor-

taio, e di far denari coll'acqua sporca; mentre c'era gente che doveva cuocersi le corna al sole, e cavarsi gli occhi colle maglie delle reti, e prendersi il granchio alle gambe e alla schiena per guadagnarsi dieci soldi; e così lasciarono le reti e le chiacchiere, e se ne tornarono all'osteria sputacchiando per la strada.

# XIII

Padron 'Ntoni, come il nipote gli arrivava a casa ubbriaco, la sera, faceva di tutto per mandarlo a letto senza che gli altri se ne avvedessero, perché questo non c'era mai stato nei Malavoglia, e gli venivano le lagrime agli occhi. La notte, quando si alzava e chiamava Alessi per andare al mare, lasciava dormire l'altro; tanto non sarebbe stato buono a nulla. 'Ntoni da prima se ne vergognava, e andava ad aspettarli sulla riva appena tornavano, colla testa bassa. Ma a poco a poco ci fece il callo, e diceva fra di sé: — Così domani faremo ancora domenica!

Il povero vecchio cercò tutti i mezzi di toccargli il cuore e di nascosto gli fece persino esorcizzare la camicia da don Giammaria, e spese tre tarì. — Vedi! gli diceva, questo non c'è mai stato nei Malavoglia! Se tu prendi la mala strada di Rocco Spatu, tuo fratello e le tue sorelle ti verranno dietro. « Una mela fradicia guasta tutte le altre », e quei soldi che abbiamo messo insieme con tanto stento se ne andranno in fumo. « Per un pescatore si perde la barca », e allora che faremo?

'Ntoni restava a capo chino, o brontolava fra i denti; ma l'indomani tornava da capo, e una volta glielo disse: — Che volete? almeno quando non sono più in sensi non penso alla mia disgrazia.

— Che disgrazia! Tu hai la salute, sei giovane, sai il tuo mestiere, che ti manca? Io che son vecchio, e tuo fratello che è ancora ragazzo, ci siamo tirati su dal fosso. Ora se tu

volessi aiutarci, torneremo ad essere quelli che eravamo, se non più col cuore contento, perché quelli che sono morti non tornano più, almeno senza altre angustie; e tutti uniti, come devono stare le dita della mano, e col pane in casa. Se io chiudo gli occhi come resterete voi altri? Adesso, vedi, mi tocca d'aver paura, ogni volta che c'imbarchiamo per andar lontano. E son vecchio!...

Quando il nonno riesciva a toccargli il cuore, 'Ntoni si metteva a piangere. I fratelli, che sapevano tutto, si rincantucciavano, appena lo sentivano venire, come ei fosse un estraneo, o quasi avessero paura di lui; e il nonno, col rosario in mano, borbottava: — O anima benedetta di Bastianazzo! O anima di mia nuora Maruzza! fatelo voi il miracolo! — Come Mena lo vedeva arrivare colla faccia pallida e gli occhi lustri, gli diceva: — Entra da questa parte, che ci è il nonno! — E lo faceva entrare dalla porticina della cucina; poi si metteva a piangere cheta cheta accanto al focolare; tanto che 'Ntoni disse alla fine: — Non voglio andarci più all'osteria, neanche se m'ammazzano! E tornò a lavorare di buonavoglia come prima; anzi, si alzava prima degli altri, e andava ad aspettare il nonno alla marina, che ci volevano due ore a far giorno, i *Tre Re* erano ancora alti sul campanile del villaggio, e i grilli si udivano trillare nelle chiuse come se fossero lì accanto. Il nonno non ci capiva più nella camicia dalla contentezza; andava chiacchierando con lui onde provargli come gli volesse bene, e fra di sé diceva: — Son l'anime sante di sua madre e di suo padre che hanno fatto il miracolo.

Il miracolo durò tutta la settimana, e la domenica 'Ntoni non volle nemmeno andare in piazza, per non vedere l'osteria da lontano e gli amici che lo chiamavano. Ma si rompeva le mascelle a sbadigliare tutto quel giorno in cui non aveva nulla da fare, e non finiva più. Oramai non era un ragazzo per passare il tempo ad andare per le ginestre nella *sciara*, cantando come suo fratello Alessi e la Nunziata, o a spazzare la casa come Mena, e nemmeno un vecchio come il nonno per divertirsi ad accomodare i barilotti sfon-

dati, e le nasse sfasciate. Egli restò seduto accanto alla porta nella strada del Nero, che non ci passava nemmeno una gallina, e sentiva le voci e le risate all'osteria. Tanto che andò a dormire per non sapere che fare, e il lunedì tornò a fare il muso lungo. Il nonno gli diceva: – Per te sarebbe meglio che non venisse la domenica; perché il giorno dopo sei come se fossi malato. Ecco quello che era meglio per lui, che non venisse mai la domenica! e gli cascava il cuore per terra a pensare che tutti i giorni fossero dei lunedì. Sicché, quando tornava dal mare, la sera, non aveva voglia nemmeno d'andare a dormire, e si sfogava a scorrazzare di qua e di là colla sua disgrazia, tanto che infine venne a capitare di nuovo all'osteria.

Prima, allorché tornava a casa malfermo sulle gambe, si ficcava dentro mogio mogio, facendosi piccino e balbettando delle scuse, o almeno non fiatava. Ma ora alzava la voce, litigava colla sorella se l'aspettava sull'uscio, colla faccia pallida e gli occhi gonfi, e se gli diceva sottovoce d'entrare dalla cucina che in casa c'era il nonno. – A me non me ne importa! rispondeva. Il giorno dopo si levava stravolto e di cattivo umore; e cominciava a gridare e bestemmiare dalla mattina alla sera.

Una volta successe una brutta scena. Il nonno, non sapendo più che fare per toccargli il cuore, l'aveva tirato nell'angolo della cameruccia, ad usci chiusi, perché non udissero i vicini, e gli diceva, piangendo come un ragazzo, il povero vecchio: – Oh 'Ntoni! non ti rammenti che qui c'è morta tua madre? Perché vuoi darle questo dolore a tua madre, di vederti fare la riescita di Rocco Spatu? Non lo vedi come stenta e si affatica la povera cugina Anna per quell'ubbriacone di suo figlio? e come piange alle volte, allorché non ha pane da dare agli altri suoi figliuoli e non le basta il cuore di ridere? « Chi va col lupo allupa » e « chi pratica con zoppi all'anno zoppica ». Non ti rammenti quella notte del colèra che eravamo qui tutti davanti a quel lettuccio, ed ella ti raccomandava Mena e i ragazzi? – 'Ntoni piangeva come un vitello slattato, e diceva che voleva morire

anche lui; ma poi adagio adagio tornava all'osteria, e la notte, invece di venire a casa, andava per la via, fermandosi dietro gli usci, colle spalle appoggiate al muro, stanco morto, insieme a Rocco Spatu e a Cinghialenta; e si metteva a cantare con loro, per scacciare la malinconia.

Infine il povero padron 'Ntoni non osava più mostrarsi per le strade dalla vergogna. Il nipote invece, per evitare le prediche, veniva a casa colla faccia scura; così non gli rompevano la devozione con le solite prediche. Già le prediche se le faceva da se stesso, a voce bassa, ed era tutta colpa della sua disgrazia che l'aveva fatto nascere in quello stato.

E andava a sfogarsi collo speziale e con altri di quelli che avevano un po' di tempo per chiacchierare dell'ingiustizia sacrosanta che ci è a questo mondo in ogni cosa; che se uno va dalla Santuzza, per dimenticare i suoi guai, si chiama ubbriacone; mentre tanti altri si ubbriacano a casa di vino buono non hanno guai per la testa, né nessuno che li rimproveri o faccia loro la predica di andare a lavorare, giacché non hanno nulla da fare, e son ricchi per due; eppure tutti siamo figli di Dio allo stesso modo, e ognuno dovrebbe avere la sua parte egualmente. – Quel ragazzo lì ha del talento! diceva lo speziale a don Silvestro, e a padron Cipolla, e a chi voleva sentirlo. – Vede le cose all'ingrosso, così alla carlona, ma il sugo c'è; non è colpa sua se non sa esprimersi meglio; è colpa del governo che lo lascia nell'ignoranza.

Per istruirlo gli portava il *Secolo* e la *Gazzetta di Catania*. Però 'Ntoni si seccava a leggere; prima di tutto perché era una fatica, e quand'era soldato gli avevano insegnato a leggere per forza; ma adesso era libero di fare quello che gli pareva e piaceva, e aveva un po' dimenticato come si cuciono insieme le parole nello scritto. Poi tutte quelle chiacchiere stampate non gli mettevano un soldo in tasca. Che gliene importava a lui? Don Franco glielo spiegava lui perché avrebbe dovuto importargliene; e quando passava don Michele per la piazza, glielo indicava colla barbona, ammiccando, e gli spifferava sottovoce che passava per donna Rosolina anche

quello, ora che aveva sentito come donna Rosolina avesse dei denari, e li dava alla gente per farsi sposare.

– Bisogna cominciare dal levarci dai piedi tutti costoro col berretto gallonato. Bisogna far la rivoluzione. Ecco quello che bisogna fare!

– E voi cosa mi date per fare la rivoluzione?

Don Franco allora si stringeva nelle spalle, e se ne andava indispettito a pestare l'acqua sporca nel mortaio; giacché con gente siffatta era proprio pestar l'acqua nel mortaio, diceva. E Piedipapera, appena 'Ntoni voltava le spalle, soggiungeva sottovoce:

– Se volesse ammazzare don Michele, dovrebbe ammazzarlo per qualche altra cosa; ché gli vuol rubare la sorella; ma 'Ntoni è peggio d'un maiale, tanto che si fa mantenere dalla Santuzza. Piedipapera se lo sentiva sullo stomaco don Michele, dacché guardava cogli occhi torvi lui e Rocco Spatu e Cinghialenta quando li incontrava; perciò voleva levarselo davanti.

Quelle povere Malavoglia erano arrivate al punto che andavano per le bocche di tutti, per colpa del fratello, tanto i Malavoglia erano caduti in bassa fortuna. Ora tutto il paese sapeva che don Michele passava e ripassava per la strada del Nero, onde far dispetto alla Zuppidda, la quale stava a guardia di sua figlia colla conocchia in mano. Intanto don Michele per non perdere i suoi passi, aveva gettato gli occhi su di Lia, la quale si era fatta una bella ragazza anche lei, e non aveva nessuno che le stesse a guardia, tranne la sorella che si faceva rossa per lei, e le diceva: – Rientriamo in casa, Lia. Sulla porta non ci stiamo bene ora che siamo orfane.

Ma la Lia era vanerella peggio di suo fratello 'Ntoni, e le piaceva starsene sulla porta a far vedere il fazzoletto colle rose, che ognuno le diceva: – Come siete bella con quel fazzoletto, comare Lia! e don Michele se la mangiava cogli occhi.

La povera Mena, mentre stava là sulla porta, ad aspettare il fratello che tornava a casa ubbriaco, si sentiva così stanca ed avvilita che le cascavano le braccia quando voleva tirare in

càsa la sorella, perché passava don Michele, e Lia le rispondeva: – Hai paura che mi mangi? Già, nessuno ne vuole di noi altri, ora che non abbiamo più niente. Non lo vedi˚come è andato a finire mio fratello, che non lo vogliono nemmeno i cani!

– Se 'Ntoni avesse fegato, andava dicendo Piedipapera, se lo leverebbe dinanzi quel don Michele.

'Ntoni invece voleva levarsi dinanzi don Michele per un'altra cosa. La Santuzza, dopo che l'aveva rotta con don Michele, aveva preso a ben volere 'Ntoni, per quel modo di portare il berretto sull'orecchio, e di dondolare le spalle camminando che aveva preso da soldato; e gli metteva in serbo sotto il banco tutti i piatti coi resti che lasciavano gli avventori; e un po' di qua e un po' di là gli riempiva anche il bicchiere. In tal modo lo manteneva per l'osteria grasso e unto come il cane del macellaio. Al bisogno poi 'Ntoni si disobbligava facendo a pugni con quegli avventori della malannata, che cercano il pelo nell'uovo all'ora del conto, e gridano e bestemmiano prima di pagare. Cogli amici della taverna invece era allegro e chiacchierone, e teneva d'occhio anche il banco, allorché la Santuzza andava a confessarsi. Sicché, tutti colà gli volevano bene come se fosse a casa sua; tranne lo zio Santoro il quale lo guardava di malocchio, e borbottava, fra un'avemaria e l'altra, contro di lui, che viveva alle spalle di sua figlia, come un canonico; la Santuzza rispondeva che era la padrona, se voleva far vivere alle sue spalle 'Ntoni Malavoglia, grasso come un canonico; segno che ci aveva il suo piacere, e non aveva più bisogno di nessuno.

– Sì, sì! brontolava lo zio Santoro, quando poteva acchiapparla un momento a quattr'occhi. Di don Michele ne hai sempre bisogno. Massaro Filippo m'ha detto dieci volte che è tempo di finirla, che il vino nuovo non può tenerlo più nella cantina, e bisognerebbe farlo entrare in paese di contrabbando.

– Massaro Filippo pensa al suo interesse. Ma io, vedete,

dovessi pagare il dazio due volte, e il contrabbando, don Michele non lo voglio più, no e poi no!

Ella non voleva perdonare a don Michele quella partaccia che gli aveva fatta colla Zuppidda, dopo tanto tempo ch'era stato trattato come un canonico nell'osteria, per l'amore dei suoi galloni; e 'Ntoni Malavoglia, senza galloni, valeva dieci volte don Michele; a lui, quello che gli dava, glielo dava di tutto cuore. 'Ntoni si guadagnava il pane in tal modo, e quando il nonno gli rimproverava il suo far nulla, e la sorella lo guardava tristamente, cogli occhi fissi, rispondeva: — Forse che vi costo qualche cosa? Dei denari della casa non ne spendo, e il mio pane me lo guadagno da me. — Meglio sarebbe che tu morissi di fame, gli diceva il nonno, e che avessimo a morire tutti oggi stesso! — Infine nessuno parlava più, seduti dov'erano, e voltandosi le spalle. Padron 'Ntoni era ridotto a non aprir bocca, per non litigare col nipote; e 'Ntoni poi, quand'era stanco della predica, piantava lì tutti della paranza, a piagnucolare, e se ne andava a trovar Rocco o compare Vanni, coi quali si stava allegri e se ne trovava sempre una nuova da inventare.

Una volta inventarono di fare la serenata allo zio Crocifisso, la notte in cui s'era maritato colla Vespa, e condussero sotto le finestre di lui tutti coloro cui lo zio Crocifisso non voleva prestare più un soldo, coi cocci, e le pentole fesse, i campanacci del beccaio e gli zufoli di canna, a fare il baccano e un casa del diavolo sino a mezzanotte, talché la Vespa l'indomani s'alzò più verde del solito, e se la prese con quella canaglia della Santuzza, nella taverna della quale s'era macchinata tutta quella birbonata, per gelosia che lei se l'era trovato il marito, onde stare in grazia di Dio, mentre le altre erano sempre nel peccato mortale, e facevano mille porcherie, sotto l'abitino della Madonna.

La gente gli rideva sul muso allo zio Crocifisso, come lo vide sposo sulla piazza, vestito di nuovo, e giallo come un morto dalla paura che gli aveva fatto la Vespa con quel

vestito nuovo che costava denari. La Vespa era sempre a spendere e spandere, che se l'avessero lasciata fare avrebbe vuotato il sacco in una settimana; e diceva che la padrona adesso era lei, tanto che tutti i giorni c'era il diavolo dallo zio Crocifisso. Sua moglie gli piantava le unghie sulla faccia, e gli gridava che voleva aver le chiavi lei, e non voleva star sempre a desiderare un pezzo di pane e un fazzoletto nuovo peggio di prima; perché se avesse saputo quel che doveva venire dal matrimonio, con quel bel marito che le era toccato, si sarebbe tenuta la chiusa e la medaglia di Figlia di Maria, piuttosto; già, tanto e tanto avrebbe potuto portarla ancora, la medaglia di Figlia di Maria! E lui strillava che era rovinato; che non era più padrone del fatto suo; che v'era tuttora il colèra in casa, e volevano farlo morire di crepacuore prima del tempo, per scialacquarsi allegramente la roba che egli aveva stentato tanto a raggranellare! Lui pure, se avesse saputo tutto questo, avrebbe mandato al diavolo la chiusa e la moglie; ché già lui di moglie non ne aveva bisogno, e l'avevano preso per il collo, facendogli credere che la Vespa avesse acchiappato Brasi Cipolla, e stesse per scappargli insieme alla chiusa, maledetta chiusa!

Giusto in quel punto si seppe che Brasi Cipolla s'era lasciato rubare dalla Mangiacarrubbe, come un bietolone, e padron Fortunato li andava cercando per la *sciara*, e pel vallone, e sotto il ponte, colla schiuma alla bocca, giurando e spergiurando che se li trovava voleva dar loro tante di quelle pedate, e farsi venire le orecchie di suo figlio nelle mani. Lo zio Crocifisso a quel discorso si cacciava le mani nei capelli anche lui, e diceva che la Mangiacarrubbe l'aveva rovinato a non rapire Brasi una settimana prima. – Questa è stata la volontà di Dio! andava dicendo picchiandosi il petto; – la volontà di Dio è stata che io m'avessi a pigliare la Vespa per castigo dei miei peccati! – E dei peccati doveva avercene grossi assai, perché la Vespa gli avvelenava il pane in bocca, e gli faceva soffrire le pene del purgatorio, notte e giorno. Per giunta poi si

vantava di essergli fedele, che non avrebbe guardato in faccia un cristiano, fosse giovane e bello come 'Ntoni Malavoglia o Vanni Pizzuto, per tutto l'oro del mondo; mentre gli uomini le ronzavano sempre attorno a tentarla come ci avesse il miele nelle gonnelle. – Se fosse vero andrei a chiamarglielo io stesso colui! borbottava lo zio Crocifisso; – purché me la levasse davanti! E diceva pure che avrebbe pagato qualche cosa a Vanni Pizzuto o a 'Ntoni Malavoglia perché gli facessero le corna, giacché 'Ntoni faceva quel mestiere. – Allora potrei mandarla via, quella strega che mi son cacciata in casa!

Ma 'Ntoni il mestiere lo faceva dove era grasso, e ci mangiava e beveva, che era un piacere a vederlo. Ora portava la testa alta, e se la rideva se il nonno gli diceva qualche parola a bassa voce; adesso era il nonno che si faceva piccino, quasi il torto fosse suo. 'Ntoni diceva che se non lo volevano in casa sapeva dove andare a dormire, nella stalla della Santuzza; e già non spendevano nulla a casa sua per dargli da mangiare. Padron 'Ntoni, e Alessi, e Mena, tutto quello che buscavano alla pesca, col telaio, al lavatoio, e con tutti gli altri mestieri, potevano metterlo da parte, per quella famosa barca di San Pietro, colla quale si guadagnava di rompersi le braccia tutti i giorni per un rotolo di pesce, o per la casa del nespolo, nella quale si sarebbe andati a crepare allegramente di fame! tanto lui un soldo non l'avrebbe voluto; povero diavolo per povero diavolo, preferiva godersi un po' di riposo, finché era giovane, e non abbaiava la notte come il nonno. Il sole c'era lì per tutti, e l'ombra degli ulivi per mettersi al fresco, e la piazza per passeggiare, e gli scalini della chiesa per stare a chiacchierare, e lo stradone per veder passare la gente e sentir le notizie, e l'osteria per mangiare e bere cogli amici. Poi quando gli sbadigli vi rompevano le mascelle, si giocava alla mora, o a briscola; e quando infine si aveva sonno, ci era lì la chiusa dove pascevano i montoni di compare Naso, per sdraiarsi a dormire il giorno, o la stalla di comare suor Mariangela quando era notte.

– Che non ti vergogni di far questa vita? gli disse alfine il nonno, il quale era venuto apposta a cercarlo colla testa bassa e tutto curvo; e piangeva come un fanciullo nel dir così, tirandolo per la manica dietro la stalla della Santuzza, perché nessuno li vedesse. – E alla tua casa non ci pensi? e ai tuoi fratelli non ci pensi? Oh, se fossero qui tuo padre e la Longa! 'Ntoni! 'Ntoni!...

– Ma voi altri ve la passate forse meglio di me a lavorare, e ad affannarvi per nulla? È la nostra mala sorte infame! ecco cos'è! Vedete come siete ridotto, che sembrate un arco di violino, e sino a vecchio avete fatto sempre la stessa vita! Ora che ne avete? Voi altri non conoscete il mondo, e siete come i gattini cogli occhi chiusi. E il pesce che pescate ve lo mangiate voi? Sapete per chi lavorate, dal lunedì al sabato, e vi siete ridotto a quel modo che non vi vorrebbero neanche all'ospedale? per quelli che non fanno nulla e che hanno denari a palate, lavorate!

– Ma tu non ne hai denari, né io ne ho! Non ne abbiamo avuti mai, e ci siamo guadagnato il pane come vuol Dio; è per questo che bisogna darsi le mani attorno, a guadagnarli, se non si muore di fame.

– Come vuole il diavolo, volete dire! Che è tutta opera di Satanasso la nostra disgrazia! Ora sapete quel che vi aspetta, quando non potrete più darvele attorno le mani, perché i reumatismi le avranno ridotte come una radica di vite? Vi aspetta il vallone sotto il ponte per andare a creparvi.

– No! no! esclamò il vecchio tutto giulivo, e gettandogli al collo le braccia rattratte come radiche di vite. I denari per la casa ci son già, e se tu ci aiuti...

– Ah! la casa del nespolo! Credete che sia il più bel palazzo del mondo, voi che non avete visto altro?

– Lo so che non è il più bel palazzo del mondo. Ma non dovresti dirlo tu che ci sei nato, tanto più che tua madre non ci è morta.

– Nemmeno mio padre non ci è morto. Il nostro mestiere è di lasciare la pelle laggiù, in bocca ai pescicani.

Almeno, finché non ce la lascio, voglio godermi quel po'
di bene che posso trovare, giacché è inutile logorarmi la
pelle per niente! E poi? quando avrete la casa? e quando
avrete la barca? E poi? e la dote di Mena? e la dote di
Lia?... Ah! sangue di Giuda ladro! che malasorte è la
nostra!

Il vecchio se ne andò desolato, scuotendo il capo, col
dorso curvo, ché le parole amare del nipote l'avevano
schiacciato peggio di un pezzo di scoglio piombatogli sul-
la schiena. Adesso non aveva più coraggio per nulla, gli
cascavano le braccia, e aveva voglia di piangere. Non po-
teva pensare ad altro, se non che Bastianazzo e Luca non
ci avevano mai avuto pel capo quelle cose che ci aveva
'Ntoni, e avevano sempre fatto senza lamentarsi quello
che dovevano fare; e mulinava pure che era inutile pen-
sare alla dote di Mena, e di Lia, giacché non ci sarebbero
arrivati mai.

La povera Mena pareva che lo sapesse anche lei, tanto
era avvilita. Le vicine ora tiravano di lungo dinanzi alla
porta dei Malavoglia, come durasse il colèra, e la lascia-
vano sola, accanto alla sorella col fazzoletto colle rose, o
insieme alla Nunziata, e alla cugina Anna, quando esse fa-
cevano la carità di venire a cianciare un po'; giacché la cu-
gina Anna ci aveva anche lei, poveretta, quell'ubbriacone
di Rocco, e oramai tutti lo sapevano; e la Nunziata era
troppo piccola quando quel bel mobile di suo padre l'ave-
va piantata per andarsene a cercare fortuna altrove. Le
poverette s'intendevano fra di loro appunto per questo, quan-
do discorrevano a bassa voce, col capo chino, e le mani
sotto il grembiule, ed anche quando tacevano, senza guar-
darsi in viso, pensando ognuna ai casi suoi. – Quan-
do si è ridotti allo stato in cui siamo, diceva la Lia
che parlava come una donna fatta, bisogna aiutarsi da sé,
e che ognuno pensi ai suoi interessi.

Don Michele di tanto in tanto si fermava a salutarle o
a dir qualche barzelletta; tanto che le donne si erano ad-
domesticate col berretto gallonato, e non ne avevano più

paura; anzi la Lia s'era lasciata andare a dire anche lei le barzellette, e ci rideva sopra; né la Mena osava sgridarla, o andarsene in cucina e lasciarla sola, ora che non avea più la madre; e restava lì anche lei accasciata su di se stessa, guardando di qua e di là della strada con gli occhi stanchi. Oramai come si vedeva che i vicini li avevano abbandonati, le si gonfiava il cuore di riconoscenza ogni volta che don Michele con tutto il suo berretto gallonato non sdegnava di fermarsi sulla porta dei Malavoglia a fare quattro chiacchiere. E se don Michele trovava la Lia sola, la guardava negli occhi, tirandosi i mustacchi, col berretto gallonato messo alla sgherra, e le diceva: – Che bella ragazza che siete, comare Malavoglia!

Nessuno le aveva detto questo; perciò ella si faceva rossa come un pomodoro.

– Come va che non vi siete maritata ancora? le diceva anche don Michele.

Ella si stringeva nelle spalle, e rispondeva che non lo sapeva.

– Voi dovreste avere la veste di lana e seta, e gli orecchini lunghi; ché allora, in parola d'onore, gli fareste tenere il candeliere a molte signore della città.

– La veste di lana e seta non fa per me, don Michele! rispondeva Lia.

– O perché? La Zuppidda non l'ha? e la Mangiacarrubbe, ora che ha acchiappato Brasi di padron Cipolla, non l'avrà anche lei? e la Vespa, se la vuole, non se la farà come le altre?

– Loro son ricche, loro!

– Sorte scellerata! esclamava don Michele battendo col pugno sulla sciabola. Vorrei pigliare un terno al lotto, vorrei pigliare, comare Lia! per farvi vedere cosa son capace di fare!

Alle volte don Michele aggiungeva: – Permettete? – colla mano nel berretto, e si metteva a seder lì vicino sui sassi, mentre non aveva da fare. Mena credeva che volesse stare lì per comare Barbara, e non gli diceva nulla. Ma

don Michele alla Lia le giurava che non era per la Barbara, e non ci aveva mai pensato, sulla santa parola d'onore! Pensava a tutt'altro lui, se non lo sapeva comare Lia!...

E si fregava il mento, o si tirava i baffi guardandola come il basilisco. La ragazza si faceva di mille colori e si alzava per andarsene. Però don Michele la prendeva per la mano, e le diceva: — Perché volete farmi questa offesa, comare Malavoglia? Restate lì, che nessuno vi mangia.

Così, mentre aspettavano gli uomini dal mare, passavano il tempo; ella sulla porta, e don Michele sui sassi, sminuzzando qualche sterpolino per non sapere che fare, e le domandava: — Che ci verreste a stare nella città?

— Quello è il posto per voi! Voi non siete fatta per star qui, fra questi villani, in parola d'onore! Voi siete una roba fine e di prima qualità, e siete fatta per stare in una bella casetta, e andare a spasso alla Marina e alla Villa, quando c'è la musica, vestita bene, come m'intendo io. Con un bel fazzoletto di seta in testa, e la collana d'ambra. Qui par di stare in mezzo ai porci, parola mia d'onore! e non vedo l'ora di essere traslocato, che mi hanno promesso di richiamarmi alla città coll'anno nuovo.

Lia si metteva a ridere della burla, e scrollava le spalle, che lei non sapeva nemmeno come fossero fatte le collane d'ambra e i fazzoletti di seta. Una volta poi don Michele tirò fuori in gran mistero un bel fazzoletto giallo e rosso, colla sua brava carta, che lo aveva avuto da un contrabbando, e voleva regalarlo a comare Lia.

— No! no! diceva lei tutta rossa. Non lo piglio se mi ammazzate! — E don Michele insisteva: — Questa non me l'aspettavo, comare Lia. Non me lo merito, vedete! — E dovette avvolgere un'altra volta il fazzoletto nella carta e mettterselo in tasca.

D'allora in poi, quando vedeva spuntare il naso di don Michele, Lia correva a ficcarsi in casa, per paura che volesse darle il fazzoletto. Don Michele aveva un bel passare e ripassare, e far brontolare la Zuppidda colla schiuma alla bocca, e aveva un bell'allungare il collo dentro

l'uscio dei Malavoglia, che non vedeva più nessuno, talché alla fine si decise di entrare. Le ragazze, come se lo videro dinanzi, rimasero a bocca aperta, tremando quasi avessero la terzana, e senza saper che fare. – Voi non l'avete voluto il fazzoletto di seta, comare Lia, diss'egli alla ragazza, la quale s'era fatta rossa come un papavero, ma io sono tornato pel bene che voglio a voi altri. Che cosa fa vostro fratello 'Ntoni?

Anche Mena si faceva rossa, quando le domandavano che cosa facesse suo fratello 'Ntoni, perché non faceva nulla. E don Michele continuò: – Ho paura che vi dia qualche dispiacere, a tutti voi altri, vostro fratello 'Ntoni. Io vi sono amico e chiudo gli occhi; ma quando verrà qui un altro brigadiere in vece mia, vorrà sapere che cosa va a fare vostro fratello con Cinghialenta, la sera, verso il Rotolo, e con quell'altro buon arnese di Rocco Spatu, quando vanno a passeggiare nella *sciara*, come se avessero delle scarpe da buttar via. Aprite bene gli occhi anche voi a quel che vi dico ora, comare Mena; e ditegli pure che non bazzichi tanto con quell'imbroglione di Piedipapera, nella bottega di Pizzuto, che si sa tutto, e nei guai poi ci resterà lui. Gli altri sono volpi vecchie, e sarebbe bene che vostro nonno non lo facesse andare a passeggiare nella *sciara*, perché la *sciara* non è fatta per andarci a passeggiare, e gli scogli del Rotolo ci sentono come se avessero orecchie, ditegli, e vedono anche senza cannocchiale le barche che vanno costeggiando quatte quatte verso l'imbrunire, come se andassero a pescar pipistrelli. Ditegli questo, comare Mena, e ditegli pure che chi gli dà quest'avvertimento è un amico il quale vi vuol bene. Quanto a compare Cinghialenta e Rocco Spatu, ed anche Vanni Pizzuto, son tenuti d'occhio. Vostro fratello si fida di Piedipapera, e non sa che le guardie doganali hanno il tanto per cento sui contrabbandi, e per sorprenderli bisogna dar la parte a uno della combriccola, e farlo cantare per chiapparla. Di Piedipapera questo solo rammentategli: – Gli disse Gesù

Cristo a San Giovanni, « degli uomini segnati guárdatene! ».
Lo dice pure il proverbio.

Mena sbarrava gli occhi, e impallidiva, senza capir bene quel che ascoltava; ma sentiva già la paura che suo fratello avesse a fare con quelli del berretto gallonato. Don Michele allora la prese per mano onde farle animo, e seguitò:

— Se si sapesse che son venuto a dirvi tutto questo, sarei fritto. Io mi giuoco il mio berretto gallonato, per il bene che vi voglio a voi altri Malavoglia. Ma non mi piace che vostro fratello patisca qualche guaio. No! non vorrei incontrarlo di notte in qualche brutto posto, nemmeno per acchiappare un contrabbando di mille lire, parola mia d'onore!

Le povere ragazze non ebbero più pace, dacché don Michele ebbe messo loro quella pulce nell'orecchio. Non chiudevano occhio nella notte, aspettando il fratello dietro l'uscio sino a tardi, tremando di freddo e di paura, mentre egli andava cantando per le strade con Rocco Spatu ed altri della combriccola, e alle povere ragazze pareva sempre di udire delle grida e delle schioppettate, come quando avevano detto che c'era stata la caccia delle quaglie a due piedi.

— Tu va a dormire, ripeteva Mena alla sorella. Tu sei troppo giovane, e certe cose non devi saperle.

Al nonno non diceva nulla per non dargli quest'altro crepacuore; ma a 'Ntoni, quando lo vedeva un poco calmo, che si metteva a sedere tristamente sulla porta, col mento in mano, si faceva coraggio per chiedergli: — Cosa vai a fare sempre con Rocco Spatu e Cinghialenta? Guardati che ti hanno visto sulla *sciara* e verso il Rotolo. Guardati di Piedipapera. Sai il detto dell'antico che gli disse Gesù Cristo a San Giovanni: « Degli uomini segnati guárdatene! ».

— Chi te l'ha detto? domandava 'Ntoni, saltando su come un diavolo. Dimmi chi te l'ha detto?

— Don Michele me l'ha detto! rispondeva lei colle lacrime agli occhi. M'ha detto di guardarti di Piedipapera,

che per acchiappare un contrabbando bisogna dar la parte ad uno della combriccola.

– E non ti ha detto altro?

– No, non mi ha detto altro.

'Ntoni allora giurava che non era vero niente, e non lo dicesse al nonno. Poi si levava di là frettoloso, e se ne andava all'osteria a smaltire l'uggia, e se incontrava quelli del berretto gallonato, faceva il giro più lungo per non vederli neanche nel battesimo. Già don Michele non sapeva nulla, e parlava a casaccio, onde fargli paura, per la bizza che ci aveva contro di lui dopo l'affare della Santuzza, la quale l'aveva messo fuori della porta come un cane rognoso. Alla fin fine egli non aveva paura di don Michele e dei suoi galloni, che era ben pagato per succhiare il sangue del povero. Bella cosa! Don Michele non aveva bisogno di cercare di aiutarsi in qualche maniera, così grasso e pasciuto! e non aveva altro da fare che metter le mani addosso a qualche povero diavolo, se si industriava a buscarsi come poteva un pezzo di dodici tarì. E quell'altra prepotenza che per sbarcare la roba di fuori regno, bisognava pagare il dazio, come fosse roba rubata! e doveva metterci il naso don Michele coi suoi sbirri! Loro erano padroni di mettere le mani su ogni cosa, e prendere quello che volevano; ma gli altri, se cercavano a rischio della pelle di fare come volevano per sbarcare la loro roba, passavano per ladri, e li cacciavano peggio dei lupi colle pistole e le carabine. – Ma rubare ai ladri non è stato mai peccato. Lo diceva anche don Giammaria nella bottega dello speziale. E don Franco approvava col capo e con tutta la barba, sogghignando, che quando si faceva la repubblica non se ne vedevano più di quelle porcherie. – E di quegli impiegati di Satanasso! – aggiungeva il vicario. A don Giammaria gli cuoceva tuttora delle venticinque onze che gli erano scappate di casa.

Ora donna Rosolina aveva perso anche la testa, colle venticinque onze, e correva dietro a don Michele, per farsi mangiare il resto. Come lo vedeva andare nella strada

del Nero, credeva ci andasse per veder lei sul terrazzino, e stava sempre al poggiuolo colla conserva dei pomidoro, e colle bocce dei peperoni, per far vedere di che era capace; poiché non glielo avrebbero levato dalla testa colle tenaglie che don Michele, colla sua pancia, ora che si era levato dal peccato mortale colla Santuzza, non cercasse una donna di casa e di giudizio, come intendeva lei; perciò lo difendeva, se suo fratello diceva corna del Governo e dei mangiapane, e rispondeva: — Dei mangiapane come don Silvestro sì! che si mangiano un paese senza far nulla; ma i dazii ci vogliono per pagare i soldati, che fanno bella vista colla montura, e senza soldati ci mangeremmo come lupi fra di noi.

— Dei fannulloni pagati per portare il fucile, e non altro! sogghignava lo speziale; come i preti, che prendono tre tarì per messa. Dite la verità, don Giammaria, che capitale ci mettete voi nella messa che vi pagano tre tarì?

— E voi che capitale ci mettete in quell'acqua sporca che vi fate pagare a sangue d'uomo? rimbeccava il vicario colla schiuma alla bocca.

Don Franco aveva imparato a ridere come don Silvestro, per far dannare l'anima a don Giammaria; e continuava senza dargli retta, ché aveva sperimentato il mezzo migliore per fargli perdere la tramontana: — In mezz'ora si guadagnano la loro giornata, e poi sono a spasso tutto il giorno; tale e quale come don Michele il quale sembra un uccellaccio perdigiorno, sempre là per i piedi, dacché non va più a scaldare le panche della Santuzza.

— Per questo ce l'ha con me, entrava a dire 'Ntoni; è arrabbiato come un cane, e vuol fare il prepotente perché ci ha la sciabola. Ma, sangue della Madonna! una volta o l'altra voglio dargliela sul muso la sua sciabola, per fargli vedere che me ne infischio, io!

— Bravo! esclamava lo speziale, così va fatto! Bisogna che il popolo mostri i denti. Ma lontano di qua, ché non voglio pasticci nella mia spezieria. Al Governo non parrebbe vero di tirarmi nell'imbroglio pei capelli; ma a me

non mi piace aver che fare coi giudici e con tutta quella canaglia della baracca.

'Ntoni Malavoglia levava i pugni al cielo, e giurava e sacramentava per Cristo e per la Madonna che voleva finirla, avesse dovuto andare in galera; già egli non aveva niente da perdere. La Santuzza non lo guardava più dello stesso occhio, tante gliene aveva dette quel paneperso di suo padre, piagnucolando fra un'avemaria e l'altra, dopo che massaro Filippo non mandava più il vino all'osteria! Le diceva che gli avventori cominciavano a diradare come le mosche a Sant'Andrea, dacché non ci trovavano più il vino di massaro Filippo, al quale erano avvezzi come il bambino alla poppa. Lo zio Santoro ogni volta ripeteva alla figliuola: — Che vuoi farne di quell'affamato di 'Ntoni Malavoglia? Non vedi che ti mangia tutta la roba senza frutto? Tu lo ingrassi meglio di un maiale, e poi va a fare il cascamorto colla Vespa e colla Mangiacarrubbe, ora che sono ricche. E le diceva pure: — Gli avventori se ne vanno perché egli ti sta sempre alla gonnella, e non ti lascia un momento da dirti una barzelletta. Oppure: — Così lacero e sudicio è una porcheria avercelo per la bettola; che sembra tutta una stalla, e la gente ha schifo di beverci nei bicchieri. Don Michele sì che ci stava bene sulla porta, coi galloni nel berretto. La gente che paga il vino, vuol berselo in santa pace, ed è contenta di vedere uno colla sciabola lì davanti. Poi tutti gli facevano di berretto, e nessuno ti avrebbe negato un soldo se te lo doveva, quando era segnato col carbone sul muro. Ora che non c'è più lui, non viene nemmeno massaro Filippo. L'altra volta è passato di qua, ed io volevo farlo entrare; ma ei dice che è inutile venirci, giacché il mosto non può farlo passare più di contrabbando, ora che sei in collera con don Michele. Una cosa che non è buona né per l'anima né pel corpo. La gente comincia perfino a mormorare che a 'Ntoni gli fai la carità pelosa, giacché massaro Filippo non ci viene più, e vedrai come andrà a finire! Vedrai che arriverà all'orecchio del vicario, e ti leveranno la medaglia di Figlia di Maria.

La Santuzza teneva duro ancora, perché in casa sua voleva essere sempre la padrona; ma cominciava ad aprire gli occhi anche lei, giacché tutto quello che le diceva suo padre era il santo evangelio, e non trattava più 'Ntoni come prima. Se c'era un rimasuglio da riporre in serbo nel piatto, non lo dava più a lui, e gli metteva dell'acqua sporca nei fondi di bicchiere; sicché 'Ntoni alla fine cominciò a fare il viso lungo, e la Santuzza gli rispose che i fannulloni non le piacevano, e lei e suo padre se lo guadagnavano il pane, così pure avrebbe dovuto far lui, e aiutare un po' nella casa, a spaccar legna o a soffiare nel fuoco, invece di starsene come un lazzarone a vociare e dormire colla testa fra le braccia, o a sputacchiare per terra dappertutto, che faceva un mare e non si sapeva più dove mettere i piedi.

'Ntoni un po' andò a spaccar legna, brontolando, o a soffiar nel fuoco, per fare meno fatica. Ma gli era duro lavorare tutto il giorno come un cane, peggio di quello che faceva un tempo a casa sua, per vedersi trattare peggio di un cane a sgarbi e parolacce, in grazia di quei piatti sporchi che gli davano da leccare. Una volta finalmente, mentre la Santuzza tornava dal confessarsi col rosario in mano, le fece una scenata, lagnandosi che questo avveniva perché don Michele era tornato a girandolare davanti l'osteria, che l'aspettava anche sulla piazza, quando andava a confessarsi, e lo zio Santoro gli gridava dietro per salutarlo, quando sentiva la sua voce, e andava a cercarlo fin nella bottega di Pizzuto, tastando i muri col bastone per trovar la strada. La Santuzza allora cominciò a fare il diavolo, e rispondergli che era venuto apposta per farle fare peccati, mentre aveva l'ostia in bocca, e farle perdere la comunione. – Se non vi piace andatevene! gli diceva. Io non voglio dannarmi l'anima per voi; e non vi ho detto nulla quando ho saputo che correte dietro le donnacce come la Vespa e la Mangiacarrubbe, ora che sono malmaritate. Correte a trovarle, che ora ci hanno il truogolo in casa, e cercano il maiale. – Ma 'Ntoni giurava che non era vero, e a lui non gliene

importava di queste cose; alle femmine non ci pensava più, e avrebbe potuto sputargli in faccia se lo vedeva parlare con un'altra donna.

– No, così non te lo levi dai piedi, ripeteva intanto lo zio Santoro. Non vedi come è attaccato al pane che ti mangia? Bisogna rompere la pentola per aggiustarla. Bisogna farlo mettere fuori a pedate. Massaro Filippo mi ha detto che il mosto non può tenerlo più nelle botti, e lo venderà ad altri se tu non fai la pace con don Michele, e non ti riesce di farlo entrare di contrabbando come prima! – E tornava a cercare massaro Filippo nella bottega di Pizzuto, tastando i muri col bastone. Sua figlia faceva la sdegnosa, protestando che non avrebbe mai piegato il capo a don Michele, dopo la partaccia che colui le aveva fatto. – Lascia fare a me che l'aggiusto io! assicurava lo zio Santoro. – Farò le cose con giudizio. Non ti lascerei fare la figura di tornare a leccare gli stivali a don Michele; sono tuo padre o no, santo Dio?

'Ntoni, dacché la Santuzza gli faceva degli sgarbi, bisognava che pensasse come pagare il pane che gli davano all'osteria, giacché a casa sua non osava comparire, e quei poveretti intanto pensavano a lui quando mangiavano la loro minestra senza appetito, come se anch'egli fosse morto, e non stendevano nemmeno la tovaglia, sparpagliati per la casa, colla scodella sulle ginocchia. – Questo è l'ultimo colpo, per me che sono vecchio! – ripeteva il nonno; e chi lo vedeva passare colle reti in spalla, per andare a giornata, diceva: – Questa è l'ultima invernata per padron 'Ntoni. Poco ci vorrà che tutti quegli orfani rimangono sulla strada. – E la Lia, se la Mena le diceva di ficcarsi dentro quando passava don Michele, rispondeva con tanto di bocca:

– Sì! bisogna ficcarsi in casa, quasi fossi un tesoro! Sta tranquilla che di tesori come noi non ne vogliono neppure i cani!

– Oh! se tua madre fosse qui, non diresti così! mormorava Mena.

– Se mia madre fosse qui, non sarei orfana, e non dovrei pensarci da me ad aiutarmi. E nemmeno 'Ntoni

andrebbe per le strade, che è una vergogna sentirsi dire che siamo sue sorelle, e nessuno vorrà prendersi in moglie la sorella di 'Ntoni Malavoglia.

'Ntoni, ora che era in miseria, non aveva più ritegno di mostrarsi insieme a Rocco Spatu e a Cinghialenta per la *sciara* e verso il Rotolo, e a discorrere sottovoce fra di loro, colla faccia scura, a guisa di lupi affamati. Don Michele tornava a dire alla Mena: — Vostro fratello vi darà qualche dispiacere, comare Mena!

Mena era ridotta ad andare a cercare il fratello sulla *sciara* anche lei, e verso il Rotolo, o sulla porta dell'osteria; e piangeva e singhiozzava, tirandolo per la manica della camicia. Ma egli rispondeva:

— No! È don Michele che mi vuol male, te l'ho detto. Sta sempre a macchinar birbonate contro di me collo zio Santoro. Li ho sentiti io nella bottega di Pizzuto, che lo sbirro gli diceva: — E se tornassi dalla vostra figlia, che figuraccia ci farei? — E lo zio Santoro rispondeva: — Oh bella! se vi dico che tutto il paese si mangerebbe i gomiti dall'invidia!

— Ma tu cosa vuoi fare? ripeteva Mena colla faccia pallida. Pensa alla mamma, 'Ntoni, e pensa a noi che non abbiamo più nessuno!

— Niente! Voglio svergognare lui e la Santuzza davanti a tutto il paese, quando vanno alla messa! Voglio dir loro il fatto mio, e far ridere la gente. Già non ho paura di nessuno al mondo; e mi sentirà anche lo speziale lì vicino.

Mena infatti aveva un bel piangere e un bel pregare, egli tornava a dire che non aveva nulla da perdere, e dovevano pensarci gli altri più di lui; che era stanco di fare quella vita, e voleva finirla — come diceva don Franco. E siccome all'osteria lo vedevano di malocchio, andava a girandolare per la piazza, specialmente la domenica, e si metteva sugli scalini della chiesa per vedere che faccia facevano quegli svergognati che venivano lì a gabbare il mondo, e far le corna al Signore e alla Madonna sotto i loro occhi stessi.

La Santuzza, dacché incontrava 'Ntoni che faceva la sentinella sulla porta della chiesa, se ne andava ad Aci Castello per la messa, di buon mattino, onde sfuggire la tentazione di far peccati. 'Ntoni vedeva passare la Mangiacarrubbe, col naso nella mantellina, senza guardar più nessuno, ora che aveva acchiappato il marito. La Vespa, tutta in fronzoli, e con tanto di rosario in mano, andava a pregare il Signore a liberarla di quel castigo di Dio di suo marito; e 'Ntoni sghignazzava loro dietro: — Ora che l'hanno pescato il marito non hanno più bisogno di nulla. Ci è chi deve pensare a dar loro da mangiare!

Lo zio Crocifisso aveva persa anche la devozione, dacché si era messa la Vespa addosso, e non andava nemmeno in chiesa, per stare lontano dalla moglie almeno il tempo della messa; così si dannava l'anima.

— Questo è l'ultimo anno per me! andava piagnucolando; e adesso correva a cercare padron 'Ntoni, e gli altri disgraziati al pari di lui. — Nella mia vigna ci ha grandinato, e alla vendemmia non ci arrivo di certo.

— Sapete, zio Crocifisso, rispondeva padron 'Ntoni; quando vogliamo andare dal notaio per quell'affare della casa io son pronto, e ci ho qui i denari. — Colui non pensava ad altro che alla sua casa, e non gliene importava un corno degli affari degli altri.

— Non mi parlate di notaio, padron 'Ntoni! Quando sento parlare di notaio, mi rammento del giorno in cui mi ci lasciai trascinare dalla Vespa, maledetto sia il giorno che ci misi i piedi!

Ma compare Piedipapera che fiutava la senseria, gli diceva: — Quella strega della Vespa, se morite voi, è capace di dargliela per un pezzo di pane la casa del nespolo; ed è meglio che li facciate voi i vostri affari, finché ci avete gli occhi aperti.

Allora lo zio Crocifisso rispondeva: — Sì, sì, andiamo pure dal notaio; ma bisogna che mi facciate guadagnare qualche cosa su questo affare. Vedete quante perdite ho fatte! — E Piedipapera aggiungeva, fingendo di parlare con lui: — Quel-

la strega di vostra moglie se sa che avete ripreso i denari della casa, è capace di strozzarvi, per comprarsene tante collane e fazzoletti di seta. — E diceva pure: — Almeno la Mangia-carrubbe non ne compra più collane e fazzoletti di seta, ora che ha acchiappato il marito. La vedete come viene a messa con una vesticciuola di cotonina!

— A me non me ne importa della Mangiacarrubbe, ma a-vrebbero dovuto bruciarla viva anche lei, con tutte le altre donne che sono al mondo per farci dannare l'anima. Che ci credete che non compra più nulla? Tutta impostura per min-chionare padron Fortunato, il quale va gridando che vuole pigliarsi una di mezzo alla strada, piuttosto che lasciar godere la roba sua a quella pezzente la quale gli ha rubato il figliuo-lo. Io per me gli regalerei la Vespa, se la volesse! Tutte le stesse! e guai a chi ci capita, per sua disgrazia! che il Si-gnore leva il lume. Vedete don Michele, che va nella strada del Nero, per far l'occhietto con donna Rosolina; cosa gli manca a costui? Rispettato, ben pagato, con tanto di pan-cia!... Ebbene! corre dietro alle donne anche lui per cer-carsi i guai colla lanterna; per la speranza di quei quat-tro soldi del vicario.

— No, egli non ci viene per donna Rosolina, no! diceva Piedipapera ammiccandogli di nascosto. — Donna Rosoli-na può farci le radiche sul terrazzino in mezzo ai suoi po-midoro, a fargli l'occhio di pesce morto. A don Michele non gliene importa nulla dei denari del vicario. Lo so io cosa va a fare nella strada del Nero!

— Dunque cosa pretendete per la casa? tornò a dire pa-dron 'Ntoni.

— Ne parleremo, ne parleremo quando saremo dal no-taio, rispose lo zio Crocifisso. Adesso lasciatemi ascoltare la santa messa; e in tal modo lo mandava via mogio mo-gio.

— Don Michele ci ha altro per la testa, — ripeteva Pie-dipapera, cacciando fuori tanto di lingua dietro le spalle di padron 'Ntoni, e accennando coll'occhio a suo nipote, il quale andava ad appollaiarsi sui muri, con un pezzo di

giubbone sulle spalle, saettando delle occhiatacce sullo zio Santoro, il quale aveva preso a venire alla messa, per stendere la mano ai fedeli, borbottando avemarie e gloriapatri, e conosceva tutti ad uno ad uno, come la folla usciva dalla chiesa, dicendo all'uno: – Il Signore vi dia la provvidenza! e a quell'altro: – Tanta salute! – e come gli passò accanto don Michele gli disse pure: – Andateci che vi aspetta nell'orto dietro la tettoia. Santa Maria, ora pro nobis! Signore Iddio perdonatemi!...

La gente, appena don Michele tornò a bazzicare dalla Santuzza, diceva: – Fecero pace cani e gatti! Vuol dire che ci era sotto qualche cosa per tenersi il broncio. E come massaro Filippo era pure tornato all'osteria: – Anche quell'altro! Che non sa starci senza don Michele? È segno che è innamorato di don Michele, piuttosto che della Santuzza. Certuni non sanno star soli neppure in paradiso.

Allora 'Ntoni Malavoglia masticava bile, vedendosi scacciato a pedate fuori della bettola peggio di un cane rognoso, senza un baiocco in tasca per andare a bere sul mostaccio a don Michele, e piantarsi là tutto il giorno, coi gomiti sul desco, a far loro mangiare il fegato. Invece gli toccava star sulla strada come un cagnaccio, colla coda fra le gambe e il muso a terra, borbottando: – Sangue di Giuda! un giorno o l'altro succederà una commedia, succederà!

Rocco Spatu, e Cinghialenta, che avevano sempre qualche soldo, gli ridevano sul naso, dalla porta della taverna, facendogli le corna; e venivano a parlargli sottovoce, tirandolo pel braccio verso la *sciara* e parlandogli nell'orecchio. Egli tentennava sempre a dir di sì, come un minchione che era. Allora gli rinfacciavano: – Ti sta bene a morir di fame, lì davanti, e a vederti far le corna sotto agli occhi tuoi stessi da don Michele, carogna che sei!

– Sangue di Giuda! non dite così! gridava 'Ntoni col pugno in aria, – che un giorno o l'altro faccio succedere una commedia, faccio succedere!

Ma gli altri lo piantavano lì, alzando le spalle, sghignaz-

zando; tanto che infine gli fecero montare la mosca al naso; e andò a piantarsi proprio nel bel mezzo dell'osteria, giallo come un morto, col pugno sul fianco, e il giubbone vecchio sulle spalle, che pareva ci avesse un vestito di velluto, girando gli occhiacci intorno per stuzzicare chi sapeva lui. Don Michele, per amore dei galloni, fingeva di non vederlo, e cercava di andarsene; ma 'Ntoni ora che don Michele faceva il minchione si sentiva crescere il fegato, e gli rideva e gli sghignazzava sul mostaccio, a lui e alla Santuzza; e sputava sul vino che beveva, dicendo che era tossico di quello che avevano dato a Gesù sacramentato! — E battezzato per giunta, che la Santuzza ci aveva messa l'acqua, ed era una vera minchioneria venire a lasciarsi rubare i soldi in quella bettolaccia; per questo ei non ci veniva più! — La Santuzza, toccata nel debole, non seppe più contenersi, e gli disse che non ci veniva più perché erano stanchi di mantenerlo per carità, che erano stati costretti a cacciarlo fuori dell'uscio colla scopa, tanto era affamato. Allora 'Ntoni cominciò a fare il diavolo, gridando e rompendo i bicchieri, che l'avevano messo fuori per tirarsi in casa quell'altro baccalà col berretto gallonato; ma gli bastava l'anima di fargli uscire il vino dal naso, se voleva, perché lui non aveva paura di nessuno. Don Michele, giallo anche lui, col berretto di traverso, balbettava: — Per la santa parola d'onore, stavolta finisce brutta! — intanto che la Santuzza faceva piovere i bicchieri e le mezzette addosso a tutti e due. Così finalmente si azzuffarono e cominciarono a darsi dei pugni, e a rotolarsi sotto le panche, che volevano mangiarsi il naso, mentre la gente li prendeva a calci e a pugni per separarli; e ci riescì infine Peppi Naso colla cinghia di cuoio che s'era levata dai calzoni, e dove arrivava levava il pelo.

Don Michele si spolverò la montura, andò a raccattare la sciabola che aveva persa, e se ne uscì borbottando fra i denti, senz'altro, per amor dei galloni. Ma 'Ntoni Malavoglia, il quale mandava un fiume di sangue dal naso, vedendolo sgattaiolare, non lo potevano tenere dal gri-

dargli dietro un mare d'improperi dalla porta dell'osteria, mostrandogli il pugno, e asciugandosi colla manica il sangue che gli colava dal naso; e gli prometteva che voleva dargli il resto quando l'incontrava.

# XIV

Quando 'Ntoni Malavoglia incontrò don Michele per dargli il resto fu un brutto affare, di notte, mentre diluviava, ed era scuro che non ci avrebbe visto neppure un gatto, all'angolo della *sciara* verso il Rotolo, dove bordeggiavano quatte quatte le barche che facevano finta di pescare merluzzi a mezzanotte, e dove 'Ntoni andava a ronzare, con Rocco Spatu, e Cinghialenta, ed altri malarnesi, con la pipa in bocca, che le guardie le conoscevano ad una ad una quelle punte di fuoco delle pipe, mentre stavano appiattate fra gli scogli con le carabine in mano.

– Comare Mena, – aveva detto don Michele un'altra volta, passando dalla strada del Nero; – ditegli a vostro fratello di non andarci di notte al Rotolo, con Rocco Spatu e Cinghialenta.

Ma 'Ntoni aveva fatto il sordo perché « ventre affamato non sente ragione »; e don Michele non gli faceva più paura, dopo che si erano rotolati a pugni e a cazzotti sotto le panche all'osteria; inoltre gli aveva promesso di dargli il resto quando l'incontrava, e non voleva passare per canaglia e per spaccone agli occhi della Santuzza e di tutti quelli che erano stati presenti alla minaccia. – Gli ho detto che gli darò il rimanente dove l'incontrerò; e se l'incontro al Rotolo glielo dò al Rotolo! – ripeteva coi suoi amici, e ci avevano tirato anche il figlio della Locca. Avevano passato la sera all'osteria, a bere e schiamazzare, che la bettola è come un porto di mare, e la Santuzza non

avrebbe potuto mandarlo via, ora che ci aveva dei soldi in tasca e li faceva ballare nella mano. Don Michele era passato a far la ronda, ma Rocco Spatu, che sapeva la legge, diceva sputacchiando: – Finché c'è il lume sulla porta abbiamo il diritto di star qua! – e si appoggiava al muro per star meglio. 'Ntoni Malavoglia se la godeva anche a far sbadigliare la Santuzza, la quale dormicchiava dietro i bicchieri, colla testa posata su quei cuscini che portavano la medaglia di Figlia di Maria. – E ci sta sul morbido meglio che su di un fascio d'erba fresca! – diceva 'Ntoni, il quale aveva il vino chiacchierone; mentre Rocco, pieno come una botte, non fiatava più, colle spalle al muro.

Lo zio Santoro intanto, a tastoni, aveva ritirato il lume e chiudeva la porta. – Ora andatevene che ho sonno; disse la Santuzza.

– Io non ho mica sonno io! Massaro Filippo a me mi lascia dormire la notte.

A me non me ne importa se vi lascia dormire; ma non voglio che mi prendano la multa per amor vostro, se mi trovano l'uscio aperto a quest'ora.

– Chi ve la piglia la multa? quello sbirro di don Michele? Fatelo venire qui che gliela dò io la multa! diteglì che c'è qui 'Ntoni Malavoglia, sangue della madonna!

La Santuzza intanto lo aveva preso per le spalle e lo spingeva fuori dell'uscio. – Andate a dirglielo voi stesso; e andate a cercarvi i guai fuori di qui. Io non ne voglio chiacchiere colla polizia pei vostri begli occhi.

'Ntoni, vistosi cacciare in quel modo sulla strada, nel fango, e coll'acqua che veniva giù come Dio la mandava, tirò fuori tanto di coltello, e giurava e sacramentava che voleva pungerli tutti quanti, lei e don Michele! Cinghialenta era il solo che stesse in sensi per tutti, e lo tirava pel giubbone, e gli diceva: – Lascia stare per stasera! Non lo sai quello che abbiamo da fare?

Al figlio della Locca allora gli venne una gran voglia di mettersi a piangere, al buio.

– È ubbriaco, osservò Rocco Spatu, messo sotto la gronda. Portatelo qui che gli farà bene.

'Ntoni, un po' calmato dall'acqua che gli pioveva dalla gronda, si lasciò condurre da compare Cinghialenta, seguitando a sbuffare, mentre sguazzava nelle pozzanghere, e sacramentava che se incontrava don Michele voleva dargli quello che gli aveva promesso. Tutt'a un tratto si trovò davvero naso a naso con don Michele, il quale ronzava lì intorno anche lui, colla pistola sulla pancia e i calzoni dentro gli stivali. Allora 'Ntoni si calmò di botto, e tutti e tre si allontanarono quatti quatti, verso la bottega di Pizzuto. Arrivati dietro l'uscio, adesso che don Michele era ben lontano, 'Ntoni volle a forza che si fermassero per udire quello che diceva.

– Lo vedete dove andava don Michele? e la Santuzza che diceva d'aver sonno! Adesso come faranno se c'è tuttora massaro Filippo nella stalla?

– E tu lascia stare don Michele, – gli disse Cinghialenta, così ci lascerà andare pei fatti nostri.

– Voi altri siete tante carogne! disse 'Ntoni, che avete paura di don Michele.

– Stasera sei ubbriaco! ma ti farei vedere se ho paura di don Michele! Ora che ho venduto il mulo non voglio che nessuno venga a vedere come mi guadagno il pane, sangue di un cane!

Là si misero a cianciare a voce bassa a ridosso del muro, intanto che lo scroscio della pioggia copriva i loro discorsi. Ad un tratto suonàrono le ore, e tacquero tutti e quattro per stare ad ascoltare.

– Entriamo da compare Pizzuto, disse Cinghialenta. Egli è padrone di tenere la porta aperta sino che vuole, e senza lume fuori.

– È scuro che non ci si vede! disse il figlio della Locca.

– Bisogna bere qualche cosa, col tempo che fa; rispose Rocco Spatu. Se no ci romperemo il naso nella *sciara*.

Cinghialenta si mise a brontolare: – Come se andassi-

mo a giuocare! Ora vi farò dare dell'acqua col limone da mastro Vanni.

– Io non ho bisogno dell'acqua col limone! saltò su 'Ntoni; e vedrete se il fatto mio lo saprò fare meglio di voi altri!

Compare Pizzuto non voleva aprire a quell'ora, e rispondeva che era a letto; ma siccome continuavano a picchiare, e minacciavano di svegliare tutto il paese e di far correre la guardia a mettere il naso nei fatti loro, si fece dare la voce e venne ad aprire in mutande.

– Che siete pazzi a picchiare in questo modo? esclamava. Or ora ho visto passare don Michele.

– Sì, l'abbiamo visto anche noi; adesso sta recitando il rosario colla Santuzza.

– Che lo sai donde viene don Michele? gli domandò Pizzuto guardandolo negli occhi: 'Ntoni fece una spallata; e Vanni, mentre si faceva da parte per lasciarli entrare, ammiccò a Rocco e a Cinghialenta:

– È stato dalle Malavoglia, soffiò loro nell'orecchio. – L'ho visto escire io!

– Buon prò, rispose Cinghialenta; ma bisognerebbe dire a 'Ntoni che raccomandi a sua sorella di trattenere don Michele tutta la notte, quando abbiamo da fare...

– Che cosa volete da me? chiese 'Ntoni colla lingua grossa.

– Niente, non è affare per questa sera.

– Se non è affare per questa sera perché mi avete fatto lasciar l'osteria, che son tutto fradicio dalla pioggia? disse Rocco Spatu.

– È un altro discorso che stavamo facendo con compare Cinghialenta.

E Pizzuto aggiunse:

– Sì, è venuto l'uomo dalla città, e ha detto che per questa sera la roba è là, ma sarà un affare grosso sbarcarla con questo tempo.

– Tanto meglio; così nessuno ci vede a sbarcarla.

– Sì, ma le guardie hanno l'orecchio fino; e badate che

m'è parso di vederle ronzare qui davanti, e guardare dentro la bottega.

Allora successe un momento di silenzio, e compare Vanni, per finirla, andò a riempire tre bicchieri di erbabianca.

– Me ne impipo delle guardie! esclamò Rocco Spatu dopo che ebbe bevuto. – Peggio per loro se vengono a mettere il naso nei fatti miei: ho qui il mio temperino che non fa tanto chiasso come le loro pistole.

– Noi ci buschiamo il pane come possiamo, e non vogliamo far male a nessuno! aggiunse Cinghialenta. – O che uno non è più padrone di farsi sbarcare la roba dove vuole?

– Loro stanno a spasso come i ladri, per farsi pagare il dazio di ogni fazzoletto da naso che volete portare a terra, e nessuno li prende a schioppettate; aggiunse 'Ntoni Malavoglia. – Sapete che cos'ha detto don Giammaria? che rubare ai ladri non è peccato. E i primi ladri son quelli coi galloni, che ci mangiano vivi.

– Vogliamo farne tonnina! conchiuse Rocco Spatu, cogli occhi lucenti al pari di un gatto.

Ma a quel discorso il figlio della Locca posò il bicchiere senza accostarlo alla bocca, giallo come un morto.

– Che sei già ubbriaco? gli chiese Cinghialenta.

– No, rispose lui, non ho bevuto.

– Esciamo fuori che l'aria aperta farà bene a tutti. Buona notte a chi resta.

– Un momento! gridò Pizzuto colla mano sul battente. – Non è pei soldi dell'erbabianca; questa ve l'ho data per niente, come amici che siete; ma vi raccomando, eh! La mia casa è qui per voi altri, se l'affare va bene. Sapete che ci ho lì dietro una camera dove ci starebbe un bastimento di roba, e nessuno ci mette il naso, ché con don Michele e le sue guardie siamo come pane e cacio. Di compare Piedipapera non mi fido, perché l'altra volta mi fece le corna, e andò a portare la roba in casa di don Silvestro. Don Silvestro non si contenterebbe mai di quel che gli dareste di sua parte, col pretesto che arrischia di perdere il posto; ma

con me non avete questo timore, e mi darete quel ch'è giusto. E sì che a compare Piedipapera non gli ho mai negato la senseria, e gli do il bicchierino ogni volta che viene qui, e la barba gliela faccio per niente. Ma santo diavolone! se mi fa le corna un'altra volta non voglio passar per minchione, e andrò a contare a don Michele tutte queste bricconate.

— No, no! compare Vanni; non c'è bisogno d'andarle a raccontare a don Michele! E Piedipapera s'è visto stasera?

— Neanche sulla piazza; era lì nella spezieria a fare la repubblica collo speziale. Ogni volta che si fa il colpo egli voga al largo, per provare che lui non ci entra in tutto quel che può succedere. È volpe vecchia e le palle delle guardie non lo coglieranno mai, sebbene sia zoppo come il diavolo. Poi domattina, a cose fatte, verrà a riscuotere la senseria, colla faccia tosta. Ma le palle le lascia per gli altri.

— Piove sempre! disse Rocco Spatu. Che non vuol finire stanotte?

— Con questo tempaccio, non ci sarà nessuno al Rotolo, soggiunse il figlio della Locca, ed è meglio tornarsene a casa.

'Ntoni, Cinghialenta e Rocco Spatu, che erano sulla soglia, davanti alla pioggia che scrosciava come il pesce nella padella, rimasero un momento zitti, guardando nel buio.

— Minchione che sei! esclamò Cinghialenta per fargli coraggio; e Vanni Pizzuto adagio adagio chiuse l'uscio, dopo di aver detto sottovoce:

— Sentite, veh! se vi accadesse qualche disgrazia, voi non m'avete visto stasera! Il bicchierino ve l'ho dato per l'amicizia, ma in casa mia non ci siete stati. Non mi tradite, che non ho nessuno al mondo.

Gli altri se ne andarono mogi mogi, sotto la pioggia, rasente i muri. — E anche costui! masticava fra i denti Cinghialenta, — che sta a sparlare di Piedipapera, e dice che non ha nessuno al mondo. Almeno Piedipapera ci ha la moglie. E ci ho moglie anch'io! Ma io son di quelli delle palle!...

In quel momento passavano quatti quatti dietro l'uscio della cugina Anna, e Rocco Spatu disse che anche lui ci aveva la mamma, la quale a quell'ora stava dormendo, beata lei.

— Chi può starsene fra le lenzuola, con questo tempaccio, non va in giro di certo; conchiuse compare Cinghialenta.

'Ntoni fece segno di star zitti, e di scantonare per la viottola, onde evitare di passare davanti alla sua casa, ché Mena o il nonno potevano stare ad aspettarlo, e li avrebbero uditi.

— Non sta ad aspettar te, no, tua sorella; gli diceva quell'ubbriacone di Rocco Spatu. Se mai, aspetta don Michele!

'Ntoni allora voleva mangiargli l'anima, mentre si trovava il coltello in tasca, e Cinghialenta chiese loro se erano ubbriachi, a volersi quistionare per delle sciocchezze, mentre andavano a fare quello che sapevano.

Mena infatti aspettava il fratello dietro l'uscio, col rosario in mano, ed anche Lia, senza dir nulla di quello che sapeva, ma pallida come una morta. E meglio sarebbe stato per tutti che 'Ntoni fosse passato per la strada del Nero, invece di scantonare per la viottola. Don Michele c'era stato davvero verso un'ora di notte, e aveva picchiato all'uscio.

— Chi è a quest'ora? disse Lia, la quale orlava di nascosto un fazzoletto di seta che don Michele infine era riuscito a farle prendere.

— Son io, don Michele; aprite che devo parlarvi di premura!

— Non apro perché tutti sono in letto e mia sorella è di là ad aspettare 'Ntoni dietro l'uscio.

— Se vostra sorella vi sente ad aprire non fa nulla. Si tratta appunto di 'Ntoni, ed è affare di premura. Non voglio che vada in galera vostro fratello. Ma apritemi, che se mi vedono qui perdo il pane.

– Oh vergine Maria! cominciò a dire allora la ragazza. Oh vergine Maria!

– Chiudetelo in casa, stanotte, vostro fratello, come torna. Ma non gli dite che ci sono stato io. Ditegli che è meglio che stia in casa. Diteglielo!

– Oh vergine Maria! Oh vergine Maria! ripeteva Lia colle mani giunte.

– Adesso è all'osteria, ma deve passar di qua. Voi aspettatelo sull'uscio, che è meglio per lui.

Lia piangeva sottovoce, perché non udisse sua sorella, col viso nelle mani, e don Michele la vedeva piangere, colla pistola sulla pancia e i calzoni dentro gli stivali. – Per me stasera non c'è nessuno che stia inquieto, o che si metta a piangere, comare Lia, ma anch'io sono in pericolo come vostro fratello. Allora, se mi accade qualche disgrazia, pensateci che son venuto ad avvertirvi ed ho arrischiato di perdere il pane per voi!

Allora Lia alzò il viso dalle mani, e lo guardò cogli occhi pieni di lacrime. – Dio ve la paga, don Michele, la carità!

– Io non voglio esser pagato, comare Lia; l'ho fatto per voi e pel bene che vi voglio.

– Ora andatevene, che tutti dormono! andatevene, per l'amor di Dio, don Michele!

Don Michele se n'andò, ed ella rimase dietro l'uscio a dire il rosario per suo fratello; e pregava il Signore che lo mandasse da quelle parti.

Ma il Signore non ve lo mandò. Tutti e quattro, 'Ntoni, Cinghialenta, Rocco Spatu e il figlio della Locca, filavano quatti quatti lungo i muri della viottola, e come furono sulla *sciara* si cavarono le scarpe, e stettero ad origliare un po', inquieti e colle scarpe in mano.

– Non si sente nulla, disse Cinghialenta.

La pioggia continuava a cadere, e dalla *sciara* non si udiva altro che il brontolare del mare là sotto.

– Non ci si vede nemmeno a bestemmiare, disse Rocco

Spatu. Come faranno ad afferrare lo *scoglio dei colombi* con questo scuro?

– Sono tutti gente pratica, – rispose Cinghialenta. Conoscono le coste, palmo a palmo, ad occhi chiusi.

– Ma io non sento nulla! osservò 'Ntoni.

– È vero, non si sente nulla! rispose Cinghialenta. Ma devono essere laggiù da un pezzo.

– Allora è meglio tornarsene a casa, aggiunse il figlio della Locca.

– Tu ora che hai mangiato e bevuto non pensi ad altro che a tornartene a casa; ma se non stai zitto ti butto in mare con una pedata! gli disse Cinghialenta.

– Il fatto è, brontolò Rocco, che mi secca passar qui la notte, senza far nulla.

– Ora sapremo se ci sono o no; e si misero a fare lo strido della civetta.

– Se sentono le guardie di don Michele, disse 'Ntoni, correranno qui subito, perché con una notte come questa le civette non vanno in giro.

– Allora è meglio andarcene, piagnucolò il figlio della Locca, giacché nessuno risponde.

Tutti e quattro si guardarono in volto, sebbene non si vedessero, e pensarono a quel che aveva detto 'Ntoni di padron 'Ntoni.

– Che facciamo? tornò a dire il figlio della Locca.

– Scendiamo sulla strada, propose Cinghialenta; se non c'è nessuno nemmeno là, vuol dire che non son venuti.

'Ntoni, mentre scendevano sulla strada disse:

– Piedipapera è capace di venderci tutti per un bicchiere di vino.

– Ora che non hai più il bicchiere dinanzi, gli disse Cinghialenta, hai paura anche tu.

– Andiamo, sangue del diavolo! Vi farò vedere se ho paura.

Nello scendere adagio adagio per gli scogli, tenendosi bene per non rompersi il collo, Spatu osservò sottovoce:

– Vanni Pizzuto a quest'ora è nel suo letto, lui che se

la prendeva con Piedipapera perché si acchiappa la senseria senza far nulla.

— Orbè! conchiuse Cinghialenta, se non volete rischiar la pelle, dovevate restare a casa a dormire.

Nessuno fiatò più, e 'Ntoni andava pensando, mentre metteva le mani avanti per vedere dove posava i piedi, che compare Cinghialenta avrebbe potuto fare a meno di dir così, perché a ciascuno in quei frangenti gli viene davanti agli occhi la sua casa, col letto e la Mena che sonnecchiava dietro l'uscio.

Quell'ubbriacone di Rocco Spatu disse infine:

— La nostra pelle non vale un baiocco.

— Chi va là! udirono gridare a un tratto dietro il muro della strada. — Fermi! fermi tutti!

— Tradimento! tradimento! cominciarono a gridare, mettendosi a fuggire per la *sciara*, senza badare più dove mettevano i piedi.

Ma 'Ntoni che aveva già scavalcato il muro si trovò a naso a naso con don Michele, il quale aveva la pistola in pugno.

— Sangue della madonna! gridò Malavoglia tirando fuori il coltello; voglio farvi vedere se ho paura della pistola!

La pistola di don Michele partì in aria, ma egli stramazzò come un bue, colpito al petto. 'Ntoni allora voleva fuggire, saltando meglio di un capriolo, però le guardie gli furono addosso, intanto che piovevano le schioppettate come la grandine, e lo gettarono a terra.

— Ora come farà la mia mamma! piagnucolava il figlio della Locca, mentre lo legavano peggio di Cristo.

— Non stringete tanto forte, sangue della madonna! urlava 'Ntoni; lo vedete che non posso più muovermi!

— Va là, va là, Malavoglia! gli rispondevano. Il tuo conto è bello e aggiustato! e lo spingevano a boccate di carabina.

Mentre lo conducevano in caserma, legato peggio di Cristo anche lui, e gli portavano dietro don Michele, sulle spalle delle guardie, andava cercando cogli occhi dove

fossero Cinghialenta e Rocco Spatu. – L'hanno scampata! diceva fra di sé; non hanno a temere più di niente, come Vanni Pizzuto e Piedipapera che dormono fra le lenzuola a quest'ora. Soltanto a casa mia non dormono più, dacché hanno udito le schioppettate.

Infatti quei poveretti non dormivano, e stavano sulla porta, sotto la pioggia, come se avesse parlato loro il cuore; mentre i vicini, si voltavano dall'altra parte, e tornavano a dormire, sbadigliando: – Domani sapremo cos'è stato.

Sul tardi, appena principiò a rompere l'alba, la gente si affollava davanti alla bottega di Pizzuto, che c'era ancora il lumicino; e lì si faceva un gran chiacchierare di quel che era successo, in quel diavolìo della notte.

– Hanno sorpreso il contrabbando e i contrabbandieri; raccontava Pizzuto, – e don Michele ci ha buscato una coltellata. – La gente guardava verso la porta dei Malavoglia, e faceva segno col dito. Infine venne la cugina Anna, tutta spettinata, bianca come un cencio, e non sapeva che dire. Padron 'Ntoni come se gli parlasse il cuore, domandò: – E 'Ntoni? Sapete dov'è 'Ntoni? – L'hanno arrestato stanotte nel contrabbando, insieme al figlio della Locca! – rispose la cugina Anna, la quale aveva perduto la testa. – Hanno ammazzato don Michele!

– Ah! mamma mia! – gridò il vecchio cacciandosi le mani nei capelli; ed anche la Lia si era cacciate le mani nei capelli. Padron 'Ntoni, sempre colle mani in testa, non faceva altro che dire: – Ah! mamma mia! Ah! mamma mia!

Sul tardi venne Piedipapera, colla faccia angustiata, picchiandosi la fronte: – Avete sentito, eh, padron 'Ntoni, che disgrazia! Io sono rimasto di sale quando l'ho saputo. – Comare Grazia, sua moglie, piangeva davvero, poveretta, vedendo come le disgrazie fioccavano nella casa dei Malavoglia. – Tu che ci vieni a fare? gli diceva sottovoce suo marito, tirandola vicino alla finestra. – Tu non

ci entri. Adesso a bazzicare in questa casa si tira addosso gli occhi degli sbirri.

La gente perciò non si affacciava nemmeno all'uscio dei Malavoglia. Solo la Nunziata, appena sentita la notizia, aveva affidato i ragazzi al più grandicello, e raccomandata la sua casa alla vicina, ed era corsa da comare Mena, a piangere con lei, come una che non aveva ancora gli anni del giudizio. Gli altri stavano a godersi la vista da lontano, sulla strada, o si affollavano come le mosche davanti alla caserma, per vedere come sembrava 'Ntoni di padron 'Ntoni dietro la grata, dopo che aveva dato la coltellata a don Michele; oppure correvano nella bottega di Pizzuto, il quale vendeva acquabianca, e faceva la barba, e raccontava ogni cosa com'era stata, parola per parola.

— I minchioni! sentenziava lo speziale. Vedete chi si lascia prendere? i minchioni!

— Sarà un affare brutto! aggiungeva don Silvestro; la galera non gliela levano nemmeno col rasoio.

E don Giammaria andava a dirgli sul mostaccio: — In galera non ci vanno quelli che dovrebbero andarci!

— Sicuro! non ci vanno! rispondeva don Silvestro colla faccia tosta.

— Al giorno d'oggi, aggiungeva padron Cipolla, giallo dalla bile, i veri ladri vi rubano il fatto vostro di mezzogiorno, e in mezzo alla piazza. Vi si ficcano in casa, per forza, senza rompere né porte né finestre.

— Come voleva fare in casa mia 'Ntoni Malavoglia, aggiungeva la Zuppidda, venendo a filare la sua canapa nel crocchio.

— Io te l'ho sempre detto, pace degli angeli! cominciava suo marito.

— Voi state zitto, che non sapete niente! Guardate che giornata sarebbe venuta adesso per mia figlia Barbara, se non stavo all'erta!

Sua figlia Barbara stava alla finestra, per vedere passare fra gli sbirri 'Ntoni di padron 'Ntoni quando l'avrebbero portato alla città.

– Di là non n'esce più – dicevano tutti. – Sapete cosa c'è scritto alla Vicaria di Palermo? « Corri quanto vuoi che qui t'aspetto! » e « il malo ferro se lo mangia la mola ». Poveri diavoli!

– La buona gente non ci si mette a quel mestiere! sbraitava la Vespa. – I guai li ha chi li cerca. Vedete chi ci si mette a queste cose? chi non fa altro mestiere, ed è un malarnese, come Malavoglia, e il figlio della Locca! – Tutti dicevano di sì, che quando capita un figlio di quella fatta è meglio che gli caschi la casa addosso. La sola Locca andava cercando suo figlio, e si piantava davanti alla caserma delle guardie, strepitando che glielo dessero, senza voler sentir ragione; e quando andava a seccare suo fratello Campana di legno, e si piantava sugli scalini del ballatoio per delle ore intere, coi capelli bianchi che svolazzavano, lo zio Crocifisso gli diceva: – La galera ce l'ho in casa! Vorrei esserci io al posto di tuo figlio! Cosa vuoi da me? Già il pane non te lo portava nemmeno lui!

– La Locca ci guadagna! osservava don Silvestro. Ora che non ha più quel pretesto di averci chi la mantiene, la metteranno all'Albergo dei poveri, e mangerà pasta e carne tutti i giorni. Se no resta a carico del Comune.

E come tornavano a conchiudere che « il malo ferro se lo mangia la mola », padron Fortunato soggiungeva:

– È un buon affare anche per padron 'Ntoni. Credete che non gliene mangi dei soldi quel malarnese di suo nipote? Io lo so quel che vuol dire un figlio che vi fa quella riuscita! Ora glielo manterrà il re.

Ma padron 'Ntoni invece di pensare a risparmiare quei soldi, adesso che il nipote non glieli mangiava più, seguitava a buttarglieli dietro, con avvocati e mangiacarte – quei soldi che costavano tanto, e che erano destinati alla casa del nespolo. – Ora non abbiamo più bisogno della casa, né di nulla! – diceva egli col viso pallido come quello di 'Ntoni, quando l'avevano condotto in città fra gli sbirri, e tutto il paese era andato a vederlo colle mani legate e il fa-

gotto delle camicie sotto il braccio, che glielo aveva portato piangendo Mena, di sera, quando nessuno poteva vederla. Il nonno era andato a cercare l'avvocato, quello delle chiacchiere, ché adesso, dopo aver visto passare anche don Michele, mentre lo portavano all'ospedale, in carrozza, colla faccia gialla lui pure, e la montura sbottonata, il povero vecchio aveva paura, e non stava a cercare il pelo nell'uovo colle chiacchiere dell'avvocato, purché gli sciogliessero le mani a suo nipote e lo lasciassero tornare a casa; giacché gli pareva che 'Ntoni dopo quel terremoto dovesse tornare a casa e starsene sempre con loro, come quando era ragazzo.

Don Silvestro gli fece la carità d'andar con lui dall'avvocato, perché diceva che quando a un cristiano accade una disgrazia come quella dei Malavoglia, bisogna aiutare il prossimo colle mani e coi piedi, fosse pure un birbante da galera, e fare il possibile per levarlo di mano alla giustizia, per questo siamo cristiani e dobbiamo aiutare i nostri simili. L'avvocato, dopo che ebbe udito ogni cosa, e si fu raccapezzato per merito di don Silvestro, disse che era una bella causa, da buscarsi sicuro la galera, se non c'era lui, e si fregava le mani. Padron 'Ntoni diventava molle come un minchione al sentir parlare di galera; ma il dottor Scipioni gli batteva sulla spalla, e gli diceva che non era dottore se non gliela faceva cavare con quattro o cinque anni di prigione.

– Cosa ha detto l'avvocato? domandò Mena appena vide comparire il nonno con quella faccia; e si mise a piangere prima di udire la risposta. Il vecchio si strappava quei pochi capelli bianchi, e andava come un pazzo per la casa, ripetendo: – Ah! perché non siamo morti tutti! – Lia, bianca come la camicia, piantava tanto d'occhi in faccia a ciascuno che parlava, senza potere aprir bocca. Poco dopo arrivò la citazione per testimonianza a Barbara Zuppidda, a Grazia Piedipapera, a don Franco lo speziale, e a tutti quelli che chiacchieravano nella piazza e nella bottega di Pizzuto; sicché il paese intero si mise in subbuglio, e la

gente si affollava colla carta bollata in mano, e giurava che non sapeva nulla, com'è vero Dio! perché non voleva averci a che fare colla giustizia. Accidenti a 'Ntoni e ai Malavoglia che li tiravano pei capelli nei loro imbrogli. La Zuppidda strillava come un'ossessa: — Io non so niente; io all'avemaria mi chiudo in casa, e non sono come loro che vanno in giro per fare quello che fanno, o che stanno all'uscio per cicalare con gli sbirri.

— Alla larga col Governo! aggiungeva don Franco. Sanno che sono repubblicano, e sarebbero contenti di acchiappare un pretesto per farmi sparire dalla faccia della terra.

La gente si logorava il cervello a sapere che cosa potessero dire in testimonianza la Zuppidda e comare Grazia e gli altri, che non avevano visto niente, e le schioppettate l'avevano udite dal letto, mentre dormivano. Ma don Silvestro si fregava le mani come l'avvocato, e diceva che lo sapeva lui perché li avevano citati, ed era meglio per l'accusato. Ogni volta che l'avvocato andava a parlare con 'Ntoni Malavoglia, don Silvestro l'accompagnava alla prigione, quando non aveva nulla da fare; al Consiglio adesso non ci andava nessuno, e le ulive erano raccolte. Anche padron 'Ntoni avea tentato d'andarci due o tre volte; ma com'era arrivato davanti a quelle finestre colle inferriate, e i soldati col fucile che le guardavano, e guardavano tutti coloro che entravano, si era sentito male allo stomaco, ed era rimasto ad aspettare lì davanti, seduto sul marciapiedi, in mezzo a quelli che vendevano castagne e fichidindia, e non gli pareva vero che il suo 'Ntoni fosse là, dietro a quelle grate, coi soldati a guardia. L'avvocato poi tornava dal chiacchierare con 'Ntoni fresco come una rosa, fregandosi le mani; e gli diceva che suo nipote stava bene, anzi era ingrassato. Adesso al povero vecchio gli pareva che suo nipote fosse dei soldati.

— Perché non me lo lasciano andare? — domandava ogni volta come un pappagallo, o come un ragazzo che non sente ragione, e voleva anche sapere se lo tenevano colle mani legate. — Lasciatelo stare dov'è, gli rispondeva il

dottor Scipioni. In queste cose è meglio farci passare del tempo sopra. Già non gli manca nulla, ve l'ho detto, e ingrassa come un cappone. Le cose vanno bene. Don Michele è quasi guarito della sua ferita, e anche questo per noi è una cosa buona. Non ci pensate, vi dico, e tornatevene nella barca ché questo è affar mio.

— Non ci posso tornare nella barca, ora che 'Ntoni è carcerato; non ci posso tornare. Ognuno ci guarderebbe dove passiamo, e poi non ho più la testa al suo posto, ora che 'Ntoni è carcerato.

E tornava a ripetere sempre la stessa cosa, intanto che i denari se ne andavano come l'acqua, e tutti i suoi passavano le giornate rincantucciati in casa, coll'uscio chiuso.

Finalmente arrivò il giorno della citazione, e bisognava che quelli che ci erano scritti andassero al tribunale coi loro piedi, se non volevano andarci coi carabinieri. Ci andò persino don Franco, il quale lasciò il cappellaccio nero per comparire davanti alla giustizia, ed era pallido peggio di 'Ntoni Malavoglia che stava dietro la grata come una bestia feroce, coi carabinieri allato. Don Franco non ci aveva avuto mai a fare colla giustizia, e gli rompeva le scarabattole dover comparire per la prima volta davanti a quella manica di giudici e di sbirri che uno ve lo mettono dietro la grata come 'Ntoni Malavoglia in un batter d'occhio.

Tutto il paese era andato a vedere che faccia ci avesse dietro la grata 'Ntoni di padron 'Ntoni, in mezzo ai carabinieri, e giallo come una candela, che non ardiva soffiarsi il naso per non vedere tutti quegli occhi d'amici e di conoscenti che se lo mangiavano, e voltava e rivoltava nelle mani il suo berretto, mentre il presidente, col robone nero e la tovaglia sotto il mento, gli spifferava tutte le birbonate che aveva fatto, ed erano scritte senza che vi mancasse una parola sulla carta. Don Michele era là, giallo anche lui, seduto sulla sedia, di faccia ai *giudei* che sbadigliavano e si facevano vento col fazzoletto. L'avvocato intanto chiacchierava sottovoce col suo vicino, come se non fosse stato fatto suo.

– Per stavolta, mormorava la Zuppidda all'orecchio della vicina, udendo tutte quelle porcherie che 'Ntoni aveva fatto, la galera non gliela levano di certo.

C'era anche la Santuzza, per dire alla giustizia dove era stato 'Ntoni e dove aveva passata quella sera.

– Guardate cosa vanno a domandare alla Santuzza, borbottava la Zuppidda. Son curiosa di sentire cosa risponderà per non spiattellare alla giustizia tutti i fatti suoi.

– Ma da noi che vogliono sapere? domandò comare Grazia.

– Vogliono sapere se è vero che la Lia se la intendeva con don Michele, e che suo fratello 'Ntoni abbia voluto ammazzarlo per tagliarsi le corna; me l'ha detto l'avvocato.

– Che vi venga il colèra! soffiò loro lo speziale facendo gli occhiacci. Volete che andiamo tutti in galera? Sappiate che colla giustizia bisogna dir sempre di no, e che noi non sappiamo niente.

Comare Venera si rincantucciò nella mantellina, ma seguitò a borbottare. – Questa è la verità. Li ho visti io cogli occhi miei, e lo sa tutto il paese.

Quella mattina nella casa dei Malavoglia c'era stata una tragedia, che il nonno, come aveva visto partire tutto il paese, per andare a sentir condannare 'Ntoni, aveva voluto correre cogli altri, e Lia, coi capelli arruffati, gli occhi pazzi e il mento che le ballava, avrebbe voluto andare anche lei, e cercava la mantellina per la casa senza dir nulla, ma colla faccia stravolta e le mani tremanti. Mena però l'aveva afferrata per le mani, pallida anche lei, e le diceva:

– No, tu non ci devi andare! tu non ci devi andare! e non le diceva altro. Il nonno aggiungeva che loro dovevano stare in casa, a pregare la Madonna; e il piagnisteo si udiva per tutta la strada del Nero. Il povero vecchio appena fu alla città, nascosto dietro una cantonata, vide passare suo nipote in mezzo ai carabinieri, e colle gambe che gli si piegavano ad ogni passo andò a sedersi sulla scala del Tribunale, in mezzo alla gente che saliva e scendeva pei fatti

suoi. Poi al pensare che tutta quella gente andava a sentire condannare suo nipote, là in mezzo ai soldati, davanti ai giudici, gli parve cose se l'avesse abbandonato in mezzo a una piazza, o in un mare in burrasca, e salì anche lui colla folla, levandosi sulla punta dei piedi, per vedere la grata in alto, coi cappelli dei carabinieri, e le baionette che luccicavano. 'Ntoni però non si vedeva, in mezzo a tutta quella gente, e il povero vecchio pensava sempre che adesso suo nipote era dei soldati.

Intanto l'avvocato chiacchierava e chiacchierava che le parole andavano come la carrucola di un pozzo. Diceva di no, che non era vero che 'Ntoni Malavoglia avesse fatto tutte quelle birbonate. Il presidente era andato a scavarle fuori per cacciare nei guai un povero figliuolo, poiché questo era il suo mestiere. Ma infine come poteva dirlo il presidente? L'aveva visto lui forse 'Ntoni Malavoglia quella notte, col buio che faceva? « Alla casa del povero ognuno ha ragione » e « La forca è fatta pel disgraziato. » Il presidente senza darsene per inteso lo guardava cogli occhiali, e i gomiti appoggiati sui libracci. Il dottor Scipioni tornava a dire che voleva sapere dov'era il contrabbando! e da quando in qua un galantuomo non poteva andare a spasso all'ora che gli pareva e piaceva, massime se ci aveva un po' di vino in testa, per smaltirlo. Padron 'Ntoni allora affermava col capo, e diceva di sì! di sì! colle lagrime negli occhi, ché avrebbe abbracciato in quel momento l'avvocato il quale diceva che 'Ntoni era un ubbriacone. Ad un tratto rizzò il capo. Questa era buona! questa che diceva l'avvocato valeva da sola cinquanta lire: diceva che poiché volevano metterlo colle spalle al muro, e volevano provargli come quattro e quattr'otto che 'Ntoni l'avevano acchiappato proprio sul fatto, col coltello in mano, e gli avevano portato don Michele là davanti, colla faccia da minchione per tanto di coltellata che s'era presa nello stomaco: — Chi dice che gliel'ha data 'Ntoni Malavoglia? predicava l'avvocato. Chi lo può provare? e chi lo sa se don Michele non se l'era data da sé la coltellata,

apposta per mandare in galera 'Ntoni Malavoglia? Ebbene volevano saperlo? Il contrabbando non ci entrava proprio per nulla! Fra don Michele e 'Ntoni di padron 'Ntoni c'era della ruggine vecchia per affar di donne. E padron 'Ntoni tornava a far segno col capo, che se l'avessero fatto giurare davanti al Crocifisso l'avrebbe giurato, e la sapeva tutto il paese, la storia della Santuzza con don Michele, il quale si mangiava le mani dalla gelosia, dopo che la Santuzza s'era incapricciata di 'Ntoni, e s'erano incontrati di notte con don Michele, e dopo che il ragazzo aveva bevuto; si sa come succede quando non ci si vede più dagli occhi. L'avvocato continuava: – Potevano domandarlo un'altra volta alla Zuppidda, e a comare Venera, e a centomila testimoni, che don Michele se la intendeva con la Lia, la sorella di 'Ntoni Malavoglia, e ronzava là da quelle parti della strada del Nero tutte le sere per la ragazza. L'avevano visto anche quella notte della coltellata!

Allora padron 'Ntoni non udì più nulla, perché le orecchie gli si misero a zufolare, e vide per la prima volta 'Ntoni, il quale s'era alzato anche lui nella gabbia, e strappava il berretto colle mani, facendo certi occhi da spiritato, e voleva parlare, accennando col capo di no, di no! I vicini portarono via il vecchio, credendo che gli fosse venuto un accidente; e i carabinieri lo coricarono giusto nella camera dei testimoni, sul tavolaccio, e gli buttarono l'acqua sulla faccia. Più tardi, mentre lo facevano scendere per le scale, barcollante, reggendolo sotto le ascelle, la folla usciva anch'essa come una fiumana, e si sentiva dire: – L'hanno condannato ai ferri, per cinque anni. In quel momento 'Ntoni usciva dall'altra porticina anche lui, pallido, in mezzo ai carabinieri, ammanettato come un Cristo.

La gnà Grazia si mise a correre verso il paese, arrivò prima degli altri, con tanto di lingua fuori, perché la malanuova la porta l'uccello. Appena vide Lia la quale aspettava sull'uscio, come un'anima del purgatorio, le disse prendendole le mani, e tutta sottosopra anche lei:
– Cosa avete fatto, scellerata! che al giudice hanno det-

to che ve l'intendete con don Michele, e a vostro nonno gli è venuto un accidente!

Lia non disse nulla, come non avesse udito, o non gliene importasse niente. Rimase a guardarla cogli occhi sbarrati e la bocca aperta. Infine adagio adagio cadde sulla sedia, e parve che le avessero rotto le gambe in un colpo. Poi, dopo che fu stata un gran pezzo a quel modo, senza muoversi e senza dire una parola, che comare Grazia le gettava l'acqua sulla faccia, cominciò a balbettare: — Voglio andarmene! non voglio starci più qui! e l'andava dicendo al canterano, e alle seggiole, come una pazza, che invano sua sorella le andava dietro piangendo: — Te l'aveva detto! te l'aveva detto! e cercava di afferrarla un'altra volta per le mani. La sera, come portarono il nonno sul carro, e Mena era corsa ad incontrarlo, che oramai · non si vergognava più della gente, Lia uscì nel cortile e poscia nella strada. e se ne andò davvero, e nessuno la vide più.

La gente diceva che la Lia era andata a stare con don Michele: già i Malavoglia non avevano più niente da perdere, e don Michele almeno le avrebbe dato il pane. Padron 'Ntoni adesso era diventato del tutto un uccellaccio di camposanto, e non faceva altro che andare intorno, rotto in due, e con quella faccia di pipa, a dir proverbi senza capo e senza coda: « Ad albero caduto accetta! accetta! » — « Chi cade nell'acqua è forza che si bagni » — « A cavallo magro, mosche ». — E a chi gli domandava perché andasse sempre in giro, diceva che « la fame fa uscire il lupo dal bosco », e « cane affamato non teme bastone »; ma di lui non volevano saperne, ora che era ridotto in quello stato. Ognuno gli diceva la sua, e gli domandava cosa aspettasse colle spalle al muro, lì sotto il campanile, che pareva lo zio Crocifisso quando aspettava d'imprestare dei denari alla gente, seduto a ridosso delle barche tirate in secco, come se ci avesse in mare la paranza di padron Cipolla; e padron 'Ntoni rispondeva che aspettava la morte, la quale non voleva venire a prenderselo, perché « lo sfortunato ha i giorni lunghi ». Della Lia nessuno parlava più in casa, nemmeno Sant'Agata, la quale se voleva sfogarsi andava a piangere di nascosto, davanti al lettuccio della mamma, quando in casa non c'era nessuno. Adesso la casa era grande come il mare, e ci si perdevano dentro. I denari se n'erano andati con 'Ntoni; Alessi era sempre lontano, per guadagnarsi il pane, di qua e di là; e

la Nunziata faceva la carità di venire ad accendere il fuoco, quando la Mena doveva andare a prendere il nonno per mano, verso l'avemaria, come un bambino, perché di sera non ci vedeva più, peggio di una gallina.

Don Silvestro, e gli altri del paese, dicevano che Alessi avrebbe fatto meglio a mandare il nonno all'Albergo dei poveri, ora che non era più buono a nulla; ma questa era la sola cosa che facesse paura al poveraccio. Ogni volta che la Mena andava a metterlo al sole, conducendolo per mano, e ci stava per tutta la giornata ad aspettare la morte, credeva che lo portassero all'Albergo, talmente era diventato un cucco, e balbettava: – La morte non viene mai! tanto che certuni andavano a chiedergli ridendo dove fosse arrivata.

Alessi tornava a casa il sabato, e gli veniva a contare i denari della settimana, come se il nonno avesse ancora giudizio. Egli rispondeva sempre di sì, col capo; e bisognava che andasse a nascondere il gruzzoletto sotto il materasso, e gli diceva, per farlo contento, che ci voleva poco a mettere insieme un'altra volta i denari della casa del nespolo, e fra un anno o due ci sarebbero arrivati.

Ma il vecchio scrollava il capo, colla testa dura, e ribatteva che adesso non avevano più bisogno della casa; e meglio che non ci fosse mai stata al mondo la casa dei Malavoglia, ora che i Malavoglia erano di qua e di là.

Una volta chiamò in disparte la Nunziata, sotto il mandorlo, nel momento in cui non ci era nessuno, e pareva dovesse dirle qualcosa di grosso; però muoveva le labbra senza parlare, e stava cercando le parole guardando di qua e di là. – È vero quella cosa che hanno detto di Lia? chiese infine.

– No! rispondeva Nunziata, colle mani in croce, no! per la Madonna dell'Ognina, non è vero!

Egli si mise a tentennare il capo, col mento sul petto. – Allora perché se n'è fuggita anche lei? perché se n'è fuggita?

E l'andava cercando per la casa, fingendo di aver perso

il berretto; toccava il letto e il canterano, e si metteva a sedere al telaio, senza dir nulla. – Lo sai? chiese infine; lo sai dove se n'è andata? – Ma alla Mena non disse nulla.

La Nunziata non lo sapeva, in coscienza, né nessun altro del paese.

Una sera si fermò nella strada del Nero Alfio Mosca, col carro, che ci aveva attaccato il mulo adesso, e per questo aveva acchiappato le febbri alla Bicocca, ed era stato per morire, tanto che aveva la faccia gialla e la pancia grossa come un otre; ma il mulo era grasso e col pelo lucente.

– Vi rammentate quando sono partito per la Bicocca? diceva lui, che stavate ancora nella casa del nespolo? Ora ogni cosa è cambiata, ché « il mondo è tondo, chi nuota e chi va a fondo ». – Stavolta non potevano dargli nemmeno un bicchiere di vino, pel ben tornato. Compar Alfio lo sapeva dov'era Lia; l'aveva vista coi suoi occhi, ed era stato come se avesse visto comare Mena quando stavano a chiacchierare da una finestra all'altra. Perciò guardava di qua e di là i mobili e le pareti, come se ci avesse il carro carico sullo stomaco, e sedette anche lui senza dire una parola accanto al desco dove non c'era nulla, e nessuno sedeva più a mangiare la sera.

– Ora me ne vado, – ripeteva lui, vedendo che non gli dicevano nulla. – Quando uno lascia il suo paese è meglio che non ci torni più, perché ogni cosa muta faccia mentre egli è lontano, e anche le faccie con cui lo guardano son mutate, e sembra che sia diventato straniero anche lui.

Mena continuava a star zitta. Intanto Alessi gli raccontò che voleva pigliarsi la Nunziata, quando avrebbe raccolto un po' di denari, ed Alfio gli rispose che faceva bene, se la Nunziata aveva un po' di denari anche lei, ché era una buona ragazza, e tutti la conoscevano in paese. Così anche i parenti dimenticano quelli che non ci sono più, e ognuno a questo mondo è fatto per pensare a tirare la carretta che gli ha data Dio, come l'asino di compar

Alfio, che adesso faceva chissà cosa, dopo che era andato in mano altrui.

La Nunziata ci aveva la sua dote anche lei, dacché i suoi fratellini cominciavano a buscarsi qualche soldo, e non aveva voluto comprarsi né oro né roba bianca, perché diceva che quelle cose son fatte per i ricchi, e la roba bianca non era bene di farsela intanto che cresceva ancora.

Era cresciuta infatti una ragazza alta e sottile come un manico di scopa, coi capelli neri, e gli occhi buoni buoni, che quando si metteva a sedere sulla porta, con tutti quei monelli davanti, pareva che pensasse ancora a suo padre nel giorno che li aveva piantati, e ai guai in mezzo ai quali aveva sgambettato sino allora, coi suoi fratellini appesi alle gonnelle. Al vedere come se n'era tirata fuori dai guai, lei e i suoi fratellini, così debole e sottile al pari di un manico di scopa, ognuno la salutava e si fermava volentieri a far quattro chiacchiere con lei.

— I denari ce li abbiamo, disse a compar Alfio, il quale era quasi un parente, da tanto che lo conoscevano. — A Ognissanti mio fratello entra garzone da massaro Filippo, e il minore prenderà il suo posto da padron Cipolla. Quando avrò collocato anche Turi, allora mi mariterò; ma bisogna aspettare che io abbia gli anni, e che mio padre mi dia il consenso.

— O che tuo padre pensa più che sei al mondo! disse Alfio.

— S'egli tornasse ora, — rispose Nunziata con quella voce dolce, e così calma, colle braccia sulle ginocchia, — ei non se ne andrebbe più, perché adesso i denari li abbiamo.

Allora compar Alfio tornò a dir ad Alessi che faceva bene a prendersi la Nunziata, se ci aveva quel po' di denari.

— Compreremo la casa del nespolo, aggiunse Alessi; e il nonno starà con noi. Quando torneranno gli altri ci staranno pure; e se tornerà il padre della Nunziata ci sarà posto anche per lui.

Di Lia non fecero parola; ma ci pensavano tutti e tre,

mentre stavano a guardare il lume, colle braccia sui ginocchi.

Finalmente compare Mosca si alzò per andarsene, perché il suo mulo scuoteva la sonagliera, quasi l'avesse conosciuta anch'esso colei che compar Alfio aveva incontrata per la strada, e che adesso non l'aspettavano più nella casa del nespolo.

Lo zio Crocifisso invece aspettava da un pezzo i Malavoglia per quella casa del nespolo che nessuno la voleva, come se fosse scomunicata, e gli era rimasta sulla pancia; sicché appena seppe che era tornato in paese Alfio Mosca, quello cui voleva far rompere le ossa a bastonate, quand'era geloso della Vespa, andò a pregarlo che s'intromettesse coi Malavoglia per fargli conchiudere il negozio. Adesso quando l'incontrava per le strade lo salutava, e cercava di mandargli anche la Vespa per parlargli di quell'affare, chissà che non si fossero rammentati dell'amore antico, nello stesso tempo, e compare Mosca non riescisse a levargli anche la Vespa per parlargli di quell'affare, chissà che non si fossero rammentati dell'amore antico, nello stesso tempo, e compare Mosca non riescisse a levargli quella croce di su le spalle. Ma quella cagna della Vespa non voleva sentir parlare di compar Alfio, né di nessuno, adesso che ci aveva il suo marito ed era padrona in casa, e non avrebbe cangiato lo zio Crocifisso con Vittorio Emanuele in carne ed ossa, neanche se l'avessero tirata pei capelli. — Mi toccano tutte a me, le disgrazie! — si lamentava lo zio Crocifisso; e andava a sfogarsi con compare Alfio, e si picchiava il petto come davanti al confessore, di aver pensato a pagare dieci lire per fargli rompere le ossa a bastonate.

— Ah! compare Alfio! se sapeste che rovina è capitata nella mia casa, che non dormo né mangio più, e non faccio altro che della bile, e non sono più padrone di un baiocco del fatto mio, dopo aver sudato tutta la vita ed essermi levato il pan di bocca per raggranellarlo a soldo a soldo. Ora mi tocca vederlo in mano di quella serpe, la quale fa e

disfà come vuole lei! e non mi riesce nemmeno di levar-mela d'addosso per via del giudice, che non si lascerebbe tentare neanche da Satanasso! e mi vuol tanto bene che non me la leverò d'addosso prima di crepare, se non chiudo gli occhi dalla disperazione!

– Quello che stavo dicendo qui a compare Alfio, – seguitava lo zio Crocifisso vedendo accostarsi padron Cipolla, il quale andava bighellonando per la piazza come un cane di macellaio, dacché gli era entrata in casa quell'altra vespa della Mangiacarrubbe. – Non possiamo più stare nemmeno in casa per non schiattare dalla bile! Ci hanno scacciato fuori di casa nostra, quelle carogne! hanno fatto come il furetto col coniglio. Le donne son messe al mondo per castigo dei nostri peccati. Senza di loro si starebbe meglio. Chi ce l'avrebbe detto, eh? padron Fortunato! Noi che avevamo la pace degli angeli! Guardate com'è fatto il mondo! C'è gente che va cercando questo negozio del matrimonio colla lanterna, mentre chi ci si trova vorrebbe levarsene.

Padron Fortunato stette un po' a fregarsi il mento, e poi lasciò andare: – Il matrimonio è come una trappola di topi; quelli che son dentro vorrebbero uscire, e gli altri ci girano intorno per entrarvi.

– A me mi sembrano pazzi! Vedete don Silvestro, cosa gli manca? e s'è messo in testa di far cascare la Zuppidda coi suoi piedi, vanno dicendo; e se comare Venera non trova di meglio, bisogna che la lasci cascare.

Padron Cipolla continuò a fregarsi il mento e non disse altro. – Sentite, compare Alfio, – seguitò Campana di legno, – fatemelo conchiudere quel negozio della casa coi Malavoglia, finché ci hanno quei soldi, che vi regalerò poi da comprarvi le scarpe, per i passi che farete.

Compare Alfio tornò a parlare ai Malavoglia; ma padron 'Ntoni ora scuoteva il capo, e diceva di no. – Adesso della casa non abbiamo che farne, perché Mena non si può più maritare, e dei Malavoglia non ci è nessuno! Io ci sono ancora perché gli sfortunati hanno i giorni lunghi. Ma quan-

do avrò chiuso gli occhi, Alessi piglierà la Nunziata e se ne andrà via dal paese.

Anch'egli stava per andarsene. Il più del tempo lo passava in letto, come un gambero sotto i ciottoli, abbaiando peggio di un cane: – Cosa ci ho a far qui io? – balbettava; e gli pareva di rubar la minestra che gli davano. Invano Alessi e la Mena cercavano di dissuaderlo. E' rispondeva che rubava loro il tempo e la minestra, e voleva che gli contassero i denari messi sotto la materassa, e se li vedeva squagliare a poco a poco, borbottava: – Almeno se non ci fossi io non spendereste tanto. Ora non ho più niente da far qui, e potrei andarmene.

Don Ciccio, il quale veniva a tastargli il polso, confermava che era meglio lo portassero all'ospedale, perché lì dov'era si mangiava la carne sua e quella degli altri, senza utile. Intanto il poveraccio stava a vedere quello che dicessero gli altri, cogli occhi spenti, e aveva paura che lo mandassero all'Albergo. Alessi non voleva sentirne parlare di mandarlo all'Albergo, e diceva che finché ci era del pane, ce n'era per tutti; e la Mena, dall'altra parte, diceva di no anch'essa, e lo conduceva al sole, nelle belle giornate, e si metteva accanto a lui colla conocchia, a raccontargli delle fiabe, come ai bambini, e a filare, quando non aveva da andare al lavatoio. Gli parlava pure di quel che avrebbero fatto quando arrivava un po' di provvidenza, per fargli allargare il cuore; gli diceva che avrebbero comprato un vitellino a San Sebastiano, ed ella bastava a procurargli l'erba e il mangime per l'inverno. A maggio si sarebbe venduto con guadagno; e gli faceva vedere pure le nidiate di pulcini che aveva messo, e venivano a pigolare davanti ai loro piedi, al sole, starnazzando nella polvere della strada. Coi denari dei pulcini avrebbe anche comperato un maiale, per non perdere le bucce dei fichidindia, e l'acqua che serviva a cuocere la minestra, e a fin d'anno sarebbe stato come aver messo dei soldi nel salvadanaio. Il vecchio, colle mani sul bastone, approvava del capo, guardando i pulcini. Ci stava così attento, poveret-

to, che arrivava fino a dire che se avessero avuto la casa del nespolo si poteva allevarlo nel cortile, il maiale, giacché quello era un guadagno sicuro con compare Naso. Nella casa del nespolo c'era pure la stalla pel vitello, e la tettoia pel mangime, e ogni cosa; se ne andava ricordando a poco a poco, cercando qua e là cogli occhi morti e col mento sul bastone. Poi domandava sottovoce alla nipote: – Cosa ha detto don Ciccio dell'ospedale? – Mena allora lo sgridava come si fa coi bambini, e gli rispondeva: – Perché pensate a quelle cose? – Egli stava zitto, e ascoltava cheto cheto tutto quello che diceva la ragazza. Ma poi tornava a ripetere: – Non mi ci mandare all'ospedale, perché non ci sono avvezzo.

Infine non si alzava più dal letto, e don Ciccio disse che era proprio finita, e non ci era più bisogno di lui, ché là in quel letto dove era, poteva starci anche degli anni, e Alessi o la Mena ed anche la Nunziata dovevano perdere le loro giornate a far la guardia; se no se lo sarebbero mangiato i porci, come trovavano l'uscio aperto.

Padron 'Ntoni intendeva benissimo quello che si diceva, perché guardava tutti in viso ad uno ad uno, con certi occhi che facevano male a vedere; ed appena il medico se ne fu andato, mentre stava a parlare ancora sull'uscio con Mena che piangeva, e Alessi il quale diceva di no e batteva i piedi, fece segno alla Nunziata di accostarsi al letto, e le disse piano:

– Se mi mandate all'ospedale sarà meglio: qui ve li mangio io i denari della settimana. Mandami via quando non ci saranno in casa la Mena e Alessi. Direbbero di no perché hanno il buon cuore dei Malavoglia; ma io vi mangio i soldi della casa, e poi il medico ha detto che posso starci degli anni qui dove sono. E qui non ci ho più nulla da fare. Però non vorrei camparci degli anni, laggiù all'ospedale.

La Nunziata si metteva a piangere anch'essa e diceva di no, tanto che tutto il vicinato sparlava di loro, che volevano fare i superbi senza aver pane da mangiare. Si vergo-

gnavano di mandare il nonno all'ospedale, mentre ci avevano tutti gli altri di qua e di là, e dove poi!

E la Santuzza baciava la medaglia che portava sul petto, per ringraziare la Madonna che l'aveva protetta dal pericolo dove era andata a cascare la sorella di Sant'Agata, come tante altre. — Quel povero vecchio dovrebbero mandarlo all'ospedale, per non fargli avere il purgatorio prima che muoia, — diceva. Almeno lei non gli faceva mancar nulla a suo padre, adesso che era invalido, e se lo teneva sull'uscio. — E vi aiuta anzi! aggiungeva Piedipapera. — Quell'invalido lì vale tanto oro quanto pesa! Par fatto apposta per la porta di una osteria, così cieco e rattrappito com'è! E dovreste pregare la Madonna che vi campi cent'anni. Già, cosa vi costa?

La Santuzza aveva ragione di baciare la medaglia; nessuno poteva dire nulla dei fatti suoi; dacché don Michele se n'era andato, massaro Filippo non si faceva veder più nemmeno lui, e la gente diceva che colui non sapeva stare senza l'aiuto di don Michele. Ora la moglie di Cinghialenta veniva di tanto in tanto a fare il diavolo davanti all'osteria, coi pugni sui fianchi, strillando che la Santuzza le rubava il marito, e perciò quando costui tornava a casa ella si buscava delle frustate colle redini della cavezza, dopo che Cinghialenta aveva venduto il mulo, e non sapeva che farsene delle redini, che la notte i vicini non potevano chiuder occhio dalle grida. — Questo non va bene! diceva don Silvestro, la cavezza è fatta per il mulo. Compare Cinghialenta è un uomo grossolano. — Egli andava a dire queste cose quando c'era comare Venera, la Zuppidda, la quale dopo che la leva si portava via i giovanotti del paese, aveva finito per addomesticarsi un po' con lui.

— Ognuno sa gli affari di casa sua, rispondeva la Zuppidda; — se lo dite per ciò che vanno predicando le male lingue, che io metto le mani addosso a mio marito, vi rispondo che non sapete un corno, tuttoché sapete di let-

tera. Del resto ognuno in casa sua fa quel che gli pare e piace. Il padrone è mio marito.

– Tu lasciali dire, – rispondeva suo marito. – Poi lo sanno che se vengono a toccarmi il naso ne faccio tonnina!

La Zuppidda adesso predicava che il capo della casa era suo marito, ed egli era il padrone di maritare la Barbara con chi gli piaceva, e se voleva darla a don Silvestro voleva dire che gliela aveva promessa, e aveva chinato il capo; e quando suo marito aveva chinato il capo, era peggio di un bue.

– Già! sentenziava don Franco colla barba in aria, – ha chinato il capo perché don Silvestro è di quelli che tengono il manico del mestolo.

Dacché era stato al tribunale in mezzo a tutti quegli sbirri, don Franco era più arrabbiato di prima, e giurava che non ci sarebbe tornato più neanche in mezzo ai carabinieri. Allorché don Giammaria alzava la voce per discutere, ei gli piantava le unghie negli occhi, rizzandosi sulle gambette, rosso come un gallo, e lo cacciava in fondo alla bottega. – Lo fate apposta per compromettermi! – gli sputava in faccia colla schiuma alla bocca; e se due quistionavano nella piazza, correva a chiudere l'uscio acciò non lo chiamassero per testimonio. Don Giammaria era trionfante; quell'asparagio verde aveva del coraggio quanto un leone, perché ci aveva la tonaca sulle spalle, e sparlava del Governo, pappandosi la lira al giorno, e diceva che se lo meritavano quel Governo, giacché avevano fatto la rivoluzione, e ora venivano i forestieri a rapire le donne e i denari della gente. Ei sapeva di chi parlava, che gli era venuta l'itterizia dalla collera, e donna Rosolina era dimagrita dalla bile, massime dopo che se n'era andato don Michele, e s'erano saputi tutte le porcherie di quest'altro. Adesso non faceva che andare a caccia di messe e di confessori, di qua e di là, sino all'Ognina e ad Aci Castello, e trascurava la conserva dei pomidoro e il tonno sott'olio, per darsi a Dio.

Don Franco allora si sfogava mettendosi a ridere come

una gallina, all'uso di don Silvestro, rizzandosi sulla punta dei piedi, coll'uscio spalancato a due battenti, che per questo non c'era pericolo d'andare in prigione; e diceva che finché ci sarebbero stati i preti era sempre la stessa cosa, e bisognava fare tavola rasa, s'intendeva lui, trinciando colla mano in giro.

– Io per me li vorrei tutti arsi! rispondeva don Giammaria, che intendeva anche lui di chi parlava.

Ora lo speziale non teneva più cattedra; e quando veniva don Silvestro, andava a pestare i suoi unguenti nel mortaio, per non compromettersi. Già tutti quelli che bazzicano col Governo, e mangiano il pane del re, son tutta gente da guardarsene. E si sfogava soltanto con don Giammaria, e con don Ciccio il medico, quando lasciava l'asinello alla spezieria per andare a tastare il polso a padron 'Ntoni, e ricette non ne scriveva, perché diceva che erano inutili, con quella povera gente che non aveva denari da buttar via.

– Allora perché non lo mandano all'ospedale, quel vecchio? tornavano a dire gli altri, – e perché se lo tengono in casa a farselo mangiare dalle pulci?

Tanto che, pesta e ripesta, il medico ripeteva che andava e veniva per niente, e faceva il viaggio del sale, e allorché c'erano le comari davanti al letto del malato, comare Piedipapera, la cugina Anna o la Nunziata, predicava sempre che se lo mangiavano le pulci. Padron 'Ntoni non osava più fiatare, colla faccia bianca e disfatta. E come le comari cinguettavano fra di loro, e fino alla Nunziata cascavan le braccia, un giorno che Alessi non c'era, disse infine: – Chiamatemi compare Mosca, che lui me la farà la carità di portarmi all'ospedale sul suo carro.

Così padron 'Ntoni se ne andò all'ospedale sul carro di Alfio Mosca, il quale ci aveva messo la materassa ed i guanciali, ma il povero malato, sebbene non dicesse nulla, andava guardando dappertutto, mentre lo portavano fuori reggendolo per le ascelle, il giorno in cui Alessi era andato a Riposto, e avevano mandato via la Mena con un

pretesto, che se no non l'avrebbero lasciato partire. Sulla strada del Nero, nel passare davanti alla casa del nespolo, e nell'attraversare la piazza, padron 'Ntoni continuava a guardare di qua e di là per stamparsi in mente ogni cosa. Alfio guidava il mulo da una parte, e Nunziata, la quale aveva lasciato in custodia a Turi il vitello, i tacchini, e le pollastre, veniva a piedi dall'altro lato, col fagotto delle camicie sotto il braccio. Al veder passare il carro ognuno si affacciava sulla porta, e stava a guardare; e don Silvestro disse che avevano fatto bene, per questo il Comune pagava la sua rata all'ospedale; e don Franco avrebbe anche spifferata la sua predica, che ce l'aveva in testa bella e fatta, se non ci fosse stato lì presente don Silvestro. – Almeno quel povero diavolo va a stare in pace, conchiuse lo zio Crocifisso.

– « Necessità abbassa nobiltà », rispondeva padron Cipolla; e la Santuzza disse un'avemaria pel poveretto. Solo la cugina Anna e comare Grazia Piedipapera si asciugavano gli occhi col grembiule, come il carro se ne andava lentamente sobbalzando sui sassi. Ma compare Tino rimbeccò alla moglie: – O perché mi fai il piagnisteo? Che son forse morto io? A te che te ne importa?

Alfio Mosca, mentre guidava il mulo, andava raccontando alla Nunziata come e dove avesse vista la Lia, ch'era tutta Sant'Agata, e ancora non gli pareva vero a lui stesso che l'avesse vista coi suoi occhi, tanto che la voce gli mancava nella gola, mentre ne parlava per ingannare la noia, lungo la strada polverosa. – Ah Nunziata! chi l'avrebbe detto, quando stavamo a chiacchierare da un uscio all'altro, e c'era la luna, e i vicini discorrevano lì davanti, e si udiva colpettare tutto il giorno quel telaio di Sant'Agata, e quelle galline che la conoscevano soltanto all'aprire che faceva il rastrello, e la Longa che la chiamava pel cortile, che ogni cosa si udiva da casa mia come se fosse stato proprio là dentro! Povera Longa! Adesso, vedi, che ci ho il mulo, e ogni cosa come desideravo, che se fosse venuto a dirmelo l'angelo del cielo non ci avrei creduto,

adesso penso sempre a quelle sere là, quando udivo la voce di voialtre, mentre governavo l'asino, e vedevo il lume nella casa del nespolo, che ora è chiusa, e quando son tornato non ho trovato più niente di quel che avevo lasciato, e comare Mena non mi è parsa più quella. Uno che se ne va dal paese è meglio non ci torni più. Vedi, ora penso pure a quel povero asino che ha lavorato con me tanto tempo, e andava sempre, sole o pioggia, col capo basso e le orecchie larghe. Adesso chissà dove lo cacciano, e con quali carichi, e per quali strade, colle orecchie più basse ancora, ché anch'egli fiuta col naso la terra che deve raccoglierlo, come si fa vecchio, povera bestia!

Padron 'Ntoni, disteso sulla materassa, non udiva nulla, e ci avevano messo sul carro una coperta colle canne, sicché sembrava che portassero un morto. — Per lui è meglio che non oda più nulla, seguitava compare Alfio. L'angustia di 'Ntoni già l'ha sentita, e un giorno o l'altro gli toccherebbe anche di sentire come è andata a finire la Lia.

— Me lo domandavo spesso, quando eravamo soli, rispose la Nunziata. — Voleva sapere dove fosse.

— È andata dietro a suo fratello. Noi poveretti siamo come le pecore, e andiamo sempre con gli occhi chiusi dove vanno gli altri. Tu non glielo dire, né lo dire a nessuno del paese, dove ho visto la Lia, ché sarebbe un colpo di coltello per Sant'Agata. Ella mi riconobbe di certo, mentre passavo davanti all'uscio, perché si fece bianca e rossa nella faccia, ed io frustai il mulo per passare presto, e son certo che quella poveretta avrebbe voluto piuttosto che il mulo le fosse camminato sulla pancia, e la portassero distesa sul carro come portiamo adesso suo nonno. Ora la famiglia dei Malavoglia è distrutta, e bisogna rifarla di nuovo tu e Alessi.

— E denari per la roba ci sono già; a San Giovanni venderemo anche il vitello.

— Bravi! così, quando ci avrete i denari da parte, non c'è pericolo che vi sfumino in un giorno, come accadrebbe

se il vitello venisse a morire, Dio liberi! Ora siamo alle prime case della città, e tu potrai aspettarmi qui, se non vuoi venire sino all'ospedale.

– No, voglio venire anch'io; così almeno vedrò dove lo mettono, ed egli pure mi vedrà sino all'ultimo momento.

Padron 'Ntoni poté vederla sino all'ultimo momento, e mentre la Nunziata se ne andava via con Alfio Mosca, adagio adagio, pel camerone che pareva d'essere in chiesa al camminare, li accompagnava cogli occhi; poi si voltò dall'altra parte e non si mosse più. Compar Alfio e la Nunziata risalirono sul carro, arrotolarono la materassa e la coperta, e se ne tornarono senza dir nulla, per la lunga strada polverosa.

Alessi si dava i pugni nella testa e si strappava i capelli, come non trovò più il nonno nel suo letto, e vide che gli riportavano la materassa arrotolata; e se la prendeva colla Mena, quasi fosse stata lei a mandarlo via. Ma compar Alfio gli diceva: – Che volete? La casa dei Malavoglia ora è distrutta, e bisogna che la facciate di nuovo voi altri.

Egli voleva tornare a fargli il conto della roba e del vitello, di cui avevano chiacchierato lungo la strada colla ragazza; ma Alessi e Mena non gli davano retta, colla testa nelle mani e gli occhi fissi e lucenti di lagrime, seduti sulla porta della casa dove oramai erano soli davvero. Compar Alfio in questo mentre cercava di confortarli col rammentar loro com'era prima la casa del nespolo, quando stavano a chiacchierare da un uscio all'altro, colla luna, e si udiva tutto il giorno il colpettare del telaio di Sant'Agata, e le galline che chiocciavano, e la voce della Longa che aveva sempre da fare. Adesso tutto era cambiato, e quando uno se ne va dal paese, è meglio che non ci torni più, perché la strada stessa non sembrava più quella, dacché non c'era più quel passeggio per la Mangiacarrubbe, e don Silvestro non si faceva veder nemmeno lui, aspettando che la Zuppidda cascasse coi suoi piedi, e lo zio Crocifisso s'era chiuso in casa a guardarsi la sua roba, o ad accapi-

gliarsi colla Vespa, e persino non si udiva quistionar tanto nella speziera. dacché don Franco aveva visto la giustizia nel mostaccio, ed ora andava a rincantucciarsi per leggere il giornale, e si sfogava a pestare nel mortaio tutto il giorno per passare il tempo. Anche padron Cipolla non ci stava più a schiacciare gli scalini davanti la chiesa, dacché aveva perso la pace.

Un bel giorno corse la notizia che padron Fortunato si maritava, perché la sua roba non se la godesse la Mangiacarrubbe, alla barba di lui; per questo non ci stava più a schiacciare gli scalini, e si pigliava la Zuppidda. – E mi´diceva che il matrimonio è come una trappola di topi! andava brontolando allora lo zio Crocifisso. – Ora state a fidarvi degli uomini?

Le ragazze invidiose dicevano che la Barbara sposava suo nonno. Ma la gente di proposito, come Peppi Naso, e Piedipapera, ed anche don Franco, mormoravano: – Questa l'ha vinta comare Venera contro don Silvestro; è un gran colpo per don Silvestro, ed è meglio che se ne vada dal paese. Già i forestieri, frustali! e qui non ci hanno messo mai radici i forestieri. Con padron Cipolla non ardirà mettercisi a tu per tu don Silvestro.

– O che credeva? sbraitava comare Venera colle manı sui fianchi, – di prendersi mia figlia colla carestia? Stavolta comando io! e gliel'ho fatta capire a mio marito! Chi è buon cane mangia al trogolo; forestieri non ne vogliamo per la casa. Una volta in paese si stava meglio, quando non erano venuti quelli di fuori a scrivere sulla carta i bocconi che vi mangiate, come don Silvestro, o a pestare fiori di malva nel mortaio, e ingrassarsi col sangue di quei del paese. Allora ognuno si conosceva, e si sapeva quel che faceva, e quel che avevano sempre fatto suo padre e suo nonno, e perfino quel che mangiava, e quando si vedeva passare uno si sapeva dove andava, e le chiuse erano di quelli che c'erano nati, e il pesce non si lasciava prendere da questo e da quello. Allora la gente non

si sbandava di qua e di là, e non andava a morire all'ospedale.

Giacché tutti si maritavano, Alfio Mosca avrebbe voluto prendersi comare Mena, che nessuno la voleva più, dacché la casa dei Malavoglia s'era sfasciata, e compar Alfio avrebbe potuto dirsi un bel partito per lei, col mulo che ci aveva; così la domenica ruminava fra di sé tutte le ragioni per farsi animo, mentre stava accanto a lei, seduto davanti alla casa, colle spalle al muro, a sminuzzare gli sterpolini della siepe per ingannare il tempo. Anche lei guardava la gente che passava, e così facevano festa la domenica: – Se voi mi volete ancora, comare Mena, disse finalmente; io per me son qua.

La povera Mena non si fece neppur rossa, sentendo che compare Alfio aveva indovinato che ella lo voleva, quando stavano per darla a Brasi Cipolla, tanto le pareva che quel tempo fosse lontano, ed ella stessa non si sentiva più quella.

– Ora sono vecchia, compare Alfio, rispose, e non mi marito più.

– Se voi siete vecchia, anch'io sono vecchio, ché avevo degli anni più di voi, quando stavamo a chiacchierare dalla finestra, e mi pare che sia stato ieri, tanto m'è rimasto in cuore. Ma devono essere passati più di otto anni. E ora quando si sarà maritato vostro fratello Alessi, voi restate in mezzo alla strada.

Mena si strinse nelle spalle, perché era avvezza a fare la volontà di Dio, come la cugina Anna; e compare Alfio, vedendo così, riprese:

– Allora vuol dire che non mi volete bene, comare Mena, e scusatemi se vi ho detto che vi avrei sposata. Lo so che voi siete nata meglio di me, e siete figlia di padroni; ma ora non avete più nulla, e se si marita vostro fratello Alessi, rimarrete in mezzo alla strada. Io ci ho il mulo e il mio carro, e il pane non ve lo farei mancare giammai, comare Mena. Ora perdonatemi la libertà!

– Non mi avete offesa, no, compare Alfio; e vi avrei

detto di sì anche quando avevamo la *Provvidenza* e la casa del nespolo, se i miei parenti avessero voluto, che Dio sa quel che ci avevo in cuore quando ve ne siete andato alla Bicocca col carro dell'asino, e mi pare ancora di vedere quel lume nella stalla, e voi che mettevate tutta la vostra roba sul carretto, nel cortile; vi rammentate?

– Sì, che mi rammento! Allora perché non mi dite di sì, ora che non avete più nulla, e ci ho il mulo invece dell'asino al carretto, e i vostri parenti non potrebbero dir di no?

– Ora non son più da maritare; tornava a dire Mena col viso basso, e sminuzzando gli sterpolini della siepe anche lei. – Ho ventisei anni, ed è passato tempo di maritarmi.

– No, che non è questo il motivo per cui non volete dirmi di sì! ripeteva compar Alfio col viso basso come lei. – Il motivo non volete dirmelo! – E così rimanevano in silenzio a sminuzzare sterpolini senza guardarsi in faccia. Dopo egli si alzava per andarsene, colle spalle grosse e il mento sul petto. Mena lo accompagnava cogli occhi finché poteva vederlo, e poi guardava al muro dirimpetto e sospirava.

Come aveva detto Alfio Mosca, Alessi s'era tolta in moglie la Nunziata, e aveva riscattata la casa del nespolo.

– Io non son da maritare, aveva tornato a dire la Mena; – maritati tu che sei da maritare ancora; e così ella era salita nella soffitta della casa del nespolo, come le casseruole vecchie e s'era messo il cuore in pace, aspettando i figliuoli della Nunziata per far la mamma. Ci avevano pure le galline nel pollaio, e il vitello nella stalla, e la legna e il mangime sotto la tettoia, e le reti e ogni sorta di attrezzi appesi, il tutto come aveva detto padron 'Ntoni; e la Nunziata aveva ripiantato nell'orto i broccoli ed i cavoli, con quelle braccia delicate che non si sapeva come ci fosse passata tanta tela da imbiancare, e come avesse fatti quei marmocchi grassi e rossi che la Mena si portava

in collo pel vicinato, quasi li avesse messi al mondo lei, quando faceva la mamma.

Compare Mosca scrollava il capo, mentre la vedeva passare, e si voltava dall'altra parte, colle spalle grosse. – A me non mi avete creduto degno di quest'onore! le disse alfine quando non ne poté più, col cuore più grosso delle spalle. – Io non ero degno di sentirmi dir di sì!

– No, compar Alfio! – rispose Mena la quale si sentiva spuntare le lagrime. – Per quest'anima pura che tengo sulle braccia! Non è per questo motivo. Ma io non son più da maritare.

– Perché non siete più da maritare comare Mena?

– No! no! – ripeteva comare Mena, che quasi piangeva. – Non me lo fate dire, compar Alfio! Non mi fate parlare! Ora se io mi maritassi, la gente tornerebbe a parlare di mia sorella Lia, giacché nessuno oserebbe prendersela una Malavoglia, dopo quello che è successo. Voi pel primo ve ne pentireste. Lasciatemi stare, che non sono da maritare, e mettetevi il cuore in pace.

– Avete ragione, comare Mena! rispose compare Mosca; – a questo non ci avevo mai pensato. Maledetta la sorte che ha fatto nascere tanti guai!

Così compare Alfio si mise il cuore in pace, e Mena seguitò a portare in braccio i suoi nipoti quasi ci avesse il cuore in pace anche lei, e a spazzare la soffitta, per quando fossero tornati gli altri, che c'erano nati anche loro, – come se fossero stati in viaggio per tornare! – diceva Piedipapera.

Invece padron 'Ntoni aveva fatto quel viaggio lontano, più lontano di Trieste e d'Alessandria d'Egitto, dal quale non si ritorna più; e quando il suo nome cadeva nel discorso, mentre si riposavano, tirando il conto della settimana e facendo i disegni per l'avvenire, all'ombra del nespolo e colle scodelle fra le ginocchia, le chiacchiere morivano di botto, che a tutti pareva d'avere il povero vecchio davanti agli occhi, come l'avevano visto l'ultima volta che erano andati a trovarlo in quella gran cameraccia coi letti

in fila, che bisognava cercarlo per trovarlo, e il nonno li aspettava come un'anima del purgatorio, cogli occhi alla porta, sebbene non ci vedesse quasi, e li andava toccando per accertarsi che erano loro, e poi non diceva più nulla, mentre gli si vedeva in faccia che aveva tante cose da dire, e spezzava il cuore con quella pena che gli si leggeva in faccia e non la poteva dire. Quando gli narrarono poi che avevano riscattato la casa del nespolo, e volevano portarselo a Trezza di nuovo, rispose di sì, e di sì, con gli occhi, che gli tornavano a luccicare, e quasi faceva la bocca a riso, quel riso della gente che non ride più, o che ride per l'ultima volta, e vi rimane fitto nel cuore come un coltello. Così successe ai Malavoglia quando il lunedì tornarono al carro di compar Alfio per riprendersi il nonno, e non lo trovarono più.

Rammentando tutte queste cose lasciavano il cucchiaio nella scodella, e pensavano e pensavano a tutto quello che era accaduto, che sembrava scuro scuro, come ci fosse sopra l'ombra del nespolo. Ora, quando veniva la cugina Anna a filare un po' con le comari, aveva i capelli bianchi, e diceva che aveva perso il riso della bocca, perché non aveva tempo di stare allegra, colla famiglia che aveva sulle spalle, e Rocco che tutti i giorni bisognava andare a cercare di qua e di là, per le strade e davanti la bettola, e cacciarlo verso casa come un vitello vagabondo. Anche dei Malavoglia ce n'erano due vagabondi; e Alessi si tormentava il cervello a cercarli dove potevano essere, per le strade arse di sole e bianche di polvere, che in paese non sarebbero tornati più, dopo tanto tempo.

Una sera, tardi, il cane si mise ad abbaiare dietro l'uscio del cortile, e lo stesso Alessi, che andò ad aprire, non riconobbe 'Ntoni il quale tornava colla sporta sotto il braccio, tanto era mutato, coperto di polvere, e colla barba lunga. Come fu entrato e si fu messo a sedere in un cantuccio, non osavano quasi fargli festa. Ei non sembrava più quello, e andava guardando in giro le pareti, come non le avesse mai viste; fino il cane gli abbaiava, ché non l'a-

veva conosciuto mai. Gli misero fra le gambe la scodella, perché aveva fame e sete, ed egli mangiò in silenzio la minestra che gli diedero, come non avesse visto grazia di Dio da otto giorni, col naso nel piatto; ma gli altri non avevano fame, tanto avevano il cuore serrato. Poi 'Ntoni, quando si fu sfamato e riposato alquanto, prese la sua sporta e si alzò per andarsene.

Alessi non osava dirgli nulla, tanto suo fratello era mutato. Ma al vedergli riprendere la sporta, si sentì balzare il cuore dal petto, e Mena gli disse tutta smarrita: — Te ne vai?

— Sì! rispose 'Ntoni.

— E dove vai? chiese Alessi.

— Non lo so. Venni per vedervi. Ma dacché son qui la minestra mi è andata tutta in veleno. Per altro qui non posso starci, ché tutti mi conoscono, e perciò son venuto di sera. Andrò lontano, dove troverò da buscarmi il pane, e nessuno saprà chi sono.

Gli altri non osavano fiatare, perché ci avevano il cuore stretto in una morsa, e capivano che egli faceva bene a dir così. 'Ntoni continuava a guardare dappertutto, e stava sulla porta, e non sapeva risolversi ad andarsene. — Ve lo farò sapere dove sarò; disse infine, e come fu nel cortile, sotto il nespolo, che era scuro, disse anche:

— E il nonno?

Alessi non rispose; 'Ntoni tacque anche lui, e dopo un pezzetto:

— E la Lia, che non l'ho vista?

E siccome aspettava inutilmente la risposta, aggiunse colla voce tremante, quasi avesse freddo:

— È morta anche lei?

Alessi non rispose nemmeno; allora 'Ntoni che era sotto il nespolo, colla sporta in mano, fece per sedersi, poiché le gambe gli tremavano, ma si rizzò di botto, balbettando:

— Addio addio! Lo vedete che devo andarmene?

Prima d'andarsene voleva fare un giro per la casa, on-

de vedere se ogni cosa fosse al suo posto come prima; ma adesso, a lui che gli era bastato l'animo di lasciarla e di dare una coltellata a don Michele, e di starsene nei guai, non gli bastava l'animo di passare da una camera all'altra se non glielo dicevano. Alessi che gli vide negli occhi il desiderio, lo fece entrare nella stalla, col pretesto del vitello che aveva comperato la Nunziata, ed era grasso e lucente; e in un canto c'era pure la chioccia coi pulcini; poi lo condusse in cucina, dove avevano fatto il forno nuovo, e nella càmera accanto, che vi dormiva la Mena coi bambini della Nunziata, e pareva che li avesse fatti lei. 'Ntoni guardava ogni cosa, e approvava col capo, e diceva: — Qui pure il nonno avrebbe voluto metterci il vitello; qui c'erano le chiocce, e qui dormivano le ragazze, quando c'era anche quell'altra... Ma allora non aggiunse altro, e stette zitto a guardare intorno, cogli occhi lustri. In quel momento passava la Mangiacarrubbe, che andava sgridando Brasi Cipolla per la strada, e 'Ntoni disse: — Questa qui l'ha trovato il marito; ed ora, quando avranno finito di quistionare, andranno a dormire nella loro casa.

Gli altri stettero zitti, e per tutto il paese era un gran silenzio, soltanto si udiva sbattere ancora qualche porta che si chiudeva; e Alessi a quelle parole si fece coraggio per dirgli: — Se volessi anche tu ci hai la tua casa. Di là c'è apposta il letto per te.

— No! rispose 'Ntoni. Io devo andarmene. Là c'era il letto della mamma, che lei inzuppava tutto di lagrime quando volevo andarmene. Ti rammenti le belle chiacchierate che si facevano la sera, mentre si salavano le acciughe? e la Nunziata che spiegava gli indovinelli? e la mamma, e la Lia, tutti lì, al chiaro di luna, che si sentiva chiacchierare per tutto il paese, come fossimo tutti una famiglia? Anch'io allora non sapevo nulla, e qui non volevo starci, ma ora che so ogni cosa devo andarmene.

In quel momento parlava cogli occhi fissi a terra, e il capo rannicchiato nelle spalle. Allora Alessi gli buttò le braccia al collo.

– Addio, ripeté 'Ntoni. Vedi che avevo ragione d'andarmene! qui non posso starci. Addio, perdonatemi tutti.

E se ne andò colla sua sporta sotto il braccio; poi, quando fu lontano, in mezzo alla piazza scura e deserta, che tutti gli usci erano chiusi, si fermò ad ascoltare se chiudessero la porta della casa del nespolo, mentre il cane gli abbaiava dietro, e gli diceva col suo abbaiare che era solo in mezzo al paese. Soltanto il mare gli brontolava la solita storia lì sotto, in mezzo ai fariglioni, perché il mare non ha paese nemmeno lui, ed è di tutti quelli che lo stanno ad ascoltare, di qua e di là dove nasce e muore il sole, anzi ad Aci Trezza ha un modo tutto suo di brontolare, e si riconosce subito al gorgogliare che fa tra quegli scogli nei quali si rompe, e par la voce di un amico.

Allora 'Ntoni si fermò in mezzo alla strada a guardare il paese tutto nero, come non gli bastasse il cuore di staccarsene, adesso che sapeva ogni cosa, e sedette sul muricciuolo della vigna di massaro Filippo.

Così stette un gran pezzo pensando a tante cose, guardando il paese nero, e ascoltando il mare che gli brontolava lì sotto. E ci stette fin quando cominciarono ad udirsi certi rumori ch'ei conosceva, e delle voci che si chiamavano dietro gli usci, e sbatter d'imposte, e dei passi per le strade buie. Sulla riva, in fondo alla piazza, cominciavano a formicolare dei lumi. Egli levò il capo a guardare i *Tre Re* che luccicavano, e la *Puddara* che annunziava l'alba, come l'aveva vista tante volte. Allora tornò a chinare il capo sul petto, e a pensare a tutta la sua storia. A poco a poco il mare cominciò a farsi bianco, e i *Tre Re* ad impallidire, e le case spuntavano ad una ad una nelle vie scure, cogli usci chiusi, che si conoscevano tutte, e solo davanti alla bottega di Pizzuto c'era il lumicino, e Rocco Spatu colle mani nelle tasche che tossiva e sputacchiava. – Fra poco lo zio Santoro aprirà la porta, pensò 'Ntoni, e si accoccolerà sull'uscio a cominciar la sua giornata anche lui. – Tornò a guardare il mare, che s'era fatto amaranto, tutto seminato di barche che avevano cominciato

la loro giornata anche loro, riprese la sua sporta, e disse:
— Ora è tempo d'andarsene, perché fra poco comincerà a passar gente. Ma il primo di tutti a cominciar la sua giornata è stato Rocco Spatu.

# Indice

*Maupassant*, Racconti fantastici

*Baudelaire,* I fiori del male

*Austen*, Orgoglio e pregiudizio

*Goldoni*, Il teatro comico - Memorie italiane

*Verga*, Mastro don Gesualdo

*Verga*, Tutte le novelle

*Lagrange*, Sinossi dei quattro evangeli

*Goffredo di Strasburgo*, Tristano

*Trilussa*, Poesie scelte

*Rostand*, Cirano di Bergerac

*Leopardi*, Zibaldone di pensieri

*Giuseppe*, Guerra giudaica

*Teresa d'Avila*, Libro della mia vita

*Wilde*, Il ritratto di Dorian Gray

*Shakespeare*, Macbeth

*Goldoni*, La locandiera

*AA.VV.*, Racconti fantastici dell'Ottocento

*Las Casas*, Brevissima relazione della distruzione delle Indie

*Verga*, I Malavoglia

*Poe*, Le avventure di Gordon Pym

*Chrétien de Troyes*, I Romanzi Cortesi

*Carducci*, Poesie scelte

*Melville*, Taipi

*Manzoni*, Storia della colonna infame

*Pascarella*, La scoperta de l'America e altri sonetti

*Goethe*, Elegie romane

*De Amicis*, Cuore

*Anonimo*, L'imitazione di Cristo

*Shelley P.B.*, Poesie

*AA.VV.*, Racconti d'amore dell'Ottocento

*Fogazzaro*, Piccolo mondo moderno

*Fogazzaro*, Malombra

*Maupassant*, Una vita

*Wilde*, Ballata del carcere e altre poesie

*Manzoni*, Poesie

*AA.VV.*, Antologia della poesia tedesca

AA.VV., I romanzi della Tavola Rotonda

Dumas A. (figlio), La signora delle camelie

AA.VV., Racconti neri della Scapigliatura

Goethe, I dolori del giovane Werther

Boccaccio, Decameron

Shakespeare, Riccardo III

Stendhal, La Certosa di Parma

Laclos, Amicizie pericolose

Tucidide, La guerra del Peloponneso

Verga, Tutto il teatro

Tolstoj, Anna Karenina

Tolstoj, Guerra e pace

Shakespeare, Re Lear

James H., Giro di vite

Dostoevskij, L'eterno marito

Manzoni, I promessi sposi

Flaubert, Tre racconti

Shakespeare, Misura per misura

Boccaccio, Caccia di Diana - Filostrato

Wilde, L'importanza di essere onesto

Alighieri, De vulgari eloquentia

Stendhal, Il rosso e il nero

Shakespeare, Enrico V

Polo, Il Milione

Giovenale, Satire

Swift, I viaggi di Gulliver

Stendhal, L'amore

Shakespeare, Romeo e Giulietta

Dickens, Racconti di Natale

Medici, Canzoniere

Racine, Fedra

AA.VV., Poeti del Dolce Stil Novo

Stendhal, Cronache italiane

Shakespeare, La tempesta

De Sanctis, Storia della letteratura italiana

Stoker, Dracula

Campanella, La città del sole e altri scritti

Kipling, Capitani coraggiosi

Machiavelli, La Mandragola - Belfagor - Lettere

Capuana, Il marchese di Roccaverdina

Dickens, Grandi speranze

Shakespeare, Giulio Cesare

Beaumarchais, La trilogia di Figaro

Verga, Storia di una capinera

Tolstoj, Resurrezione

Guinizzelli, Poesie

Castiglione, Il cortegiano

Shakespeare, La dodicesima notte

Ibsen, Casa di bambola

D'Annunzio, La figlia di Iorio

Beccaria, Dei delitti e delle pene

Sterne, Viaggio sentimentale

De Roberto, I Viceré

Shakespeare, Enrico IV

OSCAR LEGGERE I CLASSICI

Catullo, Poesie

Freud, Totem e tabù

Conrad, Cuore di tenebre

Flaubert, Madame Bovary

Shakespeare, Amleto

Kierkegaard, Aut-Aut

Goethe, Le affinità elettive

Dumas A. (padre), I tre moschettieri

Brontë E., Cime tempestose

Cartesio, Discorso sul metodo

Wilde, Il ritratto di Dorian Gray

Dostoevskij, Il giocatore

Platone, Simposio - Apologia di Socrate

Maupassant, Bel-Ami

Machiavelli, Il principe

Tolstoj, La sonata a Kreutzer

Virgilio, Bucoliche - Georgiche

Balzac, Papà Goriot

Conan Doyle Arthur, Il mastino dei Baskerville

Marco Aurelio, Pensieri

Cesare, Le guerre in Gallia

Stevenson, L'isola del tesoro

Confucio, Dialoghi

Baudelaire, I fiori del male

Poe, Il pozzo e il pendolo e altri racconti

Carroll, Alice nel Paese delle Meraviglie

Verne, Ventimila leghe sotto i mari

Collodi, Le avventure di Pinocchio

Hugo, Notre-Dame de Paris

Wilde, Il principe felice - Una casa di melograni

London, Zanna Bianca

Verne, Michele Strogoff